1973-74
高校生
飛翔のリアル

伊藤秀雄
Hideo Ito

文芸社

目次

序　白い影

＊

シヌベキトキニ　ヒトハ　コンナフウニ　アッケナク　シヌンダ

コンクリートの縁石に頭を載せ、路上に横たわった恰好《かっこう》のまま、脳裏をよぎっていった言葉がそれだった。視線の先にある空は、頭上を走る自動車専用道路に半分を隠されて見えなかった。だが、覗いていた残りの空も奇妙なものだった。色が、ない。雲が浮かんでいなかったために、なおのこと一面の曇天なのか、青空なのかが判然としない。この世の空なのか？　ふと湧き起こった疑念にたちまちにして囚《とら》われてしまった。そして、私を閉じ込めるようにして、時までが止まってしまったように感じられたのだった。

その日の夜からだった。夢を見ているのだとは思うのだが、夢の中味と言えば、夢から遠く懸け離れた現《うつつ》としか形容しようのない、夢と現のあわいを行くような奇妙な体験をするようになった。そのきっかけは、まさかそんなことが我が身に振りかかってこようとは考えもしなかった悪夢の如《ごと》き出来事であった。

仕事をしていた頃は、毎日通勤で使っていた自動車専用道路、退職してからは頓《とん》と縁がなくなった。その道路の高架下、街をぐるりと取り巻くように延びている環状線の国道を横切る横断歩道を渡っていた。ホームセンターでペット用品をいくつか購入した帰りだった。その場所は交差点になっていた。横断歩道を渡り始めていた私の直前を、一旦停止もせずに擦《かす》めるように赤い小型車が走り去っていった。ハンドルを握っていたのは、黒いサングラスの若い女だった。歩行者を一顧《いっこ》だにしないその態度に腹が立ち、睨《にら》み付け、舌打ちをした直後だった。視界の隅を小さな白い影がよぎった。条件反射のようにその方向に体を向けたとき、進行方向の右側面から巨大な黒い壁がすぐ間近に迫っていた。そう感じた途端、抗《あらが》いようのない圧倒的な力で私は撥《は》ね飛ばされていた。横断歩道の中間地点、真上を自動車専用道路が走り、それを支える太いコンクリート製の橋脚が設置されているため、環状道路の中央分離帯は幅広に造られていた。その中央分離帯の辺りまで、斜め前方に飛ばされていた。

　横断歩道に沿うようにして中央分離帯に並べられたコンクリートの縁石を枕代わりにして横たわる恰好で、私の体は止まった。幸いにして意識を失うようなことはなかった。巨大な黒い壁の正体は大型トラックだった。視界の端で、横断歩道を越えた数メートルの地点でやや減速したようにも見えたのだが、結局停車はせず、再び加速して走り去ってしまった。轢《ひ》き逃げだ。首を捩《ね》じりナンバープレートを確認しようとしたのだが、視力が悪いせいもあって、走り去るトラックのナンバーを読み取ることは叶《かな》わなかった。黒い車体の荷台に会社名が記されていたのだが、幌《ほろ》が垂れ下がり、「運輸」という字しか見えなかった。周辺に人影はない。車の流れも途切れ、轢き逃げ現場を目撃した人はいそうになかった。警察に届け出ても、この状況では犯人を割り出すのは困難だろう。

　まだ現実味がなく、気怠《けだる》い気分に襲われながらも何とか起き上がり、ひとまず縁石の上に腰掛けた。ダンプに撥ね飛ばされたというのに、不思議と体のどこにも大した痛みはなかった。ただし、右足のくるぶしと後頭部に違和感があった。靴下をずり下ろしたら、皮が剝《む》け血が滲《にじ》んでいた。軽い擦《す》り傷だ。次に後頭部に手を当ててみた。出血はないようだ。少し押すと鈍い痛みを覚える箇所はあったが、瘤《こぶ》ができている風《ふう》ではない。転んだ拍子に縁石にぶつけたのだろう。

　その頃になって、やっと今自分がいる場所に意識が向いた。中央分離帯に取り残されてしまっていることに。急に立ち上がったせいか、眩暈《めまい》がした。眩暈は程《ほど》なくして治まったのだが、何とも形容しがたい居心地の悪さが残った。一度、ぎゅっと目を瞑《つぶ》り、ゆっくりと開けてみたのだが、まだ変な感覚は残っていた。ここであって、ここではない。見馴れた風景を目にしているはずなのに、何か、どこかが違う。これまでいた世界と寸分違《たが》わぬ風景なのだが、あることをきっかけにして、突如別の時空へとずれ込んでしまったような落ち着かない気分だった。でも、トラックに轢き逃げされた精神的なショックを引きずっているせいだろう、と無理矢理思い込むことにした。しかし、本当は別の不安を抱えていた。実はトラックに轢かれて、私は死んでしまったのではないか？　今、こうしてあれこれと考えを巡らせている私は抜け出てしまった魂なのであって、振り返ると、縁石を枕にして横たわった自分の抜け殻、死体を目撃するのではないだろうか？　だから、私は振り返らなかった。前方だけをひたすらに見詰めていた。

長い時間、そうしていたように思えた。だが、実際にはほんの僅《わず》かな時間しかたっていなかっただろう。人っ子一人、車一台通らない。こんなことは普段滅多にない。それがまたいっそう不安を掻《か》き立てた。一刻も早くこの場から離れたくて、急ぎ足で横断歩道を渡り出した。気ばかりが焦って、足がもつれる。そのとき、何かが足にぶつかった。死体⁉　思わず悲鳴を上げそうになった。だが、違った。犬用のトイレシート、二百枚入りのお徳用袋が足に当たったのだった。ずっと手にぶら下げて歩いていたのに、すっかり忘れてしまっていた。そして、気が付いた。このお陰《かげ》で助かったんだ……と。トイレシートの束に命を救われたという偶然に、得《え》も言われぬ笑いが込み上げてきた。トラックも交差点を右折し、横断歩道に差しかかったのだから、さすがに減速していたことだろう。多分すぐ前を走っていた赤い小型車が一旦停止もせずに通過したために、続けて通り過ぎようとして、横断中の私の姿を見落とし、撥ねてしまった。そんなところだろう。減速していなければ、いくら車体と私の体との間にトイレシートの束が挟まったからとは言え、この程度の軽傷で済むわけがない。とは言え、もしもトラックの車体が直接私の体にぶつかっていたら……そう考えると悪寒がした。シートの束がショックアブソーバーの役割を果たしてくれたために、ぶつかった瞬間、一切痛みを覚えなかった。全く無防備だったところに一気に強い力で押され、まるでギャグ漫画の一コマのように、ボヨーンという感じで弾かれた、そんな感触だけが残っている。

よく見れば、トイレシートの束を入れたビニール袋が一カ所、二十センチばかり裂けていた。中味の束もその箇所だけ凹み、束の並びも崩れていた。衝突した痕跡だ。

あのとき、目の隅をよぎった小さな白い影のことを思い出した。とっさに影を目で追おうとして僅かに体の向きを変えた。それに合わせて手にしていたトイレシートも位置を変えたのだろう。その瞬時のタイミングで轢かれたのだ。白い影がよぎらなかったならば……。何かしらの意思が働いていたようにしか思えない。

白い影……ハナか？　シートの束の生々しい痕跡に目を留めながら、ふとそんなことを想像した。ハナは三歳、チワワとトイプードルのミックス犬、体は真っ白で体重は二キロほどのちっちゃな雌犬だった。そんな小さな命に助けられたと思うと、先ほどとはまた違ったくすぐったいようなくぐもった笑いが込み上げてきた。

ならば、トラックに轢かれたのは、ハルが寂しくなったせいだろうか？　ハルはおとなしく、欲のない、優しい子だった。私を死にまでは至らせるつもりはなかっただろう。でも、ハナの身の回り品を買いにホームセンターに走る私に死を実感させることで、ちょっとだけ自分との距離を縮めたかったのかもしれない。ハルはもう私の手の届かぬ遠い世界にいる。そのとき、ひんやりとした感触を掌《てのひら》に感じていた。あのときの冷えだ。あの日……あの日のことを私はありありと思い出していた。

＊　＊

ハルは体の一部分に淡いクリーム色の毛が混じっていたものの、全体的にはハナと同じように真っ白く見えた。ハナよりも一キロほど重い三キロはあったが、それでも小さなチワワの雄犬だった。

四年前、ハルは夜に突然喀血《かっけつ》した。翌朝、妻が近くの病院へ連れていったのだが、診断の結果、心臓弁膜症とのことだった。レントゲンを撮ったところ肺は真っ白、水が溜まって溺れて呼吸できないような苦しい状態だった。今夜がヤマでしょうね、と告げられたのだが、三時頃突然私の携帯に連絡が入った。ハルちゃんの容態が急変したので、至急来てほしい、と言うのだ。ハルが死ぬ……頭では理解できたし、覚悟もしていたのだが、心が追いつかない。それでも病院へ急がねば、との思いから、いったん家に戻り、小さめの空《から》のダンボール箱を探し出し、それにハルがお気に入りの毛布を敷き詰め、車の助手席に載せた。車で病院まで向かったのだが、ここまでの一連の動作に私の感情は一切関与していない。機械的にやらねばならないことをしたまでのことだった。

すぐに診察室に案内されると、台の上にハルは寝かされていた。目は閉じている。口から半透明の管が覗いていた。ハルの体の下にはトイレ用のシートが敷かれ、一面桜の花弁に覆われていた。見ると、時折管の先から水が滴《したた》り落ち、トイレシートに新たな花弁を作り出した。肺の水に血が混じり、それが桜の花びらに見えたのだ。様子を見ながら、先生はハルの体を持ち上げ、頭を下にした姿勢で背中をポンポンと叩いた。すると、続けざまに水が滴り落ちた。血の混じった水はたちまちにして花びらと化した。

落花の舞。舞い降り、折り重なって作られた悲しい花筏《はないかだ》に乗り、ハルは黄泉《よみ》の国へと旅立とうとしている。

再び診察台に寝かされたハルのそばにいて、体を撫《な》でてやりながら見守っていたら、急にハルが目を開けた。そして、首を上げ、私の顔を見詰めたのだ。パパさん、いたんだ、とそのどこか虚ろな目が語っているように思えた。私の存在を確認して安心したのか、再びハルは目を瞑《つぶ》り、その首はぐったりと垂れた。それが最後だった。先生がハルの小さな心臓に聴診器を当てた。ややあって私にこう告げた。苦しいだけだから、管を抜いてあげましょうか？　と。その真意はすぐに理解できた。私は決断を迫られていた。……お願いします。そう答えるのが精一杯だった。先生はうなずくと、そっと管を抜き取った。

「ハルちゃんを抱いてやってください」

先生の言葉に私は黙ってうなずき、言われるがままに両手でその小さな体を抱き上げた。私の手の中で、ハルの体はみるみる冷えていった。ふんわりとしていた体毛が沈み込み、細い体に張り付いていくのがはっきりと見て取れた。ハルが死んでいく……花筏に乗って、手の届かぬ遠い世界へ行ってしまう……そう思えた刹那、私の心に感情が蘇《よみがえ》ってきた。冷たくなったハルの体を抱く手に力が入った。最初は我慢していたのだが、とうとうこらえ切れなくなり、ハルの体を胸に抱き締めて嗚咽《おえつ》し始めた。溢れる涙を止められない。落涙《らくるい》が平たくなった毛並みを濡らした。

イクナ、ハル……イカナイデクレ……イクナ、イクナ、イクナ、イクナイクナイクナイクナイクナ……

顔を上げると、先生も泣いてくれていた。救われた気がした。それでもう充分だった。先生は静かに頭を下げた。ありがとうございました。お世話になりました。そう礼を言おうとしたのだが、言葉にならない。アリガ……ト……。言葉を押し退《の》けるようにして嗚咽が漏れる。先生に深々と頭を下げ、病院を後にした。ハル、おうちに帰ろう。言葉にならなかったが、そう心の中で呟くと、持参したダンボール箱にハルを横たえた。驚くほどにピッタリと収まった。そのことがいっそう悲しみを増した。大好きな毛布の上で、ハルは眠っているかのようだった。

享年十歳。あと五日で十一歳になるところだった。それがまたいかにもハルらしく思えた。

＊　　＊

ハルと入れ替わるようにして、ハナが家にやってきてからは、とかくにハルのことを忘れがちになった。ハルを喪《うしな》い、私はひどいペットロスに陥った。家族も見るに見かねたのだろう、ハナを新たな家族の一員として迎えることになった。去る者は日々に疎《うと》しとはよく言ったもので、人間とはやはり薄情なものだ。ハルは悲しかったに違いない。恨んだこともあっただろう。

（ボクもかつてはおうちにいたんだよ。たまにはボクのことも思い出してほしい）

そんな切ない思いが積もりに積もって引き金となり、事故を引き起こさせた――。そんな風《ふう》に考えてみても、ハルを恨む気持ちは全く起きなかった。逆に、ハルに詫《わ》びたい思いが募《つの》ってきた。ゴメンヨ、お前のことを忘れたんじゃないから。でも、どうしてもハナのことが中心になっちゃって、お前を疎《おろそ》かにしてしまっていた。許しておくれよ、と心の中で手を合わせた。

舌を出すと口角が上がり笑ったような表情になるハルが、おとなしくお座りをした恰好でじっとこちらを見詰めていた。許してくれたのかどうなのか、その表情からはにわかには読み取れなかった。そして、その顔はいつしかハナに変わっていた。ハルとは違って、ハナはストレートに自分の思いを伝えてくる。

（パパさんに死なれては困る。パパさんが死んだら、誰がご飯をくれる？　おやつをくれる？　誰が散歩に連れ出してくれる？　誰がトリミングに連れていってくれる？　お山に連れていってくれるのは誰？　鹿さんや狐さんや狸さんや栗鼠《リス》さんと出会いながら、森の中を長い散歩に連れていってくれるのは誰？　やっぱり死なれちゃ迷惑だ。ハル兄ちゃんの悲しみは分からなくはないけれど、私にだって都合がある。だから、私のトイレシートを使って、兄ちゃんの企みを邪魔してやったんだ）

甘ったれで、時にやんちゃな気性を見せるハナならば、それぐらいのことはやりそうだ。裂け目の入ったトイレシートの袋を片手にぶら下げ、家に帰り着くまでの間、ハルとハナを巡る勝手な妄想は続いたのだった。

このときは事故がきっかけとなり、その後に起こるようになった不可思議な出来事のことなど、全くもって予想だにしていなかった。その夜もまた、いつも通り睡眠薬を服用し、睡魔が襲ってくる三十分後には布団に潜り込んでいた。そして、夢を見た。

夢？

ホントに夢だったのだろうか？

夢現《ゆめうつつ》　疾風怒濤

*

気が付けば、闇——しかし、漆黒《しっこく》の闇ではなかった。薄ぼんやりとした暗いグレーの闇が体を包んでいた。不安感は少しもなかった。視界はまるで利かない。でも、今、自分がどこにいるのかは分かった。働いていたのは視覚ではなく嗅覚であった。プリミティブな感覚なだけに強烈であった。水の臭いがする。清浄な湧水ではなく、臭いに濁りが感じ取れる。川だ。どこか田圃《たんぼ》特有の臭いも混じっている。記憶の底に沈んでいた臭い、懐しかった。

……と見る間に闇は薄れ、記憶していたのと寸分違《たが》わぬ風景が眼前に広がった。消えた闇の代わりに、柔らかな春風に乗って乱舞する数知れない花びらの中にいた。桜の森の満開の下、行き交う旅人は皆気が変になった、と書いたのは坂口安吾であったが、確かに降りしきる花びらの下にいて、その様子を眺めているうちに私の意識にも尋常ならざるものが生起してきた。近くの川に舞い散った大量の花びらはたちまちにして花筏を形作った。ゆっくりと流れ下る花筏にハルが乗り、黄泉の国へと旅立とうとしているように見えた。

「ハル、駄目だ、行くな!」

と叫ぼうとしたのだが、声にはならなかった。だが、散りしきる花影が揺れ、ハルは消えた。花影が幻影を映し出したのだろうが、花影そのものが幻影のようにも思われた。一片たりとも花びらは私の体に触れようとしなかったからだ。花びらが避けていくのではない。身をかわすように擦り抜けていくのでも、ましてや突き抜けていくのでもない。端《はな》から私はこの世界の住人ではないとの暗黙の諒解の下《もと》、ごく自然に花びらは私の存在しない空間を舞い散っていった。私はこの世界に指一本触れられない——そうした約束事を、この世界を支配する大いなる力の意思を一瞬にして悟った。

桜並木が続く川沿いの道を離れ、緩やかな土手を登っていった。その先にはグラウンドが広がっている。野球で使用する背の高いバックネットがあり、その支柱を利用して臨時の掲示板が設置されていた。その下には大勢の少年少女達が群れをなし、一枚の紙切れを片手に一心にその掲示板を見上げていた。数は少ないが彼ら彼女らの親とおぼしき大人達の姿も見受けられた。歓声を上げる者、仲間同士手を取り合って喜びを爆発させているグループ、掲示板を見上げたまま茫然自失、その場から動けずにいる者、母親に抱きかかえられ、ハンカチを顔に押し当て涙に暮れる者、人込みを掻《か》き分けて、悄然《しょうぜん》とその場を立ち去っていく者、悲喜こもごもの姿がその場にはあった。

私は迷うことなく、その後ろ姿を目指して歩いていった。緑と青のチェック柄の入った綿百パーセントのワーキングシャツ、長袖の裾をちょっとだけ折り曲げている。ストレートのブルージーンズに白いスニーカー、この頃の定番の服装だった。その少年の傍《かたわ》らに立った。まだ幼い顔立ちをしているが、少年の日の私であることに間違いはなかった。それが分かったとき、失われていた風景の色彩が蘇ってきた。別の表現をするならば、それまで目にしていた場所の風景がモノトーンであったことに気が付いたのだった。

彼と私がいるこの場所は、通学していた高校のグラウンドの一隅であった。少年の私は見るからに元気がなかった。あの日のことは、そのときに味わった気分と共に、今でもうっすらと覚えていた。高校入試合格発表の日。その日に私の生き方を変えた一人の少年と邂逅《かいこう》したのだった。合格発表よりもその少年との邂逅のほうが遙かに大きな意味があった。彼と出会っていなければ、その後の高校生活はなかった。もっと言えば、実社会に出てからの世界との向き合い方の原点は、この少年との日々の中で形成されたとさえ断言できる。

私の傍らで悄然とした様子で立っているこの少年、十六歳になろうとしている「僕」がこれから何をするのか、何を、どのように感じ、考えるのか、「僕」の人生を変えることになるその少年以外にも誰と出会うことになるのか――詳細はともかくとして、そのあらかたについて、すでに私には分かってしまっていることに気が付いていた。もう一度この十代の青春の日々をやり直すのか？　違う。再度体験するのか？　それも違う。体験するのは私ではない。「僕」だ。あくまでも私は傍観者として立ち合うことになる。この世界では存在しない空気のようなモノとして、空気なのかモノなのか判然としないのだが、かつての自己自身の周辺をうろつくはめになる。「僕」の体験に立ち会うことによって、初めて私がこの世界に紛れ込んだ意味は生まれてくる、と思えた。意味を知ることで、今さら私がどうなるというのか？　分からない。分からないままに、すでに知ってしまっていることにこれから傍観者として再遭遇しようとしている。私の心は落ち着かなく、複雑に揺れていた。

＊　＊

高校に入学した日に、意気投合した友人がいた。高校入試改革の目玉政策として導入された学校群制度の一年目に運悪く当たってしまった。県下で有数の進学校と進学実績では今一つの中堅校とがカップリングされ、その学校群に合格しても、どちらの学校に振り分けられるかは運任せ、という生徒本人や家族の思いなど無視した実に乱暴な入試システムであった。県立高校の学校間格差を是正しようとの狙いで実施されたのだが、新たに学校群格差という矛盾が生まれるだけの入試改革制度としてはお粗末な欠陥品であることは火を見るよりも明らかであった。僕は不幸にもハズレ組であった。グラウンドのバックネットを活用した合格者一覧を載せた掲示板を見上げながら、自分の受験番号があったにもかかわらず、気分としては受験に失敗したような深い落胆を味わった。

そのとき、偶然に隣に居合わせたのが、入学後に友人となった男子生徒、マスミであった。うなだれていた僕とは対照的に、彼は合格者一覧を睨《にら》み付けていた。微動だにしないその姿が視野に入ったとき、言葉を交わしたわけではなかったが、彼が僕と同じハズレ組であることを直感した。華奢《きゃしゃ》な体付きで、僕よりも背は高かった。くっきりとした二重瞼《ふたえまぶた》に切れ長の大きな目、鼻筋のすっきりと通った彫りの深い美しい顔立ちをしていた。固く結ばれた唇に尖った顎、頬はややこけていたが、耳許から顎の尖端にかけて滑らかでシャープなラインが描かれていた。いかにも意志堅固な秀才といった印象であった。そんな直立したまま固まってしまったような彼を見詰めていたら、視線に気付いたのか、急に振り向いた彼の目とかち合った。怒っている目ではなかった。静かな眼差しであったが、その目の奥に揺るぎのない決意を秘めているような毅然《きぜん》たる眼差しであった。その口許には幽《かす》かにではあるが、不敵な笑みが浮かんでいるようであった。目が合ったからといって、特に気不味《きまず》くはなかった。しかし、互いに口を利くことはなく、どちらからともなく軽く会釈しただけで、その日は別れた。僕の場合、落胆のあまり、人と言葉を交わす気にはなれなかった、というのが実情であった。

入学式の日、教室から出た僕を背後から呼び止める声がした。マスミだった。とっさに片手を挙げて返事をした。互いに名乗り合った。クラスは違っていた。それでも、なぜか旧知の間柄の同級生と待ち合わせていたような気分だった。共通する話題がないわけではなかったが、学校群の話になると愚痴っぽくなりそうで、それがいやさにこちらから話の口火を切ることはためらっていた。校門に向かって並んで歩いていったのだが、二人とも言葉少なだった。すると、急にマスミは立ち止まり、目線を前方へ向けたまま、こう切り出した。

「田中角栄の政治は下品だな。金まみれで卑しいよ。首相になる前に発表した『日本列島改造論』、読んでみたけどひどい代物《しろもの》だ。あの本に書かれてあったプロジェクトを実地に移されたら、この国は目茶苦茶になる。

高速道路や新幹線を全国に張り巡らせて、物や人の移動を飛躍的に活性化し、地方も含めて日本全体を豊かにする。

例えば、彼の故郷新潟、昔から白い悪魔と呼ばれて恐れられているドカ雪のせいで都会との往来は遮断され、産業の発展は阻害されてしまっている。ドカ雪の原因は新潟の南部に聳《そび》える高い山々だ。あれを取り払ってしまえば、大雪が降る心配をしなくて済む。そこに高速道路や新幹線を通せば、新潟は瞬く間に発展を遂げる。山々を削り取った大量の土砂は海の埋め立てに使う。そうすれば、我が国の領土の拡大にも資することになる。一石二鳥だ――。

万事がこんな調子で大法螺《おおぼら》を吹きまくり、結局やろうとしていることは自らへの権力集中とそのための軍資金集めだ。『日本列島改造論』で掲げられている国家規模の大プロジェクトのお零《こぼ》れに与《あず》かろうと、欲に目が眩《くら》んだ連中が一斉に動き出し、土地の買い占めや地上げの横行で地価が暴騰するという異常な事態が発生している。

角栄の目白御殿に行けば金になる、というんで、全国から下卑《げび》たお愛想《あいそ》笑いを浮かべた金の亡者どもが陳情と称して、連日、門前市《いち》を成す異様な光景が繰り広げられているそうだ。

金の力を利用して、選挙に当選することだけを目標にした品性下劣な政治屋達を大勢子分にし、田中派という大派閥を形成することで、政界を完全に牛耳《ぎゅうじ》ろうとしている。二年前、首相になった当座は『今太閤《いまたいこう》』などとマスコミもてはやしていたが、金まみれの金ピカ趣味という点では確かに秀吉とドッコイだな」

中空を凝視しながら展開されるマスミの独語、激しい政治批判は留《とど》まるところを知らなかった。

唖然《あぜん》茫然とは、まさにこのときの僕の状態を指すのだろう。全くもって二の句が継げない。合槌《あいづち》を打つことすらままならず、ただただ木偶《でく》の如くに彼の主張を拝聴するばかりだった。

田中角栄の名前や、扇子をあおぎながら、ヨッシャ、ヨッシャを連発する、酒焼けなのかゴルフ焼けなのかは知らないが、あの脂《あぶら》切った赤ら顔ぐらいはTVや新聞で見て知っていたが、恥ずかしながら一国の総理としてこのオヤジがどんな政治をしようとしているのかとか、それ以上の知識はなかったし、知ろうとする気も皆無だった。角栄の著書だという『日本列島改造論』なんて読んだことはなかったし、当然のことながらその内容の概略さえも知らなかった。ところどころよく理解できない、あるいは全く聞いたこともない政治用語が夜空に輝く無数の星々のように散りばめられており、息つく間もなく機関銃並みに連射されるその主張に追い付いていくのがやっとの体《てい》たらくであった。

　それでも、マスミが熱弁を揮《ふる》う政治話に関心が持てなかったわけではない。それどころか、自分と同学年、十六歳の高校一年生とは言いながら、まだ入学したてのほやほやで中学四年生といったほうが実態に近い身でありながら、理路整然、人に向けて堂々と政治批判を展開できる信じがたいほどの知性と教養、類《たぐい》まれな社会的視野の広さと鋭い観察力、さらにはそこで得た知見を血の通った自らの言葉として主張できる卓越した弁論術に終始圧倒されながらも、尊敬の念を抱いたのだった。同学年の友人ができたというよりも、大学生に相当するぐらいの優秀な友人であり、かつ師匠を得たというのが率直な感想だった。

　学校群制度の導入によって、高校入試に合格しながらも希望する高校へ入学できなかった身の不運、挫折感をグズグズと引きずっている自分が情けなかった。発想を変えて、この学校へ入学したからこそ、マスミのような傑物と出会い、しかも友人になれたのだ——そう思うと、心を覆《おお》っていたやりきれなさという黒雲が薄らいで、雲間から一条の光が差し込んできたような明るい気分になれたのだった。

　マスミの政治批判、そしてその醜く歪んだ政治情勢に高校生としてどのように立ち向かうべきなのか、という持論に耳を傾けながら、合格発表の日、掲示板を毅然《きぜん》とした態度で見上げていた彼の心のありよう、運命は運命として受け止めつつ、その運命に屈するのではなく、昂然《こうぜん》と頭《こうべ》を上げ、真正面から立ち向かっていこうという基本的な生き方があのときの彼の立ち姿には滲《にじ》み出ていたのではなかったのか、と思えた。どこから来るんだ、その生き方における向日性は……？

　時折僕のほうへ顔を向けるのだが、すぐにまた前方へと視線を戻し、胸奥《きょうおう》から沸々《ふつふつ》と湧き出てくる現代政治への不信、憤怒《ふんぬ》を吐き出していたマスミの言葉が、一瞬途切れた。不審に思い、彼の横顔に目を向けた。心なしか青ざめているように見えた。すると、それまでとは明らかに異なる声音《こわね》で、こう呟いた。

「僕達は生まれてきたのが遅過ぎたのかもしれない。でも、もしもどんぴしゃのタイミングで、あの政治の風が吹いていた時代に生まれていたなら、どうなっていただろうか？　死んでいたかもしれない――」

呟きの重さに返す言葉はなかった。決して仮定の話ではない。一般論を口にしているのでもなかった。彼は間違いなく現実を語っていた。死――誰の死だ？　マスミは何を見、何を経験してきたのだろう？

切迫したその表情を眼前に置いて、僕に問いただす力はなかった。しかし、何を言わんとしているのかは、それまで彼のしてきた話の流れからおおよそのことは見当がついた。

一九六九年九月、一万五千人の大学生が参集した全国全共闘連合結成大会に象徴されるような大学生の運動の広まりは、高校生にも少なからぬ影響を及ぼした。学校の現状に不満を持つ生徒達が学校の制度改革を求めて立ち上がったのだ。

高校生は学校側に制服の自由化を嚆矢《こうし》とする校則の改正および撤廃、卒業式三原則（君が代斉唱、日の丸掲示、校長訓話）の廃止、それに代わる自主卒業式の実現、生徒の権利に直接かかわる案件の職員会議の傍聴を認めることなど、さまざまな要求を突き付けた。この運動は、正規の手続きを踏んだ民主的な高校生の要求実現運動に理解を示した、多くは教職員組合に加盟する進歩的な教師達の支援を受けつつ、学校側も軽視できないものへと成長していった。

しかし、急進的な学校制度改革を危険視したのだろう、僕の住む愛知県では、高校生の運動を支援する教職員の過疎地域の学校への「島流し」が強行された。離任式はどこも大いに荒れたという。別れの言葉を述べるはずの教師達は、全校生徒に向かって「この異動は不当なもの、断じて許されない、運動つぶし以外の何物でもない！　何年かかろうが、絶対俺（私）はここへ帰ってくる！　みんなも負けるんじゃないぞ」と涙ながらに最後の演説を行った。生徒達は激励のメッセージをトイレットペーパーに書き入れ、別れのテープのように壇上の教師めがけて一斉に投げ入れた。教師を胴上げする生徒集団も出現した。酒好きの教師のために、舞台の端から端まで、ラベルにメッセージが書かれた大量の一升瓶が並んだ。講堂の中は別れと悲しみの場ではなくなっていた。校長や教頭、事務長を中心とした体制側、県教育委員会、教育委員会以上の権力を持つと噂されていた校長会を糾弾する一大決起集会の様相を呈したと聞く。

しかし、残された生徒達だけでの活動には自ずと限界が生まれた。生徒と教師が連帯し、高校の民主的改革を目指す取り組みは急速にしぼんでいった。

また、愛知県の公立高校には「三校禁」と呼ばれるルールがあった。これは、学校の枠を越えて各高校の生徒会レベルでの交流を促進し、より大きな政治的な発言力を持つ全県組織を立ち上げようとする動きが生まれていた際に、それを阻止するべく定められたものであった。

その内容は、「意思疎通を図るために他校の生徒達と会合を開く必要が生じた場合は、必ず指定の用紙に記入の上、学校に提出、許可を得る」というものだったが、会合の内容で許可されないのはもちろん、出席者に生徒会の役員が含まれている場合も許可されることはなかった。さらに、届け出用紙に名を連ねた生徒達は「思想的にあやしい」と目をつけられるのがオチであった。

ルールを守らずに他校の生徒達との合同会議を強行した場合の罰則規定が設けられており、違反が重なれば退学処分もあり得ると定められていた。問答無用の高校生の政治参加の全面否定、学校運営への異議申し立ては許さないという、前時代的な、権力側のなりふり構わない強権的な姿勢の表れだった。ちなみにこの「三校禁」は、僕らの通っていた高校では校則として位置づけられていない、したがって生徒手帳にも記載がない、いわば超法規的な弾圧手段であった。

なお、「三校禁」については、後でもう一度触れることになる。この前時代的なルールが我が身に降りかかってくるという、おぞましくも貴重な（？）体験をするはめになったからだ。

マスミと僕はすぐには別れがたく、学校からやや離れた人目に付かぬ奥まった場所に建つレストラン兼喫茶店に入り、夕刻まで語り合った。語り合ったとは言っても、喋っていたのは大半がマスミのほうであった。僕には一つ心に引っかかっていたことがあった。彼が語った、「あの頃に生まれていたら、死んでいたかもしれない」という言葉についてだった。その言葉の直後、彼の唇はなおも何かを伝えようと動きかけたのだが、その何かはついに言葉にはならず、呑み込まれてしまった。彼の唇の幽かな動き、震えを見逃してはいなかった。あんなにも饒《じょう》舌《ぜつ》であった語りに突然急ブレーキがかかり、中空の一点を凝視したまま、しばし続いた沈黙。その折の唇の小刻みな震えが意味するもの——マスミの胸の奥底に潜《ひそ》み、その正体を隠している闇、闇で覆い隠さねば、辛くて堪らなくなるほどの重い実体験の内実が気になっていた。

死んでいたかもしれない……仮定として、一般論として語ったのではなく、そう表現するしかなかったマスミの魂を肉体ごと激しく揺るがした深刻な出来事、それが底知れぬ深い闇の核を成していると感じられたのだった。僕はマスミという初めて出会ったタイプの人間に、互いに相容《あいい》れぬ強烈な光と影を同時に発見し、立ち眩《くら》んでいたのかもしれない。幾度かその話を切り出してみようか、と迷ったのだが、ついにこの日は訊けなかった。

彼との関係は事実上今日始まったばかりだ。これから長い付き合いになりそうな気がしている。有り体《てい》に言うならば、この目の前にいて、ついさっきまで「いよいよ世界の警察と自負する超巨大軍事国家アメリカが、アジアの小国ベトナムに敗北するという歴史的瞬間が近付いている」と興奮気味に語っていた男——二杯目のコーヒーをブラックで啜《すす》っている恐ろしいほどに賢い、しかも決して人畜無害な書斎派なんかではなく、やるべき時には躊躇《ちゅうちょ》なく外へ打って出る実践行動派——に最後まで付いていこう、と心に決めたのだった。

自分のような凡庸《ぼんよう》な人間では物足りないかもしれない。愛想尽《あいそづ》かしされてサヨナラされたなら、仕方がないと諦めはつく。彼ほどの傑物ならば、そんな悲しい別れだって納得できる。

でも、凡庸であるからこそ、傑物の周りをチョロチョロと動き回り、補佐する役割に徹するならば、案外名コンビになれるかもしれない。自分勝手な淡い期待に過ぎなかったが、そんな思いつきに結構満足していた。

店内に西陽《にしび》が射してきた。周囲の席を見回すと、来たときとはすっかり客の顔触れが変わっていた。そろそろ店を出るか、という頃合になって、一段と真面目になった顔を僕に近付けながら、マスミはある提案をしてきた。提案というより命令に近い口振りであった。一年生前期のクラスの役員選では代議員になるから、僕にもなれ、と言うのだ。

「まずはこの高校の生徒会の実情を正確に知りたい。代議員になり、議会を通して生徒会役員と日常的に繋《つな》がりたい。生徒会活動の実態、この学校が抱えている諸課題を把握した上で、その分析に基づく政策を掲げて、後期になったら生徒会の役員選挙に立候補する。それが勝負の第一ラウンドだ」

と、マスミは語った。

自分が代議員になる⁉　確かにこの男に付いていこうと内心決意はしていたが、まさかこのような展開になろうとは夢想だにしていなかった。生徒会に繋がるというのも具体的に何をするのか、正直なところまるで現実味がなかった。おかしな譬《たと》えだが、ボンヤリと空を眺めていたら、突然ＵＦＯが飛来し、眩《まぶ》しい光が照射され、気が付けば地球を遠く離れて宇宙の彼方《かなた》へ連れていかれようとしている、そんな気分だった。ポカンとするばかりの凡庸な地球人の気持ちなど一切忖度《そんたく》する気配を見せず、遙かに優れた知性の持ち主であるこの宇宙人はさらにこう続けた。

「本当の勝負は二年生になってからだ。ここから第二ラウンドに入る。僕は生徒会長になる。半期では時間が足りない。前後期続けてだ。最低一年間を通して継続しなければ、学校改革を目標に据えた総合的な政策を実現させるのは不可能だ。果たしてどこまで実行できるのか、今のところ未知数だと言わざるを得ない。少なくとも社会情勢として学校改革運動に有利な追い風は吹いてはいない。むしろ逆風だ。七〇年、日米安保条約の自動延長を許し、さらには昨年、軽井沢で起きた連合赤軍を名乗る連中が起こした浅間山荘事件の衝撃が社会変革を目指す運動に致命的と言える幻滅を覚えさせたことで、国民レベルで国政に積極的に働きかける『政治の時代』に終止符が打たれてしまった。今の世の中の風潮として、金儲《かねもう》けする奴が一番偉い、という反吐《ヘド》が出るような拝金主義が大手を振って罷《まか》り通る『経済の時代』が続いている。高校生までがそんな下劣な大人の真似をして、就職に有利な有名難関大学を目指す進学一《いっ》本槍《ぽんやり》の空虚な高校生活を送っていては駄目だ。高校生活で学ぶべきは、そんな『経済の時代』を上手く生き抜くための処世術を身に付けることではないはずだ。一緒に考えてほしい。共に行動を起こしてほしい。いい返事を待ってるよ」

　そう言い残して、宇宙人、マスミは店を一人出ていった。二杯分のコーヒー代が伝票の上に載っていた。残された僕は改めて感じた。同い年の高校生と話したとは到底思えなかった。かなりの年長者、社会変革に情熱を燃やす一人の知識人と同席していたような感じだった。果たして自分のような者があいつに付いていけるのか？　弱気になりながらも、同時にあいつといれば、自分一人では到底経験することのできないワクワクするような（ハラハラさせられることも多そうだが）出来事と遭遇するに違いない……そっちに賭けてみよう。店を出た僕は、学校の駐輪場にまだ自転車を置きっぱなしにしてあったことを思い出し、薄暗くなった道を慌てて駆け出したのだった。

＊　＊

　約束通り、僕は前期の代議員になった。他の者に盗られてはならじ、と真っ先に挙手して立候補したものだから、クラス担任は驚いていた。クラスと生徒会を繋ぐパイプ役として微力ですが精一杯頑張ります、と型通りの挨拶をしたのだが、反応は薄かった。マスミの言った「逆風」という言葉を思い出したが（実感としては、無風、凪《なぎ》、といったほうがより的確であっただろう）、さして気にも留めず、ま、こんなもんだろう、と至って平静だった。もしも、マスミの命令（?）がなければ、罷《まか》り間違っても代議員なんて七面倒臭《しちめんどくさ》いクラス役員になんか立候補しなかっただろうし、白け切った表情を浮かべた級友達の顔こそが、そっくりそのまま自分の顔であったに違いない。ともかく、マスミとの約束を果たせて、やれやれという気分だった。

　最初の議会でマスミと顔を合わせたとき、開口一番、「やる気になったか?」と問われた。見透《す》かされていた。そして、戸惑った。どう答えたら良いものやら……。正直に吐露すれば、胸を張ってやる気になった、と言えるだけの情熱が胸の奥底から滾《たぎ》っているとは言い難かった。ちょっと立ち止まり、考えるたびに揺れていた。だからといって、約束だから仕方なくね、などと木で鼻を括《くく》ったような冷淡な反応をして、彼を失望させたくはなかった。そこで、分からないことだらけだから、いろいろ教えてもらいながら、少しずつ代議員になっていくよ。代議員という役職に就いたばかりで、まだ自分が代議員になったとは思っていないからと、彼の問いに対する答えになっているのかどうかよく分からない返答をしておいた。嘘ではなく、本心を語ったつもりではいた。

　すると、マスミはこう称した。

「正しい認識だ。まずは自分の立ち位置を冷静に見定め、そのポジションにふさわしい内実が具わってくるよう努力するという態度は立派だ。必要に応じて人に助言を求めるという謙虚さ、柔軟性も人間としてなかなかに見上げたものだ。僕が見込んだ男だけのことはある」

　聞きようによってはからかっているとも取れる冗談めかした言い草ではあったが、その顔は笑っていなかった。ありがとう、そう言ってもらえると嬉《うれ》しいよ、と自分も極力真面目な顔付きと言葉遣いで礼を言った。不自然な間があって、突然マスミが噴き出し、大笑いし始めたものだから、こちらも釣られて声に出して笑ってしまった。笑いながら、何がおかしいのかよく分からない。そもそも彼の言葉すべてが冗談で笑っているのか、それとも、その冗談に真剣に（あるいは、真剣さを装って）返した僕がおかしかったからなのか……。どちらでも構わない。よく分からないが、おかしいからおかしいのだ。

気が付けば、周囲の目を一身に集めるはめに陥っていた。僕は動揺したが、マスミは一向に気にもならない様子だった。やっぱりこいつは大物だな、と感心した。

議会は、生徒会長を嚆矢《こうし》として前期生徒会執行部全員の挨拶があってから、代議員の互選による正副議長の選出をしただけで散会になった。短時間だった。そのあっさりさ加減に、何となくだが、教室での級友達の白け切った表情を思い浮かべていた。何事か物思いに耽《ふけ》っているマスミには悟られぬよう、心のうちで、ま、こんなものだろう、とうそぶいた。

この日だけでなく、前期の生徒議会は坦々《たんたん》と進んだ。新入生歓迎会の総括から始まり、スポーツ大会の準備とその後のまとめ、秋の文化祭に向けての話し合いなど、行事を中心に生徒会活動は営まれていた。口の悪い連中は、陰で、生徒会は行事屋さん、と嘲《あざけ》っていた。当たらずといえども遠からず、と思えた。

議会で僕は自ら進んで発言することはなかった。例えば、行事に関する疑問や要望についてクラスでの討論で出た声を訊かれることはあったが、専《もっぱ》らもう一人の女子の代議員が答えていた。一応は代議員二人で相談し、報告内容を決めていたのだが、なにせ女子生徒のほうが断然お喋りの能力には長《た》けていた。そのために、いつの間にか、公《おおやけ》の場で発言するのは彼女の役割と暗黙のうちに決まってしまっていた。僕に不満はなかった。そのほうが気楽だったからだ。

マスミはと言えば、議事に沿った議論の中での質問、主張、反論はもちろんのこと、議会の前後の時間を活用して、学年の垣根など存在しないかのように精力的に動き回り、誰彼となく言葉を交わしていた。会長や副会長、さらには同席している生徒会顧問のところにも頻繁に足を運んでは、結構長い時間話し込んでいる場面をしばしば目撃した。

マグロが代表例だが、いつも泳ぎ回っていないと酸欠で死んでしまう回遊魚みたいな奴だな、と半ば呆れ、半ば尊敬の念をもって眺めていた。飽きることなく彼の潑剌《はつらつ》とした回遊魚ぶり、その一挙手一投足をずっと目で追っていた。そして、すぐにあることに気が付いた。僕に対しては、初対面でいきなり角栄の政治は下品だな、卑しいよ、と言い放ったような、政治的な議論をふっかけるといった攻撃的、挑発的な態度を取らぬよう心がけていることに。

政治、経済、文化、芸能、日常の細やかな出来事に至るまで、どのような話題に関しても、対話を通して相手を見定め、相手との最も適当な距離感を探っているという風《ふう》であった。必要の範囲内において自分の考えは考えとして明確に伝えつつも、重点はあくまでも相手の考えを引き出すことにあった。

話し上手は聴き上手、とはよく言ったもので、マスミは粘り強く、基本は聴き役というアプローチの仕方を繰り返していた。やってる、やってる、といつまで見ていても退屈しなかった。議会での発言役は専ら女子生徒の役割だった。その分、僕は暇であった。議会の最中、その前後、暇な時間をフル活用して、すっかり僕はマスミウォッチャーと化していた。

こうして積み重ねられた対話の中から彼の摑《つか》み得た情報について、よく聞かされた。一言で言えば、学内の人間相関図、といったところだ。

驚いたことに、前期が始まってまだ間のないゴールデンウィーク前までに、マスミは執行部メンバーや全学年の代議員総勢四十名以上との語り込みを終え、さらに彼らとの人脈を辿《たど》って、その知人友人、クラスの中心になっている級長副級長、無役であってもクラスのムードメーカーや、人望が篤くクラスに強い影響力を持っている生徒達とも一通りは時間の許す限り話し合いを済ませていた。ざっと見積もっても軽く百名は超えている。誰かを仲介に立てている場合が多いとはいえ、多くは上級生達であり、ほぼ全員が初対面なのだ。普通に考えてみれば、いざ、実行という段には相当の勇気が求められただろうことは容易に想像される。僕がその立ち場だったとしたら、そんな場面を想像しただけで吐き気を催しそうだ。下手をすれば、入学早々登校拒否になってしまうかもしれない。ほぼ一カ月で百名超の見知らぬ高校生との対話、凄まじいエネルギーだ。

驚嘆ついでに、どんな会話をしたのか訊いてみた。するとと即答で「ただの世間話だ」と言う。空《あ》き時間の大半を捧げて、来る日も来る日もただひたすらに見知らぬ人間と交わす世間話、百余名と交わし続けた世間話とはどういうものなのか？　考えると何を言っているのか、よく分からない。

「高校生同士でする世間話って何だ？」

と重ねて訊いた。すると、

「高校生の世間なんて、大人に比べれば狭いものだ。友達のこと、家族のこと、勉強のこと、部活のこと、将来の夢、そして恋話《こいばな》。大体そんなところで高校生の世間は完結してしまっている。

訊こうと思えば、大した知恵も工夫も要らない。相手次第だが、ちょっとした忍耐力が必要になってくる場合はある。どんなに些細で、時に下らないなァ、と思える話題であっても、そんなことで当人にとっては差し迫った重要事項なんだ、と割り切って考えれば、その話の端々《はしばし》から人間性が滲《にじ》み出ていることに気が付くことが割にある。殻に閉じ籠っているタイプにせよ、逆に社交的に見えて、実は強がっているだけというタイプにせよ、当人が今、最もこだわっている重要事項に関する話ならば、やたら雄弁になってみたり、深く考えるあまり寡黙《かもく》になってしまったり、いろんなバリエーションがあるけど、隠しようもなく浮き上がってくる本音、人間としての本性を発見したときは結構面白い。

本人は気付いていないのに、その本性がくっきりと見える時って、僕に話しているんだけど、僕はボールをぶつける壁か、姿を映し出す鏡みたいな役割を果たしているに過ぎなくて、実は自分の内面に向かって話してる感じがする。僕と対話していながら、自分自身と対話してる。言葉はもちろんだけど、相手の顔を、特に目の動きを見ていればよく分かる。そのいわば素《す》の部分を大切にして共感していさえすれば、少しずつ、時には一気に話し相手と親密な関係を築ける」

そうマスミは断言するのだった。

まるで心理学者だな、と感嘆したが、冗談交じり

に、

「詐欺師《さぎし》になれば大成功し、巨万の富を築けるぞ」

と言ってやると、不敵な笑みを口許《くちもと》に浮かべて、

「ある意味、やってることは詐欺みたいなものだ、ただし、目的が金儲けでないだけで。話し相手の本音にどこまで近付けて寄り添っていけるかがポイントになるし、そこに至るプロセスに醍醐味《だいごみ》を覚えられれば、時間はかかるが結構楽しいぞ。これも人間修業と思い定めると、時に感じる精神的な苦痛までもが修業における山場《やまば》のように思えてきて、苦痛が快楽に化学変化していくから飽きない」

　とさらりと言ってのけた。マスミさらに続けた。

「話し相手である個人の探究はその個人にのみ終始する閉鎖的な営みではなく、相手の抱え込んでいる重要事項に接近すればするほどに、その人生に関わってくる人物は増え、人と人との関わりが織りなす人生の光と影を知ることになる。時には、意外な人物との繋がりを発見したりもする。殊に上級生の場合、体験してきた高校生活が長いだけにその人間模様は複雑になり、多岐に亘《わた》ってくる。話に登場してきたその人物とも会って話をしておいたほうがいいかな……そんな思いが湧き起こってきて、人との出会いを求めるモチベーションがさらに高まることもしばしばだ。

　これからいっそう本格的に生徒会活動に参加していく上で、この半期を目途《めど》にとりあえずの完成を目指しているこの学内の人間相関図は、どのような活動に取り組むにしても、いろいろな場面で有効な武器として働いてくれるはずだ。後期には副会長に立候補する腹づもりでいることはすでに話したと思うのだが、話し込みの中で得た情報で、どうやら前期役員で書記をしている二年生が副会長の立候補者として名乗りを上げるつもりでいるらしいんだ。本人と話したときには、まだ何も考えていないと言っていたんだが、彼に近しい友人達の話を総合するとほぼ確実だということが分かってきた。

　でも、僕には考えている策がある。この策を実行すれば、後期の生徒会の役員選を乗り切る自信はある。早速人間相関図をフル活用する場面がやってくるというわけだ。

まあ、見てろよ。いや、見てるだけでは困るんで、選挙戦では実動部隊の主要メンバーの一員として協力してもらいたいことが山ほどあるから、そのときはよろしくな。頼りにしてるんだから、男としてそれに応えるのは当たり前のことだ。今はまだ昼行灯《ひるあんどん》のようにボンヤリとしているが、ヒデオには伸《の》び代《しろ》はあるんだから、ぜひとも期待以上の働きをして、あっと言わせてくれよ」

昼行灯の伸び代……怒る気にもなれなかった。もう何も言えない。ぐうの音《ね》も出ないというのはこのことだろう。心理学者で詐欺師、おまけにその舌鋒《ぜっぽう》には宗教団体の教祖のようなカリスマ性がある。元々が人を宇宙へ連れ去る宇宙人なのだから、今さらその程度のレッテル貼りで茶化す気にもなれなかった。

マスミの立てた後期に向けての戦略、戦術上の一《ひと》駒《こま》としてすでに自分が位置付けられてしまっている以上、それ以外の選択肢はもはや自分にはないということだ。

「これから会って、至急話をしておかないといけない奴がいるからもう行くぞ」

と言い残し、僕の言い分など訊く必要はない、もうお前のなすべきことは覆《くつがえ》ることのない決定事項だ、と言わんばかりにマスミは走り去っていった。奴、とマスミは呼んだが、話の文脈からしてどうやら三年生の先輩であるらしい。どういう思考回路をしているものやら、恐ろしい……。

これまでにこんなシチュエーションを幾度繰り返してきたことだろう。マスミというルシファーに魅入られたらもう最後だ。悪魔と友情に基づき契約を交わしてしまったのだから、腹を括《くく》っていずれ下される命令を待って、忠実に実行に移していくしかない。思わず溜め息が漏れた。それから気を取り直し、こうなったらもうどこでもいい、お前の好きな所へ連れていってくれよ、マスミ、とすでに姿は見えなかったが、彼の駆け出していったほうへ向けて届かぬ声をかけていた。

＊　＊

前期日程が終わるや否《いな》や、当初の計画通り、マスミは後期生徒会の副会長候補として名乗りを挙げた。

しかも、いつの間に手回ししたのか、二年生の現会長と同じく二年生の次期会長候補と政策協定を結ぶことで味方につけ、早い時期から華々しく選挙戦へと突入していったのだ。時間を相当にかけ、彼らとは幾度も会って、生徒会改革、学校改革に向けた政策の擦り合わせを行った。激論に次ぐ激論であったが、最後は改革における具体的なイメージ力に勝ったマスミの粘り勝ちだった。結局は二年生二人が折れる恰好で共通の政策協定を結ぶに至ったと聞いていた。こうして一年生と二年生の正副会長候補が共同戦線を組んで闘うという前代未聞の選挙戦が始まった。

そんな作戦をとることなど、露ほども聞かされてはいなかった。面白くなかったものだから、一度だけどうして教えてくれなかったんだ⁉　と詰問調で訊いたことがあったのだが、マスミは眉一つ動かすことなく柳に風で、どうしてって、訊かなかったじゃないか、としゃあしゃあとのたまった。さすがは悪魔、この程度の詰問で動ずるような奴ではない、脱帽だ。

返答の代わりに、マスミが僕に課したミッションは過大なものであった。一年生の代議員や級長を説得して回り、一年生全クラスの票固めをしてほしいというのだ。説得しても相手の反応が薄い場合、あるいは力が弱くて票固めを頼むのは難しいと判断した場合、すぐにマスミに連絡すること。クラスの状況を変えるためにマスミのほうで即刻動く態勢をとるとのことだった。

人を説得するなんてまるで自信はなかったが、マスミにあっと言わせたいという単純極まりないモチベーションで、そのミッションを成就すべく、生まれてこのかたこんなにも人と話したことはない、というレベルまで連日各クラスに押しかけ説得を続けた。

幸いにしてどのクラスでも反応は上々であり、マスミの助力を借りる必要はなかった。来る日も来る日も一年生のクラスを回り、声が嗄《か》れてしまうぐらいに説得を続け、クラスの状況を確認する活動に取り組むうちに、こんなに喋る人だったただなんて、ビックリ、人が変わっちゃったみたい、と他の代議員から驚かれたのも一度や二度ではなかった。

　人から驚かれるまでもない。誰よりもその変化に驚いていたのは自分自身だった。声を嗄らしてクラス回りに奔走する僕の姿を見て、マスミはニヤつきながらこう言った。

「最近、生き生きしてるじゃないか、何かイイことでもあったのかな？」

　と。クソッ、やっぱりこいつは正真正銘の悪魔だ！


　次期会長候補はただ一人だった。したがって、会長は選挙ではなく、信任投票になる。ライバルがいないのだから気楽なものだ。その生徒と接触を重ね、マスミはとうとう彼と協力して共に実現を目指す政策集をまとめ上げた。そして、それを一冊のパンフレットにしようと話がまとまった。このような試みは、この高校の生徒会史上初であった。

　読み易くするために、可能な限り薄いパンフレットにしたのだが、全校生徒分と教職員分、プラスアルファの部数を印刷、製本せねばならぬのだから、大変な作業になる。しかし、それこそが策士マスミの狙い、作戦であった。

　大変な作業を身内だけで細々とやっていたら、楽しくないし、消耗するばかりだ。そこで、発想を逆転させる。作業に数多くの生徒を動員して、皆でワイワイやれば、短時間で仕上がるし、第一楽しい。楽しく作業をやり遂げ、完成した山積みのパンフレットを目にすれば、達成感が生まれ、仲間意識だって芽生《めば》えてくる。結果として票にもなるという一石二鳥、三鳥を狙った作戦だった。

　この大量動員に力を発揮したのが、半期の間、倦《う》まず撓《たゆ》まず数多《あまた》の生徒と話し込みを積み重ね、作り上げてきたマスミの労作、学内生徒の人間相関図だった。

　友達の友達は皆友達だ、とばかりに、友情の力をフル活用して芋づる式に呼びかけ作業に参加してもらう、という動員作戦を実行したのだった。効果はてきめんだった。

　生徒会室にあった謄写版では枚数の多さから到底印刷が間に合わず、生徒会顧問に頼み込み、職員室にある電動の輪転機を貸してもらった。マスミを応援する数人の仲間達に協力してもらい、刷り上がったプリントの山を手押し車に載せて、作業会場に借り受けた大会議室へと運び入れた。大会議室にある長机を並べ変えて、流れ作業用の「島」を作った。二つ折りにしたプリントを「島」ごとにページ順にして並べ、それを次々に重ねていき、最後に二カ所ホッチキスで止めるとパンフレットの完成となる。

　大会議室にある長机の数からして「島」は八つ出来上がった。これだけあれば、何とかなるだろうと高《たか》を括っていた。作業開始の時刻は刻一刻と迫っていた。果たして呼びかけに応じて、どれぐらいの生徒が作業員として集まってくれるだろうか？

　発案者であるマスミは動員に自信満々であったが、僕は下駄《げた》を履《は》くまでは分からない、と最後の最後まで心配で落ち着かなかった。ずいぶんと小心者だな、とマスミはからかったが、慎重派と言え、と言い返した。

　そうこうするうちに、廊下の向こう側から賑《にぎ》やかな話し声と足音が聞こえてきた。弾かれるようにして会議室を飛び出して、廊下に出た。

　先頭には会長候補の二年生と迎えに出たマスミが並び、楽しげに話している姿が見えた。驚いたのは、その後ろにいる生徒の数の多さだった。二十、三十、いやいやとんでもない、五十人は軽く超えると思われる生徒の集団がこっちに向かってきていた。準備作業をしていた仲間と思わず顔を見合わせた。拙《まず》い、部屋に入り切らない⁉

　作業手順は図解入りですでに黒板に書いておいた。それを見れば、作業で混乱は起きないはずだ。彼らが来たら、板書した作業手順に従い、適当にグループ分けした上で開始させてくれ、と頼み、僕はダッシュで職員室へと走った。

　会場の入口付近でマスミとぶつかりそうになり、目と目が合ったとき、その目は笑っていた。（勝った！）とマスミの目は勝ち誇っているようにも見《え》えた。僕は内心、自分の負けを認めざるを得なかった。けれども、いまだかつてこんなに気分良く負けを認められたことはなかった。

「まだまだ来るぞ。ヒデオ、走れ！」

マスミは笑いながら声を張り上げて命じた。彼を睨《にら》み付け、「うるさい！」と怒鳴り返しながら、僕の顔も笑っていたかもしれない。

職員室に滑り込むや否や、大慌てで生徒会顧問を目で探した。いた！　先生の名を呼び、緊急で申し訳ないんですが、中会議室も借りられないでしょうか、と訊いた。先生も状況をすぐに把握できたようで、嬉しそうな顔をしてすぐに手配してくれた。トンボ返りで大会議室へ引き返した。案の定、人が入り切らず、廊下に多くの生徒達が屯《たむろ》していた。

「すみません！　向かい側の中会議室も使えるので、そっちへ入ってください。作業のための会場作りをしますから、手伝ってください！」

僕は大声で指示した。

大会議室と中会議室を忙《せわ》しなく行ったり来たりしながら、「島」ごとの作業の進行状況を確認しては、そのつど必要な指示を与えていった。マスミに頼まれたわけではなかったが、いつの間にか僕が作業現場の総監督の役割を果たしていた。

参加者総数は延べで百人強をカウントした。よくもまあ、この短期間でこれだけの大動員をかけられたものだ、と改めて驚かされた。ただし、人の出入りは頻繁であった。他の用事と掛け持ちで手伝いに来てくれた生徒もいて、途中で抜けていく生徒も少なくはなかった。彼らと入れ替わるようにして途中から手伝いにやってくる義理堅い生徒も多く、ざっと全体を見渡した感じとしては、常時五十人前後の生徒がパンフレット作成の作業に関わってくれていた。大人数の生徒が手伝ってくれたお陰で、作業は急ピッチで進んだ。

とは言え、その作業ぶりは粛々《しゅくしゅく》と進んだわけではない。会場の雰囲気はもうお祭り騒ぎだった。上級生のグループはフォークギターを掻き鳴らしながら、吉田拓郎や岡林信康、かぐや姫や井上陽水などのフォークソングを口ずさんでいた。他にも国民的アイドルの天地真理、南沙織、小柳ルミ子のヒット曲を歌い続ける一団もいた。また、誰が持ち込んだのかは分からないが、大会議室に発売されたばかりのラジカセが置かれ、作業の間中、最新流行の歌謡曲が次々と流れ、あちらこちらで大合唱が続いた。「花の中三トリオ」と呼ばれ、連日テレビの歌番組に登場しない日はないといった観のする売れっ子の桜田淳子、森昌子、山口百恵の曲がヒットメドレー風《ふう》に流れ、そこに参加者の最も多い一年生の生徒達の歌声が被《かぶ》さっていった。女子生徒も負けじと「新御三家」野口五郎、郷ひろみ、西城秀樹の曲をかけ、歌いまくった。さながら二つの会議室全体が歌合戦会場と化していた。ある女子生徒の行った「新御三家」の迫真の歌のモノマネがおかしくて、思わず作業の手が止まってしまうほどに大爆笑となった。作業場は終始笑いで満ちていた。

マスミは、と言えば、相変わらず精力的に動き回っていた。「島」から「島」へと疲れ知らずに渡っていく回遊魚ぶりだった。ただし、この回遊魚、マグロなんかとは違って、片時も喋ることを止めようとはしない。相手から喋りかけられれば、真剣に耳を傾ける。冗談には冗談で返し、たちまちにしてその場は笑いで包まれた。時折女子生徒から、「頑張ってください、応援しています」と声をかけられ、握手まで求められていた。周囲の仲間からはやしたてられながら、照れ笑いを浮かべつつも嬉しそうに対応していた。でも、マスミは冷静さを失っていなかった。そんなときにも、いや、そんなときだからこそ、マスミは次に打つべき策のために、いっそう情報収集に勤《いそ》しみ、人間相関図の精度と規模をよりバージョンアップさせることに努めていた。

そんな「回遊魚」とは対照的に、会長候補の二年生はのんきなものだった。顔見知りの同学年の生徒が集まった「島」で、仲間内のお喋りを楽しみながら、マイペースで作業に加わっていた。組織のトップであり顔である会長は、細かな事柄にはいちいち関わらず、信頼した部下に仕事を委《ゆだ》ね、自らは泰然自若たる態度を崩さずに大局観をもって事に臨む。その代わりに、参謀役はあれやこれやと気を配り、小さな変化も見逃さずに打つべき手を最善のタイミングで打っていく。マスミの得意とする分野だ。この二人、対照的であるだけに、そのバランスが崩れない限り、存外いい組み合わせなのかもしれない。

マスミの頭は、僕のような凡人の数倍、数十倍のスピードで回転し、次から次へとアイデアを生み出していく。そして、そのアイデアを会長候補に進言する。すでに二人の信頼関係は強固に築かれていた。確認の意味で、一言、二言質問することはあるだろうが、基本は決まっていて、いいよ、やろう、と承諾することになる。

策士マスミのことだ、承諾されるのはもう織り込み済みのことで、すでに布石は打ってある。いわば外堀も内堀も埋めた後で進言するのだから、会長候補も承諾するしかない。承諾され次第、日増しに数を増やしていく選挙応援隊の生徒達に次なる作戦が説明され、実行に移されていく。

しかし、その際、作戦はあくまでも会長候補のイニシアティブの下で実施されなければならない。参謀格、副会長候補であるマスミが会長候補を差し置いて、しゃしゃり出ていくような真似は絶対にしない。自分は参謀役であり、その立場に徹してこそ、二年生や三年生の上級生も抵抗感なく動いてくれるし、選挙活動全般もスムーズに機能していく。

マスミの組織論にブレは皆無だった。そばで彼の言動に接していると、それがよく分かる。同学年の一年生だというのに、彼から学ぶべきことはあまりに多く、しかも、机上の空論ではなく、有言実行、言葉にしたことを必ず形にしてくれたから説得力があり、実に刺戟的であった。

一通り「島」を泳ぎ回り、喋り倒してきた「回遊魚」は会長候補の二年生の許へと帰って来た。作業は終わりに近付いていた。何事か耳許で囁《ささや》いた後、マスミは大会議室と中会議室全体に響き渡る大声で呼びかけた。

「残りのプリントをこの『島』に持ってきてください、残り僅かです、みんなで完成させましょう！」

「はーい」「ほーい」「よっしゃー！」さまざまな返事が聞こえ、そのたびに笑いが生まれた。どこまでも明るい。中会議室にいた生徒が大会議室に移動してくると、たちまちにして部屋は生徒で溢れかえった。一つの「島」に集められたページごとに順番に並べられたプリントの枚数を山ごとにざっと数えた。僕はその数をマスミに知らせた。マスミは黙ってうなずいた。

十数名の生徒が、わっとばかりに「島」を取り囲んだ。まるで椅子取りゲームの光景を眺めているようだった。無事（?）「島」に辿り着いた生徒達がパンフレット作成の実働部隊になった。

余った長机を「島」の周辺に並べ変え、その上に大勢の生徒達が乗り、パンフレットが作成されていく様子を見守った。

二つ折りになったプリントがページ順に重ねられ、隅の二カ所を大型のホッチキスで止め、パンフレットが一冊出来上がったとき、間髪を入れず、マスミが声を張り上げてカウントダウンを始めた。

「残り五十冊！」

その声を引き取るようにして、周囲を取り巻いていた大勢の生徒達の中から、パンフレットが出来上がるたびに、自然発生的にカウントダウンを告げる声が挙がるようになった。残り四十九冊……四十八冊……四十七冊……。カウントダウンが進むにつれて、その場に居合わせた生徒達のテンションは弥《いや》が上にも上がっていった。残り三十冊……二十九冊……二十八冊……。作業をする生徒も含めて全員が声を合わせてカウントダウンし始めた。

これもまた立派な一つの祭りだった。会長候補の生徒に耳打ちして始めたマスミによる提案、共同の政策集作りに取りかかった時点で、彼はすでにこの祭りの場の創造を想定していたのだろう。祭りの仕上げとして参加者全員を一カ所に結集させ、昂揚した気分を共有化させるために、このファイナルカウントダウン方式を選んだのだった。

パンフレット作成という日常と地続きの地味で退屈な「ケ」の場を、一気に非日常の喜びと活力に溢れた「ハレ」の場に変えてしまう。人が本来持っているエネルギーを最大限引き出す術《すべ》をマスミは熟知していた。彼は天性のオルガナイザーであった。

「三……二……一、完成でーす！」

自然に盛大な拍手が湧き起こった。指笛を吹く生徒もいた。

「みんな、ありがとう、本当にご苦労様でしたー！」と、両手を挙げてマスミは叫んだ。心なしか頬が紅潮している。

「パンフレット持っていってねー。政策に疑問や意見があれば、遠慮なく聞かせてほしいんだ。三人寄れば文殊《もんじゅ》の知恵って言うから、みんなの意見を取り入れて、もっともっと良い政策になるよう磨きをかけるからね！」

　そうマスミは付け足すことを忘れなかった。テーブルの上に山積みになった約千部の政策パンフレットを眺めながら、僕の気分は昂揚し、軽い躁状態であった。興奮の余韻に浸っていた。長机を移動させたときに、慌てていたせいで思いっきりぶつけてしまった左足の向こう脛《ずね》に青痣《あおあざ》ができていたのだが、少しも痛みを感じなかった。

　ところが、隣にいたマスミはそうではなかった。先ほど頰に差していた赤味はすでになく、どこに注がれているのかは分からなかったが、彼の視線は一点を見詰めたまま微動だにしなかった。

　小さな祭りが一つ終わった。しかしそれは次なる祭りの序章に過ぎなくて、祭の連鎖に当分終わりはない――。一点を見詰めて身動きしないマスミ、その厳しささえ覚える横顔を見ながら、僕はそんなことを感じていた。学校を揺るがすような大祭に向けて、祭りは今始まったばかりなのだ。

　パンフレット作成に参加した百名を超える生徒達が中心部隊となって、選挙活動は活発に動き出した。書道部の生徒がいたお陰で、実に美しい書体で書かれた候補名の入った横断幕や幟《のぼり》が瞬く間に大量に用意され、学内の至る所に立てられた。裁縫の得意な女子生徒達が分担して、家のミシンを使い、たすきや鉢巻《はちま》きも充分な量が作られた。むろんこれらも偶然事ではない。マスミの人間相関図の情報を駆使して、彼が手配した結果であった。いよいよ選挙戦という本格的な祭りの始まりだ。

　朝の登校時、昼休憩の時間、そして下校時に正副会長候補は揃《そろ》って投票日までの連日、校舎の内外を問わず、辻説法と演説会に明け暮れた。候補者からの一方的な訴えばかりではなく、時には屋外で聴衆との自由討論会も行った。応援団と化した生徒達の力を借りて、政策の載った大量のパンフレットは全校生徒の手許へ一斉に届けられた。教職員にも配布され、職員室でもこうした政策パンフレット作りという初の試みと併せて、学校生活全般に亘る諸政策の内容について大いに話題になったとのことだった。

立候補締め切りまではまだ間があっただけに、選挙戦を開始した当座には立候補者は出揃っていなかった。それでも、マスミ達は猛然とスタートダッシュをかけ、学内の雰囲気を根こそぎ一変すべく選挙戦へと打って出たのだった。人と物とを大量に動員し、学内のありとあらゆる場を祭りの会場へと変貌させていくという作戦だ。

日を追って参加者が学年の枠を越えて増殖していくという従来の生徒会選挙からは考えられない凄まじい勢いの選挙活動は、急速に学内に大きなうねりを生み出していった。そのうねりは、思わぬ出来事を引き起こすことになった。

一つは、副会長への立候補に意欲を見せていた二年生が、副会長にではなく、書記への立候補に鞍替《くらが》えしたこと。すでにこの時期、誰の目にもマスミの存在感は異彩を放つものとして映っていた。いかなる選挙活動の場でも会長候補の二年生を前面に押し立ててはいたものの、その前例のないパワフルな選挙活動の中核にマスミがいることは衆目の一致するところであった。一年生であるとはいえ、別格の存在感を身に纏《まと》ったマスミを相手に選挙戦でまともにぶつかり合っても勝ち目はないとの判断が働いたことは間違いない。

もう一つは、書記、会計への立候補者数が過去最多になったことだ。書記、会計の定数はそれぞれ二名であるところへ、倍の八名の生徒が立候補した。しかも、八名中、六名が一年生の立候補であったことは驚きだった。これは明らかに「マスミ効果」とでも呼ぶべき現象だった。同じ一年生のマスミが選挙戦で旋風を巻き起こしている。ならば、自分も、と背中を押す役割を果たしたと言える。それ以上にもっとシンプルに、マスミと一緒ならば、生徒会の活動も面白いかもしれない。マスミがいれば、学校に大きな変化を起こせるかもしれない。そんな期待感が膨んでいたのだろう。

立候補した生徒達は、先行するマスミ達のやり方を真似て、お手製の幟を立て鉢巻き、タスキ姿で慣れない演説に汗をかいた。正副会長候補を併せて総勢十名もの立候補者とその数倍にも上《のぼ》る応援生徒達が、連日選挙戦に打って出る。もうそれだけで毎日がお祭り騒ぎだった。

日常が非日常化していく。ここでもマスミの望んでいた変革が形となって現れたのだった。


投票日まで数日に迫ったある日のこと、連日の選挙戦ですっかり声を嗄らしてしまったマスミと僕が、下校時の演説を終え、数人の仲間達と共に片付けをしながら言葉を交わしていた時のことだった。そのとき、マスミは一つ危惧していることがある、と話し出した。一年生と上級生、特に二年生との間で顕在化してきた軋轢《あつれき》についてだった。まだ両者の間に衝突が起きたわけではなかったが、書記、会計候補が乱立し、図式として一年生と二年生がしのぎを削る形になってしまった。時として険悪な空気が生まれることもあった。両陣営が隣接した場所で辻説法に立っていた折に、そんな不穏な空気を感じると、いち早くマスミや僕は現場へ駆けつけ、両陣営の間に割って入ったこともあった。選挙戦も終盤に入り、つい熱くなり過ぎて、といった程度のものであり、マスミや僕が間に入ったこともあって、ひとまず一年生の候補者とその応援隊が、二年生に頭を下げる恰好で事は済んだ。

しかし、そんなことで綺麗さっぱり両者のしこりが消えるわけもない。投票日が近付くにつれて、選挙戦はますます熱を帯び、些細な行き違いがきっかけで、激しくぶつかり合うシーンが生まれてこないとも限らない。同じ生徒会会員の内部に亀裂が入ることをマスミは最も恐れていた。話しながら、珍しく深刻な表情が浮かんでいた。今日一日の活動で身心共に疲弊していたせいもあったのだろうが、僕はつい口が滑って馬鹿げたことを言ってしまった。自分が蒔《ま》いた種だ、と思って後悔しているのか？　と。

マスミは信じられないという表情をして、僕の顔を凝視した。あっ！　と、とっさに僕にも分かったのだが、時すでに遅し、であった。

「そういう底の浅い発想しかできないものかなァ？　悪いが、お前のこと、軽蔑してしまいそうだ」

マスミは吐き棄てるように言い放った。ごもっともです、と僕は心の中で恥じ入りながら呟いた。

「一年生と上級生との軋轢が生まれる根源は、学校群という欠陥品の入試制度にあるんだ。当事者が言うのはいやらしく、変な話なのだが、総体として学力的に高い層がこの高校に入学してきた。そんな意識は一年生にも上級生にもある。教師だって当然持っているはずだ。その意識は容易に差別意識に結びつく。それが生徒間に分断を生み、学校全体に不快な違和感を醸《かも》し出している。

僕が副会長に立候補し、対立候補と目《もく》されていた二年生が書記に鞍替えしたこと、そして、多くの一年生が書記、会計に立候補し、二年生候補相手に善戦していることは、一つのきっかけに過ぎない。決して原因ではない。そこを見誤っては駄目だ。物事の本質が分からなくなるぞ」

年少者相手に噛んで含めるような物言いで、マスミは僕に語った。すまない、浅はかだった、と体を小さくして僕は謝った。

「嘆いてばかりいても仕方がない。肝心なのは、この問題にどのように対処するか、だ」

マスミは独り言のように言った。

「もう考えてる手立てはあるんだろう?」

先回りして訊いてみると、マスミは肯定も否定もしなかったが、真っすぐに僕の顔を見て言った。

「一緒に来てくれ」

投票日前に、もう一波《ひと》乱ありそうだな、と覚悟を決めた。

向かったのは、二年生の教室だった。もう顔馴染《かおなじ》みで気さくに挨拶してくる二年生も多くいた。もう一方で、胡散臭《うさんくさ》げに睨み付け、無言で立ち去っていく二年生もいるにはいた。分断と軋轢の渦中にいる、そんな意識で緊張感が高まってくるのを僕は感じた。

しかし、マスミはいつものマスミだった。敵地に乗り込んでいく、などという素振りは毫《ごう》も見せてはいなかった。帰り仕度をしていた会長候補の生徒に、マスミはためらいもせずに声をかけた。

要点を纏《まと》めれば、一年生と二年生の話し合いの場を設ける仲介役になってほしいということだった。副会長候補と目されていた二年生、彼が会計に立候補した二年生の生徒と友人であることは分かっていた。そこで生徒会選挙に立候補している二人の二年生との話し合いを至急持ちたい。投票日までもう時間がない、今のような険悪な空気のまま、投票日を迎える状況だけは何としてでも避けたい、大至急その話し合いの場を、会長候補の力でセッティングしてほしいと頼んだのだった。

　世に言う「大人《たいじん》」と呼ぶにふさわしい風貌と度量の大きな、いかにもリーダー然とした風格の会長候補にはピッタリの役割だった。

「僕が直接出向いたのでは相手も構えてしまうだろうし、少々荒っぽい感じがして、下手をすれば逆効果になる恐れだってなきにしも非《あら》ずだ。最後のチャンス、絶対に失敗は許されない。その点、先輩が動いてくれれば、角が立たないし、話し合いもスムーズに運ぶに違いない。先輩、よろしくお願いします」

　とマスミは頭を下げた。マスミの危惧していた点は、会長候補の生徒にもよく理解できた。「大人《たいじん》」はその日のうちに動いてくれた。このとき以後、会長候補の二年生をマスミは名前ではなく、タイジンと呼ぶようになった。そして、その呼び名は瞬く間に全校へ広がっていった。

　早速、翌日の授業後、選挙活動の終わりを待って、話し合いの場は設定された。

「これは極秘会議なのか？」

　と、普段は磊落《らいらく》な態度を崩さぬタイジンにしては珍しく神妙な面持《おもも》ちで訊いてきた。

「別にそんなことはありません。ことさらオープンにする必要もないですけどね、あくまで自然体です。人の口に戸は立てられないと言いますしね。噂はたちまちのうちに広がるでしょう。でも、それでいいんだ、と考えています」

　マスミは意外なほどに明るく軽い調子でそう答えた。

　タイジンと僕を前にして、居住《いず》まいを正すようなしぐさを見せてからマスミは話し出した。主にはタイジンに向けての言葉であったが、僕にも聞いてほしい、という彼の思いは伝わってきた。

「話し合いを持ちたいとの僕の要望を伝えてもらったときの相手の様子については先ほど伺《うかが》いましたが、ああ、これで目的の半分以上は達成されたな、と正直思ったんです。相手の先輩も気にしていてくれたんだな、ということがよく分かりました。さすが、生徒会役員に立候補しようと考えるだけの見識を持った人物だ、と感心しました。

　話し合いを持って、拗《こじ》れることなど心配する必要は一切ない。雨降って地固まるの諺《ことわざ》通り、今回の問題をより高い次元で解決することによって、一年生と二年生の団結が強化され、一丸となって学校改革に乗り出していく、今回の選挙戦がその第一歩になる、と僕は確信を持てるようになりました」

　そう言って笑顔を浮かべたマスミに、タイジンは苦笑いの顔付きで、

「何だかマスミに上手く乗せられた感じだなァ。とんでもない奴が副会長になる、つくづくそう感じたよ」

　と冗談交じりの口調で応じた。

「その通り、僕は相当な悪人ですから、タイジンも覚悟しておいてください」

　マスミが真顔で言った直後、二人は揃って大笑いになった。

　その傍らで、僕は笑えなかった。笑っている場合ではなかった。タイジンと「悪人」の笑いが止むのを待って、僕は切り出した。話し合いの場に僕も加わるのか？　と。ちょっと間を置いてから、「いや、出席する一年生は僕一人のほうがいいと思う。たとえ役には立たなくても、一緒にいてくれたほうが気は楽なんだがね。話し合いの性格上、一年生は一人のほうがより効果的だと思うんだ」

　そうマスミは答えた。役立たず、と明言されて、その途端僕はフリーズ状態に陥った。タイジンが気の毒そうに僕に視線を送ってくれているのが視界の端で捉えられたのだが、口を開けば涙が零れ落ちそうで黙っていた。情け知らずの極悪人、いつか地獄に堕ちろ！　と心の中で呪ってやった。

　マスミは一切意に介さぬ様子でタイジンのほうを向き、

「あまり大勢で来られると変な力学が働いてしまい、冷静な話し合いがしにくくなるし、話が長引くばかりで都合が悪い。でも、会計候補の先輩には同席してもらいたい。そう伝えておいてもらえませんか」

と依頼した。人数バランスのことを考えたのだろう。

「いいのか?」

と、タイジンはやや困惑気味に訊いた。

「仲介役とは言え、タイジンも含めて二年生が三人と一年生の僕が一人、それぐらいの割合のほうがこの話し合いの目的から考えていいような気がするんです。二年生が忌憚《きたん》なくものが言えて、イニシアティブを取って話し合いを進め、終わらせる。それが僕の望んでいる話し合いのイメージです」

と、マスミは事もなげに断言した。

「……とか言いながら、話の本筋はお前がリードし、最終的にはお前の思惑通りの結論へと導いていく……だろ?」

タイジンは意地悪く目を細めながら、マスミを見詰めてそう言った。

「もちろんです」

「恐れ入ったな」

タイジンはそう呟いてボリボリと頭を掻いた。

話し合いは生徒会室を借りて行われた。マスミの予想通り、噂は瞬く間に広がり教室に居残る生徒達の姿が目に付いた。日常を非日常にする。祭りの場に変える——マスミが日頃口癖のように言っていた言葉を噛み締め、僕は一年生の教室をすべて回り、居残っていた一年生に声をかけた。

役立たずは役立ずなりに、分相応のお役に立ってみせまする。明日はなろう、あすなろう、あすなろの精神が頭の片隅をかすめていたのかもしれない。声を張り上げた。僕の教室からは生徒会室の中の様子がよく見える。言葉は聞こえないけど、話し合いの雰囲気ならば、少しは摑める場所だと思う。一年生を代表して二年生の話し合いにたった一人で臨んでいるマスミにエールを送るため、僕の教室に集まってくれ、と言って回った。

教室は一年生でいっぱいになった。椅子が足りなくて机の上に座る者、二人掛けする者、自分の教室から椅子を運んでくる者さまざまであった。チョークを使って黒板に大きく極太の文字で書いた。「マスミガンバレ!　全校生徒の団結力が学校を変える！」

板書していたとき、背中に教室に溢れ返った一年生の視線を痛いほどに感じた。書き終えると、壇上から教室を埋めた一年生達に向けてこう呼びかけた。自分の思いを書いてくれ、と。さっと席を立ち、チョークを握る生徒がいた。数人で集まり、相談する姿も見受けられた。次第に言葉で埋まっていく黒板を眺めながら、一心に何かを考えている生徒もいた。

黒板が字で埋め尽くされた頃を見計らって、今回の話し合いが持たれるに至った経緯を説明した。特に話し合いの目的について、一年生と二年生との間に生じつつある不幸な溝を、何とかして修復せねばならぬということ、そのチャンスは投票日直前の今しかないことを強調した。大きな亀裂が入る前に関係修復を計ることは、生徒会活動を活性化し、学校改革を実現させる上で、絶対に成し遂げなければならない。今、マスミはその重大な使命を一身に背負って、不退転の決意で二年生と対峙《たいじ》しているが、その目的を達成するためには、マスミの力だけでは足りない。どんなに優れたリーダーであっても彼を孤立させてはならない。ここに集結した一人一人の力、さらにはその連帯の輪を広げて、一年生全員が一致団結することでしか実現できぬものであることを力説した。

（マスミ、これでいいのか？　こんなメッセージで大丈夫なのか？）

僕は心の中でマスミに助けを求めていた。門前の小僧、習わぬ経《きょう》を読む。連日、マスミのそばに立ち、その辻説法から何を、どのように訴えれば良いのか、喋り方から身振り手振りに至るまで学んできたつもりではあった。しかし、いざ実戦となるとさっぱり自信は持てなかった。そんなときだった、大きな拍手が湧き起こったのは。全くもってそんな反応が返ってこようとは想定していなかったものだから、正直慌てた。それから胸奥《きょうおう》から込み上げてくる熱いものがあったのだが、そこはぐっとこらえた。一人悦に入《い》っている場合ではなかった。

後期の選挙で書記、会計に立候補している六名の一年生に話を振った。全員が教室に揃っていた。今の気持ちを、考えを聞かせてくれ。立候補を決めてから選挙戦を闘う中で、いろいろ体験し、苦しみ悩んだこともあったと思う。この場で洗いざらい全部吐き出してくれ。皆で受け止め、共有する。その上でぜひとも踏ん張って乗り越えていってほしいからだ。僕達の唯一の武器は連帯すること、団結することだ。これを作れない限り、現状は何も変えられないんだから、と。六名の立候者の目を一人一人見ながら訴えた。一人一人が真剣に胸の奥底から絞り出すような思いを吐露してくれた。辻説法の最中に、すぐ近くで演説をしていた二年生候補者の応援隊から聞くに堪えられないような罵詈雑言《ばりぞうごん》を浴びせられ、辻説法を中断せざるを得ないような状況に追い込まれたことがあった。悔しさと恐ろしさとで混乱し、立候補を取り下げようかどうか、本気で悩み苦しんだ日々のあったことを赤裸々に告白してくれた立候補者もいた。立候補者中、唯一の女子生徒であった。一瞬、教室は静寂に包まれた。目を充血させながら、彼女は一語一語区切り、確認するようにしてこう言った。

「今でも怖さは残ってる。憎しみだってある。でも、個人的な恨みつらみに囚われていては、人間として駄目になる。だから……私は乗り越えてみせる。応援してほしい……」

最後は涙声だった。弾けるような拍手に包まれた。「頑張れ！」「負けるな！」と、次々とかけ声が飛んだ。

我を忘れ、胸奥《きょうおう》から振り絞るような発言に聴き入っていたとき、身近で共に選挙戦を闘ってきた友人が僕のそばへやってきて耳打ちした。二年生も教室に集まっている、と。緊張が走ったが、タイジンの仲間が集まりを取り仕切っているらしい。刺々《とげとげ》しい雰囲気ではなく、静かに話し合いが終わるのを待っている、という感じだ、と教えてくれた。タイジンの仲間が仕切っているのだったら大丈夫だろう、とひとまず胸を撫《な》で下ろした。

話し合いは一時間あまりで終わった。すでに下校時刻が迫っていたが、生徒会顧問が守衛に掛け合ってくれて一時間だけ延長してもらった。タイジンの指示で、二年生が待機していた教室で一、二年生合同の緊急報告集会を開くことにした。教室内の机や椅子はすべて廊下に出された。それでも居残っていた一年生が合流すると、教室は人で溢れ返り立錐《りっすい》の余地もなかった。教壇に話し合いに参加したタイジン、書記、会計候補の二年生三名とマスミが横一列に整列した。外はすでに暗い。教室に点《とも》された蛍光灯のせいか、どの顔も青白く、疲れが滲み出ているように見えた。

一際《ひときわ》長身で体格の良いタイジンが教卓に一歩進み出て、まずは遅くまで待機してくれたことへの感謝を述べた。それから話し合いの経過について説明を行った。タイジンらしい鷹揚《おうよう》で悠揚《ゆうよう》迫らない口調の、それでいて率直な時にユーモアを交えた語り口で、時折集まった生徒達から笑いが漏れることもあった。

「二年生の立場からすると、例年通りの無風の選挙戦だったはずが、一年生の予想だにしなかった選挙戦での猛スパートに正直なところ、一部混乱を来《きた》したことは確かだった。どのように対応したら良いのか判断がつかず、纏まりを欠いたまま、選挙戦も終盤を迎えた。焦《あせ》りが生じていたことは確かで、一向に勢いの衰えぬ一年生候補に威圧的な態度をとってしまうような場面が生まれてしまった。言いわけなどできない。上級生として恥ずかしい限りであって、不快な思いをさせてしまった一年生には心から陳謝したい」

タイジンをはじめとする二年生三名が一斉に深々と頭を下げた。

僕は立候補した中でただ一人の女子生徒の姿を目で追った。友人に背中を摩《さす》られながら、俯《うつむ》いて涙を流していたが、何やらその友人と言葉を交わした後、顔を上げ、壇上の二年生を真っすぐに見詰めた。頬には涙の筋が光っていた。けれども、もう彼女は泣いてはいなかった。凜《りん》とした眼差し、美しいと思った。

壇上でタイジンは頭を上げ、再び語り出した。

「残り僅かになった選挙戦だが、二度とこのような恥ずべきことが起きぬよう、言動を厳《げん》に慎むこと、この場を借りて宣言する」

そう明言し、集まっていた二年生達に同意を求めた。その声から日頃の柔和さは消えていた。顔は目の辺りを中心に赤みを帯びていた。怒らせたときのタイジンは鬼神の如くに恐ろしい、との噂を耳にしたことがある。その一端がこのときの教壇で仁王立ちしたタイジンの姿から窺《うかが》われたように感じられた。「許すると、「異議なし！」の声が次々に挙がった。「許してほしい」「済まなかった」「ごめんなさい」という声もそこに被《かぶ》さり、幾人もの生徒が一年生に向かって頭を下げた。

マスミは真っ先に拍手で応じた。その拍手は瞬時に教室全体に広がっていった。タイジンに続いて書記、会計候補の二年生からも謝罪を含む発言が相次ぎ、最後はマスミが締め括った。

「これでノーサイド！　互いに恨みっこなし。明日からまた笑顔で、元気に、頑張ろう！」

と。一年生はむろんのこと、二年生からも大きな拍手が湧き起こった。

僕は教室を埋め尽くした群集の中に埋もれ、じっと笑顔で拍手を送り続けるマスミを見ていた。蛍光灯の光の加減なのだろうが、彼の周辺だけが明るく輝いているように見えた。副会長に立候補しただけに留まらず、組織者としての卓越した能力をいかんなく発揮して、一年生に火をつけ、後期生徒会選挙を空前の盛り上がりにまで仕立て上げつつ、二年生との間に起きた確執をものの見事に解決し、より高い次元での生徒集団の団結を作り出した男。だが、彼は目先の出来事に囚《とら》われていない。そのずっと先を見据えている。そこに至るための布石を着実に打っている。

これからしばらくの間、生徒会は、いや、学校は彼を中心に動いていくのだろう。この男、本当に奇跡を起こすんじゃないか⁉　マスミに食らいつき、共に歩んでいけば、これまで見たこともない光景を拝めるかもしれない……。身の内から湧いてくる震えを抑えられなかった。

選挙戦最終日の前日、下校時の活動後、タイジンの音頭《おんど》で立候補者十名全員が集まり、彼の周囲をぐるりと取り囲んだ。さらにその周りを幟や横断幕、チラシの残りを手にした応援生徒達が幾重にも取り巻いた。どの顔にも疲労と充実感が錯綜《さくそう》して貼り付いていたが、総じて明るい雰囲気に包まれていた。

「残すところは明日の立会演説会のみだ。泣いても笑ってもこれで最後、思いの丈《たけ》を存分に出し切ろう！　思いの丈と言っても告白するわけじゃないけどな……」

と、タイジンにしてみれば、精一杯のジョークだったのだろうが、反応は気を遣った微苦笑のみであった。タイジンは咳払《せきばら》いを一つ、そして話を続けた。

「個々の思い、個々人が掲げる政策に違いのあることは当然だ。でも、共通するものがある。生徒会活動を通して実現したい共通の願いがある。この学校を今よりもっと良くしたい。一人一人の生徒が未来の社会の主権者として尊重され、真に主人公となれる学校に変革していく、その点に違いはないはずだ。ならば、生徒会が中核となって、全校生徒が一致団結していくことは可能だ。

マスミが先日の報告集会で使った言葉を使わせてもらうならば、選挙戦が終わったらすべてがノーサイドだ。投票の結果次第で当落は決められてしまうが、それはあくまで結果に過ぎない。大事なのは、その後に展開される生徒会活動にある。当落に関係なく、生徒会役員選挙に立候補する勇気と決断力、行動力を持ったこの十人が、その強い志を持ち続け、各自の持ち場で力を発揮してくれるならば、絶対により良い未来が切り開かれる。それを信じて頑張っていこうじゃないか！」

タイジンの声は連日の演説で完全に潰《つぶ》れていた。それでも死力を振り絞り、そこまで語り終えると、左手を腰に、拳《こぶし》を握り締めた右手を力一杯天に突き上げ、叫んだ。

「学校改革目指して、団結して、頑張ろう！」

それに唱和して参集していた全員が、同じように右手を天に突き上げ、「頑張ろう！」と声を張り上げた。それを三度繰り返し、タイジンは最後に候補者一人一人に相対《あいたい》し、ありがとう、と声をかけ、両手で力強く握手した。その場には、大輪の拍手の花が咲いた。

いよいよ明日だ。明日で決まる――僕はそう思うと、早く明日になってほしいような、それでいて明日の来るのが怖いような相矛盾する気持ちに襲われたのだった。

　立会演説会は冒頭から異様なほどの熱気に包まれて進行した。選挙中に使われた鉢巻き、たすきを着けた立候補者達が壇上に並んでいる。その鉢巻き、たすきは多くが薄汚れ、破れ目の目立つものであり、選挙戦の激しさを物語っていた。同じく選挙中に使用された幟や横断幕が、会場となった講堂内にズラリと並び、雰囲気を盛り上げたのはもちろんのこと、新たに垂れ幕が幾十本も登場し、講堂の二階手すり部分から垂らされた。立候補者を応援する内容のものもあれば、学校改革に向けた熱意を表わしたスローガンを記したものまで、実にバラエティに富んだ文言が並んでいた。選挙戦に加わった有志の生徒達が、自営で工場を営んでいる生徒宅に泊まり込み、そこの倉庫を借りて徹夜で作り上げた労作であった。有志の中には一年生も二年生も混じっていた。選挙戦では一触即発の険悪な関係になった生徒達も含まれていた。しかし、あの話し合いによる劇的な和解ですべてはノーサイド。その精神を体現しようと二年生のほうから声をかけ、この夜の合同作業は実現したのだった。

　住宅街からは離れた野中の一軒家とは言え、極力外部に音が漏れぬよう倉庫を閉め切り、立会演説会の前夜祭と称して、飲食あり、歌舞音曲ありの賑やかな宴《うたげ》となった。

　その場には選挙管理委員のメンバーも加わり、垂れ幕作りを手伝う傍ら、舞台上に吊《つる》す巨大な横断幕も作り上げた。「魂の投票が生徒会を変える！」――選管の委員長が考案した惹句《じゃっく》であった。この委員長は二年生の女子生徒、名はリン子と言った。幼い頃から書道を習い事とし、いくつもの全国大会で入賞を果たしてきた手練《てだれ》であった。書道部に在籍し、入学した当初から絶対的な部長として君臨していた。胸元まである大筆を駆使し、渾身《こんしん》の気合いと共に一気呵成《いっきかせい》に書き上げた。豪快にして繊細、見事な筆遣い、仕上がりにその場に居合わせた誰もがどよめき、歓声を上げた。

「神憑《かみがか》りだわァ……」

　と、溜め息交じりに誰かが呟いた。それは誰もが抱いた共通する感想であった。しかし、リン子はそんな声に反応することはなく、空《から》になったバケツに大筆を戻し、今しがた書き上げたばかりの大書に正対すると、しばらくの間、身動きすることはなかった。彼女の名の通り、凛《りん》とした空気がその体の周囲には漂っていた。

立候補者の演説、そして応援演説へと続くその直前に、各陣営の応援生徒達によるエール合戦、演《だ》し物が行われた。替え歌の合唱あり、色とりどりのポンポンを用いたチア風《ふう》の振り付けあり、古色蒼然としたバンカラ風の応援ありと一、二年生が中心ながらも、三年生も含めた全校生徒が主体的に参加し、皆で盛り立て楽しめる一大イベントになった。

同席した教師達も、例年の退屈した生徒達の私語ばかりが目立つ、形式ばった立会演説会からは、すっかり様変わりしてしまったエンターテイメントに驚きを隠せない様子だった。

生徒達の躍動する姿にニコニコ顔で一緒になって体を揺すっている教師がいる一方で、苦虫《にがむし》を噛み潰したような渋面《じゅうめん》を浮かべて、舞台を睨み付けている教師もいた。

校長は柔和な表情を崩さず、立会演説会の進行を静かに見守っていたが、時折隣にいた教頭と何やらヒソヒソ話を交わしていた。その教頭はと言えば、終始一貫険しい顔付きで、時計ばかりを気にしていた。確かに内容が盛《も》り沢山《だくさん》過ぎて、決められた立会演説会の時間枠を超過しそうな勢いであった。

肝心要《かんじんかなめ》の立候補者による演説では、やはりその存在感と内容の点で群を抜いていたのは、会長候補のタイジンと副会長候補のマスミであった。彼らの場合、対立候補は不在で、いわば所信表明演説といった観の強いものとなった。

二人は事前に相談してあったのだろう、話が重複しないよう、今期の生徒会が学校改革の第一陣として実際に取り組もうとしていること、そして、そこに流れる基本精神といったものが、二人の異なる人間性にフィットするように上手く分担されていた。

タイジンの武器は、何といってもそのあだ名通りの懐《ふところ》の深い、大きな器を感じさせる人柄であった。

細々《こまごま》した具体的な事柄を語るよりも、骨太な基本精神を語るのに最適の弁士であった。すっかり定着した観のあるそのニックネームが、さらに尊敬と親愛の情を込めて「タイジン様」と変えられて、講堂の中央に陣取った女子生徒からなる大応援団から一斉に飛ぶ。「タイジン様、カッコイイ!」とか、「タイジン様、だーい好き!」とかといった嬌声《きょうせい》も混じっている。

舞台上でマスミも盛んに冷やかしていたのだが、さすがにそこはタイジン、慌てず騒がず狼狽《うろた》えず、まさに泰然自若とした態度で、両手を挙げてその黄色い声援に応えたのだった。

お祭り騒ぎに浮かれる会場を一瞬にして鎮まらせたのはマスミの演説だった。タイジンに代わって演壇に立ったマスミは、一呼吸置いてからいきなり本題を切り出した。文化祭改革、体育祭改革、送別会改革など、従来からあるもののすっかりパターン化、硬直化してしまった諸行事に新たな息吹を吹き込むための根本的な改革案を、機関銃のように乱射したのだ。そして、改革を現実に実行する上で必要不可欠なのが、全校を網羅する血の通ったネットワーク作りであることが強調された。会議のための会議を漫然と繰り返している従来の縦割り型会議ではなく、必要性に応じて開く各種委員会を横断する臨時会議、各委員会の長を召集し、課題解決に向けた密度の濃いスピード感溢れる会議、時には生徒会の組織を超えて、クラス活動のダイナモであるクラスリーダーと生徒会執行部とを直接繋げ、連携プレーによって問題を一挙に克服していくための会議の新設などが次々と提案された。

「大人社会の悪しきコピーである縄張り意識の払拭《ふっしょく》、そんな下らないものは今期の生徒会には必要ない。要は発想の転換、改革を断行するためならば、従来の枠には一切囚われない柔軟にして野蛮な精神が求められているということだ」

と、マスミは語気を強めた。

「選挙期間中にタイジンと作り上げた政策集をさらにバージョンアップして改定版、第二弾を作成した。選挙期間中、みんなとの意見交換会で聞かせてもらった多種多様、大小さまざまな意見、要望を積極的に汲み上げ、練り直した末に出来上がった新たな政策集だ。これが現時点での学校改革の方向性を示した僕のバイブルだが、このバイブルにドグマはない。永遠に完成型は生まれない。いわば、永遠の未完だ。

　僕が望む生徒会の本質は、この永遠の未完という言葉がよく表している。換言するならば、飼い馴らされた家畜の自由は、設けられた柵の範囲内にしかない。あらかじめ限界を定められた自由には完成がある。完結した自由が用意されている。

　しかし、そんなものが自由だろうか⁉　本物の自由とは、その柵の向こう側に果てしなく続く原野にこそある。本物の自由とは、永遠の未完のことを指している。

　本物の自由の砦《とりで》を、この学校に、みんなの手で作り出そう！」

　マスミの演説が終わるや否や、講堂には割れんばかりの拍手が湧き起こった。高く指笛が響いた。実は、それが合図だった。一年生から三年生まで、クラスごとに講堂の床に直座《じかずわ》りした前方から一斉に紙テープが舞台上に投げ込まれた。僕も手にしていた赤いテープをマスミの頭上遙か上、天井に当たれとばかりに投げた。赤い軌跡が緩やかな放物線を描いて、乱れ飛ぶテープと交錯しながら舞台上に落下した。さらに二階の両サイドにも生徒が配置され、そこからも数多くの紙テープが舞った。

　学年を問わず、聴衆の至る所からマスミの名が連呼された。それはいつしか一つに纏まり、マ・ス・ミ、マ・ス・ミ……と手拍子に合わせて、一音一音区切って発せられるマスミコールとなり、いつまでも続いた。演説を終え、いったんは席に戻ったマスミであったが、いつまでも続くマスミコールに促されるようにして再び立ち上がった。その途端、一段と大きな拍手が起きた。このようなことが起きるのは、立会演説会という場においては、異例中の異例であった。念のため、会の進行を仕切っている選管委員長のリン子にマスミはアイコンタクトをとった。彼女は静かにうなずいた。舞台上に投げ込まれた紙テープを掬《すく》い上げ、マスミは演壇に立ち、色とりどりの紙テープの束を握り締めた両手を高々と挙げて歓声に応えた。

それから興奮状態にある聴衆に向かって、こう訴えた。

「みんな、聞いてくれ！」

たちまち波が引くようにして歓声は鎮まった。沈黙が壇上に立つマスミへの注目を高めていった。それがピークに達したのを見計らって、マスミは語り出した。

「これから書記、会計それぞれ二名ずつの席を争って、八名の仲間達がみんなからの支持を得るべく最後の訴えを行う。みんな真剣だ。必死だ。立会演説会を迎えた今日この日まで全員が悩み苦しんできた。今、その多くは語れない。でも、その苦難の日々を乗り越えて、彼らはこの場に立とうとしている。語られる言葉は言葉として真正面から受け止めてほしい。その上で、もう一つ、語られることのない一人一人の胸のうちに秘められた葛藤を、ドラマを感じ取ってほしいんだ。

これだけの立会演説会を築き上げたみんなの力は凄い。その力を僕は信じている。その力で、これから登壇する立候補者の内面に去来する想いを聴き取り、感じ取ってくれないか。

想いと想い、心と心が繋がる奇跡を、みんなの無限の力で起こしてくれ！」

マスミは演壇を下り、聴衆から全身が見える位置に立ち、深々と頭を下げた。感極まって泣いている生徒達が、僕の周囲にも数多くいた。言葉が胸に響くとはこういうことだろう。だが、これだけ多くの聴衆を前にして、胸に響く言葉を発せられる同学年の高校生を初めて見た。マスミ、もうお前は奇跡を起こしているよ——。

地鳴りのような拍手と歓声を浴びて、マスミは席に戻った。タイジンが迎える。二人はガッチリと固く握手した。リン子の司会によって、順次登壇した立候補者の訴えは熱っぽく、どれも胸を打つものとなった。マスミの訴え通り、その言葉の奥に秘められた心を聴き取ろうと、講堂を埋めた生徒達は真剣に耳を傾けた。マスミもまたその言葉の一つ一つに敏感に反応していた。幾度もうなずいた。拍手を送ることもあった。大笑いすることもあった。人間マスミが、確かにそこには存在していた。

最後の演説が終わると、講堂の中に一斉に弛緩《しかん》した空気が流れた。演者も、そして聴衆もまたそれだけ集中していたことの証《あかし》だった。

「これから各教室に戻り、投票を行います。今回の選挙では、会長、副会長は信任投票となりますので、信任する場合は○印を、不信任の場合は×印を記入してください。書記、会計については、支持する二名の候補者に○印を記入してください。それ以外の記入があった場合は無効票になりますので注意してください」

リン子の冷静な声がマイクを通して流れた。

舞台上に吊された巨大な選挙スローガン、「魂の投票が生徒会を変える！」。改めて僕の目は自然にそこへ吸い寄せられた。怜悧《れいり》で涼しげな彼女の声と躍動感に溢れ、滾《たぎ》るような情熱を湛《たた》えた見事な墨書《ぼくしょ》とが、どうしても結びつかない。群盲象を評す、という格言があるが、彼女と接した人がその一面を評したところで、彼女の全体像を捉えたことにはならない。

ある種の矛盾を孕《はら》みながら、人はこの世に存在しているものなのだろう。マイク席に全クラスの選挙管理委員を集め、クラスごとに束ねた投票用紙と回収袋を渡し、今後の手順を説明していく。

リン子は選管の委員長としてテキパキと確実に実務を遂行している。ここにもまた、人知れず内面のドラマを抱えた頼もしい仲間がいた。

選挙結果は即日開票、発表となる。結果発表の仕方は、生徒会室の入口横にある掲示板に貼り出すことになっている。主に選択授業で用いられる大教室に選管は集まり、集計作業を進めた。黒板を使い、着々と票数は集計されていった。

立候補者は、各自の教室で応援生徒達と一緒に待機していた。マスミはタイジンと生徒会室で開票結果を待った。僕も同席していたのだが、誰もが無口だった。さすがにマスミもタイジンも長期に亘った激しい選挙戦に疲労困憊《こんぱい》したのか、もう一言も話したくない、といった気怠《けだる》い空気を漂わせていた。

タイジンは熱烈な支持者の女子生徒から貰った大量ののど飴を一粒口に放り込み、ガリガリ音を立てて噛み砕いた。それから、椅子を並べて簡易ベッドを作り、横になった。目は開けたまま天井を見上げていた。マスミもご相伴《しょうばん》に与《あずか》りのど飴を口に放り込むと、机に頬杖を突き、全ページに書き込みの入ったヨレヨレの政策集、彼にとっての「バイブル」を広げて、その紙面に目をやっていた。

僕は、鉢巻き、たすき、幟、横断幕といった選挙戦グッズを片付け、とりあえずダンボール箱にしまっていた。さんざん使い込み、どれも汚れや破れ目の目立つ状態で、再び使うこともないだろうが、愛着が湧いてすぐには捨てられない気分だった。

恐らくはマスミもタイジンも同じ気分なのだろう、無駄とも言える僕の作業に何も口出しをしなかった。当時はとてつもなくゆっくりと流れていった。当面することもなくなった僕は机上に残っていた政策集を一冊手に取り、要望項目における重要な柱の一つである校則改正のページを開けた。実は心の中に一つの蟠《わだかま》りがあった。マスミやタイジンにぜひとも問いただしたかったのだが、今ではなく、選挙結果が出てからにしようと、ぐっと言葉を呑み込んでいた。政策集のページを捲《めく》っても、そこに連なっている文字が目に入ってくるだけで、頭の中で意味をなさなかった。幾度読み返しても結果は同じだった。諦めてページを閉じたとき、生徒会室のドアが開いた。リン子が顔を覗《のぞ》かせた。

「結果出たよ。二人とも圧倒的な得票で信任されたから。おめでとう」

静かな笑顔を残して、彼女はドアを閉めた。閉められたドアに向かって、偶然、マスミとタイジンは同時に「ありがとう」と言った。顔を見合わせて、二人は笑った。

生徒会室の前がにわかに賑やかになった。選挙結果が貼り出され、一刻も早く結果を知りたい、と待機していた生徒達が急いで駆け付けてきたのだ。リン子は気を遣い、人だかりができて近付けなくても、遠目からでも見易いように、模造紙に大きめの楷書《かいしょ》で投票結果について記していた。やはり書道へのこだわりがそうさせるのだろう、彼女の分身とでも言うべき毛筆で認《したた》められていた。横断幕に大書された選挙スローガンのようなダイナミズムはなかったが、代わりにまるで習字のお手本のような端麗《たんれい》な文字が並んでいた。

貼り出されるや否や、集まった大勢の生徒の中からどよめきが起きた。その理由の一つは、マスミとタイジンへの信任票が有効投票のほぼ百パーセントに達していたからだ。これまで幾度も生徒会選挙を経験してきた三年生の口から、こんなの初めてだな、という声が漏れた。信任投票の場合、一定数の批判票が投じられ、票数が低めに抑えられるのが通例であったからだ。ここからも二人の新リーダーに対する全校生徒の期待の高さが窺《うかが》われた。生徒会室からマスミとタイジンが姿を現すと、集まっていた多くの生徒達から「おめでとう！」の祝福の声が上がり、たちまちにして二人とも握手攻めに遭った。

僕は掲示板に貼られた選挙結果を見ていた。書記、会計ともに、立候補した二年生は当選していた。二年生の立候補はそれぞれ一名ずつだったため、学年票は割れないだろうということで、選挙戦当初から当選間違いなし、との見方が大勢《たいせい》であった。だが、書記、会計ともに当選した一年生候補との得票差が意外と小さいというのが驚きだった。何と言っても、一年生の立候補者数は各三名、票の食い合いになり、二年生候補とは大差がつくだろうと見られていた。しかし、結果は違った。選挙前、副会長候補と目されていた二年生が、マスミとの一騎打ちを回避し、書記候補に回ったことが投票心理に微妙な影を落としたに違いない。もう一人の書記に当選した一年生はマスミと仲が良く、頭の回転の速い、弁の立つ生徒であった。度胸もあり、一年生と二年生の軋轢が表面化してきた際、臆することなく、二年生陣営からの心ない圧力について、演説の場で堂々と批判していた。一年生から多くの票を集めたばかりでなく、二、三年生からの批判票も少なからずこの生徒に流れたものと思われた。

書記の選挙結果以上に、会計の結果は多くの生徒を驚かせた。それが選挙結果の貼り出された直後に起きたどよめきの二つ目の理由だった。選挙戦終盤に急きょ開かれた、タイジンを仲介人とするマスミと二年生候補との話し合いの折、一年生の待機集会の場で、涙ながらに二年生からの圧力を暴露し、糾弾したあの女子生徒アオイが、当選した二年生が獲得した票数に肉迫する得票数で当選したのだった。

アオイは目立つ生徒ではなかった。応援生徒も普段から一緒にいる限られた女子生徒ばかりで、それ以上の広がりは生まれなかった。会計に立候補した一年生三名の中では、最も見劣りする生徒であったと言えるだろう。しかし、激しい選挙戦を体験する中で身に纏っていた殻を一つ、また一つと脱ぎ捨てるように急速に成長していった。

当初は、言葉を交わしたことのない赤の他人同然の生徒に語りかける勇気が持てないようで、演説する声は小さく、その声も外に向かうのではなく、内に向かっているようで、時にはマイクを握りながら震えていることさえあった。ましてや独自の政策など何一つ打ち出せず、ただただ生徒会のために頑張ります、の一点張りであったのだが、日を追って誰の目にも彼女が変貌していく様子がはっきりと見て取れた。

演説する際、原稿の棒読みであったのが、次第に原稿に目をやるしぐさは影を潜めていった。

たとえ上級生であっても、通りかかる相手の目を見て自分の言葉で語りかけられるようになった。人間とはモチベーションさえあれば、短期間でこんなにも変われるものなんだ、と僕は毎日のようにその姿を目にしていながらも、なお信じられないような気持ちでいた。時の経過とともに、主張のメインテーマは行事改革に絞り込まれていった。生徒の反応具合から肌で感じて学んでいったのだろう。生徒の意見が尊重される、真に生徒が主体となって動く行事のあり方について、彼女なりの情報網を駆使することで得た他校の行事も紹介しながら、改革案を熱っぽく語り、訴え続けた。

そうしたアオイの「進化」は、応援スタイルをも激変させた。ある日の昼休み、マスミの選挙演説の準備で幟を立てていたとき、アオイの応援生徒の規模の大きさと派手さに唖然《あぜん》とした。昨日までは二、三人の生徒が地味にビラを配る程度だったものが、軽く一クラス分の人数がいるのではなかろうか、頭に紙で作られたピンクの大輪の花を全員が付けている。候補者名の入ったタスキもリニューアルされ、ピンク地にところどころ花が咲いていた。幟も同様、満開であった。

　駆け足でやってきたマスミが、途中、そのお花畑のような「花ガールズ」の軍団に近寄り、

「いい、凄くいい！　とかくに殺伐としがちな選挙戦の雰囲気が一変したよ。明るくって、華やかで、楽しそうで、この勢いで当選しちゃうぞ！　って感じがするなァ」

　と、心底感激したような口振りで声をかけたのだった。「花ガールズ」は、選挙戦に一大旋風を巻き起こし、一躍「時の人」になっていたマスミから絶賛されて、大喜びだった。

「当選しちゃうだって⁉　マスミ君、本当にそう思う？」

「思う思う、いけるよ！」

「花ガールズ」のメンバーから訊かれたマスミは大声で答えた。すると、一斉に、キャーッ、という歓声が上がった。まるで当選を果たしたような喜びようだった。

　マスミは手を振って彼女らと別れ、僕の許《もと》へとやってきた。

「これで面白くなるだろう。台風の目はいくつあっても構わない。選挙戦がもっと盛り上がること、それこそが大事なんだ」

　と、いかにも感に堪えないといった口調で言った。

　そのとき、立候補者であるアオイが姿を現した。その恰好を見て、またいっそう甲高《かんだか》い嬌声が周囲に響いた。花が盛り付けられ、アフロのようになった冠《かんむり》を被《かぶ》り、着込んだ体操服の上下にももうこれ以上飾れないというほどの花を咲かせていたのだ。遠目に眺めやりながら、さすがにちょっとやり過ぎなんじゃないのか⁉　と、つい批判めいたことを口走ってしまったのだが、マスミは、

「あの子はふっ切ったんだよ。選挙戦における現時点での下馬評では、彼女は圧倒的に劣勢にある。ここで一発大逆転を狙う気なら、まずはすぐにでも実行できる外見面で目立つという戦術をとらない手はない。後は、あの明るいノリが政策アピールの面にも活きてくれれば、案外と面白い結果になるかもよ」

と、満面の笑顔でその「花の女王」に大きく手を振りながら言い、最後の含みを持たせた言い方で、僕の批判を一蹴《いっしゅう》した。そして、

「何かあると、いつまでもウジウジグズグズと引きずる男と違って、女子はさ、気持ちを切り換え腹を括ると怖いぞ。もの凄いパワーで迷いなく押しまくってくる。その勢いをまともに食らったら打つ手なし、全くのお手上げ状態だ」

と今度は大真面目に語った。

これを動物的な勘というのだろうか。この日を境にして、すでに変化を見せ始めていたアオイの演説はその周囲の雰囲気、「花ガールズ」の底抜けに明るいパフォーマンスと相乗効果を成して、数段スケールアップした。前を通りかかる男子生徒は、ギョッとした顔付きになったり、遠巻きに足早で通り過ぎたりと引き気味の反応であったが、対照的に女子生徒達には受けまくった。テレビをつければ歌番組の全盛期、僕達とは年齢も近いアイドル歌手が次々と登場し、そのバックでTシャツにミニスカートという出《い》で立ちのスクールメイツが、何の屈託もない笑顔で踊る姿がどの番組でも見受けられた。応援生徒から髪飾り用の花を付けてもらい、一般の女子生徒が飛び入りで加わった。応援生徒達の歌と手拍子で即興ダンスを踊り出す、にわかスクールメイツの誕生だった。

花を愛《め》でながら、酒を飲み、歌い踊る酔っ払いの一団をよく見かけたが、彼女達の場合、酒の力なんか借りなくとも、自らが愛でられるべき花に化身し、自らを愛でながら踊り狂っている。アオイ本人を押し退《の》けて、勝手に、

「この子はホントにいい子、だから、選挙での清き一票は絶対にアオイに、よろしくお願いしまーす」

と絶叫している。その場を通り過ぎようとしている友人に、

「あっ、〇〇子、こっちおいで。歌おう、踊ろう、選挙やろう！　さあ、アンタも花付けて、一緒にやるんだよ！」

と強引に引っ張り込んでしまう。アオイもそばで笑い転げている。その場では、誰かが歌い、踊り、笑っていた。僕はその女子軍団によって演じられて

いる乱痴気騒ぎを、まるで白昼夢を目《ま》の当たりにするようにして、ただただ見惚《みほ》れていた。

　すると、マスミが演説調で語り出した。

「行事改革を何としてでも成し遂げる、とこれまで繰り返し訴えてきましたが、あの華やかな『花ガールズ』をご覧ください。彼女達は有言実行、もう行事改革を現実に断行しています。生徒会選挙というとかくに地味で形式的になりがちな行事を、『花ガールズ』は楽しいお祭りに変貌させてくれたのです。

　僕達高校生には、現実を変える力がある。論より証拠、百聞は一見に如《し》かず、そのことを『花ガールズ』は教えてくれています。

　現実を変える力を発揮するための有効な手段は、何事も楽しむこと。楽しいから楽しむのではない。主体的、能動的に自らが楽しむことによって、現実はその姿を変え、楽しいものになっていくのです」

　そして、ちょっと間を置いてから、マスミは「花ガールズ」に向かって叫んだ。

「お花畑のみんな、楽しいかーい！」

　すると、彼女達は飛び跳《は》ねるように全身で、「楽しーい！」と声を揃えて答えたのだった。さらに、

「選挙、楽しいかーい！」

　と畳《たた》みかけると、

「楽しーい！」と返ってきた。

　突如始まったマスミの演説と即興のノリで交された「花ガールズ」との掛け合いをそばで聞きながら、ふとある疑念が頭をよぎった。邪推かもしれないが、策士マスミならば、これぐらいのことはやりかねないのでは……？　マスミが内密に入れ知恵をしたという考えだった。

　選挙戦の中盤になっても相変わらず劣勢に立たされていたアオイに起死回生、大逆転のための秘策を授けた。執行部メンバーのバランスという観点からしても、男子生徒ばかりの所帯では具合が悪い。せめて一人だけでも女子生徒に執行部の一員として加わってほしいと考えたとしても不思議ではない。それと、ふっ切ったときの女子は怖いぞ、と言ったマスミの言葉に隠された真意だ。アオイのような勢いのある生徒を、つまりは伸び代の大きな生徒を執行部に加えたほうが、執行部そのものが活性化するに

違いないとのいかにもマスミらしい読みだ。まだある。長丁場だけに選挙戦がマンネリ化するおそれがある。そこで、この中盤から終盤に差しかかる時期でのカンフル剤としての「花ガールズ」というお祭り軍団の投入だ。

選挙戦の空気を変え、その行方をも混沌《こんとん》とさせるような盛り上がりを作り出すための起爆剤の役割を果たさせる。一石二鳥、三鳥の秘策だ。僕の批判をあっさりと一蹴《いっしゅう》したマスミの言葉、最後に含みを持たせて口にした、「案外と面白い結果になるかもよ」という言葉を改めて思い出した。動物的な勘、なんかじゃない。マスミは確信犯だ。そう思った。いや、そうとしか思えなくなっていた。

そして、その予言通り（正しくは、計略通り）、アオイは「花ガールズ」パワーをいかんなく発揮して激しい選挙戦を闘い抜き、女子票はもちろんのこと、かなりの男子票も獲得して、見事に当選を勝ち取った。

彼女も仲の良い応援生徒達と一緒に、選挙結果の貼り出された生徒会室の掲示板前に来ていた。花飾りの付いたアオイの名前を見付けた瞬間、辺りを憚《はばか》ることなく彼女達は互いの肩を叩き合い、抱き付きながら、あらん限りの声を張り上げて号泣した。

立候補したばかりの頃の影の薄い彼女の姿など、どこにも見当たらなかった。照れも見栄もない、殻を脱ぎ捨て、素っ裸になった姿で彼女は全校生徒の前に立ち続け、全身全霊で訴え続けたのだ。衆人環視の中、号泣して喜びを爆発させる資格を彼女は充分に持っていた。思わずこちらまで目頭が熱くなったのだが、さすがにここで貰い泣きするのはみっともないな、と思い、ぐっとこらえた。

周囲の目など憚《はばか》ることなく、喜びを爆発させ、仲間と抱き合い、慟哭《どうこく》できる彼女の強さに対して、世間体を気にして痩《や》せ我慢してしまう自分の弱さがいかにも貧相で情けなかった。

マスミからの秘密のアドバイスがあったにせよ、なかったにせよ、彼女は逆境をバネにして、間違いなく自分の力でものの見事に殻を打ち破った。そう感じたこのときほど、僕は自分の全身を覆う鎧《よろい》のような重くて固い殻の存在を意識させられたことはなかった。

　高校入学以来、忽然《こつぜん》として目の前に姿を現したマスミという傑物に、否応もなく翻弄され、多少は殻の一部分が剝《は》げ落ちたかもしれない場面に遭遇はしたが、彼女ほどに蟬《セミ》が脱皮するような決定的な経験はしていない。

　これから先、果たして我が身にそんな劇的な出来事が起きるのだろうか？　我が身のうちに、堅牢《けんろう》そうな殻を打破する力が潜んでいるのだろうか？　何とも言えなかった。自らの限界がどこにあるのかは皆目《かいもく》分からないが、その限界点まで突き進んでみたいという野蛮な好奇心がないではない。けれども、そんな蛮勇をこの自分がたった一人で揮《ふる》うとは想像しにくかった。ホント、どうなってしまうのだろう？

　見事な泣きっぷりを見せるアオイを眺めながら、その場で一人、途方に暮れていた。

　そこへ会計に立候補し、激戦の末に落選した一年生が二人、ハンカチに顔を埋《うず》めて、仲間に付き添われながらしゃがみ込んでいた彼女の許《もと》へやってきた。二人は清々《すがすが》しい若者特有の笑顔を浮かべていた。全力を出し切った者だけが浮かべられる特別な笑顔のように思われた。「おめでとう」と掠《かす》れた声で祝福し、一人の生徒がそっと手を差し出した。ハンカチから顔を上げた彼女は、うん、うん、とうなずきながら、差し出されたその手を握った。もう一人の生徒も、「おめでとう、凄かったよ、完敗だ」と顔を赤らめながら、彼女に手を差し出した。同じように返す言葉もなく、ただただうなずきながら、彼女はその手も握り締めた。そして彼は、

「執行部に加われなかったのは残念だけど、俺達も頑張るから。応援するからな。力を貸してほしいときには遠慮なく言ってくれ、喜んで駆け付けるから。アオイは『花の女王』なんだから、俺達の分まで生徒会で暴れてくれよ」

　とエールを送った。選挙戦の疲れを滲ませながら、落選による落胆を乗り越えて、爽やかな笑顔と共に心からのエールを送った彼らを、同じ一年生として誇らしく思えた。

　敗者であって、敗者ではない。そんな勇者に彼ら

を変えたのも、今回の選挙戦が持った大きな意義の一つだったに違いない。

そのときだった。

「聞いたぞ、聞いたぞ」と妙に明るい声が僕の背後から聞こえてきた。マスミだった。

「助けてほしいときにはいつでも呼べ、駆け付けるから、って言ったよな？」

まるで悪魔だ。言質《げんち》を取ったからな、とほくそ笑んでいるマスミ悪魔、こいつは今、腹の中で何を企んでいるのか？　どこか禍々《まがまが》しいものを感じた僕であったが、世の中には変わり者、好き者がいるものだ。まさにこの二人がそうだった。

「マスミ、何かあるのか？」

二人はもう揃いも揃って目を輝かせている。落選の憂き目に遭ったことなど、もう忘れてしまったのだろうか？　教えてやりたかった。敗因の最大の元凶である「花ガールズ」登場の陰の仕掛人はこいつなんだぞ⁉　と。しかも、その闇の首謀者本人が犠牲者になった彼らを、よりによって結果発表のあった当日に新たな企みに誘うだなんて……精神構造を疑ってしまう。

「ちょっとこっちに来てくれ、秘密の相談だ」

何が秘密だ。ここに集まっている全員の耳に届くような大声を出しやがって。むろんそれも彼の作戦であることは明らかだった。

マスミは二人を促して、生徒会室前のロビー風《ふう》になった空間の一番端っこに置かれたテーブルへ連れていった。今やれっきとした執行部の一員となったアオイと、彼の盟友と自他共に認める僕は、置いてきぼりになったことが不満だった。自然に目と目が合った。わっ、この子の目の光、すでに戦闘モードに入っているではないか⁉　思わずたじろいだのだが、彼女は委細構わずこう言い放った。

「私達も行こう」

煮え切らない返事の僕の手を引っ張って、彼女はマスミら三人が陣取ったテーブルへと急いだ。

終わったばかりだというのに、もう次が始まるんだ……と、ちょっとうんざりするような、それでも、どこか心の沸《わ》き立つような感情に襲われていた。

マスミ達が座っているテーブルから最も遠い位置にあるテーブルでは、タイジンが当選して書記と会計になった二人の二年生とすでに話し込んでいた。これもマスミとタイジンとが仕組んだ次の一手に向けての連携プレーだったのだ。タイジンはいつも通りの磊落《らいらく》な態度で、静かに話を聴いている。他の二年生は、二人とも前屈《まえかが》みの姿勢で途切《とぎ》れなく何事かを語りかけているようだった。次が始まっているのは、マスミを中心にした僕達ばかりではない。タイジンを先頭に、二年生も次に向かって動き出している。勢いで押しまくった一年生に比べて、守勢一方であった二年生の負った傷は意外と深いものであった。でも、だからこそ、会長であるタイジンの果たすべき役割は重大だ。けれども、懐が深く、学年を問わず人望の篤《あつ》い彼ならば、この難局を何とかしのいでいけるだろう、と僕は楽観的に考えていた。タイジンにはマスミが付いている。マスミにはタイジンが付いている。何とかなるさ、何とか——。

凡庸《ぼんよう》な僕には、個性の異なる二人の傑出したキャプテンが最終的に目指している目的地まではぼんやりとしか分からないが、彼らと同じ生徒会という船に乗っていることだけは確信していた。もう下船することは許されない。その気もない。大航海時代のような苦難の旅の連続になるかもしれないが、行けるところまで付いていこう。

そんなことを夢想していたとき、先ほど生徒会室で、二人に訊こうと思っていたことがあるのを思い出した。もう次なる寄港地に向けて、外海に出てしまっている二人に訊くのも気が引ける。いずれ訊けるタイミングが訪れるだろう。しかし、曖昧にはできない事柄だった。今後の生徒会活動の方向性を大きく左右することにもなりかねない課題だった。操《そう》舵手《だしゅ》のちょっとしたミスで船は座礁《ざしょう》してしまうかもしれない……。そんなことを思い巡らすうちに、心のうちに風が吹き出した。嵐の前触れ、人の心を不安にさせる風だった。風が吹いてくる方向を見定めようと意識を集中し始めた矢先だった。

生徒総会——唐突に、その単語が耳に飛び込んできた。まるで自分の心のうちが誰かに読まれているのではないか、と思えて、ドキリとした。その声はタイジンのいるテーブルからだった。マスミとの対決を回避した、例の二年生の書記がタイジンに向かってしきりに生徒総会について話しているようだった。話の内容までは聴き取れない。彼は急に顔を近付け、声を潜めてタイジンにだけ聞こえるように話したりもしていた。タイジンは普段と変わらず、黙ってその言葉に耳を傾けている。日頃ならば、そうした態度から彼の鷹揚（おうよう）な人柄を想起させられるところなのだが、このときばかりは、その沈黙から感じられたのは、話されている事柄の重大性であった。重大であるからこそ、タイジンは軽々には口を挟まないのだろう、そんな気にさせられた。

後期生徒会が最初に取り組む行事、それは生徒総会だった。全校生徒、および学校当局に対してこの問題への取り組み方を明示するとすれば、この場をおいて他にない。二人はもう生徒総会に向けて、すでに何か秘策を練っているのに相違ない。

「さっきから何ボーッとして突っ立ってるんだ？　選挙が終わって魂抜けたのか？　座れよ」

マスミの声に我に返った。

「魂飛ばすのは勝手だが、もう少し先にしてくれ。これから早速大仕事にかかる。執行部ではないが、親友であり代議員でもあるんだから、当然一緒にやってくれるよな？」

マスミはじっと僕の目を見据えながら訊いてきた。YESか、NOか、なんてことを訊いてはいない。ありがたいのか、迷惑なのか、よく分からないが、マスミはそういう奴だった。彼の胸にある秘策を一刻も早く知りたかったものだから、僕の返事は決まっていた。もちろんだ、と。マスミはニッと笑いながら、こう言った。

「いい子だ」

僕は緊張していた。なぜなら、笑っていたマスミの目は瞬《まばた》きもせず、冷酷さを湛《たた》えて光っていたからだ。

＊　＊

生徒総会を前にして、僕が最も気になっていたこと。それは校則改正に向けて、副会長になったマスミはどう考えているのか？　ということだった。立会演説会の場で、マスミは行事改革について一つ一つの行事を取り上げ、かなり突っ込んで具体的な改革案を示していた。それとは対照的に、校則改正についてはその問題の理念というか、抽象的な問題提起に終始する演説に留まっていた。会長になったタイジンの演説もマスミのそれと呼応した内容だった。明らかに二人は事前に相談をし、校則改正についてはあえて深入りすることを避けたんだ、と思った。でも、常日頃マスミと話していて、学内問題で強い怒りを口にしていたのは校則にまつわる事柄であった。細かい事項を挙げれば、制服、頭髪、学生鞄、靴、学内に持ち込んでも良い所持品、それ以外にも異性との交際、サークル活動、校外での諸活動、アルバイトに関係することなど、見直しがされないまま、時の流れの中ですでに有名無実化してしまった規制も多かったのだが、高校生の政治活動に参加する権利ということでは、有形無形の圧力が厳然と存在していた。高校生が未来の主権者ならば、それは学校側も認めていることだが、そのために高校生の主権者意識を育てる努力が果たして学校でなされているると言えるのか⁉　現実は逆行することばかりだった。そんな強権的な学校、教師側の姿勢の反映で、高校生は主権者となるべき自らを鍛えることを忌避し、萎縮してしまっていた。高校生の無気力化を嘆く大人の声は多いが、そのように仕向けているのは大人の側の責任に他ならない。この惨状を学校は放置するのか⁉　というのがマスミの信条だった。そんな彼が生徒会の副会長となり、先頭に立って成し遂げたいと願っていたのは、行事改革である以上に、校則改正の問題であったはずだ。ところが、それを前面に掲げることを避けた。選挙前の全校生徒に向けて行ったマスミの演説を聴いていて、最も不審に思えたのがそのことであった。当面は生徒要求の強い行事改革から着手するというのは、戦術として、あり、だとは思うのだが、では、その後はどうするつもりなのか？　学校改革を目指す上で、絶対に避けては通れない校則改正の問題を、戦術と併せて戦略的にどのように位置付けているのか？　それだけはマスミの口から直接説明してもらいたかった。まさか闘いもしないうちに白旗を掲げるなんて敗北主義に陥っていることはない、敵前逃亡なんて絶対にマスミじゃない、と強く思っていた。それに、……誰よりもマスミのことを信じていた。

＊　＊

前代未聞の生徒総会であった。演劇部の生徒に手伝ってもらい、舞台の緞帳《どんちょう》が上がると、舞台上は真っ暗だった。だが、チャイムの音が響き、生徒達のざわめきが聞こえていることで、そこが学校であることが分かった。上手《かみて》にピンスポットが当たると、私服姿の四人の生徒が登場してきて（その中には、落選した一年生候補が含まれていた）、仲間内の会話をし始めた。

学ランが廃止されて清々《せいせい》したよ、と男子生徒がスポーツバッグを片手に大きく背伸びをしながら明るく語る。その行く手に回り込むようにして、女子生徒がくるりと一回転、膝丈《ひざたけ》より短いフレアの入ったスカートが花開いた。可愛《かわい》いでしょ？　と得意気に彼女は言う。すかさず会場から、可愛い！　という声が飛んだ。……うん、と男子生徒は照れ臭そうに返事をし、何か、前より明るくなったよな。制服を着てるときよりのびのびしてるっていうか、はっきりモノを言うようになった気がする。ちょっと大人になったように思える、と感想を口にした。そんな具合に、制服や鞄の制約がなくなった高校生活の利点について、ミニ演劇風に展開していく。一区切りつくと、暗転。

今度は、下手《しもて》にピンスポットが当たる。女子生徒が二人（一人は会計に当選したアオイだった）、やはり私服姿で歩いてくる。アオイへの声援が会場から飛び交《か》った。

「ねえ、明日、何着てくる？」

と一人が困り顔で訊いてくる。すると、アオイの演じるもう一人が、

「そう、それよ。一通り持ってる物着ちゃったし、お母さんに、新しいの買ってほしいって強請《ねだ》ったら、怒られちゃって。制服だったら無駄遣いしなくて済むのにって、ブツブツ文句ばっかり言ってる。別に他の子と張り合う気なんてないんだけど、同じ物着てると、どうしても周りの目が気になっちゃって」

「そう、そう。A子みたいに、家がお金持ちだから、毎日取っ替え引っ替えフリフリの付いた可愛いのを着てるのを見ると、つい、男子の目、気にしてんじゃない？　って勘繰《かんぐ》っちゃって、自分が自分でいやになってくるんだよね。A子に直接訊いたことないけど、A子を見る目が変わっちゃって。最近口も利かなくなっちゃった」

次第に二人の会話に熱が帯びてくる。

「ホント、分かる。その点、男子はイイよね。気楽で。でもさあ、B子みたいに一週間ずっと同じ服着られると、さすがにね……。近寄ると臭そうで、そばに寄りたくないもんね」

二人のテンポの良い掛け合いに場内から笑いが起きていた。

「そうだよねェ、でも、あーあ、制服があった頃のほうが良かったかなあ？」

二人が考え込むしぐさをして暗転になった。

と、次の瞬間、舞台の後方から眩《まば》ゆいライトが照らされ、その光の輪の中に怪しい人影が蹲《うずくま》っているのが見えた。会場いっぱいに不気味な笑いがこだました。黒マントに黒アイマスク姿のマスミだった。

光の当たっていた舞台後方に置かれた台上からマントを翻《ひるがえ》して飛び下りた。後方のライトが消え、代わりに点されたピンスポットがその怪人の姿を捉えた。口許に不敵な笑みを浮かべながら、舞台中央、最前列にまで進み出た怪人は、ゆっくりと、しかし挑発的な口調でこう言った。

「さてさて諸君、君ならどちらの学校生活を選ぶかな？」

怪人は、再び不気味な笑いを響かせながら闇の中へと消えていった。

――そんな調子で総会の前半は終了。後半は会長のタイジンが中心になって、かなりのアップテンポで正規の議事が進行していった。タイジンは校則改正について執行部としてのプランを練っているが、それをすぐに生徒会の最終的な方針として押し付けるつもりはない、と述べた。

「総会後すぐに全校生徒を対象としたアンケートを取り、総意を束ねるところから開始する。疑問、意見、要望欄も設けるので忌憚《きたん》のない声を寄せてほしいが、大事なことは互いの顔と顔が見える形でのコミュニケーションの積み重ねにあると考えている。執行部とクラスとのパイプ役でもある代議員に、クラス討論の場で直接自分の正直な思いを伝えてほしい。

議会で集約していくが、アンケートやクラス討論以外にも、時間の許す限り、参加自由のミニ集会やシンポジウムも企画するから、そこにも参加して直接思いの丈をぶつけてほしい。数の集約と多数決が民主主義ではない。互いに意見を自由にぶつけ合い、同時に謙虚に他人の意見にも耳を傾けながら、自らの意見を柔軟にどんどんと深め、高めていってほしい。

君子は豹変す。誤りを正すのに遠慮は無用。みんなには君子になってもらいたい。そうした成熟した議論の果てに、一つの結論を導き出していくのが、ホントの民主主義だ。校則改正を巡る全校規模での議論を通して、一人一人が民主主義の担い手、主体的で建設的な民主主義者になっていく。それこそが、生徒会がこの問題に取り組む上で最も望んでいることだ」

タイジンは例の悠揚《ゆうよう》迫らぬ鷹揚《おうよう》な語り口で、講堂を埋め尽くした全校生徒にそう訴えた。

これが、マスミとタイジンからの僕の疑問に対する回答にもなっていた。焦るな、ヒデオ、という彼らからのメッセージとも受け取れた。じっくりと腰を据えて学内世論を掘り起こし、多数派を形成しつつ、少数意見も反映させながら、生徒会は堂々とこれが全校生徒の校則改正に関する要求だ、と纏め上げ、学校側に迫っていくという戦略だった。まさしく王道だ。マスミもタイジンも民主主義の王道に立って闘い抜くという姿勢を、生徒総会の場で鮮明に打ち出したのだった。

その姿勢に異議はなかった。けれども、王道を歩むならばなおのこと、その行く手には高い壁が立ちはだかることになる。「行事屋」生徒会と揶揄《やゆ》される現状を変えない限り、大きな行事が立て込んでいる後期に、校則改正運動にじっくりと取り組む余裕がないことは明白だった。アンケート活動やクラスでの討論会を一、二回開くぐらいが関の山で、文化祭、体育祭と連続する全校行事の準備に時間の大半は取られてしまう。おまけに、その後には修学旅行が待ち構えている。生徒の意識もそっちのほうへ飛んでしまう。生徒会活動の主力となるべき二年生には修学旅行が待ち構えている。

祭、体育祭と連続する全校行事の準備に時間の大半は取られてしまう。おまけに、その後には生徒会活動の主力となるべき二年生には修学旅行が待ち構えている。生徒の意識もそっちのほうへ飛んでしまう。そうした逆境の中、校則改正運動に取り組む雰囲気を学内に醸成するのは至難の業《わざ》だ。そんないばらの道を歩まざるを得ない校則改正運動に、マスミやタイジンはどう立ち向かおうとしているのか？　何か秘策でもあるのか？　僕の次なる疑問はそれだった。

　総会後、その辺りのことを生徒議会の場で質問するつもりでいたのだが、早くも行事に向けた案件が立て込んでいたために、それもままならなかった。先が思いやられる。ならば下校時に、と思ったのだが、さすがに副会長ともなると、連日授業後は執行委員会やら関連部署との臨時会議とやらで、マスミが生徒会の仕事から解放される時刻は遅く、なかなか彼と話をするチャンスは巡って来なかった。それでもある日、今日は時間が作れそうだ、との連絡がマスミから入り、その日を選んで直接疑問をぶつけることにした。

「学校だと何かと邪魔が入る。例の喫茶店へ行こう」

　と彼のほうから誘ってきた。初めてマスミと話し込んだ思い出の喫茶店だった。タイジンとは幾度か利用しているとのことだった。あの日と同じ席に座り、単刀直入にその疑問をぶつけてみた。すると、その件については、タイジンと継続して話し合っているという。タイジンは平然と、俺は捨て石になる、と言い切ったそうだ。後期に校則改正運動が急速に進展するとは考えていない。勝負は来年だ。だから、後期にはまずは来年の前期を見据えて、打つべき手をすべて打っておく。いわば、次に飛躍するため、勝負を懸けるための足がかりを作っておくのだ。結果的にたとえどんなに小さな成果であったとしても、足がかりになれば充分であり、それができればしめたものだ。いくつか足がかりを作り、それらを起点にして、来年の前期には生徒会の総力を結集し、一気に勝負に出る。年度を跨《また》いだ長期的戦術しかないだろう、というのが会長であるタイジンの見通しだ、と言う。

「ところで、クラスでのアンケートの反応はどうだ？」

　今度はマスミのほうから訊いてきた。

「みんな、しっかり書いてくれてるよ。自由記述欄にもびっしりと書き込まれているのが目立つしね」

「アンケートはまだクラスに下ろされたばかりだ。数人の生徒から、個別の校則について執行部ではどう考えてるんだ？　という直接の質問も寄せられてる。議会でもアンケート調査に関して強調したが、これをゴールと勘違いされるのが一番困る。あくまでも運動のスタートラインに立つための手段なんだ、という点をクラスでも徹底して説明しておいてくれ」

　とマスミは言った。

「アンケートの項目ごとに、数の多いものが生徒会の要求として決定、なんて機械的なものではない。タイジンも総会の場でその点に言及していたけど、アンケートの集計結果は今後さまざまな場で話し合うための叩き台なんだ、ということ。民主主義にはダイナミズムが必要だ。さまざまな意見を持った人と人とが面と向かって議論をし、互いの異なる意見が影響し合い、化学反応を起こすことで個々の意見がどんどん変容していく。そのプロセスを通過することで、次第に集団の合意形成を計る道筋が見えてくる。そうした本来の討論が持つダイナミズムをどこまで作り出せるのかが、この運動の成否を決定すると言っても過言ではない」

　マスミの主張は、僕にもよく分かるようになってきた。数字を至上の価値と錯覚する多数決主義に陥った途端、民主主義は形骸化し、その精神は死ぬ。マスミと一緒に生徒会活動に参加するようになって半年ちょっとがたったけど、そのことを身に沁《し》みて理解できるようになった……つもりだ。

　それにしても……と僕は別のことを考えて、思わず言葉を詰まらせた。

「タイジンの言葉……重いし、切ないな」

「ああ、『捨て石』発言か。タイジンはけろりとしてるよ。あの人はそういう人だ。腹が据わっているというか、自分の立ち位置を誰よりも正確に測れる人というか……凄い人だよ」

　マスミは注文した濃厚ミックスジュースに口をつけた。心なしか苦そうな顔をした。

タイジンの言葉を総合して考えてみると、彼は来年の生徒会はマスミ政権になることを前提としていて、二人はそれで合意しているというわけだな、と言わずもがなのことではあったが、確認する意味で訊いてみた。「マスミ政権」という呼称が気に入らなかったのか、マスミは一瞬むっとした表情になったが、すぐに気を取り直して何事かを思案する顔付きになった。そして、まだ後期が始まったばかりで、来年度の体制について口にするのは早過ぎるが――と前置きをして、再びミックスジュースのストローに口をつけた後、奥のカウンターにいるマスターの目を気にしながら、彼の死角に入るような体勢で、そっとコップの水をジュースのグラスに注いだ。それから、グラスの側面に付着した果汁の跡を目で追いつつ、静かな口調で言い切った。

「ヒデオには以前告げたと思うが、僕はそのつもりでいる。それに、タイジンをただの『捨て石』で終わらせる気などさらさらない」

その直後に、視線を真っすぐ僕の顔に向けた。瞬き一つしない。何かを頼むとき、いや、命令するときに必ず見せるマスミの目がそこにはあった。来る、何かが来る⁉……条件反射のように僕は背筋を伸ばし、緊張しながら、彼の発する次なる言葉を待った。

「来年度の前後期を通して、僕の片腕として生徒会役員の一人になってほしいとも考えたんだが、やめておく。その代わりに、生徒議会の議長になってもらいたい。このミックスジュース並みに僕とヒデオの関係は濃過ぎるから、生徒会役員になってしまうと、身内で固めたっていう印象がどうしても付きまとってしまう。周囲からそういう目で見られるのは、運動をさらに広げ、強化していくためには損だ。役員にはいろんな血を注入したい。例えば、校則改正における焦点の一つになる制服の自由化を巡る問題を取り上げてみても、役員の半分は女子生徒にしたいと考えている。男子と違って、制服であるセーラー服への愛着を捨てがたく持っている女子生徒は少なからずいる。その本音の部分を掬《すく》い上げられるのは、やはり同性の女子役員だろう。制服問題に限らず、運動を構築していく上で、女子生徒の果たすべき役割は大きく、ここが一つのネックになるとさえ思っている。

　それと併せて、校則改正運動全般を見渡したとき、従来とは比較にならないほどに、生徒議会の機能強化が急務になってくると考えている。代議員が、これまでのようなクラスとの単なるパイプ役に留まっているのでは、学内世論形成という点であまりにも貧弱過ぎる。いわば、学内世論形成の最前線に立つぐらいの生徒会のクラスにおけるオルガナイザーとして代議員には動いてもらわないことには困る。生徒会執行部の六名が丸腰で闘っているようでは話にならない。そこでだ。代議員が生徒会のオルガナイザーとして成長していけるよう、生徒議会における強力なリーダー、議長の存在が不可欠になってくる。僕が何を求めているのか、もう分かったよな？」

　マスミは音を立ててミックスジュースを飲み干した。ジュースの上に浮かんでいたサクランボを摘《つま》み上げ、口の中に放り込むと、器用にサクランボの枝に結び目をこしらえ、種と一緒に空になったグラスの中に吐き出した。

「これぐらいの芸当を、議長になったヒデオにはしてほしいわけよ」

　僕は改めてグラスの中の氷の上に載っかったサクランボの結び目をまじまじと眺めた。これぐらいの芸当を、か……。枝に結び目をこしらえられてしまったサクランボが、自分自身のようにも見えてきた。

　そんなことにはお構いなく、マスミは身を乗り出すようにしてさらに畳みかけてきた。

「できれば、一年を通して議長職に留まってほしい。学内世論形成のための大きな仕掛けを作るのは前期だが、そこから生まれてくる成果、得られる実りをより充実したものにするのが後期の仕事になる。要求項目に纏め上げ、学校側との詰めの交渉を行うのも後期になるだろう。

　積み上げた運動の流れを、その折々《おりおり》の空気感も含めて、熟知した人間が議会を統率し、その指導下で代議員には交渉を前進させるため、強力にバックアップしてくれる集団になってもらう必要がある。

　繰り返して言うが、議会が弱体では、執行部は丸裸の状態で学校側と対峙《たいじ》せねばならなくなってしまう。それでは勝ち目はない。議会が全校生徒の総意を代表する形で、執行部を強力にバックアップしているという態勢を学校側に強く認識させることが勝利を克ち取るための必須条件だ。――やってくれるよな？」

幾度となく繰り返されてきたマスミとのこのパターン。もはやＹＥＳもＮＯもない。彼の口の中に放り込まれたサクランボの如き僕だって学習ぐらいはするさ。ＮＯを口にする余地がない代わりに、彼の話を聴きながら、僕なりに頭をフル回転させ、そこで浮かんだアイデアを一つ提案してみた。

「二年生になって急に議長というのも無理があるから、議会内の役員決めの際に、マスミでもタイジンでも構わないから、議会の組織再編についての緊急提案をしてくれないか。どういうことかと言うと、議会には議長、副議長以外にはこれといった役職がない。これまでは必要性がなかったのだから、それで良かったのだが、今、マスミの語った議会の根本的強化策を実現させる上で、その第一歩として、各学年の代表というのを新設してほしいんだ。

この程度の再編ならば、特に生徒会規約の改正も必要ないだろうから、議会内の議論で変更するのは可能だと思うんだ。どうだい？」

マスミは満面の笑顔で応じた。

「早速やる気になってくれて嬉しいよ。学年代表になり、一年生代議員のリーダーになる。さらには、上級生の学年代表も巻き込むような運動の中心的ダイナモとなって牽引《けんいん》していくことによって、代議員の信頼を高め、二年生になったら当然の流れとして議長職に就《つ》こうという腹だな？

分かった。その作戦に乗るよ。議会での火付け役はタイジンに頼もう。二年生の代議員で発言力のある議長候補と目されている生徒とタイジンは親密な間柄だと聞いているから、事前の根回しも併せてタイジンにやっておいてもらうよ。彼も会長として議会の力の底上げについては常々考えていたようだし、この申し出には二つ返事で諒解するはずだよ。

生徒会執行部とは別に、議会に正副議長と三名の学年代表からなるもう一つの執行部ができて、両者が有機的に連携しながら運動を推進するようになれば、面白いことになりそうだ。

ヒデオの責任はいよいよ重大だな。しっかりやってくれ。名誉の戦死を遂げるようなことがあれば、骨の一つも拾ってやるから安心してくれ」

最後の一言に悪意を感じたが、それが先ほどの「マスミ政権」という僕の言葉に対する仕返しであることにすぐ気が付いた。マスミは執念深い……。

＊　＊

こうして後期の活動は始まったのだが、マスミの口にした戯《ざ》れ言《ごと》「名誉の戦死」が現実のものになるのではないか、と危惧されるほどに多忙を極めた。

校則改正に関する全校アンケートの回収と集計、そして分析（この分析原案作成に時間をかけ、殊にマスミとタイジンの優秀な頭脳はフル回転状態になった）、その分析原案を執行委員会で叩いて中間報告に纏め、再び議会での議論をへて、クラスから全校生徒へと返していく。そして、そこでの反応を拾い上げ、次第に生徒会の学校側への要求項目へと仕上げていく。

大事なのは、このフィードバックを丁寧に手を抜かずに繰り返しやり切っていくことだ。また、その過程で示された現時点での要望やそれに付随する意見については、生徒会顧問を通して学校側や職員会議にも現状報告として知らせておいてもらった。

後日、生徒会で纏めた生徒からの要望については真摯《しんし》に耳を傾け、道理のある項目は、職員会議などで議論を重ね、最終的には校長の決裁の下で改善を計っていくように努力する、との校長印の捺《お》された文書が、生徒会執行部に届けられた。

「運動の第一歩としては、ま、こんなもんだろう」

と、マスミは実にクールに感想を述べた。けれども、単細胞と誹《そし》られるのを覚悟の上で、僕は、凄いじゃないか!?　と手放しで喜んだ。第一弾のアンケート活動をして、その中間報告を行ったばかりのこの早い段階で、早速学校側からリアクションが起きるなんて全然予想していなかったからだ。

でも、マスミはニコリともせず、届いた文章を机の上に無造作に放り出すと、

「闘いはここから　闘いは今から（ソレソーレ）頑張ろう　突き上げる空に……」

と聞いたことのない唄を小声で歌った。

「何だ、それ？」

「有名な労働歌の一節だ。昔、父親がよく歌っていた」

　マスミは特段興味もなさそうにぶっきらぼうに答えた。一体マスミはこの先にどのような修羅を見通しているのか？　放り出された文章を手に取り、もう一度読み直してみたのだが、僕にはまるで分からなかった。

　ともかく、この校則改正運動と同時進行で、文化祭準備が急ピッチで始まった。行事改革の文字通りの一発目、全校生徒から、文化祭は変わったな、と実感してもらえるような改革を示さないことには、執行部への期待、信頼が失墜することにもなりかねない。失敗は許されなかった。そこで狙いを定めた。「分かり易さ」「派手さ」「ワクワク感」をキーワードに執行部は長時間侃々諤々《かんかんがくがく》の議論を続け、出てきたのが、文化祭開会セレモニーの新設と後夜祭でボンファイアを実施するという案だった。開会セレモニーについては、全校が一体となってこれから文化祭を始めるぞ！　という雰囲気作りに重点を置き、チアリーディング部や応援団、演劇部やブラスバンド部といった文化系の部活が中心になり、派手なショータイムにするコンセプトで一致した。個々の企画を始める前に、全校で作り出すある種のカーニバル的企画を設けるのは、文化祭全体の盛り上げにプラスに働くと短期間で理解が広まり、全校生徒に呼びかけ、実行委員会を組織して大々的に取り組んでいくことが決まった。

　さらにそこへ思わぬ話が飛び込んできた。アオイの選挙応援隊「花ガールズ」の隊長として活躍した生徒の親に、リオのカーニバルに詳しい人がいて、「花ガールズ」の規模を大幅に拡大し、「花のサンバガールズ」に改組して激しいサンバのリズムで練り歩くという案が浮上した。踊りの振り付けはその母親に依頼し、音楽面、テープや打楽器、笛などの楽器の手配も問題ない。大量の花飾りの作製は人海戦術で総手でやるとして、大きくて派手な鳥の羽根飾りも大量に準備できるということで、一気に実現に動き出した。生徒はもちろんだが、それ以上に親の盛り上がり、ＰＴＡ文化部に所属する母親達が企画に湧き返っているとの情報が入ってきた。

「祭りは大きく網を打つに限る。親にもエネルギーが溜まってるんだよ」

と、マスミはほくそ笑んでいた。執行部の担当責任者は当然のようにアオイに決まった。立候補だった。

そして、もう一つの改革案、後夜祭でボンファイアを、という提案には、開会セレモニーとは比較にならないほどに、全校生徒からの反響は大きかった。やはり、炎というのは人の心の奥深くに潜む原始的な野性の力を掻き立てる神秘的な魔力を持っている。

時には喧嘩《けんか》もしながら、長い時間をかけて作り上げたものが文化祭の終了と共にたちまちにして解体され、ただの木片、紙片になり果てて火を放たれる。山積みにされた個々人の思い出が激しい火柱を上げて夜空を焦がし、一瞬にして灰となって消えていく。カタルシスの極致だ。

執行部がその企画の意義について多くを語らずとも、全校生徒の大半から、やろう！　やろう！　の大合唱がこだまするほどに熱烈な歓迎ぶりであった。教師の一部から、ホームルームでのその反響のあまりの大きさに収拾がつかず辟易《へきえき》としてしまい、生徒会顧問にクレームがいくつか寄せられたが、かえってそのことで、マスミやタイジンの顔に不敵な笑みが零れたのだった。まさに、「してやったり！」

文化祭のフィナーレを飾る後夜祭のボンファイアが大成功すれば、その余韻とあいまって次の運動への飛躍に結びつく。その確信が執行部の活動に拍車をかけた。

ボンファイアを実施する上で最大のネックになるのが安全対策だ。消防署に出向き、そこに漕ぎ着けるまでの実務全般について担当の職員からレクチャーを受けた。幾枚もの許可申請書も署員の指導を仰ぎながら無事揃えることができた。当日には消防署員にも来てもらえることになり、必要最低限用意せねばならぬ消火器を学校側と掛け合って、学内にある物すべてを配置するよう認めさせた。実際に消火作業に当たる生徒達は、事前に消防署員の指導を受けて、消火器の使い方を練習した。反対する教師達がぐうの音《ね》も出ぬよう、事前にやるべき準備をすべて生徒達の手でやり切って、当日を迎えようとの作戦だった。

だが、さらにもう一つ乗り越えなければならない壁が立ちはだかっていた。ボンファイアをする場所はグラウンド以外にない。そのため、グラウンドの土が焼けてしまうのは困るという反発が、体育教師や運動部系の顧問から出た。執行部一同、頭を抱え込むべき場面であったが、一人マスミは平然としていた。

「心当たりがないこともない……『花のサンバガールズ』方式でいってみるか……逆にチャンス到来かもしれんぞ」

マスミは謎のような言葉を言い残すと、職員室に出向き、教頭の前に進み出た。たまたまその場を目撃した生徒会顧問が慌てて駆けつけてきた。後夜祭のボンファイアの件でＰＴＡに協力要請を出し、例えば、自営で鉄工所をやっている家庭はないか、当たってほしいと依頼したのだ。ＰＴＡの幹部との連絡を教頭が一手に引き受けていることをマスミは知っていた。急な依頼で、その場は教頭とマスミの押し問答に終始したのだが、依頼内容は承知したから、とりあえずこの一件は教頭預りということでいったんは引き下がった。

その日の授業後、三年生の教室にマスミの姿はあった。ある女子生徒と話し込んでいた。マスミの説明にその生徒は盛んにうなずきながら聴き入っていた。彼女の友人が幾人かその周りを取り囲み、興味深げに話に加わっていた。別れ際、マスミは改まった口調で、よろしくお願いします、と頭を下げた。彼女も、マスミ君も頑張ってね、絶対に成功させよう！　と声をかけたが、その表情は嬉しそうだった。

それから数日して事態は動き始めた。ＰＴＡ会長からの呼びかけに、鉄板加工の工場を経営している父親が、協力しよう、と手を挙げてくれたのだ。使用済みの鉄板で、もう一度加工しないと使いものにならないのがかなりある。それで良ければ使ってもらって構わない。鉄板の運搬、敷設、撤収は会社のトラックとクレーン車を使うから心配は要らない、というこれ以上はない百点満点の申し出だった。

教頭から連絡を受け、職員室から生徒会室に戻ってきたタイジンとマスミの顔には満面の笑みが浮かんでいた。報告を受けた執行部や文化祭企画の打ち合わせでその場に居合わせた代議員の面々は喜びを爆発させた。

「案ずるより産むが易し、ということかな?」

タイジンが軽口を叩くと、

「私の前に道はない、私の後に道はできる、とも言う」

とマスミは何やら含みを持たせた口振りで応じた。僕もその興奮の渦の中にいた。もう文化祭改革は成ったというような気分だった。無敵だな、今なら何だってできそうな気がする、と言うと、皆が、そうそう、そんな感じ! と応じてくれた。そのとき、タイジンがすっと席を立ち、とりあえずお礼の電話を入れてくるよ。教頭から連絡先を教えてもらってあるから、と言い置いて生徒会室を出ていった。その後ろ姿に向かって、すみません、頼みます、とマスミが声をかけた。タイジンは振り返りもせず、黙って右手を挙げてマスミの声に応じた。タイジンの後ろ姿を見送りながら、そのときの彼は本当の「大人《おとな》」のように僕には見えた。

強烈なサンバのリズムが大音声《だいおんじょう》で鳴り響く中、数多くの母親達も入り混じった総勢百名を優に越す「花のサンバガールズ」が、狂い咲きの満開の花をあしらった衣装を身に纏い、花びらを見物客の頭上に撒《ま》き散らしながら練り歩いてゆく。リズムに乗って腰を激しく振り、派手な鳥の羽根飾りを揺さぶって踊り狂う中、開会セレモニーの幕が開いた。時折響き渡る嬌声とあいまって、今年の文化祭は狂騒のカーニバルと化してスタートした。カーニバルと化した時の流れは早い。文化祭は嵐の突風のように吹き抜けていった。

そして、ファイナル。今年の文化祭の終わりは、もう一つの祭りの始まりでもあった。後夜祭当日だ。消防署から二人の署員に来てもらい、グラウンドに出て、ボンファイアの準備に走り回る係生徒達に必要な指示を出してもらった。さすがはプロだ。指示を出す際の緊張感がまるで違う。指示を受けた生徒は、誰もが直立不動の姿勢になり、ハイッ！　と張りのある大きな声で返事をした。

そこへ鉄板を山積みしたトラックとクレーン車が到着した。トラックの運転席から、生徒会からのお願いに快く応じてくれた父親が作業服に身を包んだ恰好で降り立った。教頭とタイジンが駆け寄り、父親を出迎えた。挨拶もそこそこに早速作業が開始された。鉄板を敷く位置を確認すると、父親が会社から連れてきた若衆四人は、クレーンを巧みに駆使してテキパキと作業を進めていった。

トラックが見えたときの後夜祭の準備に当たっていた多くの生徒達の歓声は凄まじかった。皆が手を振り、歓喜の声を上げながら出迎えたのだった。その群衆の中から、「お父さーん」と呼びかける甲高い女子生徒の声が響き渡った。

その声の主は、三年生の教室でマスミが話し込んでいた生徒だった。ホームルームで代議員からボンファイア実施の計画があると聞かされたとき、誰よりも熱狂的に支持する発言をして、もし実行委員会を結成するとなったら、真っ先に参加すると意思表明をした生徒であった。この生徒の影響もあってか、日頃は坦々として進行することの多い三年生のＨＲが大変な活気に満ちたものになった、と議会で報告された。しかし、彼女の実家が鉄工所であることまで、なぜマスミは知っていたのか？　それは謎であった。もしも、それがマスミが心血を注いで作り上げた学内の人間相関図による成果であったとしたら……まさにマスミ恐るべし、といったところだろう。

窓ガラスを開けっぱなしにしてゆっくりと校内に進入してきたトラックの運転席から、父親が片手で合図をしながら、来たぞー！　と大声で叫んだ。その声は嬉しそうだった。お父さーん、今日はカッコイイー！　とその生徒は顔を紅潮させて、もう一度大声で呼びかけた。周囲にいた生徒達は大爆笑だった。今日も、だ。バカヤロー！　と負けじと父親が応じると、さらなる爆笑を呼んだ。形の上ではＰＴＡ会長からの依頼に応えてのことだろうが、実態は違う。娘にせがまれ、泣きつかれて仕方なくこの日は仕事を休みにしてまで駆け付けたのだ。父親は娘にはめっぽう弱いものだ。我がままを言われるのは困りものなのだが、実はこれほどに嬉しいことはない。教頭からPTA会長へ、その上での頼みごとだから動き易い。大人社会では筋道を通すことで物事は動く。それを承知していたからマスミはまずは教頭に掛け合った。でも、それだけでは不充分であることも熟知していたから、間髪《かんはつ》を入れず次の手を打った。それが父親ならではの弱みに付け込んだ娘を使っての工作活動だった。見事にこの両面作戦は功を奏したのだった。

一方、ゴミの収集、分別に当たっていた係生徒達は、すでにまるで戦時下の状況にあった。クラスや部活の企画の解体を終えた生徒達は、ビニール紐で結んだ廃材を組になって次々に収集場所へと運び込んでくる。その量たるや、大変なものだ。

事前にくどいほどに、燃える物と燃えない物とを分別して運び入れてほしいこと、特に最近よく使われるようになったスプレー缶について、ボンファイアにくべる廃材に紛れていると、爆発して人身事故に繋がる危険があるため、厳密に分別してほしい旨《むね》をアナウンスしていたのだが、それで事が済むほどに簡単なことではない。運び込まれた可燃物をもう一度チェックする態勢をとった。

しかし、続々と集まってきて山積みになった廃棄物の中から、スプレー缶を最重点に、明らかに不燃物と思われるゴミを抜き取るという作業は手間がかかり、まさに総力戦であった。

執行部、代議員、文化委員はもちろんのこと、ボンファイア企画を成功させたいと自発的に集まってくれた有志生徒数十名が、開始予定時刻まで時間のない中で、廃棄物の山の中に潜り込み、全身真っ黒、泥だらけ、ペンキまみれになりながら、それでも諦めず、最後まで奮闘したのだった。

案の定、幾本ものスプレー缶が発見された。これを知らずに炎の中へくべていたら、と想像しただけで、ゾッとした。万が一怪我人でも出たならば、行事改革の第一弾として位置付けた文化祭の成功が、一瞬にして吹き飛んでしまうところだった。

日も暮れかかり、敷き詰められた鉄板の上に、クレーンの力も借りて円錐《えんすい》型の高い塔のように組み上げられた大量の廃材に、火がつけられた。着火した当初は白煙と黒煙とが入り混じり、燻《くす》ぶるばかりだった廃材が、突然眩いばかりの光芒《こうぼう》を放ち、炎を噴き上げたかと思うと、まるで生命を吹き込まれた獣のように高く組み上げられた廃材の塔を駆け上がっていった。生命を宿した紅蓮《ぐれん》の炎が野獣の咆哮《ほうこう》のような轟音《ごうおん》を立てる。その瞬間、割れんばかりの歓声と拍手が起きた。祭りの最後、最後の祭りが始まったのだ。

緊張した面持ちの防火服姿の消防署員の指示に従い、光の強さを増しながら、時に光り輝く鱗粉《りんぷん》を撒き散らし、より高く燃え盛っていく火柱に明るく、赤く照らし出されて、この時を待ち焦がれていた数多くの生徒達が、無限に姿形を変えて燃え上がる炎の尖塔《せんとう》を遠巻きにしていた。

まだ明るさの残る空には、青白く半透明な月が浮かんでいた。月夜だけに、瞬く星の数は多くない。それでも、暮れゆく天を焦がさんばかりに昇っていく火柱の先で明滅を繰り返す星は、喜びに顔を輝かせて見上げている生徒達に、何かを物語ってくれているようであった。数人の女子生徒達が歌い始めた曲が、次第に合唱の輪となって広がっていった。

そして、幾重にも取り巻いていた数百名の生徒達は、いつしか学年も性別も関係なく、皆隣り合った生徒と手を繋いでいた。恥ずかしそうにそっと手を触れ合っている者、力一杯手を握り締め、その手を大きく振りながら大声で歌う者、肩を抱き合い、左右に体を揺らして合唱に興ずる者、その姿は千差万別であった。鉄板を用意してくれた父親もその輪の中にいて、幸せそうな笑顔を浮かべながら娘と手を取り合っていた。

担当の生徒達が手分けをしながら、二人一組になって束ねた廃材を次々に炎の中へ投げ込んでいく。厚手のタオルを頭に巻き、首にもタオルを巻き付けている。マスク代わりにこれまたタオルで目だけを出したスタイルで顔を覆っていた。火に強い綿百パーセントのトレーナーにジーンズ姿。水飲み場からホースを延ばして頭の上から水を浴びた。全身水浸《びた》しの状態で廃材の束を二人がかりで担ぎ上げ、呼吸を合わせて、炎のすぐ近くまで進み出ていく。猛烈な炎の熱でたちまちにして被った水が蒸発し、全身から湯気が上がる。その作業の繰り返しだ。

その様子をしばらく眺めていると、荒々しい何かの神事のようでもあった。首から上をタオルで覆った一群の生徒達が慌しく動き回るさまは、神事を司る神官や氏子というよりも、口から火焔《かえん》を吐く荒ぶる神、竜神に立ち向かうために、束ねた廃材を武器に突撃を繰り返す勇猛果敢な僧兵のイメージであった。

廃材をくべるたびにいっそう勢いを増す巨大な炎を大きく取り囲んだ生徒達は、合唱に合わせてダンスをし始めた。神に捧げる歌と踊り。太古の昔から人々はこのようにして畏敬の念を抱く神仏と一体化することで、自らの身と心を浄化し、その霊的な力をいただき、明日からまた始まる生きるための苛酷な日常を乗り越えていこうとしてきたのではないか？まだ高校一年生の僕に、時空を超えて営々と続けられてきた人間の祝祭に込めた思いを、学問的に、理論的に説明する力などなかったが、あくまでも直感でそんなことを感じ取っていた。

今、目の前で繰り広げられている炎の祝祭もまた、明日から戻ってくる学校の退屈な日々に備えるための貴重な充電の時。だからこそ、何もかも忘れて、この一時《ひととき》の火祭りを楽しまなければならない。日頃自己防衛のために張り巡らせた結界を内側から打破し、自らを解放して、内面に溜まりに溜まった悪臭を放つヘドロを洗いざらい放出する。天をも焦がす巨大な炎の持つ原始的で破壊的な力を借り、歌と踊りに興ずることで忘我となる情況に身を置くことで、それは成し遂げられる。

激しいダンスに一段と高い歓声が挙がり、炎の赤や金色《こんじき》の光に照らし出された弾けるような笑顔が無数に並ぶあの群衆の中に、マスミもタイジンも交じっているのだろうか？

炎の周辺は相変わらず明るく輝いているが、少しその場を離れると、ようやく夜の帳《とばり》が下り始め、薄暗くなっていた。もはや人込みの中に特定の人物を捜し出すことは難しくなっていた。薄暗いその周辺になるとなおのことだ。群衆の中に紛れているにせよ、いないにせよ、今、マスミやタイジンは何を感じているのだろう？　何を考えているのだろう？

考えているとしたら、今のこの熱狂についてか？　それとも、今の熱狂から導かれる明日からのことか？

　リーダー達が幻視している世界について知りたくはあったが、諦めた。凡人が考えるのは明日からにしよう――。

「地雷処理班」としてスプレー缶の捜索を終え、炎の中にくべる廃材を束にする作業も一段落ついた。実際に廃材の束を炎にくべる難行苦行は、あのタオルで顔を覆った命知らずの「僧兵」達に任せよう。手にしていたビニール紐とカッターナイフを生徒会の道具箱にしまい、見るも無惨な状態になった軍手を脱いで尻ポケットに突っ込んだ。軍手を脱いだ掌はところどころから出血し、全体に赤黒く変色して小刻みに震えていた。

　ふと、踊る阿呆に見る阿呆、というフレーズが頭に浮かんだ。同じ阿呆なら……そう、どちらも阿呆であるならば……。ずっと一緒に地味で危険な作業に携わってくれた代議員や有志の仲間達に向かって大声で叫んだ。「同じ阿呆なら踊らにゃ、損、損！」と。一瞬の間を置いてから、彼らもまた同じく大きくうなずいた。炎目がけて、その周囲で神の子となって歌い踊る仲間達目がけて、僕達は言葉にならぬ声を、獣じみた奇声を発しながら一斉に駆け出していった。

＊　＊

　文化祭改革の成功、とりわけ開会セレモニーとボンファイア企画の常軌を逸した熱狂ぶりの後押しを受けて、行事改革への取り組みは勢いを増した。執行部と議会、そして今度は体育委員会との三者のタッグで体育祭改革に乗り出す番であった。

　時間のない中であったが、実施種目に関する全校アンケートと、クラス討論を受けて、種目の全面的な見直しが行われた。まず、体育祭冒頭の入場行進から始まる一連の格式張ったセレモニーがことごとく消えた。代わりに、朝礼台に上がった体育委員長の、

「みんなー、今日一日思いっきり楽しみましょう。体育祭、はーじめーるよー！」

　という底抜けに明るい開会宣言だけになった（ち

なみに体育委員長は二年生の女子生徒、ゴム毬《まり》のように弾む元気いっぱいの生徒だった）。

そして、従来はクラス対抗一色だった競技方法が見直され、兄弟姉妹クラスを単位とする種目が大幅に増えた。一年生から三年生まで、例えば、Ａクラス連合、Ｂクラス連合といった具合で、経験と知恵の上級生と若さと馬力の下級生とが助け合い、総合力で戦いに挑むというやり方が主流となった。走力を競うだけの単調になりがちな種目は激減した。どうしても足の速い生徒がいるか、いないかで、競技を行う前から勝敗が見えてしまう、それでは面白くないというのが主たる理由だった。

こうして、クラスの壁、学年の壁を乗り越えることを目的として、クラス連合という形態を借り、限られた時間の中でも練習を重ねることでどこまで連帯する力を高められるか、その実現を最大の目標として、以下のような十種類の種目が決定された。騎馬戦、棒倒し、綱引き、玉入れ、大玉転がし、大縄跳び、百足《むかで》競走、二人三脚、十人十一脚、障害物競走といったラインアップだった。

昼休みや放課後はもちろんのこと、短い授業と授業の間の放課も使って、クラス連合ごとに作戦会議や練習が積み重ねられていった。正副級長、体育委員、代議員が練習の統率に走り回るだけではなく、運動部に所属する生徒といった運動能力に秀でた者も実質上のリーダー格になって、学年の枠を越える形で奔走する姿があちらこちらで見受けられるようになった。

例えば、あるクラス連合では、騎馬戦の練習で経験豊富なバスケットボール部の三年生が、チームで戦う騎馬戦の必勝法として騎馬の動きに関するフォーメーションを黒板を使って説明した。本番で戦うメンバーに騎馬を組ませ、実践形式でそのフォーメーションを試みた。攻撃をすると見せかけて一組が囮《おとり》となり、向かってきた相手の背後からもう一組が猛然と攻撃を仕掛けるという二組が連携しての作戦だった。

また、別のクラス連合ではチアリーディング部の生徒が揃っていて、かけ声よろしく見事な足捌《さば》きで百足の板を自由自在に扱ってみせた。五人一組で百足競走を戦うのだが、そのチアのメンバーがチームリーダーになり、百足の板の扱い方についてコーチした。当初はチアの生徒のかけ声に合わせて踊るように足並みを揃えるやり方に、男子生徒は照れて上手くいかないチームもあったのだが、チアの生徒はそんな男子生徒の甘えを許さなかった。「照れてたら勝てないよ！」

厳しい叱責に場の空気には緊張感が生まれた。彼らの表情からにやけた笑いが消えた。すると、短期間のうちにどのチームも結構なスピードで動けるようになり、クラス連合の生徒全員から喝采《かっさい》を浴びていた。

綱引きでは、実に男臭い体育会系の雰囲気を醸し出していたクラス連合があった。綱を引く際の陣形の作り方、綱の引き方、体をいかに後ろへ倒し、チーム全員の頭の位置が真横から見ると一直線になるように保ったまま、チームが一丸となって一定のリズムで上半身を左右に振りながら綱を引くか、それを繰り返し練習する姿が見受けられた。

「相手チームが敵ではない。敵は我にあり。いかに自分に打ち克つか。チームの心を一つにして綱を引くことだけに集中するんだ！」

大柄なチームキャプテンの檄《げき》に、チームのメンバー全員が声を揃えて、ハイッ！　と答えていた。傍らから見ていると、もはや体育祭練習の域を超えて、何かの武道の修行風景を見せつけられている気分になった。

そうした本気モード、ピリピリとした臨戦態勢とは別に、体育祭をもっと楽しく盛り上げようと、学年を越えて集まり、和気藹々《わきあいあい》とまるで文化祭の延長のような空気感で共同作業に取り組んでいたのが、大玉転がしのチームだった。競技の練習だけではつまらない、ということで、あるクラス連合で始めたことが契機となり、すべてのクラス連合へと波及していったのが、競技で使用する大玉のペインティングだった。

最初に登場したのが、大玉全体を真っ黄色に塗り、そこにでっかく「ニコちゃんマーク」を描いたのだ。もちろんその微笑を浮かべた口許からは吹き出しが出ていて、ポップな書体で大きく、ＬＯＶＥ＆ＰＥ

ACEと記されていた。さらにその下にピースサインをした人の手がグラデーションの技法を使って描かれ、その横に、泥沼化するベトナム戦争、エスカレートする大規模な環境破壊等に違和感を抱いた七〇年代の若者達が、リベラルな立場からの異議申し立てをするためのシンボルとして用いられています、とその説明が記されていた。このLOVE&PEACE大玉の登場は全校の話題をさらった。

次に登場したのが、大玉全体を頭部に見立てて、緑色を基調に大胆に描き込まれた「仮面ライダー」だった。その「仮面ライダー」の向こうを張るように出現したのが「ウルトラマン」に「ドラえもん」だった。さらにリアルな描写に徹して、その全身を細かく描き出したのが「燃えよドラゴン」のブルース・リー、ヌンチャクを構えた決めのポーズは迫力満点だった。そして、しんがりを務め、その意外性とロゴやデザインの忠実な再現ぶりで全校生徒を驚かせたのが「カップヌードル」の登場だった。

「ニコちゃんマーク」を除いて、ヒーロー物が続いていただけに、最後は何が来るのだろう、と皆があれこれ想像していただけに、全く次元の違う「カップヌードル」が姿を現したときのインパクトは大きかった。そして、その脱力感が何とも言えず心地良く、体育祭練習に熱くなり過ぎていた感のあった学内の雰囲気を和らげてくれる効果があった。勝負にこだわることで、バラバラだった集団が一致団結することの意義は大きい。しかし、勝利至上主義に凝《こ》り固まると人間関係に歪《ひず》みが生じてくる。それは危険な兆候だ。意表を突いた「カップヌードル」大玉の出現は、今一度体育祭を成功させるとはどういうことなのか、という原点に立ち返って考え直してみる良いきっかけになった。

祭りが近付くにつれて、時は無情なほどに速度を増していく。そしていよいよその日、体育祭本番の時を迎えた。いくら「カップヌードル」大玉の登場によって祭りの原点回帰に迫られたとしても、やはり本番ともなれば、勝負の魔力に心弱き人間が打ち克つことは難しい。練習の成果を出そうと、どのクラス連合も真剣そのもの、白熱した競技が続いた。勝てば狂喜乱舞、肩を抱き合って嬉し涙を流し、負ければ意気消沈、肩を寄せ合って悔し涙に暮れる。真剣勝負なればこその悲喜こもごも、そんなシーンがグラウンドの至る所で見受けられた。

瞬く間に時は流れ去り、表彰式の後を受けてフィナーレへと流れ込んでいった。体育委員長は重い足を引きずるようにして朝礼台に上がった。すでに涙声だった。すぐには発声できない。周囲から、「頑張れ！」「委員長、しっかり！」と激励の声が飛ぶ。彼女は気を取り直して、こう叫んだ。

「まだ体育祭が終わったとは宣言したくありません。みんな、でっかい輪になってー！」

全校生徒が肩を組んだり、手を繋いだりして、大きな一つの輪を作った。スピーカーから流れ出したBGMに乗せて大合唱が始まった。

文化祭のラスト、後夜祭で夜空を彩《いろど》った炎を囲み、何曲も歌い続けたあの感動を、多くの生徒達は思い出していたのかもしれない。学年も性別も乗り越えて、ついでに勝負事も忘れ去り、全校生徒が心を一つにしてこの祭りの一瞬の時を楽しみ抜く。それ以外に何が必要だっただろうか？　今がすべて、この祭りで完全燃焼、そしてその後に残るものと言えば――個々人の胸のうちに溢れる言葉にしたくてもし切れない熱い想い、ただそれだけだった。

僕は朝礼台の近くにいた。体育祭当日の裏方の一人として走り回っていたために、自分のクラス連合の席から離れて、たまたまそこにいただけなのだが。

全校生徒による大合唱が終わると、精も根も尽き果てたという感じで、体育委員長は朝礼台から下りた。心配そうに彼女のことを見上げていた幾人もの仲間達が駆け寄り、介抱しながら口々に慰労した。そこへタイジンとマスミがやって来た。その姿を目にしてぎょっとした。マスミは額からこめかみにかけて、ベタベタとバンドエイドを貼っていた。ところどころ血が滲んでいる。心なしかその辺りが赤みを帯びて腫《は》れているようであった。彼が出場した十人十一脚のレースで派手に転倒したのを目撃はしていたのだが……。

タイジンが体育委員長の肩を優しく叩き、

「ホントに頑張ったね。よくやった」

と静かに滲み入るような声で労《ねぎら》った。その途端、委員長は堰《せき》を切ったように号泣した。何か言おうとしているのだが、言葉にならない。タイジンの胸に顔を埋めて泣きじゃくるばかりだった。その光景は、同級生というよりは、父と娘といった雰囲気だった。

次にマスミが、「クラス連合のことや種目決めのことであれこれ口出しをして困らせたね。ゴメン。でも、よく耐えて注文に応えてくれて、最後まで投げ出さず新しい体育祭を仕切ってくれた。凄いと思います。改めてお礼を言います。ありがとうございました」

　と深々と頭を下げた。委員長はそれまで以上に激しく嗚咽《おえつ》した。それでも、しゃくり上げながら、必死になって言葉を絞り出した。

「謝らなければならないのは私のほう。マスミ君の指摘は全部当たっていた。何もかも見通しちゃってるみたいで、怖かったけどね……。私、頭悪いから、マスミ君の言ってること、すぐには理解できなくて、苛《いら》つかせてしまったと思う。ごめんなさい……。マスミ君がいなかったら、こんな凄い体育祭、絶対にできなかった……」

そこまで口にするのが精一杯だった。友人達に抱きかかえられるようにして、彼女は校舎内へと姿を消した。

　この一部始終を見ていて、思い切って僕はマスミに訊いた。

「あの日のように竜は天に昇っていったと思うか？」

マスミは言葉を噛み締めるようにして答えた。

「ああ、昇っていった、あの日のようにね」

　それから、語気を強めて、こう付け足した。

「竜は一匹じゃない。今日が最後でもない。これから次々に竜が天高く昇っていくのを見せてやるよ」

　その口許には自信が漲《みなぎ》っていた。その迷いのない断定的な口振りに、僕は何も言い返せなかった。今後どれぐらい天翔《あまかけ》る竜を目にすることができるのだろう？　期待と、もしかしたらマスミ自身が一匹の竜なのではないか？　という思いとが交錯し、僕はその場に佇立《ちょりつ》していた。

　ここで言うあの日とは、もちろんボンファイアを実施したあの日のことだ。

　あの日、学校側に特別の許可を貰った生徒会執行部、代議員、文化委員の十数名が、夜遅くまで片付けを行った。バケツに水を汲み、完全に鎮火するまで何杯も水をかける。黒い煤《すす》の混じった熱い蒸気を吸い込むたびに、激しく噎《む》せた。どの生徒も炭や煤の汚れで全身が真っ黒になっていた。嵌《は》めていた軍手なんかひどいもので、ついうっかり流れる顔の汗を拭おうものなら最悪だ。一体誰なのか識別できぬほどに、顔には縞模様ができ、ドス黒くなった。鉄板上に山積した灰や炭をスコップと一輪車で一カ所に集める。単調な力仕事の連続だ。意識が朦朧《もうろう》としてくる。サーチライトの光を頼りに、長時間熱せられて黒焦げになった鉄板を水で洗い流しながらデッキブラシで磨き上げると、虹色に輝く光沢を放つようになった。重い鉄板と怪力無双の重機、それらを思い通りに動かす「若衆」を手配してくれたお父さんが、グラウンド全体に響き渡る大音声で指示を飛ばす。

「生徒達は下がって！　こっからはプロの出番だ。クレーンで鉄板をトラックの荷台に積み込むんだから、一つ間違えりゃあ、命はない。危ねェゾ！」

クレーンに吊されてＵＦＯのように宙を舞う鉄板を、ただ見詰めていた。祭りが終わったことの寂しさと気怠《けだる》さに身も心も包まれていた。隣にマスミがやって来た。何か言いたいことでもあるのか、と身構えていたのだが、マスミも空飛ぶ鉄板を見詰め続けていた。

うねりながら天高く伸びる炎に「竜を見たよ」と僕はぽつりとマスミに告げた。マスミは黙ったままうなずいた。そして、僕の言葉を引き取って、こう言った。

「炎が竜となり天高く飛んでいったのかもしれないが、その竜が飛翔できたのは、僕らやここに集まってくれたみんなの思いが結集することで生まれた強い力のせいだ。僕らが天翔る竜を作り出したのさ」

＊　＊

タイジンが修学旅行で学校を留守にしている間も、マスミに休みはなかった。校則改正運動は継続中であり、そこに次なる難関、文化祭や体育祭以上に実現困難な行事改革が待ち構えていた。一つは、今年から全面改革となる卒業生を送る会、送別会であり、もう一つが、これぞ難関中の難関、卒業式の見直しという学校側が最も難色を示すと思われる行事改革であった。卒業式は他の行事とは本質的に性格が異なる。生徒会主催の行事ではなく、学校行事である、というのは言うまでもないことだが、それ以上に政治色の濃い困難な問題を孕んでいた。

生徒会側から見た争点は三点、式場での日の丸掲示の廃止、君が代斉唱の廃止、そして校長式辞の廃止、という内容だった。一般的には「卒業式三原則」と呼ばれる、これらを実施しなければ、卒業式と認めない、という一校だけの問題ではなく、そのバックに控える県の教育委員会、さらには国の文部省の強権的な方針との真っ向《まっこう》からのぶつかり合いになるのは必至の課題であった。いわば国家権力による不当な教育統制との闘いであった。そのような重い政治的課題を生徒会だけで闘おうとするのは無謀であり、少なくとも高校の教職員組合との共闘が求められるようなハードルの高い課題であった。

一度、こんな光景を目にしたことがあった。生徒会室でボールペンを指先でくるくる回しながら、難しそうな顔付きで何やら思案していたマスミが、突然席を立ち、生徒会室前のホールの隅に設置された公衆電話に走っていったのだ。その際、悪いが、ありったけの十円玉を貸してくれ、と頼まれた。財布の中をまさぐって、あるだけの十円玉を差し出しながら、タイジンか？　と問うと、マスミはうなずいた。修学旅行先の彼に連絡をとり、至急確認したい事柄があるのだろう。

卒業式三原則との闘いには、さすがのマスミも他の行事改革とは明らかに違う緊張感を漂わせていた。周囲に話の内容が漏れないよう、小声ながら相当な早口でマスミは受話器に向かって話していた。手許に積んであった十円玉がみるみるなくなっていく。マスミは受話器を握ったまま、こっちを振り返り、千円札を僕に手渡した。

「購買部へ行って、あるだけの十円玉と交換してきてくれ」

相変らず人違いが荒いなァ、と軽口を叩いたのだが、マスミはニコリともせず、「早く！」と急《せ》かした。

そのとき、「早く！」が、「ハウス！」に聞こえた。僕は犬か、と心の中で毒突きながら、購買部へとダッシュした。

入口のガラス戸にはカーテンがかかり、施錠されていた。ぐるりと回り、購買部へと繋がる通路近くの学校事務の窓口にいたお姉さんに、切迫した表情と声音《こわね》を作って、緊急事態で公衆電話で使う十円玉がたくさん必要になった。それで、これと可能な限り両替えしてほしい、と千円札を出して頼んだところ、詳しい事情を訊こうとはせず、実にあっさりと承諾してくれた。千円札は全部十円玉に替わっていた。ありがとうございます、と丁寧に礼を述べ、一目散に駆け戻った。ギリギリセーフだった。マスミは対話相手であるタイジンの話を聴いている最中なのか、指先で、十円玉を投入口に入れろ、と合図を送ってきた。僕は電話口のすぐそばで、ひたすら十円玉を放り込まねばならぬはめに陥った。

すると、十円玉を入れようとしていた僕の耳許で、マスミは受話器に向かって怒鳴った。

「何度言ったら分かるんですか⁉　そんなんじゃ、勝てるわけないでしょうが！」

びっくりして、思わず十円玉を床に落としてしまった。マスミの舌打ちする音が耳に入ったのだが、とっさにはそれが私に対してなのか、それともタイジンに対してなのか、分からなかった。

こんなにも激しい口調で、マスミとタイジンがやり合うことなど、記憶する限り初めてであった。すぐにまた小声に戻ったが、それも束《つか》の間《ま》だった。

「敵の本丸は文部省だ。所詮《しょせん》はその忠実な犬でしかない校長に何を期待するっていうんですか⁉」

またマスミが蛮声《ばんせい》を張り上げた。そばで両者のやり取りを聴かされていたこちらがハラハラした。下校時刻近くのことで、近くを行き交う生徒は、部活終わりの生徒ぐらいのことで疎《まば》らであったが、時折、教師が通り過ぎた。中には、そろそろ帰る仕度《したく》をしろよ、と電話中のマスミにではなく、僕に向かって注意していく教師がいた。はい、分かりました、と素直さを装って答えたものの、そんな会話などマスミの耳には入っていない様子だった。

「……うん、とりあえず続きは学校に帰ってきてからにしましょう。状況認識の共有という点で、会長とこれじゃあ闘いを始められませんからね。……一つ提案ですけど、旅行を早退してくるわけにはいきませんか？」

最後にいつものマスミに戻って冗談を言うと、受話器の向こうから呵々大笑《かかたいしょう》する声が聞こえてきた。

「まあ、せいぜい学生最後の修学旅行を楽しんできてください。戦士の休息です。でも、覚悟しておいてくださいよ。こちらはすでに戦場ですから。じゃあ」

そう言ってマスミは電話を切った。それから一つ、大きな溜め息を吐《つ》いた。

生徒会室に戻り、いかにも疲れたという風《ふう》に、マスミはどっかりと椅子に座り込んだ。僕に向かってなのか、あるいは、単なる独り言なのか、判然とはせぬ物言いでマスミは喋り出した。

「全校生徒の総意として生徒会が、学校当局、校長宛てで団体交渉を申し入れる。ここまで持っていくだけでも一苦労だろう。『日の丸とか、君が代とか、校長式辞とかの何がいけない？』という程度の認識しか今の生徒にはないだろう。そんな現状で、この問題の本質を全校生徒に周知徹底し、その不当性を正しく認識させるのは並大抵のことじゃない。

しかも、生徒の背後には親がいる。進歩的な正しい政治意識をすべての親が持っているわけではない。

――日の丸、君が代大賛成。未だに法的に国旗、国歌として定めていないのがおかしいんだ。卒業式という子供や親にとって嬉しい晴れの場に、それがないことのほうが異常だ。校長先生というのは学校の代表だ。その代表者たる校長先生から卒業生にはなむけの言葉を贈ることに問題などあるはずがない。

それを全部廃止しようという考え方は狂っている。社会を知らぬ未熟な高校生を扇動して、政治的に利用しようとしているんじゃないか⁉

そんな保守的というか、反動的な思想を持っている親だって少なからずいると思う。親がそんな言葉を口走ったり、それに類する態度を示せば、息子や娘である生徒が動揺したり、感化を受けたりすることは充分に考えられる。そうした悪条件を乗り越えて、卒業式三原則という国家権力による非民主主義的な教育統制を打破しなければならない、という考え方にまで大多数の生徒達の意識を高めていく必要がある。しかも、時期を考えれば、そんなに時間も残されていない。さて、どうしたらいい？」

　そう言ったきり、マスミは黙り込み、僕の顔を穴が開くほど見詰めた。

（マスミは今、僕の顔を見詰めているのか？　ならば、自分なりの考え、戦術について答えなければならない。けれども、もしも僕の顔に開いた穴を凝視していたとしたら……。穴の先にある未来、未来とは現在の積み重ねによって生まれてくるものだから、今の時点から見た未来とは無に等しい。穴を透《す》かして見ている未来という無、虚空《こくう》を睨み付けているのだとしたら、僕にはマスミに答える術がない。果たしてマスミはどちらを見ているのだろう？）

　などと逡巡《しゅんじゅん》しているうちに、マスミは再び話し始めた。どうやら後者であったらしい。

「やはり卒業式の前に行われる送別会の準備と意識的にセットにして、全校生徒に参加を呼びかけ、その中で問題提起、行動提起をしなければ、卒業式三原則打破の取り組みが時間切れになってしまうのは必至だ。本当に卒業生に喜んでもらえるような送別会の中味を一、二年生の総力を結集して考え抜き、具体的な形になるよう創造していく中で、送別会に具現化された精神、卒業生に届けたい思いと、卒業式三原則に凝縮された体制側の思惑との決定的な乖《かい》離《り》、矛盾について、強烈な実感として感じ取ってもらう。

『卒業生への思いとかけ離れた国家主義的な思想を押し付けようとする卒業式三原則なんて要らない！』という気分が全校に広がっていくならば、それもまた短期間のうちに、燎原《りょうげん》の火の如き祭りのエネルギーとなって、一気に問題解決へと向かう可能性が生まれてくる。

　この両者の間に生じた乖離、矛盾の実感は、必然的にもう一つの大きな課題、校則改正運動とも連動して、質的な変化をもたらすことになる。何のために学校側は、制服や学生鞄、通学靴、果ては頭髪や靴下に至るまで生徒を拘束しようとするのだろう？その理由、拘束する上での根拠として学校側は『高校生らしさ』という恐らくは本人達にもよく分かっていない曖昧模糊《あいまいもこ》とした抽象概念を持ち出してくるのだが、この『らしさ』の奥に隠れていることの本質は何なのだろうか？

校則のある一項目を取り出してきて、それを好きか嫌いか、といった個人の趣味嗜向《しこう》で捉えている限り、事の本質は見えてこない。学校生活の日常の場において、その隅々《すみずみ》に至るまで、日の丸、君が代に象徴される国家主義的な思想で高校生を染め上げようとの企みの一環であることは明白だ。校則問題の本質はそうした民主主義の圧殺にこそある。民主主義国家日本、なんて言っているが、そんなのは支配者側にとっては建て前に過ぎない。

民主主義だの、国民主権だの、平和国家日本だのといった考え方は、戦争に負けて、連合国側、中でも特にアメリカによって無理矢理押し付けられたものだと強弁し、万世一系の天皇によって治められてきた日本国の伝統からして、日本の国民の感覚にはそぐわない代物なんだ、と刷《す》り込みたいのが、国家権力側の本音なんだ。

卒業式改革、送別会の事実上の創設、校則改正の実現。この三つの課題は別物ではない。その根っこにある事の本質という点では同じものなんだ。だから、三つにバラバラに取り組んでいたのでは運動は失敗する。この三課題は、形態は異なるが本質は一つという意味で、いわば三位一体《さんみ》のものとして位置付け、関連付けながら進めていかねばならない。僕はクリスチャンではないから、詳しくは知らないけどね、父と子と聖霊の御名《みな》によりて、アーメン……どね、父と子と聖霊の御名によりて、アーメン……何となくだけど、気分としては分かる。卒業式と送別会と校則の御名によりて、アーメン……うーん、こっちはどうも違う気がするなァ」

最後は半ば冗談めかして、三位一体の件《くだり》を持ち出すことで気分を軽くしようとしたのだろうが、話し終えたマスミの表情は冴えなかった。当たり前だ。マスミが仕掛けようという活動の中味はヘビー過ぎる。入学した当初からマスミの天下国家を斬る話をまるでシャワーのように浴び続けてきたから、僕には免疫ができていて平気だったが、この手のラジカルな話を全校生徒を相手にしてぶちまけ、多数者工作を図ろうというのは、今の時代、無理があるように思われる。いくら昨年、神戸市長選挙で革新系の宮崎辰雄が当選し、六大都市すべてが社会党、共産党の推す革新市長となり、革新自治体が上げ潮にある政治情勢であるとは言え、あくまでそれは選挙の話であって、その風がそのまま学校改革の追い風になる圧倒的な学内世論を形成できるとは思えなかった。

三位一体にしなければ、運動は成功しないというマスミの政治感覚は優れているし、理論的には正解なのだろうが、送別会の準備過程で、卒業式三原則の打破、校則改正の実現という二つの大きな課題を絡ませるという戦術が、僕のような一兵卒にはどうしてもイメージできなかった。

これまで通りタイジンとマスミが中核になって、その卓越した指導者、組織者としての能力を発揮するならば、送別会は竜を呼び、天翔る姿を見せてくれるだろう、マスミが豪語したように。すでに生徒会選挙以来、すべての行事改革で実績を上げている二人だ、今度もやり遂げるに違いない。

しかし、だ。今回ばかりはこれまでとは違って竜の胴体に二つの重い錘《おもり》が絡み付いている。その過重なウエートをぶら下げて、果たして竜は宙を舞うことが可能なのだろうか？　ウエートに引きずられ、飛び立てない竜は地面を這《は》いずり回り、断末魔の悲鳴を上げつつあえなく力尽きてしまうのではないか？そんな不安を拭い切れない。

繰り返しになるが、マスミの主張は正論だ。間違っていない。でも、その正論をストレートな形で、さまざまな思いを抱いた数多くの生徒が寄り集まる生徒会活動の場において具体化しようとした途端、それが正論であるが故になおのこと、柔軟性を失い硬直化してしまうことが怖かった。学校側やＰＴＡ等、外部からの圧力を受ける以前に内部崩壊してしまう危険性が高い。

ぼんやりとした顔付きで押し黙ってしまったマスミに、こうした不安をどのように伝えたら良いのか、僕は困惑していた。誰よりも広い視野で信じられないほど先のことまで考えている聡明なマスミのことだ、僕なんかに指摘されなくても、すでに分かっていることばかりなのではないか？　すぐには言葉が出てこない自分に苛立ちと情けなさを覚えながらも、やっとのことでこれだけを口にした。

「三位一体で、竜は飛ぶのか？」

マスミはチラッとこちらを見て、薄く笑った。

「飛べない竜は竜ではない。ただの図体《ずうたい》のでかい蛇だ。そんなのがのたうっているのを見たところで面白くも何ともない」

マスミはそう吐き棄てるようにして言うと窓の外を眺めた。もうすっかり暗くなっていた。灯りの点った教室はない。職員室の灯りだけが外へ漏れていた。僕もつられて窓の外へ目をやっていた。あの日、ボンファイアの巨大な火柱が、全身を炎に包まれた竜となって、胴体をうねらせながら空高く昇っていったさまを改めて思い出していた。

ゆっくりと生徒会室のドアが開いた。

「タイジンの代わりに、マスミはヒデオを相手に悪だくみか？」

生徒会顧問の先生だった。

「悪だくみとは聞き捨てなりません。生徒会のさらなる発展のために真剣な議論を交わしていたんです」

先生に一瞥《いちべつ》をくれただけで、何も語ろうとしないマスミに代わって僕が弁明した。

「素晴らしい。でも、今日はこの辺でお開きにしてくれないか。週番の先生から注意されていて、生徒会の生徒がちっとも帰らなくて困ってる。顧問のほうから早く帰るよう伝えておいてくれって。だから、仕方なく来たんだけどな。ま、そういうわけだ。消灯のほう、よろしく、サヨナラ」

先生はニヤつきながらそう言い置いてドアを閉じた。ドアに向かって、サヨナラ、と僕だけが言った。

マスミは黙ったまま帰り仕度《じたく》を始めた。何かをずっと考え続けていることが、その動作からよく分かる。竜を飛ばそう、と言いたかったのだが、言葉にはならなかった。マスミが先に出て、僕が生徒会室の電灯を消した。靴箱の並ぶ生徒玄関の辺りだけに灯りが点っていたが、なぜかいつも以上に薄暗く感じられたのだった。

＊　＊

修学旅行を終え、タイジンと二人の二年生執行委員が帰ってくるや否や、「三位一体」の活動は始まった。たちまちにして生徒会は本格的な戦場と化した。

タイジンは修学旅行惚《ぼ》けになどなっていなかった。最初の執行委員会の場で、早速なんだが、と口火を切り、「三位一体」運動遂行のための戦術案をレジュメにして机の上に広げた。そして、説明しようとした矢先、横合いから、

「ちょっと待った！」

とマスミが割って入ってきて、

「戦術案なら、ここにもある」

とプリントを配り出したのだった。

「勝負！」とマスミがタイジンを挑発すると、望むところだとタイジンは悠然と応じた。二人は妙に芝居がかったしぐさで睨み合ったのだが、それでも他の執行委員の間には張り詰めた空気が流れた。暫時の沈黙。

「お互い、かなり重症だな」

柔和な表情を浮かべながらタイジンがいつも通りのゆったりとした口調で言ったものだから、一時《いっとき》にその場が和んだ。すると、その機を狙っていたかのように、

「今日中に仕上げるぞ」

タイジンが決然と指示したために再び一気に緊張感が走った。二人が出してきた私案を元に、執行部全員で侃々諤々《かんかんがくがく》の議論となった。議論がデッドロック状態に陥ると、うーん、という言葉にならぬ呻《うめ》き声が部屋中に充満した。すかさずマスミが、

「こんなときこそ、旅行土産の饅頭《まんじゅう》の出番でしょうが。糖分補給で脳ミソの活性化を図ろう」

と机の中央に山積みになった饅頭に両手を伸ばして、パクパク頬張り出した。

「甘いなー！　でも、脳ミソが動き出した気がする」

と大真面目に言うものだから、全員が一斉に手を伸ばした。

「うん、確かに脳ミソが喜んでる」

口をモグモグさせながら、嬉しそうな声で感想が漏れ出る。饅頭恐るべし。饅頭の効果は絶大で、再び議論の嵐が吹き荒れ、侃々諤々の騒々しさで文字

通り時間を忘れて、二人の案のイイトコ取りで戦術案が一つに纏め上げられていった。

「三位一体」の活動を全校規模に拡大する上での核となる送別会の中味は、「三年間の思い出アルバム」を基本コンセプトにスライド上映とパフォーマンスとを合体させた構成をとることになった。その実務を執行部と議会の代議員とですべて担ってしまうと、同時進行で進めるべき校則改正と卒業式に関わる部隊が手薄になってしまう。そこで、送別会は全校生徒に参加を呼びかけ、実行委員会体制をとることになった。短期間での働きかけにもかかわらず、六十名を超える生徒が実行委員に名乗りを上げてくれた。

実は、この送別会の内容は主にタイジンのイメージによるもので、事前にマスミとの合意に達していたこともあって、修学旅行中にタイジンは、この企画の成否を握る重要人物にオルグをかけていた。粘り強く説得を続け、ついに実行委員会の中枢に座ることを了承させたのだった。

その重要人物とは、演劇部の部長と副部長で、二人とも二年生、それぞれ演出と舞台監督という肩書きでの参加であった。

部長は、自他共に認める「舞台馬鹿」で、役者志望ではなく、舞台演出を嚆矢として音響、照明、大道具、小道具、メイク、衣装に至るまで、舞台の裏方と呼ばれる仕事全般に精通していた。将来的には芸大に進み、この分野で世に出ようとの野望を抱いていた。芸術家肌の人間にはありがちな完全主義者で、他人とぶつかることも多く、何かと毀誉褒貶《きよほうへん》の声が聞こえてくる「問題児」であったが、いったん決まるとどのような障害が立ちはだかろうとも、知恵と技術と執念で乗り越えてしまう真の職人であった。皆からはゴドーと呼ばれていた。本名のゴトウから来ているのだが、戯曲『ゴドーを待ちながら』で人生が変わったと公言したことから、このあだ名が生まれたという噂だった。

副部長もなかなかの強者《つわもの》であったが、部長よりは柔軟性があり、時には妥協も必要であることを知っている賢い人物であった。名はカンジというのだが、ゴドーの演出で「舞監」を務めることが多く、「ブカンのカン」でいつの間にか人からはカンと呼ばれるようになっていた。他の連中から意見されても、まず自説を曲げることのない部長のゴドーも、このカン副部長から進言されると、不思議なくらい意見を変えてしまうという場面を幾人もの生徒が目撃していた。強い絆で結ばれた不思議なコンビだ。彼らとの信頼関係もあり、癖の強い二人を上手く馭《ぎょ》せるのはタイジンをおいて他になかろう、という判断で会長直属の実行委員会体制を敷くことになった。

この企画の基本を作る上での要《かなめ》は、何といってもスライド上映に使用する写真の収集にあった。どの学年にも入学式から卒業式まで、卒業アルバム製作のための記録係としてその学年の行事に張り付いて、写真を撮り続けている出入りの業者の専属カメラマンがいる。そのカメラマンに協力してもらい、膨大な量の記録写真を活用することが、まず第一の仕事になる。そこで、カメラマンから提供してもらった写真をざっと見ていくうちに、ある問題点に気が付いた。どの写真にも必ずと言っていいほどに被写体になっている生徒がいる。目立つ存在であり、写真に撮られることが大好き生徒なのだろう。それはそれで仕方のないことなのだが、裏を返せば、どの写真にも登場してこないおとなしくて目立たない生徒がかなりの数いるということだ。スライド上映を企画の基本にする以上、この偏《かたよ》りは是正したいという声が担当した実行委員から上がった。

そこで急きょ、三年生全員に呼びかけ、可能な限りいろいろなグループが写っていて、行事内容の分かる写真の提供をお願いすることになった。

その写真収集の元締めとして、昨年生徒会長を務めた三年生の生徒に頼んでみた。ニックネームはオショー。「和尚」に由来するのだが、実家が寺でオショーはいずれその寺を継ぐことになっている。そうなれば、オショーは正式に和尚になるわけだ。大学受験に向けて追い込みの時期であり、こんな煩雑な仕事を依頼するのは無謀かもしれないと心配したのだが、二つ返事で引き受けてくれた。写真集めの狙いを説明したのだが、その主旨もすぐに理解してくれて、顔の広さを利用し、要望されているような写真を重点的に集めてあげるよ、と心強い返事をしてくれたのだった。

「後輩達がここまで学校改革で頑張ってるのにその恩恵を受けるばっかりで、何も手伝わないいんじゃ、筋が通らないでしょ。

選挙改革から始まって、総会も面白かったし、文化祭は最高だった。後夜祭のボンファイアは鳥肌もので涙が出たよ。続けざまに体育祭もガラリと雰囲気が変わって楽しかった。そして、今度は送別会改革だろ？　これまで送別会と言えば、どこかの偉い先生を呼んでの講演会か、映画上映会かで面白くも何ともなかった。

さらに校則改正と卒業式改革にも挑もうとしてるんだから、もの凄いエネルギーを感じる。正直、圧倒されてる。何も変えられなかった元生徒会長として恥ずかしい限りだ。僕に何ができるか分からないけど、手伝ってほしいことがあったら、遠慮しないで言ってくれ。いや、やらせてほしいんだ」

さすがは生徒会長までやった先輩だ。言うことが違う、と依頼しに行った実行委員が興奮気味にその言葉を執行部に報告した。タイジンは嬉しそうに相好《そう ごう》を崩していたが、マスミは体を後ろに反《そ》らし、天井を見詰めながら、

「お言葉に甘えてもう一肌脱いでもらおうかな」

と呟いた。

ともかく、写真屋とオショーから寄せられた三年に及ぶ期間の写真の枚数たるや膨大であった。時系列に沿って時々の行事ごとに並べ、仕分けするだけでも大変な作業なのだが、それで終わるのであれば、忍耐力勝負の単純作業に過ぎない。そこに一貫するストーリーを作り出し、さまざまな仕掛けを用意しなければならないのだから、相当なセンスが要求されることになる。写真のセレクトとストーリー作りは同時進行で、しかも突貫行事で行われた。マスミの呟き通り、オショーにもう一肌脱いでもらうべく、今度はタイジンが直接赴いて、ストーリー作りのプロジェクトチームに参加してもらえないか、とお願いすることになった。何と言っても三年間の学校生活における当事者であり、生き証人だ。しかも、会長経験者ならではの視野の広さと事柄の本質を摑もうとする思考力、直観力という点では信頼が置ける。タイジンが頭を下げると、オショーは即座に快諾し

てくれた。

　プロジェクトチームはこの元会長のオショーに、現会長のタイジン、そして送別会全体を総合的に演出する演劇部部長のゴドー、その演出を舞台上で指示する舞台監督、演劇部副部長カンの四人から成る少数精鋭で、タイジン宅に泊まり込み、集中的にストーリーと仕掛け作りに没頭した。

　ストーリーは主にスライドを駆使することで表現するのだが、それだけでは平板で退屈なものになってしまう。ナレーションを入れ、音響、照明の効果を付与しても限界がある。そこで、ここ、という場面に生《なま》のパフォーマンスを取り入れることで、ストーリーにドラマ性を生まなければならない。

　諸行事での部活、クラス、個人の活躍を舞台上で再現することはもちろんのこと（そのために合唱、合奏、ダンスなどの表現方法を選択せねばならない）、必要に応じてショートコント風の寸劇やミュージカル風のパフォーマンスを創作せねばならなくなる。

　議論の中から生まれてくる一瞬の閃《ひらめ》きこそが大事なのだが、そのイメージをすぐに絵コンテにし、現実に舞台上で再現できる形に仕上げるのは至難の業だった。幾度も険悪な空気になりながらも、そんなときに調整役として抜群の手腕を発揮したのが、やはりタイジンだった。彼がいなかったならば、このプロジェクトチームは早々に空中分解していたことだろう。議論における沸騰寸前の過熱状態と事実上の凍結、フリーズ状態をまるでジェットコースターのように繰り返しながら、一週間に及んだ激論の末に一本のシナリオが完成したのだった。

　役目を終えたプロジェクトチームはこうして解散した。オショーは三人と固く握手をして、別れを述べた後、家から見送りに出てきたタイジンを摑まえてこう告げた。

「卒業する前に君と出会えて、本当に良かったよ。たった一週間の会議だったけど、これまでに経験したことのないような濃密な時間だった。君が周囲からタイジンと呼ばれているわけもよく分かった。確かに君は『大人《タイジン》』だ。大丈夫だ。君が生徒会の大黒柱でいる限り、この送別会企画は必ず成功する。本番を楽しみにしているから。ありがとう。サヨナラ」

　するとタイジンは、プロジェクトチームへの参加を依頼しに行った時と同様、深々と頭を下げた。そして目を潤《うる》ませながら
「先輩が舞台を観ていて下さるんだ、と思うだけで、何が何でもこの企画を成功させなければならない、と考えるようになりました。大きな力をいただきました。ありがとうございます」

と、答えた。

　オショーは少し歩んだ後、くるりを向きを変えると、大きな声で付け足した。

「また手伝ってほしいことができたら、遠慮するな。いつでも喜んで参加するからな。余計な気遣いなんか要らんぞ。大学は逃げやしない。でも、僕達への送別会はこれが最後なんだからな。必要な三年生が出てきたら、僕に相談してくれ。首に紐を結《ゆ》わえて、舞台上に引きずり出してやるよ。それぐらい僕にやらしてくれ」

　彼も泣き笑いの表情を浮かべながら、再び頭を下げ続けているタイジンに、その姿が見えなくなるまで手を振り続けたのだった。

　シナリオ完成の知らせは、すぐに執行部と実行委員会に届いた。舞台の裏方の配置はすでに決まっていた。音響、照明、大道具、小道具、メイク、衣装等の係はすべて実行委員の立候補で決定した。そして、三年間の思い出場面を再現するためのキャストには、部活の全面協力を得ることになっていた。主《おも》だった部活としては、合唱団、応援団、チアリーディング部、ブラスバンド部、そして正副部長が演出、舞台監督を務めている関係から、当然のことながら演劇部には当初より全面的な協力を取り付けてあった。

　さらに、演出上どうしても欠かせないということで、弓道部。観客席の中にある通路に足場を組み、そこから舞台上に設置する的《まと》を矢で射抜くという実演をしてもらうということで、県大会で準優勝した選手に出演交渉中だった。

　他にも野球部。日頃の練習風景を再現するという体《てい》で、舞台上から観客席に向かって、数人の選手が

軟式のテニスボールをノックしてもらおうと出演交渉することになった。一、二年生の出演で何とか賄《まかな》える場面は良いのだが、このシーンは臨場感を最大限にまで高めるために、どうしても三年生の当事者に登場してもらうしかないという場面が出てきた。そこで三度《みたび》、オショーにお願いし、出演依頼の任に当たってもらうことになった。

「シナリオを作りながら、きっとそうなるんだろうなァ、と予感はしていたし、覚悟もしていた。難関大学の受験でシャカリキになってる奴もいるけど、絶対に落としてみせる。あっ、これは禁句か⁉　ま、いいや。絶対に期待を裏切るような真似はしないから、吉報を待ってろよ」

と、オショーは請《う》け合ってくれた。

関係者総出の頑張りにもかかわらず、なかなか穴をすべて埋め切れぬままに時間だけが容赦なく過ぎていった。大道具、小道具、衣装はまだ出来上がっていない。演者も全員が揃っているわけではなかった。

それでも、音響、照明の練習も兼ねて、実際出来上がる舞台の雰囲気を一刻も早く摑み、修正点を洗い出すために、舞台を使った練習、リハーサルを始めることになった。演出からの強い要望であった。舞台練習が始まり、間もなくして露呈してきた問題点が、この演出ゴドーの一切の妥協を許さぬ完全主義者ぶりであった。

音響、照明とのタイミング合わせを含めて、その一瞬の場の完成度、場面の流れや転換における完成度という点で、練習当初から手を抜こうとはしなかった。準備が遅れ、直前になって演出をつけるとか、事実上のぶっつけ本番になってしまう状況等、絶対に許さないという頑《かたく》なな態度であった。

道具を手に取ることも初めてという実行委員が多い中、経験のある演劇部員の指導を受けながら、音響や照明を担当する生徒達は、必死になってゴドーやカンから出される指示に応えようとするのだが、返ってくるのは怒号や罵声ばかりであった。そのあまりの激しさに担当生徒は震え上がった。傍らにいた演劇部員から、いつものことだから平気平気、と慰められても、気が気ではなかった。瞬く間に、手にしていた台本は全ページに亘って指示に基づく書き込みで真っ黒になっていった。

ゴドーの怒りの矛先は、スライド制作班、スライド映写担当の生徒達にも向けられた。選んだ写真の差し替えを命じるのは毎度のこと、スライドを切り換えるタイミングがコンマ何秒というレベルでズレただけでも罵倒の嵐だった。

「BGM聴いてるのか？　ここだろ、ここ！」

そう叫んで、手にした台本でそばにあった椅子を殴りつける。

「舞台暗転、ハイッ……遅い！　のろま！　やめちまえ！」

と吐き棄て、座っていた椅子を蹴り倒す。台本を投げ付けられるのは日常茶飯事であった。

実行委員の生徒達は日々戦々兢々《せんせんきょうきょう》の状況だった。照明の落とされた舞台下の床に蹲《うずくま》り、ぶつぶつ呟きながら、ひたすら台本に書き込みをする生徒の姿があちらこちらで見受けられた。ともかく毎日が体育館中に響き渡るようなゴドーの容赦ない胴間声《どうまごえ》の嵐であった。

陰で肩を寄せ合い、涙に暮れている生徒が目立つようになっていった。怖くて面と向かっては言えないが、共通する思いを抱えている生徒が、ゴドーへの怒りをぶちまけている場面も見られた。中には、次第に口数が少なくなり、誰にも悩みを打ち明けられずに一人孤独に懊悩《おうのう》する生徒の姿もあった。そうした修羅の惨状が至る所で見受けられるようになった。舞台練習から笑いが消え、怯《おび》えと緊張感だけが支配する陰鬱な場へと転じていったのだ。

このままでは実行委員会は内部崩壊してしまう。危機感を覚えたタイジンは、手が空いたときには極力舞台監督のカンを連れ出して、その修羅の一つ一つの現場に足を運び、その胸のうちを丹念に聴き出していった。こんなとき、タイジンは決して結論を急がない。思い悩む実行委員の口から直接どうしてほしいのか？　自らはどうしたいのか？　ということについて語り始めるのを辛抱強く待った。その姿をカンにも直《じか》に見てもらいたかった。ゴドーと六十名余の実行委員との狭間《はざま》で、自分は何をなすべきなのか？　を考え、舞台監督としての行動の指針を自らの力で掴み取ってほしかったのだ。彼が賢い人間であることをタイジンは知っていた。そうでなければ、タイジンに誘われたからといって、彼と行動を共にするはずがない。タイジンはカンを信頼していた。タイジンはそういう人間だった。彼に悲しみを、怒りを、悩みをぶつけた実行委員達は逃げようとはせず、そうした思いを真正面から受け止め、深く理解しようと努めるタイジンの誠実さと懐《ふところ》の深さに、少しばかり心が軽くなるのを感じるのであった。

そのやや後ろに立ち、目を真っ赤にして、実行委員からの訴えに耳を傾け、口を固く鎖《とざ》して考え込んでいるカンの様子に、失いかけていた信頼感が蘇ってくるのも感じていた。

二人はその後も精力的に修羅の苦しみにのたうち回る実行委員の許《もと》を訪れた。幾人かが、もう無理です、実行委員をやめます、と涙ながらに訴えてくることがあった。タイジンはその生徒の手を黙って両手で包み込んだ。彼の目から涙がはらはらと零れ落ちた。涙が包み込まれた実行委員の手も濡《ぬ》らす。熱い涙だった。苦しめてしまったね、ごめんなさい、それだけしか彼は言わなかった。彼は肩を揺らして嗚咽《おえつ》を漏らすばかりだった。その場面を共にいて目撃したカンは、顔面蒼白で唇を小刻みに揺らしていた。そして、ためらいながらも、そうせずにはいられないという風《ふう》に手を伸ばし、優しく実行委員の肩に手を置いた。言葉は一言も発さない。ただ小さくうなずく、そんな動作を繰り返すのだった。

その日も噂を聞きつけて、講堂の地下にある広い倉庫で大道具を制作中だった数名の実行委員から、やれサイズがおかしいの、やれ舞台上にセッティングする時間がかかり過ぎるだの、やれ舞台上の大道具係の動きがバラバラだの、とまるで機関銃を乱射するようにボロクソに怒鳴られて、すっかりやる気を失っていたところ、と散々愚痴を聴かされた後に舞台へと戻る道すがら、タイジンは彼のすぐ後を足を引きずるようにして付いてくるカンに声をかけた。

「目の下に隈ができてるよ。講堂の中にいると目立たないけど、外に出るとよく目立つ。僕と一緒に回るようになって、眠れなくなっているんじゃないか？　頬もこけてきているし、飯も喉を通らなくなってきたか？　無理もないがな、こんな難行苦行の旅を続けていれば、そうなってしまうのも……。僕も少々体にこたえてきている。君でなかったら、こんなきついこと、付き合わせはしなかった」

その声音には、カンの健康を気遣う慈愛の念が満ちていた。カンは急に足が前に出なくなったかのように、その場に佇立《ちょりつ》した。そして、慎重に言葉を選びながら、心持ち苦しげに話し出したのだった。

昨晩、帰宅する際に、ゴドーを誘って学校近くにあるおばちゃん一人で切り盛りしているちっちゃな飲食店に立ち寄った。そこはお好み焼きや焼きそば、たこ焼きといった小腹を満たすにはちょうどいいメニューの揃う、部活帰りの生徒達がよく利用する店だった。おばちゃんと二人はすっかり馴染みで、薄汚れた暖簾《のれん》をくぐった途端、「いつものね」とおばちゃんのほうから訊いてきた。

「おばちゃん、ラムネ二本貰うね」

ゴドーは冷蔵庫から勝手に取り出してきた。

そこで思い切って、タイジンに同行してこの数日間、不満や悩みを抱えている実行委員の間を回り、話を聴き続けてきたことをゴドーに話した。

ゴドーは、眉根《まゆね》を寄せて怒ったような表情を浮かべながらも、実行委員が口にした訴えの数々を黙って聴き続け、最後にカンは、

「本当に苦しい行脚《あんぎゃ》だった、タイジンがそばにいてくれなければ、途中で逃げ出していたと思う」

と言い添えた。ゴドーは、お好み焼きを一切れ口に放り込み、ラムネで流し込んだ後に、重い口を開いた。

「演劇部でも一つの舞台を作るのは大変なことなんだ。そんなことは分かってるよな。ましてや六十名を超える素人同然の大所帯、実行委員会方式をとるとなおさらだ。一人一人の動機、モチベーションにばらつきはあるし、能力面でも大きな差がある。寄り合い所帯だから集中力も散漫になりがちで、常識では考えられないような不注意から命に関わるような事故に繋がることだってあり得る。そんな悲惨な現場をいくつも見てきた。未然に防止するためには最初が肝心《かんじん》だ。ちょっとした油断、仲良し子良しの浮かれ気分がすべてを台無しにしてしまう危険性を

孕《はら》んでいることを、一般論として注意しても無駄で、失敗した一つ一つの事例を現行犯で押さえた上で、二度と同じ過《あやま》ちを犯さないぐらい、いや、犯せないぐらい厳しく叱責《しっせき》するのが最も効果的であることを僕は体得している。舞監をしていても実感しているだろう。最近の実行委員達の動きが格段に良くなっていることを。すべてを事細《ことこま》かに指示しなくても、次に何を為すべきなのか、瞬間的に判断して動けるようになった実行委員が増えてきた。そういう厳格な雰囲気ができていくプロセスで落ち零れていく生徒が出てくるのは、ある意味仕方がないことだ、と僕は割り切っている。去る者は追わず、それがポリシーだ。実行委員の気持ちを大事にする、それを第一義において、彼らが犯したミスには目を瞑《つぶ》るなんて真似《まね》は僕にはできない。

……でも、タイジンや君が忙しい時間を縫《ぬ》ってやってくれたこと、幾日も苦しい時間に堪えてケアしてくれたことには感謝する。今の僕には到底そんな真似はできないし、時間の制約上、舞台作りにかかりっきりにならねばならない僕の立場、精神状態から言って、無理だと断言せざるを得ない。勝手な言い分で申し訳ないが、僕という人間の至らなさを本番を迎えるその日までカバーしてくれないかな？　虫のいいお願いだとは重々《じゅうじゅう》承知しているが、演出として許せないミスを目にしてしまったとき、口から飛び出してくる罵詈雑言《ばりぞうごん》を、僕は、僕自身の理性では止められないんだ。第三者の目から見れば、狂人に見えるかもしれない。だけど、狂人に見られるぐらいに舞台作りにのめり込んでいかないと、観客に感動を与えられる舞台なんか絶対に作れないんだ、ということだけは分かってほしい。だから、助けが欲しいんだ。頼む、助けてほしい……」

　そう心のうちを振り絞るようにして打ち明けたゴドーの全身は、細かく震えていた……。

　長い付き合いからゴドーの性格を知り抜いた上で、なおかつ思い切って彼に迫らねばならないと決意したカンの思い。そして、聴かされれば辛いに決まっている言葉に堪え忍び、黙って耳を傾け続けた上で、自分の本心を打ち明けつつ自身の弱さを曝《さら》け出し、助けを求めたゴドーの思い。タイジンはこの二つの切迫した思いを前にして、彼らをこれ以上追い詰めてはならないと考えた。カンの賢さはもちろんのことだが、その賢さは自らを助ける力ともなる。舞台の狂人を自認するゴドーにカンの助けは不可欠なものだが、今回のカンとの行脚をゴドーが共有したことでどのような化学変化がもたらされるのか？　その先に生まれてくるものは、彼らの役割分担とその相互作用によって新たに生み出されてくるに違いない力に委ねるしかない。

タイジンは、この二つの特異な個性、賢者と舞台の狂人との新たな複合力、その間に生まれようとしている未知なる新たな化学反応の力に、送別会の行く末を託そうと心に決めた。

だが、そこに新たな嵐、修羅が持ち込まれようとしていた。

＊　＊

「嵐を呼ぶ男」マスミが送別会の舞台に乗り込んできたのだ。ただの陣中見舞いでやって来るような男ではない。新たにどのようなことを仕掛けようと企んでいるのか⁉　実行委員会の組織的な危機を乗り越える目算《もくさん》が立ちつつあった矢先であっただけに、さすがのタイジンも心穏やかではなかった。

マスミは早速タイジン、ゴドー、カンという送別会の中核を成す三人を呼び寄せて、端的にその用件を切り出した。

「三年生は、この三年間、ずっと同じ先生が学年主任でしたよね？　確か、マサコ先生、先輩達はマコちゃん先生と呼んで、生徒からの人望も篤く人気のある先生だと聞いています。以前、教職員組合の副委員長を務め、度胸もあってなかなかの闘士だったという噂も聞いています。ならば、もってこいの話だと思うんですけど、その学年主任にお願いして、先輩達に独自の卒業証書を手渡す、という企画を最後に作ったらどうでしょうか？　絶対に盛り上がると思うんですよ。卒業式での本物を食っちゃったりしてね」

最後は悪戯《いたずら》っぽく笑いながら、そう提案したのだった。しかし、そのときのマスミの目は笑っていなかった。獲物を狙う肉食獣の目であった。この提案の意図は明らかだ。悪戯っぽい笑いをまぶしつつ最後に口にした言葉にそれは込められていた。

　卒業式とは、卒業証書授与式のことであり、卒業証書を生徒の手に渡さなければ、式そのものが成り立たない。それを国家権力が自らの望む方向へと国民を誘導するため、その権威付けとして、国旗でもない日の丸を掲げさせ、国歌でもない君が代を斉唱させ、日頃は大して縁のない、国家権力の従僕である校長に長々と内容空疎な式辞を述べさせる。

　生徒会が廃止を求めている、そうした諸々《もろもろ》の権威のガラクタを削《そ》ぎ落としたならば、卒業証書を手渡すという単調な流れ作業にどのような質的変化が生まれるだろうか？

　高校課程を修了したことを認めるという卒業証書の持つ意味、価値に変わりはないにしても、そんな権威まみれの退屈な儀式を強要されなければ、もっと違う雰囲気の中で卒業証書を手渡すことは可能なはずだ。

　真心の籠った、親しみのある、つまらぬ権威なんかとは一切無縁な、貰って本当に嬉しい卒業証書は必ずある。

　国家の意向に従順な国民を育成しようとする、権威の毒に汚染された官製の既存の卒業式とは全く質の異なる生徒が心の奥底から望む、いわゆる自主卒業式のイメージをこの最後の企画を通してマスミは創造しようとしている。

　タイジンはマスミの意図するところを即座に理解できた。けれども、ゴドーとカンはそうではなかった。もうすでに完成したシナリオに基づいて、タイムスケジュールに沿いながらリハーサルを重ねていた。そんな段階で、最後の最後に、学年主任による卒業証書授与式などというインパクトの大きな企画を嵌《は》め込むことはできるのか？

　この期《ご》に及んで、再度全体の流れを練り直さなければならないとしたら、大変なことになる。今の彼らには、卒業式との関連におけるこの企画の重大な意義について考えを巡らすなどという余裕はなかった。マスミとタイジンが生徒会を主戦場とする理論家であるのに対して、あくまでも彼らは演劇部での活動を主とする舞台職人であったということだ。だからだろう、マスミはまずはタイジンの目を覗き込み、その動きから自分の意図を正しく汲み取っているかどうかを確認した。その上で、マスミはニッコリと笑い、

「無理は承知の上です。タイジン、あなたのほうからもお願いしてくださいよ」

　と言ったのだ。タイジンは正直、困惑した。やっとゴドーとカンの心の片隅に食い込めた、と少しばかり安堵していたところなのに、休む間もなく、新たにある意味において無茶苦茶な注文を二人にするよう、自分に加担せよ、と言っているのだ。さすがに口籠っているタイジンの態度を目にしても、マスミに揺らぎはなかった。すべてが折り込み済みなのだろう。マスミは矢継《やつ》ぎ早《ばや》に現状報告をして決断を迫っていった。

「実は、もうすでに元会長のオショーに話は通してあって、極秘で学年主任の説得工作に動いてもらうことになってるんです。先生とは相性が良いというか、馬が合うらしくて過去にもあれやこれやと相談に乗ってもらっていて、とってもフレンドリーな仲なんだそうです。密命を帯びた『工作員』に最適な人物だと睨んでいるんです。それとは別に、直接先生にも連絡がしてあって、送別会の件で大切なお願い事があるので、時間をとってほしいと申し入れてあります。すぐにでも返事があるはずです。その場には申し訳ないですが、現会長ということでタイジンにも同席してもらいます。それだけで結構なんです。

　あれだけ実行委員からの怒りや悲しみを一身に浴びてきたんです。いろいろと噂は耳に入っています。さすがのタイジンといえども疲労の極致にあるでしょうから、ご無理はお願いしません。協力をお願いします」

　その刹那、顔を上げ、マスミのほうをキッと睨み付けたゴドーであったが、カンが相手から見えぬよう、そっとその背中に手を差し伸べていた。マスミは気付かぬ振りをしていた。マスミは今、勝負を賭けている——タイジンは彼の全身から鬼気迫るものをひしひしと感じ取っていた。誰にも気付かれぬよう小さく溜め息を吐《つ》いた。それから、意を決してゴ

ドーに向かってこう言った。

「すべてそういうわけだ。君も知っているだろう、このマスミの政治力を。こうなったら、最後は学年主任を先頭に、三年生の先生達総出で独自の卒業証書授与式をやって、最高に盛り上げた上で送別会を完成させよう。そこまでの流れはすべて君に任せる。頼む。やってくれ。たとい無理だと思えても、君の力で実現してくれ。

　舞台作りにおいて、君に勝てる奴はこの学校にはいない。君が、やる、と決めれば、その方向に事は動いていく。それに、君のことを誰よりも理解し、支えようとしているカンがそばに控えている。彼も僕と一緒に修羅を見てきた男だ。僕よりも遥かに苦しかったに違いない。それに耐え得た男だ。彼の力を信じてくれ。……やれるよ、絶対に！」

　タイジンの言葉に、ゴドーは顔を紅潮させながら、天井を見上げた。彼の尖《とが》った喉仏《のどぼとけ》が見える。それが、ゴクリと動いた。

「……やってみるか」

　大きくはないが、揺るぎのない声だった。その声ですべてが決まった。カンは、彼の背中に手を添えていたことを、今の声で、声に連動した筋肉の動きで思い出した。そっと手を離し、ポリポリと自分のおでこを指先で掻いた。

「大至急、会議だな」

　ゴドーとカンはどちらからともなく呟き、うなずいていた。

＊　＊

「送別会という行事改革の取り組みを軸に、学校改革の機運を高めることで、三位一体の精神で校則改正、卒業式三原則の撤廃に向けた運動を構築する……か。スローガンがずっしりと重いよ。取り組む前から分かってはいたが、やっぱりなかなかに厳しいものがある……」

　僕は二回目の全校生徒アンケートの集計をしながら、マスミに愚痴っていた。タイジンは送別会リハーサルのために講堂に出かけていたが、他の執行委員と送別会担当を除いた生徒議会の主だったメンバーは、生徒会室に籠り、黙々とアンケート結果を集計していた。マスミは知らん顔をしてレジュメを書いていたが、僕の愚痴は間違いなく耳に届いていたはずだ。

最初のアンケートでは、校則の中でも特に改正してほしい項目は何か、を重点的に訊いてみた。もう一つは、現状の卒業式における問題点、いわゆる卒業式三原則について執行部の見解を述べた上で、その問題点をどう思うか？　どうすべきか？　という設問の仕方で訊いた。

このアンケートを集計した結果、校則については、髪型、学生鞄、靴、靴下という項目で、圧倒的多数の生徒達が規制の廃止、ないしは緩和を求めていることが分かった。ところが、制服に関する賛否は分かれた。男女で傾向が違っており、男子生徒では意見が拮抗《きっこう》、若干ではあるが、学生服肯定派が否定派を上回った。だが、女子生徒になると、回答数の三分の二に近い数でセーラー服肯定派がいることが判明した。自由意見欄にも、セーラー服を無理矢理着させられているという感覚はなく、それが着られるのは高校生の間だけなのだから、なくさないで欲しいという趣旨の意見が多かった。

一方、卒業式三原則については、それらが国家権力によって押し付けられている状況には、執行部見解にあるように矛盾を感じるが、正直に言って日の丸、君が代、校長式辞という個々の事柄に関しては、特に反発とか嫌悪感とかを覚えない。民主主義、国民主権の精神に反するモノなのかもしれないが、今では半ば定着してしまっており、何が何でもなくしてほしいとまでは思わない、といった意見が少なからず寄せられた。

卒業式三原則への批判を展開している執行部見解に対して真正面から反論してくるような意見は見られなかった。ただし、同じアンケートでも校則改正とは違って、卒業式三原則のほうは、最初に執行部見解が付けられていたことに、誘導尋問っぽい感じがして、アンケートとしてはフェアではない気がした、という批判はいくつか見られた。

トータルに見て、予想の範囲内ではあったのだが、生徒の日常生活から考えて、校則問題は比較的身近な問題であるのに対して、日の丸、君が代などの卒業式問題は自分には関係のない遠い問題、観念的で今一つピンとこない、というのが正直な実感であることが、全校アンケートによる数値や生の声によって確認された。

　第一回全校アンケートは、執行部と議会の正副議長、各学年代表によって分担し、その日のうちに集計を終え、翌日、緊急の拡大執行委員会を開いて、同じメンバーでその集計結果の分析を行った。土曜日の午後の時間を丸々潰し、ぶっ通しの長時間討論となった。メンバー全員が喋りに喋った。お陰で、二人の書記はまさに鬼の形相で発言内容をノートに記し続けるというはめになった。「腱鞘炎《けんしょうえん》になるー！」と悲鳴を上げながらも、最後まで二人は書き通した。

　討論終了後、二人は互いにとったノートを照らし合わせ、より正確な議事録を作り上げた。タイジンには主に送別会のほうに張り付いてもらわなければならないため、その議事録に基づいて、アンケート結果に関する執行部見解の原案作りはマスミが担当することになった。

　そして、翌週の月曜日には、生徒会ニュースとなって全校生徒に配布された。一号では収まらず、三号に分けて三日間連続の発行となった。各クラスへは、単にニュースを配布するだけではなく、代議員がその号の要点について口頭で補足するという方針を徹底した。そのために代議員向けの補足用メモも併せて配布された。

　生徒会ニュースを連発したのにはわけがあった。その週の土曜日の午後、参加自由の集会「校則と卒業式を考える集い」を開催する予定であったからだ。自由参加という形態をとったものの、当日の参加者はのべ二百名、常時百名近い生徒達が会場を埋め尽くして活発な討論を展開した。出入り自由の気楽な雰囲気の集会にしたいとの狙いから、特に集会宣言といったような参加者の承認を要する堅苦しい形式は採用しなかった。この集会の場でもアンケート結果の数値と分析とを掲載した三号に亘る生徒会ニュースは大きな力を発揮するところとなった。

　生徒会顧問以外にも、十数名の教師が集会に顔を覗かせた。校長や教頭は顔を見せなかったが、一年生から三年生まで全学年主任と生活指導部長は顔を見せ、校則改正や卒業式三原則に関して、真剣に意見を闘わせている生徒達の様子を興味深げに眺めていた。

この集会の概要については、翌週月曜日に生徒会ニュースに纏めて、全校生徒に配布したのだが、ここで一息つくわけにはいかなかった。全校アンケートの結果、クラス討論での意見、そしてこの集会で出された主だった発言を踏まえた上で、運動のレベルをもう一段階アップするために、校則改正と卒業式改革に関する生徒要望書を纏め、生徒会顧問を通して、学校側との意見交換会の開催を申し入れた。

運動にインパクトを与えるために、思い切って団体交渉を申し入れても面白いかもね、とマスミはさらりと提案したのだが、まだそのレベルではない、余計な軋轢と混乱を生むだけだとのタイジンのきっぱりとした判断で、意見交換会という形での申し入れに留めたのだった。

しかし、本当のところは、校則の改正はあくまでも職員会議での議決を踏まえて、最後は校長決裁によって決まるものだ、という学校側の姿勢が強固であったことが最大の原因であった。タイジンもマスミもそのことは熟知していた。でも、今はそれにこだわるべき時ではない。時はまだ熟してはいない。一歩、いや、半歩でもいい。運動を先へ進めること。そして、次のステップへの道筋をつけること。それが大事なんだ、という認識で二人は一致していた。

「校則と卒業式を考える集い」が開かれた翌週に、その意見交換会は実現することになった。異例のスピードであった。執行部の意向を受け、要望書を持って校長や教頭に早期の開催を迫った生徒会顧問の頑張りがあったことも確かだった。

だが、やはりそれ以上に送別会準備と同時進行させながら、全校アンケートから波状的に休むことなく積み上げてきた校則・卒業式問題への生徒会の取り組みが、学校側にある種の緊張感、危機感を生んだことが最大の理由であった。要望を無視するなんてことは論外、のらりくらりとかわしているという態度を見せてしまったら最後、全校生徒からどのような反発が生まれるか、分かったものではない。そうした危機感であった。裏を返せば、それだけ生徒会の運動が正当に認知されてきたことの証明でもあったのだ。

＊　　＊

意見交換会に出席したメンバーは、生徒側が執行部の六名であったのに対して、教師側は、校長が出張のため欠席したが、教頭、生活指導部長、生徒会顧問、そして各学年主任の計六名と同数であった。

初めに教頭から、今日の会議は団体交渉のようなものではなく、あくまでも意見交換会であって、その性格上、この場で何かが決定されることはない。ただし、互いに率直な意見を交わすことで、生徒会から要望されている校則改正と卒業式改革に関わる案件について、今後どのように扱っていくべきか、双方で一致できる点を探っていくということで重要な意味合いを持つ会議になると考えている、という主旨の発言があった。

次に、タイジンから学校側に提出した要望書の内容について、改めて説明をしたところから交流会は始まった。

校則問題については、生徒間でも意見の分かれている制服の自由化を巡る問題は後回しにして、生徒の大多数が改正を求めている頭髪、学生鞄、靴、靴下の規制緩和、撤廃から話し合うことになった。頭髪を除いては、教頭をはじめとして教師側の意見も比較的柔軟なものであった。

該当する校則それ自体をなくすのはどうか？　との生徒側からの提案については、さすがに慎重論が強かった。明確な規定ではなく、ある程度の線を引く文言が校則として明記されていたほうが、生徒や家庭での混乱を生まずに済む、という生活指導部長から出された意見に対しては、書記や会計の生徒から、自分の家庭の例や友人達の具体例を引き合いに出して、混乱が生まれるとは到底考えられないとの反論がなされた。

校則の内容については双方に大した意見の違いがないにもかかわらず、その項目をなくすか残すか、を巡って意見の応酬がしばらく続いたが、その議論を引き取り一区切りつけるために、生活指導部長に顔を向けながらマスミが提案した。

「この問題を含めて議論する特別委員会を設けてはどうですか？　期限を決めて集中的に意見を擦り合わせ、原案を作成する場にするというもので一度検討してほしいんですが」

「うん、考えてみよう」

　指導部長が応じたものだから、議題は次へ移っていった。

　だが、制服の自由化、あるいは廃止を目指すという考え方についてはどうか、という話題に移ろうとした矢先に、頭髪の問題が蒸《む》し返された。学年主任三名から各学年の現状について、実例と学年としてどのように指導しているのか、報告がなされた。

　どの学年にも共通して言えることは、生徒との間でトラブルが起こるような威圧的な頭髪指導はしていないということだった。日常的にはクラス担任に指導を任せている。学年全体で統一して指導を入れるのは、大きな学校行事のある前に限定しているとのことであった。

　例えば二年生の場合、長期に亘る校外での活動でもあるため、修学旅行前に服装全体と併せて頭髪指導を実施した。

　また、三年生の場合、間近に迫っている卒業式に向けて、今はまだ担任レベルでの指導に留めているが、いずれ直前になれば、一度は学年全体でのチェックを入れることになる。そのときは抜き打ち検査ではなく、事前に生徒や家庭にプリントを配布して、チェックする旨を知らせる予定であるとのことであった。その報告を受けるようにして教頭からも発言があった。頭髪については制服も同様だが、はっきりと学校方針を示し、校則として生徒や家庭に明示すべきだ、と強い調子で主張した。そして、

「最近の傾向としては男子生徒の長髪、女子生徒のパーマ、染色が目立ち、放置すればたちまちにして蔓延《まんえん》する危険性がある。そんな兆候が顕著に現れる前に、その芽を摘み取る意味でも学校行事の前には、などと悠長《ゆうちょう》なことを言っているのではなく、適宜《てきぎ》学年単位で統一した厳しい指導を入れていかないと『無法地帯』になってしまい、世間からの学校評価にも悪影響を及ぼしかねないと危惧している」

とまで言い切った。

さすがに教頭のこの「無法地帯」発言に生徒達は黙っていなかった。タイジンが口火を切った。

「先ほどの学年主任の先生方からの報告と、ただ今の教頭先生からの『無法地帯』発言との間には、甚《はなは》だしい現状認識の乖離《かいり》を感じます。僕にはこの学校が教頭先生の仰《おっしゃ》られる『無法地帯』と呼ばれるような荒れた状態になるとは到底思われません。確かにロン毛《げ》、パーマ染色といった生徒がいることは認めます。でも、それはごく一部の生徒です。しかも、彼らに周囲への影響力がさほどあるとは思えません。個別にきちんと話し合いを持つならば、ある程度までは自らの判断で直せる生徒が大半であると考えています。

具体的に誰のことを指しておられるのか、顔も名前も浮かびますが、ちょっとばかりヤンチャで恰好をつけたがっているだけで、教頭先生が思っておられるようなワルじゃないですよ」

そんないかにもタイジンらしい柔らかな反論に、生徒ばかりか、同席していた教師からも共感の笑いが漏れた。彼の言葉には心の緊張をほぐす不思議な力がある。二年生のタイジンの発言であっただけに、二年生の学年主任からも補足するような意見が出た。

「あいつのことだろ？　私も幾度か注意した。その場は、すみません、と素直に謝ってちょっとだけ整えてくるんだけど、すぐに元に戻ってしまう。甘く考えてるのかもしれんが、悪気はないんだよな。……私が甘いのか？」

すると、その発言にも笑いが起こった。ただし、教頭だけが堅い表情を崩すことはなかった。

今度もマスミは議論の内容を受けて、提案を行った。表情は柔和であったが、発言しようとしない生活指導部長の顔を一瞥《いちべつ》し、それから、頭髪指導における強硬論を述べた後、渋面を作り、口をへの字に曲げたままの教頭に視線を向けながら、こう言った。

「頭髪指導で苦慮しておられる先生方の意見はよく分かりました。そうした難しい状況を踏まえて、校長先生を補佐する立場にある教頭先生が、想定され得《う》る最悪の事態だけは何とか未然に防止したいとの思いから意見を述べられたことも分かります。

でも、担任による指導であれ、学年全体での統一指導であれ、結局のところは学校側から頭髪はこうしろああしろと一方的に命じ、強制するだけで、学校側と生徒との双方向での意見の交流がなさ過ぎるところに問題があると思うんです。

もし仮に学校が生徒を管理、統制する場であったとしたら、それでいいのかもしれません。しかし、それでは刑務所と何ら変わりありませんね。学校が罰として科せられた刑期を終えるための刑務所ではなく、生徒一人一人の可能性を伸ばす学びの場であろうとするならば、生徒との間のコミュニケーションを大事にし、そこでの言葉や思いのやり取りを通して、相互の理解や納得を作り出すためのプロセスことを重視してほしいと思います。

時間がかかり過ぎると批判を受けそうですが、民主主義とは本来時間がかかるもの、それを避けては民主主義は成り立ちません。独裁者の鶴の一声で、瞬時にして物事が決まってしまう、従わない者は問答無用で処分するという全体主義の非民主的なシステムを僕は望みません。

頭髪のルールをどうするか？　全く自由にするのか、それとも本校生の頭髪はこれ一つ、それ以外は一切認めないとするのか？　そのルール作りのプロセスにもっと生徒の声を反映する、教師と生徒の間で意見交換する、生徒間でも意見を交流する、というシステムを構築してほしいんです。

先ほど提案させてもらった教師と生徒が参加し、議論を積み上げていく特別委員会が扱うテーマの一つに、この頭髪問題を位置付け、重点的に話し合ってみてはどうでしょうか？

だらだら話し合いを続けるのではなく、期限を切って議論し、ある時点で中間報告という形でもいいから、全校生徒に投げかけてみる。併せて先生方にも議論をしていただく。

生徒が自分自身の問題として受け止め、活発な議論ができるよう、生徒会としても知恵を絞り汗をかいて全力で協力していきます。そこで出された意見を丁寧に吸い上げて、次なる段階の特別委員会を再開し、大多数の教師と生徒が納得できるルールに結実させていく。そういう着実なプロセスを踏んでいくならば、同じことばかりを繰り返す、まるでモグラ叩きのような虚しい頭髪指導なんてものは不要になってきますよ。先生方だって好きこのんでモグラ叩きをしておられるようには見えません。できればやりたくない。それが本音でしょう。

急がば回れ、です。多少時間と手間と忍耐が必要ですが、根本的な問題の解決を目指す、学校という学びの場にふさわしい特別委員会という場で、頭髪問題についても議題に入れるという方法を提案させていただきます――生活指導部長、教頭先生、いかがですか？」

マスミから名指しで問われた指導部長は、しばらく考え込んでいた。そして、おもむろに口を開いた。

「頭髪は……まあ、頭髪に限らないが、その時々の流行に乗ってどんどん移り変わっていくものだろう。自己表現だというが、その時点での流行の表現に過ぎなくて、反対に流行に簡単に流されてしまう自己の中身のなさ、空《から》っぽさが現れているように思うんだがな。頭髪も流行と無縁ではなくて、良い悪いで判断しているわけではなく、所詮《しょせん》は好きか嫌いか、の問題だろう。話し合って合意を計るというやり方にはそぐわないんじゃないのか？

学校のほうでどこかに線を引いて、これが本校の規定だ、と示し、それを守らせるしかやりようはないと思ってる。

副会長の意見は立派なものだし、生徒がみんな彼のようにしっかりと考えてくれるなら、そもそも頭髪のことが問題になんかなりはしない。

だが、現実はきちんと考えようとはせず、何となくそれが今の流行だからとか、好きな芸能人の髪型を真似したいから、といった浅はかな考えで校則を無視してしまう生徒がいる。そんな自分をしっかり見詰めようとせず、一時の流行に流されがちな愚かな生徒が相手なんだから、話し合いよりも厳しく叱責する、罰するという分かり易いやり方のほうが有効なのではないかな？

それがベストだとは思ってないが、たといモグラ叩きと揶揄《やゆ》されようとも、それ以外に効き目のある手立てが容易に見付かるとは思えないんだがな。副会長の提案も一つの手立てなんだろうが、ちょっと理想論というか……。頭髪のことでは、どうもしっくりこないんだな」

指導部長の発言が終わると、マスミは軽く会釈して、率直な御意見だと思います、と言った。そして、教頭先生はいかがですか？ と話の矛先を向けた。

教頭もしばらくは口をつぐんだままだった。そして、先ほどとは明らかに異なるトーンで切り出した。

「『無法地帯』というのは、確かに言い過ぎだった。反省している。つい口が滑ってしまった。だが、私の意見も今の指導部長のご意見と同じだ。話し合いによって解決のつく問題なのかどうか、大いに疑問だ。

学校は刑務所ではない、という副会長の意見だが、実社会にはさまざまな法律や社会常識、マナーもその一例だが、いわゆるルールがあり、それを守らなければ社会が成り立たない、というのも現実であって、実社会に旅立つ前に学生の間にそうした社会のルールを守り、社会の一員として生活するという習慣を身に着けるのも、教育の一環だと考えている。

権利ばかりを主張して、義務を守ろうとしない国民が増えてしまったら、それこそ民主主義は崩壊してしまう。

学校として、これがルールだ、と毅然《きぜん》として示し、それを校則化することで生徒に遵守《じゅんしゅ》させるというやり方があながち間違っているとは考えていない」

マスミはじっと意見を聴き続け、その場で反論しようとはしなかった。チラッと視線をタイジンに向けた。彼は即座に了解した。

「今日は意見交流会ですので、頭髪の問題はこの辺で打ち切らせてください。時間の制約もありますので、副会長の提案した校則改正について検討する特別委員会の新設は、ぜひ先生方も考えてみてください。そこで検討する議題については、これはまた別の案件として考えていただければ結構です。次の議題に移ってよろしいでしょうか？」

と、教師側に同意を求めたところ、異存は出なかった。そこで、タイジンは改めて生徒会の見解を説明することで次なる課題、難問中の難問へと議論を進めていった。

「校則改正に関連しては、これが最後の課題、制服の自由化を巡る問題です。先生方もすでにご承知でしょうが、制服の自由化を巡っては、生徒間でもまだ賛否が分かれています。

ですから、生徒会としては、制服着用の義務化に潜む問題点を明らかにしながらも、現時点では学校側に制服の廃止を求めるという立場には立っていません。先生方にもこの問題についての議論を深めていくようお願いするとともに、生徒間での意見の一致を図るべく討論を重ねていきたい、との考えです。

併せて、卒業式三原則の廃止を巡る問題についても言及させていただきますが、校則が基本的に学内問題であるのに対して、この問題は一校だけの個別の問題ではなく、県や国の教育行政に関わる根の深い問題であると認識しています。

これも先生方はご存じだと思いますが、卒業式三原則に対する生徒の認識度合いも充分に深まっているとは言いがたい状況です。ですから、この問題も早急に撤廃を求めるという立場に生徒会は立っていません。制服の自由化同様、先生方にも考えていただき、かつ生徒の議論を深め、合意形成に努めていかねばならない、との基本姿勢です。僕達生徒会執行部のこの二つの問題に対する態度は明確ですので、ここは意見交流の場ということで、先生方の忌憚《きたん》のないご意見を聴かせていただき、今後の討論の参考にさせてもらいたいと願っています」

こうしたタイジンからの議論の方向性を示す発言に対応するようにして、各学年主任から制服自由化に関する意見が相次いだ。自分の学年の状況を語る話が多いのは当然だが、生徒の意識に若干の相違はあるものの、やはり自由化に踏み切るのは時期尚早という判断で共通していた。ただし、生徒自身が自省しながら指摘する制服着用のデメリット。制服を着ることで、その制服の陰に隠れるようして生徒が実態以上に子供になってしまう、精神的に大人になるのをやめてしまうという指摘には、全学年主任が賛同する意見を述べた。暗《あん》にではあるが、制服着用の強制によって、批判精神の未熟な子供のままに留めおくことで管理し易くしようとする国家主義的な教育界の企みに対して、異議を唱える主張になっていたとも言える。

あからさまに公権力の非民主的な教育政策への異議申し立てを口にする学年主任はいなかったが、心情的には生徒会の主張に理解を示し、何とかして生徒達の自立を応援したいという学年主任達の偽らざる心境を物語っているように思えた。

同趣旨の意見が、書記、会計を務める一年生からも自らの実感として語られた。高校の制服を着ることで、自分は高校生になった。でも、生徒会の役員になり、日々執行部で議論を重ね、視野が広がる中で心に纏っていた学生服を脱ぎ捨てることによって、大人から見れば、子供に過ぎなかった高校生から将来の主権者への道のスタートラインに立つ一人の青年へと飛躍した。そんな手応えを感じているという発言があった。一年生の学年主任は喜色満面、発言を聴きながら幾度も、うんうん、とうなずいていた。

そこへ唐突に三年生の学年主任、マコちゃん先生が割り込んできた。

「話の腰を折ってしまうようで申し訳ないんだけど、卒業式の話をさせてもらっていい？

校則改正問題の重要性は百も承知してるんだけどね、今の三年生には自分達の卒業式がどうなってしまうのか、不安がってる生徒達が少なからずいる。

生徒会ニュースを読み、執行部の説明を聴いていると、日の丸が掲げられていなくても、校旗があれば何ら問題はない。君が代斉唱がなくても、式の進行に支障が出るとは思われない。卒業式にふさわしい歌として、現に『仰げば尊し』が歌われており、それだけでも問題はない。校長式辞をカットしても、校長先生は卒業証書授与という最も重要な仕事があるわけで、決して校長先生の価値を低めたり、否定したりすることにはならない。

あえて式辞という形にこだわるならば、卒業生に最も縁の深い先生、会長から聞いたんだけど、生徒達から『お母ちゃん』のように慕われている先生……自分で言うのも変なんだけど、例えば三年間継続して学年主任をやってきた私が贈る言葉を言うのも悪くない、って言うのよね。

講堂に閉じ込められた上に、長々と退屈な時間を強要されるよりも、カットできるものはカットして、シンプルな卒業式にしてもらいたいという三年生の声がある一方で、従来の卒業式にあった厳《おごそ》かさが消えてしまい、何か軽い感じになっちゃって、卒業なんだという感動が薄まっちゃう気がする、という反対論を口にする三年生もいる。主に女子に多いかな？

　制服の自由化もそうだけど、卒業式三原則への賛否よりも、それがなくなると卒業式としてどうなのだろう？　という点で意見が割れてしまっている。どっちでも構わないから、早く自分達の卒業式がどんなスタイルになるのか決めてほしい。そんな第三の意見もかなり出ていて、三年生の意見は三つに分裂してしまっているのが現状といったところかな」

　そう言い終わると、マコちゃん先生は憂鬱そうに黙り込んだ。

　教頭が見下したような態度で発言した。

「会長の言によれば、生徒会としてはまだ生徒の中で賛否の分かれている課題については引き続き議論を続けていく。そのような段階では、要望としては出さないということだったと思うが？」

　タイジンは悠揚《ゆうよう》迫らざる態度でうなずき、「ええ、そうです」と答えた。

　すると、教頭は身を乗り出すようにこう続けた。

「そうであるならば、学年主任の心配は杞憂《きゆう》ということだ。今年の卒業式は例年通りの形で実施する。それに……」

　教頭は語気を強めるようにしてさらに続けた。

「校則問題については、生徒会から要望を受けて改正すべきは改正するという道筋はあるのだが、それと卒業式については、やはり別の問題と考えてほしい。

　仮に、仮にだよ、副会長の提案した生徒が参加する特別委員会を開くことになったとしても、そこでの議題に卒業式が取り上げられることはない、と断言しておきたい。

　学校行事はあくまでも学校主催の行事であって、校長先生の決裁でそのあり方は決定されるものなんだ。学校には、校長先生の下に運営委員会がある。この委員会には、私や各専門部の部長、そして学校事務を代表して事務長にも出席してもらっている。そこで学校のさまざまな問題が審議され、原案に纏め上げた上で、すべての先生方に出席していただいている職員会議で議論し、最終的には多数決で結論を出すのだが、それがそのまま決定というわけじゃない。その結論に対して校長先生によろしいでしょう、と決裁していただくことで、初めて正式な学校方針として決定するというシステムになっている。

もし仮に、生徒会のほうで卒業式に関する要望が出た場合、まずは生徒会顧問から生活指導部の会議で報告してもらい、そこで審議した上で生活指導部原案として運営会議の議論にかけないことには、職員会議で正式な議題となって審議されることはあり得《え》ない。

そういうきちんとしたシステムで学校は成り立っているんで、卒業式という学校主催の行事が、イレギュラーな、と言っては失礼かもしれないが、特別委員会とやらの議論で内容が左右されるというのはどう考えてもおかしいということだけは理解してもらいたい」

後半はタイジンのほうを向いて、まるで幼児《おさなご》相手に言い含めるようにして教頭は発言を終えた。タイジンも教頭の目を見ながら発言を聴いていたが、表情一つ変えなかった。動かざること山の如し、微動だにしないタイジンの態度に痺《しび》れを切らしたのか、マスミが反論しようとした矢先、機先を制するように、それまで教師側と生徒側の双方の意見の聴き役に徹していた生徒会顧問が初めて口を開いた。

ここで教頭とマスミが真正面からぶつかり、険悪な空気を作ってはいけない、ととっさに判断した上で自らが発言しようと決断したのだろう。

「教頭先生が言われた通り、校則改正と卒業式改革とは質の異なる問題であることは充分に承知しています。しかし、卒業式の中味に手を付けることは、生徒会にとってまるで聖域に踏み込むが如き許されざる行為だ、との言われ方は極端過ぎると思われます」

教頭は、いや、そんなことは言ってませんよ、と否定したのだが、生徒会顧問はその弁明に耳を貸さなかった。重ねて言った。

「生徒会は何も学校のシステムを壊そうなどと主張しているのではありません。生徒会としての要望を纏める上で、生徒だけで討論するのではなく、この問題を取り扱う上での難しさも考慮して、教師と意見を交流しながら生徒会の見解を深めていこうとの前向きな姿勢から特別委員会の新設を提案したのです。

したがって、特別委員会における議論によって参加した生徒と教師の間で一定の合意に達したとしても、即、その合意を決定と見なし、他の審議機関をすっ飛ばして、卒業式改革へと直結させようなどと考えておりません。職員会議へと至る審議をきちんと踏まえ、最後は校長の決裁、判断を仰ごうとしているのは当然です。

もっと生徒の関心を高め、その主体性を発揮させていくための取り組みの一環として、学校側としても積極的に特別委員会を位置付けてもらえませんか？

繰り返しますが、生徒会は学校の秩序を破壊しようなどとはさらさら考えていません。正反対です。生徒の自治能力を高めながら、生徒が自発的、主体的に参加できる生き生きとした学校行事を教師と共に作り上げていきたい。破壊者ではなく、創造者としての役割を果たそうとしているんです。

だから、頭ごなしに学校行事に生徒が口を出すことはアンタッチャブル、黙って学校の決定に従え、などという管理主義の権化《ごんげ》のような対応をしないでいただきたい。特別委員会の提案に関して、その点だけは強く申し上げておきたいと思います」

生徒会顧問は、日頃生徒会役員達には見せたことのない興奮した面持ちでそう意見を締め括った。

時間は瞬く間に過ぎ去り、予定していた時刻はとうに過ぎていた。今日の意見交流会で出された意見を充分に参考にした上で、今後の議論に活《い》かしていきたい、と教員側を代表して教頭と生徒会側を代表してタイジンが確認して、この日の会議は散会となった。

＊　＊

意見交流会のやりとりの概要は、翌日には生徒会ニュースになって全校に配布された。珍しく事前に生徒会顧問が原稿に目を通したのだが、戦術的な配慮からその表現には充分な抑制が利いていた。書いたのは、もちろんマスミだった。

「さすがだな、注文をつけるような箇所はないよ」

「先生の『検閲《けんえつ》』に引っかかるようじゃ、副会長は務まりませんよ」

「ホント、可愛くない一年生だな」

　わざと聞こえるような声で顧問が呟くと、すかさず、

「顧問を罷免《ひめん》したりしませんから安心してください」

　とのマスミの声が返ってきた。

「校則と卒業式を考える集い」のときと同様、三号に亘ってニュースは連日発行された。今回も代議員に集合をかけ、ニュースのポイントを纏めたメモを渡し、ニュースをクラスで配布する際には、必ずメモに記したポイントについて口頭で説明することを徹底した。ニュースの下方に「意見・感想欄」を設け、意見交流会に対する生徒の声や反応を早急に集める手立てをとった。

　三号目のニュースを配布し終えたその日の授業後には生徒議会を開き、今後の運動方針について議論を行った。どの代議員も自分のクラスで出た意見や感想をメモと併せて直接聞き取り作業を行っていて、議会は活発な議論の場となった。

　来週の月曜日には、第二回全校アンケートを実施する方針が発表された。時間上の制約から後期ではこれが最後の全校アンケートになること、そしてその集計結果とこれまで息つく暇もなく波状的に積み重ねてきた校則改正、卒業式改革に関する討論会で出た数多くの生徒達の声を基《もと》に、生徒会としての要望に纏め、いよいよ学校側に正式に提出する旨を議会の最後に伝えた。

　議会後、学校側に依頼して、日曜日に生徒会室を使用させてもらうよう手配した。もっともその日には送別会の準備で数多くの実行委員が登校しており、講堂を終日開けているのだから、何の支障もなかった。第二回全校アンケートを実施する前に、長時間執行委員会を開き、生徒会方針の基本線を決めておくためであった。次週のアンケート結果を待っていたのでは、実質一週間運動が停滞することになってしまう。それを避けるための緊急措置であった。

　タイジンには申し訳ないが、送別会の舞台作りには付いてもらわねばならぬ。しかし、この日の長時

間執行委員会で会長不在は許されない。時刻を決めて生徒会室にも顔を覗かせてもらい、必要な決定をしてもらうという離れ業的な掛け持ちをお願いするしかなかった。

いよいよ闘いも終盤戦だ。言いわけ無用、無理は承知の上、弱音を吐いている暇はなかった。タイジンはニコニコしながら、喜んで講堂と生徒会室の間のピストン運動をさせていただきます、と明るく応じ、その場にいた執行委員を笑わせた。それから、笑いの消えかかったマスミの肩に手を置いて言った。

「長期戦になるだろう。でも、僕の後にはマスミがいる。それが救いだ。焦らなくていいからな。生徒会活動の原動力は、いつだって全校生徒の声であり、共通する思いだ。その声に耳を澄ませ、思いを正しく形にするならば、そこから生み出される方針に誤まりはなく、どんなに困難な闘いでも敗れることはない。学校改革運動の申し子、マスミの頭の中にはもう闘いの道筋は出来上がっているんだろ？

送別会準備も佳境《かきょう》に入ってきて、さすがに余裕はなくなってきたが、僕にも少しばかりは見えている道筋がある。遠慮はなしだ。互いに全部吐き出し合って、現状ではこれ以上の方針はあり得ないって奴を作り出そう。明日も舞台準備はあるが、その後、僕の家で勝負だ。徹底的に話し合おう。マスミ、悪いが負けないからな。今は僕が会長だってことを思い知らせてやるよ」

拳でマスミの肩を軽く小突《こづ》き、タイジンは生徒会室を飛び出し講堂へと走り去って行った。

「気付いただろう？」

その様子をそばで見ていた僕に、マスミは呟いた。直感ではあったが、マスミが何について言っているのかは分かった。普段とは違う、タイジンらしくないのだ。マスミは僕の返事を待つまでもなく、

「タイジン、はしゃいでいたなァ……。明日の打ち合わせ、面倒なことになりそうだ」

と、俯《うつむ》き加減で言った。

「学生服の自由化、それ以上に卒業式三原則の扱い、散々やり合うんだろうけど、結局は……マスミはタイジンのやりたいようにさせる気でいるんだろ？」

マスミは僕の問いに表情を崩すことなく、無言を貫

いた。

　二人のリーダーの内面を読み取ることに倦《う》んだ僕は、話の方向を変えて、何かやれることはないか？と訊いてみると、マスミはパッと明るい表情を浮かべ、弾んだ声で言った。

「例の喫茶店へ行こう。チョコレートのたっぷりかかったパフェが無性に食いたい」

「今日は奢《おご》ってやるよ」

　するとマスミは顎《あご》を突き出すようにして、

「苦しゅうない、好きにいたせ」

　と答えてきた。仕方がない。

「ははっ、承知つかまつりました」

　と、僕もノリで応じた。

＊　＊

　日曜日の執行委員会は拡大版となり、生徒議会から正副議長、各学年代表も召集された。一年生の学年代表である僕もその一員であった。

　当初は終日送別会の準備、練習が入っていたのだが、相談の結果、午前中だけに限定されたために、会議は午後から始めることになった。これでタイジンの講堂と生徒会室とのピストン運動、無茶な股裂きは避けられた。マスミがゴドーに頼み込んだということだった。

　会議の始まる前に生徒会室に入ってきたタイジンは、両手を大きく広げて伸びをし、顎が外れるのではないかと心配になるほどの大欠伸《おおあくび》をした。マスミが何事か小声で囁いたが、タイジンは、大丈夫、大丈夫、と笑顔を見せて応じていた。誰もがタイジンの体調を気遣っていた。

　昨日のマスミとの打ち合わせが深夜にまで及んだことは、噂で耳に入っていた。かなりの激論になったのだろう、果たして睡眠はとれているのだろうか？さらに今朝早くから講堂の舞台を使っての送別会練習に張り付いていた。いよいよ大詰めだ。ゴドーとカンを交えて、企画の細部に至るまで入念なチェックと修正を繰り返し行った。神経を使う作業の連続だった。休む間もなくこの長時間拡大執行委員会だ。身心共に苛酷な状態にあることは間違いない。

　それでも、タイジンは席に着き、参加者全員が揃っているのを確かめ、張りのある声で冒頭の挨拶を行った。

「じゃあ、始めようか。せっかくの日曜日だというのに集まってもらったことに感謝します。校則改正、卒業式改革の運動も大詰めを迎えています。今日一日、一人一人が胸に抱いている疑問や意見を洗いざらい出し合って、実りある会議にし、明日から始まる第二回全校アンケート、そして全校生徒の総意を纏め上げた生徒会要望書を作成して、学校側に提出するところまで一気に走り抜けましょう。来週は勝負の時です。皆の団結した力でこの難所を乗り切っていきましょう」

フル回転しているタイジンのことを皆はよく知っていた。その誰よりも頑張っているタイジンから鼓《こ》舞《ぶ》されたのだ。期待に応えなければ、人間じゃないだろう、と僕は昂揚感とともに背筋の伸びる思いがした。

書記がレジュメを配布し始めた。今日の会議で議論する項目だけが書き並べられ、内容についてはすべて「口答」と記されて、後は空欄になっている。形式的な配慮と言えばそうなのだが、まだ全校生徒の総意を確認するための第二回アンケートを実施する前であり、正式に要望書を作成する前の段階で、大筋ではあるものの原案を決定しておくのだから、あまりその内容を文章化しておおっぴらにするのは憚《はばか》られる。そのため具体的な内容については口頭での説明に留め、記載したレジュメはあくまでも個人的なメモということで、各人の責任で処分するなり保管するなりして、無闇に人目に触れないよう注意するという体裁《ていさい》をとっていた。思わず知らず緊張感が走る。マスミは、と目をやると、タイジンの隣で伏し目がちに手にしていたプリントの束に目を通していた。その表情は固かった。金曜日の帰りに二人で立ち寄ったいつもの喫茶店で、チョコレートたっぷりのパフェに美味そうにかぶりついていた男と同一人物であるとは思えなかった。レジュメが全員の手許に届いたのを確認すると、タイジンはマスミと二言、三言言葉を交わしてから原案の説明を始めた。

「校則改正に関して、自由化を求める項目としては、学生鞄、通学靴、靴下の三点に絞ります」
狭い生徒会室の中には、メモをとるペンの音だけが響いている。タイジンの声はそのペンの音に先行する形で、言葉を一つ一つ吟味するかのように、いつもよりゆっくりとしたペースで語られていった。

「頭髪については、男子生徒に関しては極端な長髪、男女を問わず、明らかなパーマ、染色については禁止事項として残すが、一斉検査で一方的に是正させるといった管理主義的な指導方法はとらない。教師と生徒の信頼関係を築く中で、双方が納得できる解決策を探るよう努力する。

学生服の自由化については依然として生徒間での意見の一致を見出せず、来期以後も生徒間で議論を深め、この問題の解決策を探るべく学校側にも先週実施したような意見交流会の開催を適宜求めていく。校則改正については以上ですが、質疑応答は次の卒業式三原則の撤廃を巡る要望原案を説明した後で纏めて行います。

卒業式三原則を巡る問題は校則改正とは性質を異《こと》にし、より政治的な側面が強いため、学校側の校長、教頭、各専門部部長、そして事務長の出席する運営委員会のメンバーと、生徒会執行委員会のメンバーとで構成される特別委員会の新設を求める。

この特別委員会は意見交流会とは違って、討論後に決議を行い、職員会議での審議事項とする、いわば強制力を持つ会議です」

タイジンの説明はその後も関連する事柄について細部に亘るまで続いたが、主だった要望事項は以上の通りであった。

意見交流会での討論内容を知る者ならば、大体においてその線に沿った想像のつく要望事項になっていたのだが、見方を変えれば、この運動をスタートさせた時点での最重要課題と位置付けていた制服の自由化と卒業式三原則の撤廃という二大要求については、今期における実現を諦め、事実上先送りする妥協の産物であるとも言えた。

あんなにも送別会の成功と併せて「三位一体」の運動論を熱弁していたマスミは、この要望内容について、本音ではどう思っているのだろう？　タイジンとの大激論の末に、本心から納得できているのだろうか？　今後の活動方針について説明を続けているタイジンの隣で、黙ってその説明に耳を傾けているマスミの表情からはその本心を読み取ることはできなかった。

タイジンの説明の後、すぐに討論は始められた。質疑応答の後、要望書原案に対する賛否両論の意見が矢継《やつ》ぎ早《ばや》に出された。殊に制服自由化の要望、そして卒業式三原則撤廃の要望を巡る意見が相次ぎ、議論は次第にヒートアップしていった。

要望書の内容に異議を唱える意見では、やはり生徒会として姿勢が弱腰過ぎるのではないか、との批判であった。制服自由化を巡る校内世論が一つに纏まっていないというが、いざ自由化となれば、自由化に反対していた生徒も案外あっさりと納得するに違いない。学校で決めたのならば、それはそれで仕方ない、と主体性がないと言ってしまえばそれまでだが、実態としてはその程度のものだ。制服支持派の支持理由は理屈ではなくて、多分に情緒的なものだから、学校の大枠が変われば、さほどの抵抗もなく従うんじゃないかな？　だから、生徒会として要望書の段階で議論を継続していくなどと最初から自由化の要望を放棄してしまうのは、問題解決を遅らせることになるばかりか、本音では時間稼ぎをして問題をうやむやにしてしまいたい学校側の思う壺《つぼ》になってしまうんじゃないか、と危惧している。それを防ぐために、校内世論の動向はそれとして、自由化することに意義があるんだ、という考え方を持つ以上、要望書では堂々と制服の自由化を求めると明記するべきだ、との主張であった。

そうした反対論に対しては、原案を支持する立場から、全校アンケート活動からクラスや議会での討論、「校則と卒業式を考える集い」の開催、さらには教師も参加した意見交流会と可能な限り学内論議を積み重ねることで、明確にしていった全校生徒の声を無視する形で、今、制服の自由化を求めるというのは、学校側がその要望を受け入れようが、受け入れまいが、そんな結果論とは関係なく多くの生徒達の生徒会不信を招くことにもなりかねない。全校生徒の支持があってこその校則改正、学校改革運動なのであり、たとえそれが正論であろうとも生徒会役員の意見を一方的に言い立てて要望するというのは、生徒会の自殺行為になる、という主張であった。

こうした真っ向から対立した両者の論争はしばらく続き、議論は膠着《こうちゃく》状態に陥った。

さらに卒業式三原則の取り扱いに論点が移ると、議論は激しさを増した。制服自由化以上に学校側の壁は高く厚い。ならば、玉砕覚悟で正面突破を図り、卒業式三原則の即時撤廃を求めるべきだ、との強硬論から、この問題について議論するための特別委員会の新設を求めること自体が、現状からして現実味がない。しばらくの間は意見交流会のレベルに留めるべきではないか、との慎重論まで単純に賛否に分類できないぐらいにさまざまなニュアンスの意見が飛び交った。

会議は休憩を入れることなく二時間を超え、参加者に疲労の影が見え始め、一通り意見が出尽くしたところを見計らうようにマスミが発言した。外光の加減のせいか、その顔は妙に青白く見えた。

「これから発言する内容は、一切オフレコということでお願いします。メモももちろん取らないでください。

実は意見交流会開催の準備を進めていたときに、本校の教職員組合の委員長を務めている先生と直接お会いし、話をする機会を得ました。卒業式三原則撤廃に向けた闘いを生徒会だけで担うのは荷《に》が重過ぎると判断したからです。

卒業式三原則を押し付けているのは学校ではありません。お先棒を担がされているに過ぎません。元凶は県の教育委員会であり、文部省であり、戦前戦中の軍国主義教育の復活を企む自民党政権です。卒業式三原則撤廃の闘いに挑むというのは、即ち戦後の民主主義教育を破壊しようとしている国家権力に闘いを挑むということなのです。本校の教職員組合は、全国組織である日教組の傘下にあります。日教組は戦後一貫して、教え子を二度と戦場へ送らない、とのスローガンの下、反戦平和の闘いに力点を置いてきました。

太平洋戦争の際、日本は朝鮮、中国、東南アジア諸国への侵略戦争に突き進むとき、日の丸を掲げて戦場へ赴いたのです。日本の兵士は大陸の人々を虐殺し、その地を植民地化するごとに戦勝の印として日の丸を立てたんです。また、戦地に赴く兵士を送り出す折には、家族や親類縁者、地元の人々は日の丸の旗に武運長久を祈る寄せ書きをして、神国日本の勝利のために立派に死んでこい、とその日の丸を手渡したのです。日の丸は侵略を受けたアジアの人々にとっては、恐怖と憎悪の対象であっただろうし、日本による無謀な侵略戦争で大量に流された無辜《むこ》の人々の血に染まった帝国日本の旗印です。戦後の民主国家にはふさわしくありません。

その意味において、君が代も同様です。その歌詞にはっきりと記されている通り、野蛮な侵略戦争を遂行した日本の軍隊の最高司令官、天皇の治める世の中が、岩に苔《こけ》が生えるぐらいに永遠に続き、栄えますようにとの願いを込めた歌です。これもまた主権在民を否定する内容であり、国民主権を柱とする戦後の日本という国にはふさわしくない歌だと言わねばなりません。

侵略戦争の忌《い》まわしい記憶を深く刻み付けた日の丸と君が代を、教育の場に押し付けようとする自民党政権の国家主義的な教育政策に日教組が反対していることはよく知っています。

反戦平和の長い闘いの伝統を持つ、全国組織である日教組の力を借りたい。その傘下《さんか》にある本校の教職員組合の助力を得たい。そんな思いを伝えるために僕は組合の委員長に会ったんです。ストレートに組合との共闘をお願いしました。

でも、答えはノーでした。生徒会と組合という性質の異なる組織が対等な立場で、卒業式三原則の撤廃という共通する課題を実現するために共闘する形をとることは無理だ、という返事でした。組合に教職員全員が加盟しているわけではない、という話も出ました。つまり、組織の力量が充分ではないということなのでしょう。

『組合員といえども個々人の思想・信条はさまざまで、政治闘争の場に生徒達を引きずり込むような真似をしたくないし、するべきではない。組合が生徒会と共闘したならば、憶測が憶測を呼び、組合が何も知らない生徒達を扇動して、反日の丸、反君が代といった政治闘争に利用しているに違いない、とP

TAや世間から非難を浴びる危険性は大きい。
生徒を傷付ける状況だけは絶対に作ってはならない。そう考える教師も少なからず出てくる。したがって現状では生徒会と組合との共闘は考えづらいと答えるしかない。それに、共闘が表面化すれば、学校側や県教委、文部省からの攻撃は一段と激しさを増すに違いない。そうなると、卒業式三原則撤廃の闘いは今以上に厳しい、実現困難なものになってしまう。それは得策ではない。

今、できることと言えば、一人一人の教師の良心に従って各自が関わっているさまざまな会議の場で、生徒会が苦労して纏め上げてきた要望項目を後押しして賛成派を増やしていくことぐらいしかない。こうして君から話を持ちかけられる前に、すでに組合の会議の場でも生徒会の要望書についての話は出ていて、生徒会顧問からも説明を聞き、これからどのように対応すべきなのか話し合っている。

君が組合に寄せてくれた思い、期待のレベルには到底応えられるものではないが、やれる範囲内で応援するつもりだ』と言われたんです」

マスミは参加者全員の顔を一人一人見渡しながら緊張した面持ちで語っていた。その顔の青白さは外光のせいばかりではなかった。ここまで語り終えると、マスミの首がガクンと垂れた。落胆のあまり、心が折れたのではないか、と心配になった。そして、その姿勢のまましばらく動かなくなった。この話はオフレコ、メモも禁止と彼が命じたせいもあったのだろうが、無言が生徒会室内を支配した。先ほどまでの侃々諤々《かんかんがくがく》の論争による喧騒《けんそう》がまるで嘘のようであった。ところが、今度は自らが招いた無言を追い払うように、昂然と頭《こうべ》を上げ、それまでの口調とは微妙に違う、どこか明るくて柔和な感じのする口調で改めて語り出したのだった。いったんスイッチをオフにしたのだが、再びオンにした。いや、マスミは意識的に違うスイッチをオンにしたのだ。僕にはそう見えた。

「僕の政治判断の甘さもあって、みんなに喜んでもらえるような報告ができなかったことをまずもってお詫びします。ですが、この組合との共闘という奥の手が消滅したことで、かえって僕は腹を据えられたのです。ここまで徹底的に生徒の声に依拠して、それを力に生徒会は行事改革や校則改正、さらには学校改革に取り組んでこられたんです。だから、これからもこの路線でやっていこう、と。

それならば、絶対に生徒の声、思いを裏切ることだけはやってはいけない。つまり、勝てる闘いは確実に勝っていく。どんなに小さな勝利でも、それが生徒の確信を強め、生徒会への信頼を高めていくからです。また、勝てる見込みの低い闘いでは悪くても負けない、ドローに持ち込み、次の闘いへと繋げていくことが大切になります。生徒会への信頼の火は、絶対に消してはならないからです。

先ほど卒業式三原則に関する議論の中で、玉砕覚悟で、という言葉が使われたんだけど、実は昨晩タイジンと今日の会議に向けて打ち合わせをしていて、その言葉、僕も使っちゃったんです」

そう言うと、静まり返っていた会場がどっと湧いた。マスミなら言いそう、という声が飛び、会場はさらに湧いた。マスミは苦笑いを浮かべながら、

「そしたら、タイジンに物凄く怒られて……」

と続けると、ここでもまた笑い声が起きた。

「タイジンらしいよね」

「タイジンが怒ったら、ホントに怖そう」

という声で会場は大笑いになった。

「ねちっこく闘うんだよ、ねちっこく！」

と、タイジンは幾度も繰り返した。

するとマスミが意見を述べた。

「本当にねちっこくね。これもさっきの議論の中で言われてたんだけど、特別委員会の新設は現状では難しそう。それにこだわるよりも意見の交流会のレベルに留めて……という意見。本音を言えば、僕も同感だ。

ただし、拘束力のないこのレベルに留めてしまい、最初から特別委員会の新設を断念してしまっては、卒業式三原則の撤廃という難題を解決するために不可欠なステージには永遠に辿り着けなくなってしまう。だからたとえ現状では実現は困難でも、この難問を克服するにはこれぐらいのステージの設置が必要だ、と学校側に覚悟を決めさせるために、この要望は取り下げられないと考えたんだ。現実の闘いの

場においては、タイジンの言う通り、ねちっこくねちっこく意見を積み重ね、同時にその場で出た意見を、ここでもまたねちっこく生徒会ニュースや報告集会によって全校生徒へフィードバックを続けることで、いつか学校側の、そして何よりも全校生徒の声に変化が生まれてくるに違いない。いわば声の量的な変化が質的な変化を生み出す。その一瞬を見逃さず、意見交流会に参加する教師側のメンバーには運営委員も含まれているのだから、質的に変化した全校生徒の強い声の力を背景に、意見交流という会の限界を突破して意思決定のできる準特別委員会へと質的な変容を遂げさせる可能性も生まれてくる。

　実に面倒臭いし、時間もかかるんだけど、そもそも民主主義とはそういうものなんだ、と僕は思っている。面倒臭さ、かかる時間の長さ、うんざりするようなそんな障壁を乗り越えた先に見えてくるのが民主主義の精神。

　こうも言える。面倒臭さに耐えるのではなく、楽しむ。かかる時間の長さを楽しむ。そこに民主主義の精神が宿るんだ、と」

　マスミはいったん言葉を切った。次の言葉を待って、自分を注視している参加者一人一人の顔を順に眺め回した後――もちろんその中には僕もいた。マスミの目と合ったとき、一瞬何らかのメッセージを送っているのかと思ったのだが、その逆だったのだろう。僕からの無言のメッセージをマスミは感受しようとしていたに違いない。――マスミはこう言い放った。

「見せつけてやろうじゃないか！　面倒臭くて、理解するのにやたらと時間のかかるオトナ達に。民主主義の闘いとはこういうものなんだということを。

　論より証拠、僕達の、生徒会のねちっこい運動を通して！

　そして、楽しもう！　オトナ達の面倒臭さを。理解するのにかかるオトナ達の時間の長さを。長い付き合いになるであろう、そんなオトナ達を楽しめるようになったとき、僕達は気付くはずだ、自分自身が民主主義の体現者に、民主主義の申し子になっていることを！」

　マスミの弁に感動しながらも、それを実践しようとする自分を思い浮かべた途端、気分は重く沈んでいった。現状を変革しようとすると、往々にして邪魔者となって、行く手を塞ぐオトナ達を楽しむ？

　そんな余裕が自分の心に生まれてくるとは思えなかった。邪魔者は所詮《しょせん》邪魔者で、こいつさえいなければ……と、排除の論理が怒りと共に頭を擡《もた》げてくるのが常だろう。

　けれども、マスミはそんな邪魔者を楽しめ、と言う。ただの言葉遊びではなく、闘いの実践者の一人としてどのように受け止めればいいのか、戸惑うばかりだった。

　邪魔者はオトナに限ったことではない。ある立場に立った途端、それ以外の立場の者は皆邪魔者に見えてくる。

　例えば、僕は制服自由化に賛成の立場に立っている。実に細やかな体制への反抗なのだが、校則では夏場に着るシャツは白い開襟シャツと定めている。一応僕は白いシャツを着用していたが、綿百パーセントのボタンダウンを愛用していた。教師にとがめられたことはなかったが、ボタンダウンは好ましくない、と教師から指導を受けていた生徒を見たことがある。前をはだけたいかにもだらしない恰好で、それを教師から注意されていたのだが、その服装指導の流れの中でボタンダウンにも言及していたように記憶している。その小さな体験以来、逆に僕は頑なにシャツはボタンダウンばかりを着用するようになった。

　ズボンは黒の学生ズボンとだけ校則には定められているのだが、これにも小さな抵抗をして、黒いカラージーンズばかりを穿《は》いていた。体制への抵抗と呼ぶにはあまりにも細やかなことで、取り立てて言うまでもないのだが、そんな僕から見れば、討論会の最中《さなか》に制服自由化に反対する意見を聴いていると、論理性の欠如したその感性のみの幼稚さに辟易《へきえき》させられるのと同時に、そんな意見を口にする生徒のことが疎ましい邪魔者にしか思えなかった。

　卒業式三原則についても同様だ。

「日の丸、君が代がなぜいけないのか？　軍国主義日本のシンボルであり、民主主義国家となった日本の国旗、国歌には、法的には国旗でも国歌でもないのだが――ふさわしくないと言われても、現実には目にも耳にも馴染んでいるし、オリンピックの時なんか、日の丸がポールの一番高い所に掲げられ、君が代が流れてくると、素朴に感動してしまう。もうすっかり定着しているのだから、いいんじゃないか? 軍国主義だの、民主主義だのとことさらに言い立てるほうがおかしいように思えてくる。だから、卒業式三原則についても積極的に支持するわけじゃないけど、だからと言って絶対反対、即時撤廃せよ、という主張にも同調し切れない……」

この手の意見は耳にタコができるほどに聴いてきた。現象の表面をなぞるだけで、事の本質を少しも掘り下げようとしない。その知性における度しがたい怠惰さが疎《うと》ましくなってくる。こんなのが大勢いるから卒業式三原則撤廃の闘いがちっとも前進しないんだ、と腹立たしくなる。そのときの僕は彼らのことを邪魔者と認識している。

マスミは邪魔者の役割を果たすことの多いオトナ達を楽しめ、と言うぐらいだから、本来仲間であるはずの、たとえ生徒会の方針に賛同していない生徒達のことも楽しもう、と言うに違いない。とてもじゃないが、僕にはそんな大所高所《たいしょこうしょ》から人間を眺め、さまざまな意見を持つ人間達の理屈の通らぬ蠢《うごめ》きを楽しむなどという心境にはなれそうにない。

しかし、そんな心境になったならば、いや、心境というよりも人間観というべきだろう、そんな透徹した人間観を含む思想を身に着けたとき、借り物ではない、骨の髄からの民主主義者になれる、と喝破《かっぱ》しているのだ。

マスミよ、お前はホントに僕と同じ高校一年生なのか⁉

マスミの毅然《きぜん》たる態度を目にしながら、一年近く付き合ってきた友人であるというのに、初めて出会った人間であるかのような緊張感を覚えたのだった。マスミよ、一体お前は何者で、僕をどこへ導こうとしているのか⁉

そのとき、マスミの毅然たる態度が崩れ、困惑に変わった。生徒会室の空気が変なのだ。それまでマスミの発言に聴き耳を立て、静まり返っていた参加者が声こそ出さなかったものの、明らかに集中力をなくしていた。何事が起きたのか⁉　すぐには分からなかったのだが、隣に座っていた副議長の一年生が、笑いを押し殺しながら、黙って前方の一点を指差した。その指の先にはタイジンがいた。腕組みをして、顎を引き、俯き加減で沈思黙考……ではなかった。眠ってしまっていたのだ⁉

すでにその場に集まっていた全員が気付いていた。マスミは起こさないように、そっとタイジンに顔を近付けた後、明らかに先ほどとは違う当惑した表情を浮かべた。起こすべきかどうか、判断しかねていた。すると、タイジンと同学年の学年代表が起こさぬよう気遣いながら声を潜めて言った。例の「玉砕覚悟」という言葉を口にした生徒だ。

「マスミ、もういい、よく分かった。決《けつ》をとる必要もない。ここにいるメンバーの腹は固まってるよ」

周囲を見回すと、一人残らずうなずいていた。そして続けた。

「タイジンの目が覚めるまでこのまま眠らせてやろうじゃないか。彼とマスミの出してきた要望書原案、それがこの拡大執行委員会の結論だ」

マスミは静かに立ち上がり、参加者全員に向かって頭を下げた。そして、やはり囁くような声でこう告げた。

「タイジンに代わって宣言します。今日の拡大執行委員会はこれで閉会します。ご苦労様でした」

皆も極力物音を立てないよう慎重に席を立ち、そろりそろりといった感じで生徒会室から退出していった。こんな奇妙な会議は初めてだった。それ以上に、こんな心優しい会議を体験したのも初めてだった。

連日連夜、片時も神経の休まらぬ激務の連続で、タイジンの心身は限界に達していたのだろう。会議の後半、制服自由化、卒業式三原則の辺りで激しい論戦となり、彼の神経は限界値を超えて昂《たかぶ》っていったのではなかろうか？　そこへ絶妙のタイミングでマスミの発言になったのだ。事前に二人の間で打ち合わせがされていたのかもしれない。いつまでも繰り返される論争にピリピリしていた会議の雰囲気が一変した。教職員組合委員長との密談、そしてその裏話に参加者の意識は一気に集中し、それまで想像することさえなかった現実の一面を見せつけられたような思いをしたことだろう。

さらに会議前夜でのタイジンとの打ち合わせ、その赤裸々な打ち明け話に笑いを誘われながらも、そこまで深い思いに達していた二人の心情に触れ、参加者は皆、自らの思いを新たにしたはずだ。発言最後のマスミのアジテーションにも心揺さぶられなかった者はいなかっただろう。彼の意表を突く発言内容は、参加者全員の心を揺さぶり続けたのだった。

そして、最後に予測不可能な決定的というべき「オチ」がついていた。タイジンの眠り——問答無用、感情を直撃する強烈なインパクトで、拡大執行委員会メンバーの心が一つになった瞬間だった。理屈ではない。こんなふうにして激論を飛ばし合っていた者同士が、突然同じ方向を向き、心を一つにする、そんな奇跡的な一瞬が訪れることがあるんだ、ということを知った。

会議のあるべき議事進行としては目茶苦茶だ。でも、そんな目茶苦茶が最も効力を発揮する、人間の想像力を超えた会議の流れというものがあるということだろう。

タイジンはマスミの発言を聴きながら会議の空気が劇的に変化していったのを感じ取ったのだ。意見の齟齬《そご》が乗り越えられ、原案である要望書案で纏まっていくのを確信したとき、すでに限界値を超えていた神経の緊張が一気に弛緩《しかん》し、タイジンは落ちたのだ。その姿を見せつけられたとき、彼が背負い続けてきた重荷の苛酷さを瞬時に思い知らされ、その願いを成就させたいとの思いともあいまって、皆の心は一つになったことだけは間違いない。

あえて意地の悪い言い方をするならば、タイジンとマスミが頭を突き合わせて考え出した要望書私案で合意させるための、私的な思惑を超えたレベルで成り立つ演出を超えた演出であったからこそ、結果として最高の演出となり得た、そんな風に僕には思えたのだった。

会議後もマスミは書記二人と共に居残ったが、「眠れるタイジン」はそのままに、この際英気を養ってもらうために思う存分眠ってもらおうと、一人生徒会室に残し、書記二人を連れ立って生徒会室前のホールにある丸テーブルへ場所を移動した。特に用事もなく、そばでぐずぐずしていた僕も、暇ならば手伝え、と同席するよう命じられた。暴君を友人に持つと碌《ろく》なことはない。

マスミはテーブルに着くなり、書記にいくつか今日の会議で出た意見について、確認のための質問を切り出した。書記二人は互いの議事録ノートを突き合わせながら、発言の仕方、雰囲気も思い出しつつ質問の一つ一つに丁寧に答えていった。返答を貰うと、うん、うん、そうか、と相槌《あいづち》を打ってみたり、その発言の前にはどんな意見が出てたっけ？　とさらに質問を畳みかけてみたり、ともかくマスミの頭脳はフル回転で、そばで聴いていても一体何にこだわっているのか、にわかには判じがたいような微妙な質問が連発された。

書記は書記で、もうこのような事態には馴れっこなのだろう、質問の真意なんかには全く無頓着に、訊かれる問いに該当するノートのページを素早く捲《めく》り、書記同士で小声で確認しつつ、次々に的確な答を返していくのだった。もはや職人芸の域に達していた。

そして突然、マスミは虚空《こくう》を睨み付け、僕に今から自分が言うことをメモしていくよう命じた。その文書は明日全校に配布し、その日のうちに回収する予定の第二回アンケートの設問骨子《こっし》であった。

今回のアンケートの目的はただ一つ、たった今決定されたばかりの要望書案を数値の上でも、またその正当性を主張する論理の上でもさらに補強することだった。

マスミは思考を整理するためか、無意識に指先でペンをくるくる回している。再び矢継《やつ》ぎ早《ばや》に書記に質問をして答えを貰い、宙を睨み付けては、まるで宙に何者かが浮遊しているかのように、その何者かに向けてアンケートの設問の要領で問いかけていく。もちろん選択肢付きだ。このマスミの不思議な言葉をひたすらメモしていくという、恐山《おそれざん》にいるイタコの書記係といったような摩訶《まか》不思議な作業を続けた。

タイジンは再びタイジンとして復活するために、今眠り続けている。一方でマスミは虚空に向けて設問を発し続けている。やっていることは違うのだが、二人とも、今も闘い続けているのだ。

翌日の月曜もまた、朝から戦場のような慌しさであった。第二回全校アンケートの配布と回収、そして集計と今日一日はアンケートのためにあるような一日だった。放課の時間を活用して級友の生《なま》の声も訊いて回らねばならない。それで放課はすべて潰された。

もう一人の代議員と手分けして、大急ぎでクラス分の集計を終え、生徒会室へ駆け込むと、すでに執行部と代議員とでごった返していた。室内から溢れた生徒はホールの丸テーブルへ移動して、学年ごとの集計作業に取りかかった。設問ごとの数値はむろん大事なのだが、生の声もある意味において数値以上の重要性を持っている。これを設問別に分類して片っ端から紙に書き出していく。ほぼ同趣旨の意見については、その横に「正」の字で数値化していく。このような学年ごとの集計作業だけでも一時間以上を要した。各自で請《う》け負った集計作業を終えた代議員が帰っていくにつれて、生徒会室も落ち着きを取り戻していった。

三学年すべての集計がほぼ終了した頃、執行部と議会の正副議長、学年代表だけが居残った生徒会室へタイジンが顔を見せた。送別会のリハーサルに張り付いていたのだが、アンケート結果も気になって、舞台の進行具合を見て抜けてきたのだった。

「どうだ？　要望書に変更は出そうか？」

開口一番、タイジンはマスミにそう訊いた。マスミは手許にある十枚以上の集計メモに目を通しながら、

「いや、想定していた結果の範囲内で、大きな影響はなさそうです」

と、表情を崩すことなく事務的な口調で答えた。そして、今度はマスミのほうから尋ねた。

「後はラストの……『感動のフィナーレ』だけですか？」

タイジンは小さくうなずいた後、一息ついてから、

「やっとね、やっとここまで辿り着いたって感じだ。ともかくゴドーの完全主義者ぶりには脱帽というか、

呆れるっていうか……。間に立って走り回っているカンが気の毒になってくる。俺の目には何がいけないのか、さっぱり分からない。照明の当て方なのか、音響のタイミングなのか……。ホントに微妙なズレなんだろうけど、それでも、『駄目だ、駄目だ、もう一度頭のところからやり直せ！』って絶叫するんだ。でも、実行委員もすっかり馴れたんだろうなァ。大して不満そうでもなく、ハイッ、って指示通りにやり直すんだから、頭が下がるよ」

と、しみじみと語った。それから急に声を落として、マスミにだけ聞こえるような小声で、

「ラストの『自主卒』は学年主任に任せてある。マコちゃん先生なら、一回くらい通しのリハをやれば大丈夫だと思う。多少タイミングがずれたところでご愛敬だ。さすがのゴドーもマコちゃん先生に大声で駄目出しすることもないだろうからな」

そう言って嬉しそうな笑顔を浮かべた。しかし、その笑顔にマスミが応ずることはなかった。

「日の丸、君が代、校長式辞の呪縛から解き放たれた真に自由で感動的な卒業式のイメージが、多くの生徒や先生達に伝わることを願うばかりです。今回のアンケートにも示された卒業式三原則撤廃の要望に賛同し切れない生徒達のイメージを根柢からひっくり返すような鮮烈なメッセージが、この『自主卒業式』から発信されることを祈っています。それに……何かが起きる予感がしてるんです、僕には。いや、起こさねばならない……」

タイジンに言う風《ふう》でもなく、一点を見詰めたまま、独り言のようにマスミは呟いた。その声には怒気さえもが含まれていた。送別会の最後に自主卒業式を強引に捩《ね》じ込んだ張本人であるマスミのこの企画に懸ける思いには並々《なみなみ》ならぬものがあった。何としてでも卒業式三原則という高くて厚い壁に風穴を空けたい。それが彼の狙いだった。

それから、タイジンの目をじっと見詰め、意を決したように話し出した。

「マコちゃん先生が卒業証書を渡すのは、A組から順番にクラスごとに束ねたものをクラスの級長に手渡すという段取りでしたよね？　最後のF組の級長はオショー……。世話になりついでに、もう一肌脱

いでもらいましょう。タイジンから話をしてもらえませんか？」

タイジンは思わず目を剝いた。今度は彼がマスミの目をじっと見詰め返した。マスミの瞳は動かない。タイジンは瞬時にしてマスミの意図を見抜いていた。鳥肌が立つ思いだった。そして、こう訊き返した。

「『自主卒』の先頭に立つメッセンジャーとしてオショーに動いてもらおう、という腹だろう？」

マスミはためらわずうなずいた。しばし睨み合いが続き、タイジンが、ふーっと大きく息を吐いた。厳しかった目が、いつもの人を包み込むような柔和な目に変わっていた。

「オショーに直接のメッセンジャーを頼むのはいい。でも、迷惑をかけるかもしれない。下手をすれば、処分沙汰《ざた》になり、『殉教者』にだってなりかねない――」

そこまでタイジンが懸念を口にしたとき、みなまで言うな、と言わんばかりに、マスミはタイジンの言葉に被《かぶ》せるようにして、あっさりとそうすることが当然であるかの如くにこう告げた。

「マコちゃん先生にだけは話を通しておいてください。あの二人の絆は強い。彼女にはオショーの楯《たて》となり、共犯者になってもらいましょう。

オショーは将来聖職者となる身です。根性据《す》わってますよ。たとい殉教者になったとしても、喜んで身を捧げてくれます。その点は僕よりも付き合いの長いタイジンならば、同感ですよね？」

タイジンは即答できず考え込むようなしぐさをした。何かを言いかけては黙る。そんなことを二、三度繰り返した後に、念のために訊いておくが、という感じでこう言った。

「もしも、学年主任という立場上、共犯者にはなれない、と断わられたらどうする？」

と。すると、マスミは即座に、

「断られないように上手くやってください。それに、マコちゃん先生は筋金《すじがね》入りの女傑です。学年主任だから、といったつまらない理由で逃げるような人じゃない、と思ってます」

と、事もなげに言ってのけた。そんな事態は端《はな》っから想定していないという口振りであった。

「オショーに、マコちゃん先生か……。責任重大だなァ」

眉根《まゆね》を寄せて、恨みがましいような目付きでタイジンはマスミを睨んだ。しかし、マスミは意にも介さず、平然とした態度で言った。

「ここまで来たんです。やれることはすべてやり切りましょう。やってみる価値は充分にありますよ。絶大な信頼をれにあの二人なら呑んでくれますよ。そ
寄せるタイジンが頭を下げて頼むのですから、断れないでしょう」

本人を目の前に置いているにもかかわらず、言い淀むことなく、マスミはタイジンを真正面から見据えてそう言い放った。やれやれ、といった顔付きをしたものの、そのときのタイジンの目には強い光が宿っていた。

「オショーとマコちゃん先生にどんなメッセンジャーを演じてもらうか、今から作戦会議だ。人目《ひとめ》のつかぬ所へ移動しよう」

と、タイジンは告げて生徒会室を出て行った。マスミは、残ってアンケートの集計活動を続けていたメンバーにこの後の仕事の指示をして、タイジンの後を追い、生徒会室のドアを開けた。いったんは姿を消したものの、すぐに戻って来て僕の傍らにやってきた。そして、ニヤッと笑い、こう言ったのだ。

「送別会を軸に三位一体の運動を作るのは厳しい、とか何とか零《こぼ》してたよな。ならば、見せてやるよ。送別会のラストで、ヒデオが見たがっていた竜の飛ぶ姿をな。

ただしこれまでの竜とは違う。何と言っても三種類の重い錘をぶらさげた竜だ。空高く飛んでくれるかどうかは分からない。でも、こんな竜もいるんだ、というのを見せてやる。楽しみにしとけよ」

そう言い残して、思いがけない強さで僕の肩を叩いた。そして、風を切るようにして再び駆け出していった。やっぱり、あのとき、僕の口をついて出た愚痴はマスミの耳に届いていたんだ。つまらぬ愚痴が、マスミの心に火をつけたとしたなら……。たまには声に出して愚痴ってみるのもいいかもな、と思い、僕は一人ニヤついた。

また、天翔ける竜を見られるのか……。いや、天

翔けるばかりが竜ではない。マスミが言ったように飛ぶのが辛い苦悶する竜だっているのだろう。それでも、竜は竜だ。マスミ、期待してるよ、と僕は内心独りごちた。

＊　＊

その週のうちに、要望書案は生徒議会で承認され、正式の要望書となり、生徒会顧問を介して学校側へ提出された。

要望書の内容については、代議員が各クラスで報告をした他、第二回生徒会アンケートの集計結果、第一回アンケート結果との比較、そして、第一回と第二回とを通しての分析結果と併せて、要望書を学校側へ提出した旨を生徒会ニュースに掲載し、全校生徒に配布、その周知徹底を計った。

定例の執行委員会を拡大版にして、生徒会顧問からこの間の教師側の動きについて報告があった。

意見交流会開催後、出席した部長や主任が座長を務める会議では議論は進められていた。部長と生徒会顧問が出席し、話題が校則改正を巡る問題であっただけに、生活指導部会議での議論が最も先行していた。また、各学年主任が意見交流会の場で、直接生徒会役員の生徒達から話を聴いたことが功を奏して、正式に生徒会から出された要望書の中味も踏まえた上で、学年会議でも活発に討論されているとのことであった。

生徒会顧問もその一員として加わっている生活指導部会議の特徴としては、全校生徒の圧倒的多数が改善を求めている学生鞄、通学靴、靴下の規制は、大幅に緩めるなり、いっそのこと規制そのものをなくしてしまっても支障は起きないのではないか、との声が多く上がった。ただし、校則の項目も含めて完全に規定を消してしまうのは、さすがにいかがなものか、という慎重論も一部から出ている。

学年会議は、各学年で抱えている課題に相違があり、その論議の状況は決して足並みが揃っているとは言いがたい。三年は間近に控えた卒業式の準備と大学進学への対応に追われがちであり、今さら校則改正と言われても……と消極的な担任の発言が目立っているという。

卒業式三原則については当事者であることがかえって災いしてか、意見を出しにくい雰囲気があるのことだった。一、二年の学年会議の議論の流れとしては、生活指導部の方向性とほぼ一致していると言えるが、一年から、入学時に学校指定の学生鞄だから購入したのに、一年もたたぬうちに鞄は自由となれば、親から不満が出るのではないか、と危惧する声が上がっているとのことだった。

一方で、頭髪と制服の自由化に対しては、生活指導部会議でも学年会議でも否定的な意見が大勢《たいせい》を占めており、それを覆すのは難しい情勢だという。

そのとき、マスミから、三年以外は卒業式三原則の撤廃についてどのような反応が出ているのか？　という質問が出された。生徒会顧問は、正直なところ、今はまだ分からないと答えた。生活指導部長に訊いてみたが、運営会議ではまだその件について触れられたことはない、との返事だった。マスミはさらに食い下がり、要望書を教頭に渡したときの様子はどうだったか？　との質問を浴びせた。それに対しては、淡々とした感じで、はい、分かりました、校長先生にお渡ししておきます、という返答だったという。

「まさかそれでおとなしく引き下がってきたわけじゃないでしょうね⁉」

と、気色《けしき》ばんでマスミが畳みかけると、もちろんだ、と顧問は答えた。早急に校長先生と検討していただいて、文書での回答なり、きちんとした形でご返答してもらいたい、と念押ししたという。すると……と言って、顧問はやや口籠《くちごも》りながら、そのつもりです、と教頭は答えたと言った。その場に気まずいような沈黙が流れた。

「比較的早い時期に動きが出そうなのは、鞄、靴、靴下で、それ以外は長期戦だな。分かっていたことだがな……」

タイジンが溜め息混じりでぼやくと、

「いや、このまま生徒会が矛《ほこ》を納めたら、すべてが短期間で終わる。鞄、靴、靴下の規制は緩和するものの校則としては残す。それ以外はすべて却下、ジ・エンドだ」

と、マスミは宙を睨み付けながら、顧問を挑発するかのように吐き棄てた。

「まあ、待て」

と、顧問は二人を制した。

「先生達だってそれほど愚かじゃない。幼児を相手にするように、駄目なものは駄目だ、で事が済むとは思っていない。ただし、短兵急《たんぺいきゅう》に回答できない難問だから、結論を出すための合意形成の時間が欲しい、と言ってるんだ。

中でも、卒業式三原則については、教師間でも意見が大きく分かれている。釈迦《シャカ》に説法《せっぽう》で、ホントに恐縮なんだが、戦後の民主主義教育を巡る国や県とのせめぎ合いなんだから、一つの高校の校長や教頭の単独の力で解決できる問題だとは思わないでくれ。

それと、やはり校則改正に対する生徒の要望の強さに比べて、この問題に対する関心が今一つ強くないのが、教頭の態度に象徴される管理者側の余裕を許してしまっている一因であることは確かだ。

皆の主体的な頑張りで、この問題の本質が徐々に浸透し、全校アンケートの結果で第一回よりも第二回のほうが関心度を示す数値が数ポイント上がっているとはいえ、学校を揺るがすほどにはなっていないというのが現状だからな。

この問題を巡って運営委員会メンバーと生徒会役員とが協議する特別委員会の開催を求める要望が、ちっとやそっとのことで実現することはないだろう。悔しいけどね。でも、そうした協議の場の開催を認めることは、即ち卒業式三原則の是非について議論の俎上《そじょう》に載せるということを意味するんだから、県レベルでいえば、教育委員会や校長会といったうるさがたが黙っちゃいないだろうね。横槍《よこやり》を入れてくるのは目に見えている。

この問題の解決を困難にしている要因について、もう一つ。戦前の国家主義的教育の復活を狙う国や文部省側に最大の原因があるのはもちろんなんだが、その反面、そうした画策を一定のところまで許してしまっている国民側の無関心さについてだ。

日米安保条約が六月二十三日に自動延長されてしまうという残念な結果に終わり、それに反旗を翻していた勢力、中でも、新左翼などと一時はマスコミなんかにもてはやされていた過激な革命思想を持った大学生の一群が、確か三年生が入学してきた年だったな、浅間山荘事件を起こし、その後、仲間内で十二名にのぼるリンチ殺人を行っていたことが判明して世間を騒然とさせた。その年の五月には、イスラエルのテルアビブ空港で日本人ゲリラが自動小銃を乱射して、二十六人を殺した。

　その後も中核派だ、革マル派だと名乗るセクト同士で殺し合う内ゲバ事件が激化しているし、みんなも覚えてるだろうけど、昨年の夏に、東京の三菱重工ビル前で時限爆弾が爆発し、多数の死傷者を出している。その事件を皮切りに、過激派による連続企業爆破が相次いでいる。そんなのは、一部の革命家を気取った馬鹿な連中の仕業だ、では済まない。反権力運動全般への国民の冷ややかな目、何かよく分からないけど、恐ろしい連中がやっていること、という批判を高める役割を果たしてしまっている。

　国民全体としては、政治よりも経済、という意識で金儲けに狂奔し、政治に対する無関心がいっそう強まっていると言える。そうした大状況から眺めるならば、この高校の生徒会による闘い、卒業式三原則の撤廃を求める反権力闘争も、その文脈の中にあるということを、みんなには知っておいてほしいんだ」

　マスミは終始俯き加減に神妙な面持ちで顧問の話を聴いていたのだが、同調するような素振りを一切見せなかった。その話が切れるのを待ち構えていたかのように、ひょいっと面《おもて》を上げると、一転して意地悪そうな表情となり話し始めた。

「『釈迦に説法』とは、僕達のことをずいぶんと高く評価してもらえて感謝していますが、先生、この闘いが敗北を運命付けられた闘いだ、との認識をまさか持っておられるんじゃないでしょうね？　もちろんそうではないと信じていますが。

　日曜日の拡大執行委員会でも喋ったんですが、現在の情勢下で、頭髪も制服も自由化され、卒業式三原則まで撤廃されるというような生徒会の要望に対して満額回答が得られるなんて夢にも思っていません。いずれ学校側から出される回答書で、一部の校則改正を除いて、残りは時期尚早だの筋違いだのといったくだらない理由を付けた上で、すべて却下、良くて継続審議という回答になったとしても、僕はそれを敗北だとは考えません。

先生が持ち出された現状分析のための例で、新左翼なのか過激派なのかは知りませんが、彼らが七〇年安保闘争の敗北によって——そういう白か黒かという捉え方自体が、物事を単純化し過ぎているとい うか、子供じみているように思えて仕方ないのですが、ゲバ棒に投石に火炎瓶《びん》という限定的な武器では国家権力に対抗できないからといって、話し合いによる合意形成という民主主義の根幹を成す精神を棄て去り、ゲバルトをさらに過激化させた自動小銃だの時限爆弾だのといった一般市民を巻き添えにする無差別テロに走ったところで、国民の支持は離れるばかり、目標であるはずの革命の夢は遠退く一方でしょう。国家権力からの弾圧は強化され、いずれ組織が壊滅する道を辿ることは必至です。

僕はどんな状況に立たされても、民主主義の根本精神を棄てる気はありません。勝つことは難しい闘いであっても、僕達を支持してくれる仲間がいる以上、決して負けない闘いにしよう、と拡大執行委員会では訴えました。

その前夜、タイジンとの打ち合わせの中でもこのことは確認し合ったんです。意見の相違は相違として認め合いながら、僅かな可能性であっても信じ、次の話し合いの機会を持つことを諦めない。互いの違いを認め合い、かつ互いの人間としての尊厳を認め合える関係を構築する努力を併せて続けていくならば、きっといつか道は開かれる。

まだ僕達高校生徒会に政治情勢を変える力などありません。しかし、政治情勢は刻一刻と変わっていきます。情勢の変化によって追い風が吹き、新たな道が開かれる時が訪れるかもしれません。

気の長い話ですが、その間、自分とは異なる人間、生徒も教師も含めてですが、その異質さ故の面白さを楽しんでいけたなら、この長い時間も結構楽しいものになるんじゃありませんかね?

生徒会は、生徒の要望に基づいて活動し、その活動を通して自発性、自主性、自立性を育《はぐく》み、権利と義務の相関関係を学ぶことで、将来の主権者となる準備をする組織であると僕は位置付けています。生徒の要望である頭髪、制服の自由化、そして卒業式三原則の撤廃を実現していくことが重要な活動であることは論を俟《ま》つまでもありません。しかし、あえて誤解を恐れずに言わせてもらえれば、僕はそのために生徒会活動に打ち込んでいるわけではありません。

それらの要望の実現は目的でありながらも、実は目的ではなく、活動の終着点でもありません。それでは何なのか？　手段です。要望実現の価値を貶《おとし》めるつもりなどさらさらありません。その先にあるものを僕は追い求めているのだ、と言いたいのです。

先生、学校側から出される回答書、今は楽しみにして待ちましょう。闘いはまだまだこれからも続くんですから」

そう言い終えたマスミの表情から当初には張り付いていた底意地の悪さは消え、生徒会顧問のことをまるで同年輩の闘いの同志として見ているような、晴れ晴れとした表情に変わっていた。

顧問はとっさに返すべき言葉が見付からず、しばらく茫然としていたが、ぼそりとこう言った。

「顧問としてやれることがあったら、遠慮なく言ってくれ……」

マスミの横にいたタイジンは二人のやりとりを聴きながら、慈愛、と言っては変なのだが、どこか悟達したような一言では表現し切れない静謐《せいひつ》な表情を浮かべて、顧問の困惑し切った顔を見詰めていた。

「大丈夫です。これまで先生に遠慮したことなんかありませんから。それよりも先生、送別会を楽しみにしていてください。その準備は大方《おおかた》整いましたから。あっと言わせるような趣向を用意しています。もしかしたら、校内に吹いていた風向きが大きく変わるかもしれませんよ」

タイジンはそれだけ言い残すと、マスミに何やら耳打ちをしてその場を立った。

「送別会のことで、ある重要人物と最終的な詰めの相談をするそうですから、タイジンは講堂の舞台へ行きました。中途退席する無礼をお許しください、との伝言でした」

マスミは意味深な言い回しをしながら顧問に告げた。要望書を学校側に提出したとはいえ、学校改革を目指す三位一体の闘いは、まだ終わってはいなかった。それどころか、新たな闘いの火蓋《ひぶた》が切られようとしていた。

＊　＊

ついに送別会本番の日がやってきた。会場となった講堂は満杯状態で熱気に溢れていた。昨年までは生徒会の一切関与しない、一部の管理職が準備する文化講演会や映画上映会といった、言っては何だが、お茶を濁すような安易な企画で、さまざまな理由を付けて早退してしまう三年生が少なからずいた。担任サイドでも深くは追及せず、あっさりと早退を認めるのが慣例のようになっていた。講堂内に指定された三年生の人数分の席が、半数近く空席になってしまうような年もあったとのことだった。送別会なんかなくしてしまったほうが良いのではないか、との声が教師から出るほどだった。

だが、今年は違った。卒業生を送る会と銘《めい》打ちながら、出席対象を三年生に限定するのはおかしいではないか、との生徒会側からの主張を受けて、生徒会主催の行事として全校生徒が出席することになった。

土曜日の午後を使った通しのリハーサル、そして日曜日全日を使っての最後の練習、調整、ゲネプロと言われる通し稽古が不可欠という理由から、卒業式が実施される週の月曜日を開催日と決めた。

当日は午前中で授業を打ち切り、午後からを送別会の時間に当てた。昨年までは早退する生徒が出るのは当たり前だったのに、今年は皆無であった。それだけでも画期的であると言えた。

オープニングから観客は舞台に釘付けになった。演出を担当したゴドーの鬼才ぶりは全校に知れ渡っていた。その期待を裏切らない舞台の仕上がりであった。実質九十分間に及ぶ送別会で使用されたスライドは凄まじい枚数であった。舞台中央にセッティングされた上映スクリーンは据え置きではなく可動式で、舞台を使うパフォーマンスの障害にならぬよう工夫されていた。

スクリーンに映写されたスライドは、どれも画像が綺麗で鮮明であった。学校出入りのフォトスタジオの全面協力が得られた他、数多くの舞台を経験してきたゴドーの広い人脈から音響、照明のプロの裏方から貸与されたプロ仕様の機材をフル活用した結果、息つく暇もない目を見張るような優れた映像効果が生み出された。

三年生の入学式以後の日々がドラマチックに描き出されていく。ナレーションは放送部のコンクール入賞常連の生徒が担当し、それだけでもドラマを聴いているようなクオリティーの高さであった。スライドで映写されていく三年間のドラマに合わせて、テープによるＢＧＭの他に、ピアノの生演奏をはじめとして、ギターアンサンブル、ブラスバンドの演奏、独唱、合唱等々、耳から入る情景がより立体的に生き生きとしたものになるよう、あらゆる表現手段が駆使された。

これだけ多数の演者の出入りがあれば、講堂の狭い舞台裏の導線上の制約から演者の入れ替えなどでミスが出て、舞台が間の抜けたものになりがちなのだが、演者の入退場をリードする実行委員の正確な誘導によって、連動する音響、照明とのコンビネーションもピッタリと決まり、場面転換のスムーズさは本番が最高の出来栄えとなった。

スライド上映される三年間のドラマをさらに劇的に膨らませる仕掛けはそれだけではない。部活の後輩達が再現する数々の名シーン、思い出の場面に、三年生の席からは歓声が上がる。当事者だったのだろう。その三年生は立ち上がり、あっ、それだけはやめて、キャーッ、と悲鳴を上げ、会場は爆笑と拍手の渦に包まれた。そんな部活や学校行事での再現場面が次々と続く。会場は大盛り上がりだ。だが、その一方で舞台裏は戦場のようなありさまであった。出番を終え、興奮状態で戻ってくる生徒達は退場する方向を忘れてしまっている。今は本番中だ。大声で指示を出せない実行委員達は、上手《かみて》、下手《しもて》の舞台裏をまるで忍者のように駆け回り、入退場の流れを作り出して行く。

途切れることなく連続して上演される再現場面は、姿は見えないが、黒子《くろこ》に徹して奮闘し続けた実行委員達の努力によって成し遂げられたものであった。

また、スライドを借景として活用しながら、暗い舞台上、ピンスポット照明の中で演じられた演劇部のメインキャストと芸達者な実行委員との絡みで作り上げた寸劇が秀逸《しゅういつ》で、涙と笑いと感動を誘った。三年生はこの学校で過ごした三年間の思い出にどっぷりと浸かり、酔いしれていた。

舞台上もさることながら、舞台裏でも人目《ひとめ》を惹《ひ》く印象的な人影があった。ゴドーとカンだ。インカムを付けたカンは舞台上はもちろんのこと、音響ブースの動きや二階席にセッティングされた上手下手両サイドの照明の動きを片時も休むことなく凝視していた。片手にボロボロになった台本を丸めて握り締めてはいるが、開けることはない。裏方の事細かな動きもすべてが彼の頭の中に入っていた。だから、それらの動きに瞬時でも狂いが生じれば、インカムを通して容赦のない叱責《しっせき》を飛ばした。カンは影となり、瞬間移動した。いつの間にか、どんな所にも姿を現した。彼は文字通りゴドーの女房役に徹することと、手足になることを己が信条と決めていた。

舞台に責任を持ち、自分の世界観を表現すべきなのは演出のゴドーであり、その絶対的な存在を光と称するならば、舞台監督の自分は影の存在に徹するべきなのだと考えていた。

ゴドーからの注文には必ず応じ、彼の全身から醸し出される空気感、その揺らぎを瞬時に感受し、必要な指示を最適のタイミングで飛ばす。それを緞《どん》帳《ちょう》が下りるまでの間、継続して実行するのがカンの使命であった。

意外に見えたのが、本番の舞台で裏方に厳しかったのは、ゴドーではなくてカンのほうであったことだ。インカムを通して伝わってくる彼の声には、一切の妥協を許さない鬼気迫るものがあった。当日のゴドーは前日までとは打って変わって終始にこやかで、すべてをカンに委ねているように見えた。

精一杯のパフォーマンスで頬を紅潮させた演者や、その裏で獅子奮迅《ししふんじん》の活動で肩で息をしている実行委員が戻ってくるのを見かけては、

「良かったよ、最高だった、ご苦労さん、もう一踏《ひと》ん張り頼むよ、できる、できる！」

と心の奥底から労い、その奮闘を称《たた》える言葉をかけていた。練習やリハーサルのときには、インカム

を無視して講堂中に響き渡る大声を張り上げ、鬼の形相《ぎょうそう》で怒鳴りつけ、気持ちの限界まで追い込み、陰ではどれほどの実行委員達が泣かされたことか分からない。しかし、前日までのスパルタ指導があってこその本番での素晴らしい出来栄えなのだ、と実行委員の誰もが理解していた。

舞台に中弛《なかだる》みは付き物とよく言われるのだが、そんな心配は全くもって不要であった。

この学年には、一学年終了時点で家庭の事情から退学していった生徒がいた。料理店で修業中の当人の近況を伝えるスライド写真が映写され、本人からのメッセージ音声が流れた。仲の良かった生徒達だろう、その名を叫び皆声を上げて泣いていた。

また、こんなエピソードも取り上げられた。修学旅行先で担当したクラスの生徒達と喧嘩になってしまったバスガイドがいて問題になった。そのバスガイドの現在の写真が映し出され、本人からの音声メッセージが流れた。トラブルが起きてから会社の上司からこっぴどく叱られ、精神的にボロボロになり、体調を崩したこともあって退職寸前まで追い込まれたのだが、その直後に喧嘩したクラスの生徒全員と担任からお詫びと激励の手紙の束が届いたのだという。一通一通文面に目を通していくうちに、涙が止まらなくなり、心のうちで凝《こ》り固まっていたしこりがすべて溶け出て、体の内側から熱いものが噴き出してきた。彼女は徹夜でお礼の手紙を認《したた》めたとのことだ。この大失敗をバネにして、自分を見詰め直し、今も元気にバスガイドを続けている。あのときの体験があるからこそ、今の自分がある。本当に感謝しています、というメッセージに、該当クラスの生徒達だろう、拍手が起こり、スクリーンの笑顔を浮かべた写真に向かって、「頑張って！」という声がかかった。あちらこちらで涙を流す姿が見受けられた。

講堂の中は次第に闇が増し、物悲しげなピアノ演奏によるレクイエムが流れた。ナレーションが入る。薄ぼんやりとした少女達の集合写真がスクリーンに映写されると、さらに痛切なエピソードが紹介された。

二年生の夏休み明け、白血病を発症、病気の進行は早く、短い闘病生活の末に亡くなってしまった女子生徒がいた。映し出されていたのは元気だった頃の写真、笑顔が溢れていた。スライドが切り替わる。病床にいて、それでも健気《けなげ》に笑顔をカメラに向けている。弱々しい声が切れ切れにスピーカーから流れてくる。

「みんなが待ってる学校に戻りたい……みんなと一緒に修学旅行に行きたかった……みんなと一緒に卒業したい……みんな、私の大切なお友達……大好きだよ……」

切ない願いを苦しい息の中で絞り出すように語る本人の肉声テープ、会場全体に啜り泣く声が、さらには慟哭《どうこく》が響いた。亡くなる前々日、本人のたっての希望で、クラスメイトに当てて録音したテープだとのナレーションが入った。

その後、三年の歳月の中で関わった教師からのメッセージと写真、退職した教師からのメッセージと生徒達と撮った思い出の写真がスライドで映写された。席のあちこちから歓声が飛び、笑い声が弾《はじ》け、舞台と客席とが一体となり、優しさと懐旧の情に満ちた温かな空気に包まれた。

舞台はゆっくりと暗転し、いったん引き幕で閉ざされた。実行委員は大忙しで駆けずり回る。最後の舞台作りのためだった。そんな実行委員達の奮闘振りを眺めながら、舞台袖でゴドーとタイジンとが短い言葉を交わした。

「ここまでは大成功だ。ゲネプロを見させてもらったが、やっぱり本番は違う。舞台の転換が早くて、大道具係の動き、音響、照明の呼吸がピッタリ合っていて、魔法を見ているようだった。さすが、鬼の演出、よくぞここまで素人集団の力量を引き上げたものだ。心の底から敬服するよ」

タイジンがそう声をかけると、ゴドーは小さくうなずき、言葉を返した。

「タイジンには大変な尻拭いばかりさせて申し訳なく思ってる。一緒に回ったカンがしみじみ言ってたよ、タイジンでなければ、とてもじゃないがやれるようなことではなかったって。敬服するのはこっちのほうだ。あのケアがなければ、実行委員会はとうの昔に崩壊してた。改めて礼を言うよ」

二人は周囲から目立たぬよう注意を払いながら、

固く握手した。

「さあ、いよいよフィナーレだ。前会長のオショー、学年主任のマコちゃん先生、よろしくお願いします」

タイジンは両目を瞑《つぶ》り、顔の前で合掌する姿勢をとった。


舞台下手に美しく澄んだ声でナレーションを担当した生徒が登場し、ピンスポットが当てられた。凛とした声で、彼女は宣言した。

「ただ今より、一九七三年度、生徒会と三年学年団による自主卒業式を行います」

会場を埋めた生徒達はもちろんのこと、教師席に座っていた教師達からもざわめきが起こった。校長と教頭も驚きを隠し切れず、ハンカチで口許を隠しながら何やら盛んに話し込んでいた。「自主卒業式だって⁉」

ごく一握りの関係者を除いて、すべてが秘密裏に準備されたものだった。引き幕が開き、舞台上の照明がつくと、背景の幕には真ん中に校旗が、その周囲を取り巻くように、体育祭で使用された三年生全クラスのクラス旗が掲げられていた。通常式典には必ずあるべきものがどこにも見当たらない。そう、日の丸がなかった。舞台の中央には本来の卒業式同様、演壇が設《しつら》えられていた。下手側に七つの席が用意され、学年主任のマコちゃん先生をはじめとして、六名のクラス担任が着席していた。上手にはピアノが置かれ、送別会の間、ずっとピアノ演奏を担当していた生徒が登場し、ピアノの前に座った。同時に、舞台下では合唱団のメンバーが小走りで姿を現し、整列を終えた。その列の前に、指揮棒を手にした合唱団の団長の生徒が立った。アナウンスの澄んだ声が会場に響いた。

「校歌の斉唱を行います。全員、ご起立ください」

戸惑いながらも、こうした場合の習性として、皆がその指示に従い立ち上がった。ピアノによる伴奏と合唱団の歌声にリードされ、校歌は斉唱された。続けて三年生だけが起立し、「仰げば尊し」が歌われた。卒業式で歌われる定番の曲は以上だった。ここでもまた、歌われるべき曲が割愛されていた。君が代、だ。日の丸はない、君が代もない、となれば必然として――。アナウンスの声が響く。

「卒業をお祝いして、学年主任、いえ、卒業生の皆さんからお母ちゃんとして慕われているマコちゃん先生からお言葉をいただきます」

三年生席からどっと笑いが起こり、「せーの」のかけ声で、「お母ちゃーん、頑張ってー!」と声援が飛んだ。そして、盛大な拍手が送られ、指笛が鳴った。マコちゃん先生は満面の笑みを浮かべ、三年生席に手を振りながら登壇した。

マコちゃん先生の話は特別に気負うでもなく、いつも通りのマコちゃん節《ぶし》だった。原稿らしきものは何も持たず、ましてやいかにも式辞めいた和紙で折り畳んだ書状など手にしてはいなかった。マイクの前で一礼した後、「うーん、誰のことから話そうかな……」とこれまた型破りな話の切り出し方だった。「ジュンのことは外せないわね」という溜め息混じりの言葉に、三年生席からは爆笑が起きた。

E組にいる三年の問題児。テストの成績はいつもビリ。髪の毛ばかりいじくり回して、両方の耳朶《みみたぶ》には一年生の頃からくっきりとピアスの穴が開いていた。早々に生活指導部から目を付けられていたジュンの話から始まった。学年末になると、決まって追認定試験の常連さんだ。あまりの成績不振に親の呼び出しも二度や三度ではない。来るのは決まって母親、娘に負けじとくりくりのパーマ頭で、何を勘違いしているのか、いつもバッチリメイクで来校してきた。校長室で、母娘並んでお説教となるのだが、それでも悪びれる様子はなく、へらへらしているばかりのジュンに、同席していたマコちゃん先生も怒った。「親の顔が見たいわ!」と当の母親を前にして怒鳴りつけた。

しかし母親も大したもので、「こんな馬鹿、誰に似たんでしょうね!?」と悪態をつくと、ジュンは、「アンタに決まってるでしょ!?」と大声で詰《なじ》り、その場で親子喧嘩が始まった。さすがに見かねた教務部長や校長が二人の間に割って入ろうとするのだが、ついには摑み合いの大喧嘩に発展する始末だった。するとマコちゃん先生はテーブルを両の拳で、ドンッ、と叩くと、二人に顔を近付け、「アンタらねェ、いい加減にしないと痛い目を見るよ!」と普段の優しさからは想像もつかないドスの利《き》いた声で強烈なお灸《きゅう》を据えた。その凄まじい剣幕に、母娘共にしゅんとしてしまった。

　身振り手振りを交え、声色《こわいろ》まで使って再現するマコちゃん先生の熱演振りに会場は大受けだった。でもね……とマコちゃん先生は、ちょっと言葉を途切らせてから、しんみりとした口調でこう言った。

「そんなジュンのことが大好きなんだ……。馬鹿な子ほど可愛いのよ」

　すると、また会場はどっと湧いた。ただ、ジュンだけはじっと俯いたまま、身動き一つできなかった。ただし、よく見るとその肩は小刻みに震えていた。

　追認定試験の前に、マコちゃん先生は付きっきりでジュンの勉強の面倒を見た。彼女の悪友も臨時の家庭教師として勉強を教えた。

「何度教えたら分かるの！　ホントに馬鹿だね⁉」

と悪友に口汚なく罵《ののし》られながらも、ジュンは彼女なりに最後まで頑張った。そして試験の結果発表の日、ギリギリでセーフ！

　顔を真っ赤にして、まるで赤ん坊のように泣きじゃくりながら、ジュンはマコちゃん先生の胸の中に飛び込んでいった。マコちゃん先生も彼女の背中を摩《さす》りながら一緒に泣いた。人目も憚《はばか》らず赤ん坊のように全身を震わせて泣ける子。馬鹿な子ほどやっぱり可愛い……。

　弓道大会の地区予選、団体の部の主将として出場したケンスケ。日頃は柔和で目立たない生徒であったが、いったん矢を番《つが》え、的に狙いを定めると別人に豹変《ひょうへん》した。まさに武人《ぶじん》と化した。最後の一本が的を射抜けば、予選突破が決まる。だが、無情にもその一本は的を外れた。仲間から慰められても、ケンスケの表情は血の気《け》を失い、強張《こわば》ったままだった。マコちゃん先生も会場へ応援に来ていたのだが、そのあまりの落胆ぶりに何も声をかけられなかった。

　その日の夕方、学校の弓道場には、矢が空気を切り裂く音がいつまでも響いていた。誰もいない弓道場で、ケンスケただ一人矢を射続けた。日が暮れ、的が見にくくなっても、彼はやめなかった。悲壮感すら漂うその後ろ姿を身じろぎもせずマコちゃん先生は見守り続けていた。日が没し、的が見えなくなっても、見えない的に向けて矢を番《つが》えようとしていたケンスケに先生は声をかけた。

「矢で何を射ているの？」

「自分の弱い心を、です」

いつもの静かな口調でそれだけ言うと、先生に深々と一礼して、彼は再び矢を射続けたという。

「自分の確固たる世界を持っている子は強い。試合の勝ち負けを乗り超え、負けることでいっそう人として成長していく。ケンスケのような子からは、いつも生きていく上で最も大切なことを教えられる。だから、私はケンスケを一人の人間として尊敬しているし、誇りに思っている——」

背筋を真っすぐに伸ばして、先生の言葉に耳を傾けていた彼の目には光るものがあった。そして、静かに席を立ち上がると、あの日のように深々と一礼した。

二年生のとき、父親の日本への海外赴任に同行し、日本の学校で学びたい、とのたっての願いから、この学校に短期留学生としてやってきたイギリス人の生徒がいた。イギリス英語ということもあり、ネイティブの英語をなかなか理解できず、遠巻きにしている生徒が多い中で、ただ一人レンタローだけが違った。お世辞にも英語の会話力のある生徒だとは言いがたかったのだが、独りぼっちで異国の学校にいる留学生がかわいそうだ、と勝手にお世話係を買って出た。見事なまでのブロークンイングリッシュで、まるで会話が成り立たない。それでも、レンタローはめげなかった。昼休み、母親が作ったお握りを彼は留学生に見せた。

「ライスボール？」

「ボール？　ノー、ノー！　ジス・イズ・トライアングル」

レンタローは留学生の顔の前にお握りを突き付け、

「ライス・グリップ、ライス・グリップ」

と強弁したのだった。ご飯を両掌で握ったものなのであり、形はどう見たってボールではないし、握りとはグリップだろう、という理屈だった。ところが、それが留学生には面白かった。彼もまたレンタローからお握りを分けてもらいながら、

「ライス・グリップ、ライス・グリップ」と繰り返

し言っては満面の笑みを浮かべた。それが彼の見せた初めての笑顔だった。笑顔の周りには人が寄ってくる。それが人間の習性だ。元々留学生には興味津々だったのだが、語りかける勇気を持てなかっただけのことなのだ。あっという間に、彼の周りは黒山の人だかりとなった。

そこへ再びレンタローが登場、箒《ほうき》をギター代わりに抱えて、いきなりビートルズの「イエスタデイ」を歌い出した。何せ耳で聴き覚えただけの英語の歌詞だからひどい代物だ。しかも、かなりの音痴だった。最初、留学生にはそれがどういう曲なのか分からなかったが、それが「イエスタデイ」であることを理解すると、流暢《りゅうちょう》な英語で（当たり前だ）彼が歌い出した。しかも、美声だ。女子生徒達が一斉に嬌声を上げた。

彼がクラスの人気者になるのに時間はかからなかった。そして別れの日、花束と寄せ書きを貰った彼は、片言《かたこと》の日本語で、

「タノシカッタ、ミンナトモダチ、サヨナラ」

と告げると、生徒達は皆涙ぐんでいた。

マコちゃん先生は、そんなレンタローのお世話役振りをずっと見ていて感嘆した。

「英語が得意でもないのに、よくやったね」

「そんなの全然関係ないですよ。要は思いやりのハートとほんのちょっとの度胸だけ、それだけです。あいつと一緒にいて、言葉はチンプンカンプンなんだけど、やり取りしてると楽しくって仕方がなかったんです」

彼は明るく答えた。

これからの世の中、世界はどんどん狭くなり、いろんな国の人達の往来《いきき》も増えてくる。そんな中、彼のような心の垣根を楽々と超えられる子が絶対に必要になってくる。

「レンタロー、未来の世界はアンタが支えるのよ」

マコちゃん先生は壇上から彼に向かって言った。

すると、B組の真ん中辺りにいたレンタローは、とっさに立ち上がり、「アイ・アイ・サー！」と元気に答え、会場の笑いを誘った。

交通事故で母親を亡くし、母親代わりに弟や妹の

世話を立派にやり遂げているシズカ。ずっと補欠で、それでも腐らずに後輩もいるレギュラー選手のための裏方仕事をやり続け、最後は部員全員から胴上げされて引退した野球部のミノル。自宅の花壇で四季折々の花を育て、毎日のように切り採った花を学校に持参し、学年全クラスにある花瓶に花を活けて回る活動を三年間やり続けた「花博士」のフミカ……。マコちゃん先生の話は、三年間に出会い、思い出に残った生徒達のエピソードで埋め尽くされた。そして、ふと言葉を切って、三年生全員の顔を眺めた。

「ホントに二百五十人、全員のことを語りたいんだけど、こんな調子じゃ、朝になっちゃうよね。そんな二百五十人の子供達が、私のことをお母ちゃんだ、と言ってくれるようになった。お陰で私はみんなのお母ちゃんになれた。感謝してる。そして今、我が子がみんな巣立っていこうとしている。正直に言うね。私は今、全身がバラバラに引き裂かれそうな痛みを感じている。悲しくて、辛くて、頭がおかしくなっちゃいそうなの……。でも、でもね、私はお母ちゃんとして、しっかりしようと心に決めた。みんなが成長して、巣立っていくことを歓んでやれる逞《たくま》しいお母ちゃん先生になる。大学生になり、さらには社会人になったらきついことがいっぱいあるだろうけど、どうにもならなくなったら、私のことを思い出して。お母ちゃんはここにいるから。何もしてあげられないかもしれないけど、ぎゅっと抱き締めてあげる。苦難を乗り越えていくには、結局は自分の力をもってするしかない。その力が湧き出てくるまで、ぎゅっとしてあげるから帰っておいで。この三年間、大したことしてあげられなかったけど、それが私、マコちゃん先生、みんなのお母ちゃんだから許してね……。心を鬼にして言うわ……卒業、おめでとう。ホントに、おめでとう……」

　最後は涙声になり、言葉も切れ切れになっていた。三年生の席のあちらからも、こちらからも啜り泣く声が聞こえてきた。

　僕は黒子《くろこ》の一員、会場係という要するに何でも屋として席の後方、会場全体を眺め渡せる場所にいたのだが、こんな温かな、心が一つになる「式辞」というのがあるのか!?　と驚き、心を深く揺さぶられていた。高邁《こうまい》な精神論でもない、上から目線の人生論でもない、そんな木で鼻を括ったような睡魔に襲われるのがオチの「式辞」から最も遠いところにあって、それでいながら、人が共に生きることの喜びや悲しみが、血の通った肉声でじんわりと滲《し》みてきた。こんな先生がそばにいていつも見守ってくれていると思えたら、苦しいときも何とかなるかな、といると感じられた。三年生が羨ましい……そんな子供っぽい感懐を抱くとともに、まだ漠然とではあったが、自分なりの未来予測、自分の生きるべき方向性が差し示されたような心の震えを覚えたのだった。

ハンカチで目頭を押さえながら、壇上でマコちゃん先生は一礼した。

彼女もまた泣いていたのだろう、震える声でアナウンスの生徒が、三年生起立、礼、着席、と告げた。ハンカチで顔を覆ったままの生徒、肩を寄せ合い泣きじゃくる一群の生徒達、他でもない自分達が今、卒業しようとしている事実に改めて気付かされ、別れの悲しみに暮れている様子がありありと見えた。

「いい式辞だったな……。でも、『あんなのは卒業式の式辞としては認めない』。そう頑なに考える連中がいるってのが悲しい現実だがな。生徒のことなど眼中にない、そんな性根《しょうね》の腐った連中にとっては、話の質なんて端《はな》っから問題じゃない。式辞をするのが、誰か、ということだけが問題なんだ。考えただけで胸がむかむかしてくる！」

いつからいたのか、マスミが隣にいて、いかにも彼らしい毒舌を吐いた。マコちゃん先生の温かな人間味溢れる話に魅せられ、自らの生き方に揺さぶりをかけられて、ボーッとしていたせいもあり、マスミが近付いてきたことすら気付かなかった。

「こんな後ろで観てないで、もっと舞台の近くまで行こう。自主卒であったとしても本番と同様、ここからが一番の目玉だ。間近で観て目に灼《や》き付けておこう。それに、最後の締め、いわば大トリ、オショーが登場してくる。何をやってくれるか、見ものだ」

そう言うや否や、マスミは僕を力尽くで立ち上がらせ、舞台の前方へと引っ張っていった。入学式以来、ずっとマスミはこんな風《ふう》に僕を引っ張ってくれた。情けない話だが、いつも足をもつれさせながら、それでも必死に転ばぬようにマスミの後を追ってきた。そして、その行き着く先々で、決まって驚くべき何かを見せてくれた。僕一人の力では到底見ることなど叶《かな》わなかった世界を。今度もきっとそうだ。客席の照明の消された暗い階段を急ぎ足で降りながら、鼓動が早まっていくのをはっきりと感じた。マスミ、今度は一体何を見せてくれるというのだ⁉

舞台照明が暗めに落とされ、実行委員が三年生の担任一人一人に帯封《おびふう》をされた紙の束を手渡し、手短かにこれからの動きを説明している。マコちゃん先生にも一人の実行委員が付き、二言、三言、何かを確認しているようだった。そんな舞台上の動きと併せて、下手にスポットライトが当たり、アナウンスの生徒がおもむろに口を開いた。

「いよいよ自主卒業式も大詰めに入ってきました。ただ今より、生徒会と三年生学年団による卒業証書授与式を行います」

三年生の席から、わーっという歓声が上がり、瞬く間にその歓声は波紋のように会場全体に広がっていった。客席の前方、通路の階段に陣取った僕は、マスミの隣にいて、ある異変を感じていた。講堂が揺れている——血が逆流するような興奮を覚えたのだった。

演壇を中心に照明が当てられ、その光の中にマコちゃん先生が進み出た。その後方にA組の担任が付き従い、両手には紙の束、A組生徒の卒業証書があった。

「A組の生徒は起立してください。クラス代表は舞台に上がってください」

アナウンスが響くと、緊張した面持ちでクラス代表を務める級長が実行委員の先導で下手の階段から舞台に上がり、マコちゃん先生に促されるようにして演壇の前に立った。サプライズ企画、生徒にとってはリハーサル抜きのすべてがぶっつけ本番の連続だ。戸惑うのは無理もない。

マコちゃん先生はそばに立つ担任からクラス分の卒業証書の束を受け取ると、眼前の級長に向かってその文面を読み上げた。だが、それだけでは終わらない。級長の顔を見てニッコリ微笑《ほほえ》みながら、

「A組のリーダーとしてよく頑張ってくれました。ありがとう。学年リーダーとして三年間変わらなかったあなたの懸命に努力する姿、ちゃんと見てたからね」

と優しく声をかけ、卒業証書の束を手渡した。両掌で卒業証書を押しいただきながら、思わず込み上げてきたのだろう、その級長の咽《むせ》び泣く声をマイクは拾っていた。起立したA組の生徒から声が飛んだ。

「ありがとう！　お前こそ、俺達のリーダーだ！」

級長が涙をこらえ、壇上で一礼すると、誰が指示することもなく自然にA組全員の生徒達も一礼したのだった。

号令なんかなくたって、いや、号令などという他者からの強要がないからこそ、クラスの心が一つになったとき、その瞬間に行うべき行動は、自然に、自発的に生まれてくるものなのだ。

級長が卒業証書を携《たずさ》えて、クラスみんなの拍手に迎えられながら自席に戻ると、それが合図であったかのようにA組の生徒達は整然と着席した。このときもまた、他者からの指示など一切不要であった。

A組の担任が席に戻ると、次にB組の担任が立ち上がり、自分のクラスの卒業証書を持ってマコちゃん先生の横に進み出た。前クラスと同じ所作の繰り返しのように見えて、クラスごとに儀式の進め方に個性が表れていた。級長自らがクラスの前に立ち、起立、礼、と号令をかけ、卒業証書を受け取ると、やはり前に立ち、着席、と指示した。

D組では、級長を務めていた女子生徒が泣き崩れてしまった。アナウンスで、クラス代表は舞台に上がってください、と促されても立つことができない。周囲がざわつき始めた。見るに見かねた前期の級長で、今は副級長をしている男子生徒が駆け寄り、席に着いたまま泣きじゃくっている彼女の脇に腕を差し入れ、強引に立ち上がらせた。そして、こう叱責《しっせき》した。

「クラス代表はお前だ、お前がやらなきゃ駄目なんだ！」

自分一人では歩けそうもない彼女を抱きかかえるようにして、副級長の男子生徒は一緒に舞台に上がっていった。D組の生徒は、起立した、というよりも、総立ちの状態となり、口々に、「頑張れ！　しっかり！」と大声で声援を送った。やっとの思いで副級長に支えられながら、マコちゃん先生の前に立った。先生は演壇から降り、俯いて涙を流す級長の両頬をそっと両掌で挟み、

「さあ、顔を上げて。そんなに泣くと美人さんが台無しだよ」

と笑顔を浮かべながら囁いた。その声もマイクは拾い、会場中に柔らかなお母ちゃんの囁き声は届いた。小さくうなずくと、級長は顔を上げた。口をへの字に曲げ、懸命に泣くまいと堪《こら》えている。

「よしっ、じゃあ、いくよ！」

先生は壇上に戻ると、卒業証書を読み上げた。そして、その束を渡そうとすると、差し出された彼女の手がブルブルと震えていた。先生は、隣で心配げに見守っていた副級長に、一緒に受け取ってあげて、と頼んだ。彼は、はい、と答え、級長の手を支えるようにして、共に卒業証書を受け取った。すると、D組の生徒の中からこんな声が飛んだ。

「新郎、新婦、初めての共同作業です！」

確かにそんな風《ふう》に見えないこともなかった。場内は大爆笑になった。次の瞬間、それまでさも弱々しげに泣き顔を見せていた級長が、くるっと回れ右、声のしたほうを睨み付け、

「覚えてなよ！」

と、姐御風《あねごふう》に言い返したものだから、会場はどよめき、前にも増して大笑いになった。

そして、次のE組で、このD組以上のハプニングが起きたのだった。アナウンスの指示でクラス代表は舞台へ向かい、E組の生徒は全員起立した……はずだった。ところが、ただ一人、着席したままで立とうとしない生徒がいた。周りの生徒が気を遣い、立ちなよ、具合が悪いの？　などと本人にだけ聞こえるような小声で呼びかけるのだが、固まってしまったかのように微動だにしない。その間に、舞台上ではマコちゃん先生が卒業証書を読み上げ、級長に労いの言葉をかけ終わり、卒業証書を級長が受け取った直後のことだった。石像のように固まってしまっていた生徒が、いきなり椅子を蹴散らすように立ち上がり、猛然と舞台目がけて駆け出したのだった。

それまで楽しげに舞台を観ていたマスミのリラックスした態度が急変した。短く、「来た！」と口走った。その声に驚き、反射的に彼の顔を見ると、目をいっぱいに見開き、興奮を抑え切れないといった表情をしていた。何かが起きる予感がする、とマスミは言っていた。これか⁉　次の瞬間、舞台に猛然と突っ込んでいく人影に向かって、彼は叫んだ。「跳べ！」と。その叫びに促されたかのように、スカートを翻し、その生徒は一気に舞台上に跳び上がった。ジュン。マコちゃん先生が「式辞」で真っ先に取り上げた三年生随一の問題児と言われている生徒だった。一瞬の出来事に周囲は唖然《あぜん》とするばかりで、ジュンを止められない。卒業証書を手にしたまま茫然としていた級長の手からひったくるようにして、ジュンは卒業証書の束を奪い取った。それから、その束をバラバラと捲《めく》り、自分の証書を見付けると、それだけを抜き出し、残りの束を級長に投げ返した。何するんだ⁉　そう叫んだのは、級長とE組の担任が同時だった。ジュンは証書に目を落としたままの姿勢で、低い声で「破るんだよ」と答えた。級長は慌てて彼女の手から卒業証書を取り上げようとしたのだが、身をかわす彼女の動きのほうが俊敏だった。ジュンは証書の上部の両端を握り、破り棄てる恰好《かっこう》をしながらこう叫んだ。

「アタシは卒業したくない。これ貰っちゃったら、卒業しなければならなくなる。そんなのいやだ。だから、破るんだ！」

ジュンの目は据わってしまっていた。誰の制止も受け付けない、そんな気配を全身から漂わせていた。そして、両手に力を込めて、今、まさに破り棄てようと動作を起こしたとき、それまで黙って事の成り行きを見守っていたマコちゃん先生が口を開いた。

「ジュン、破っていいよ。破りたければ、破りな。それでアンタの悲しみが少しでも和らぐのだったら、破りなさい。悲しみでアンタが破れてしまうぐらいなら、そのほうがよっぽどましだ。見ていてあげるよ。アンタが、アンタの卒業証書を破り棄てる姿を。さあ、破ってごらん……」

先生の最後の言葉は、まるで濡れているような悲しみに満ちていた。ジュンの手は小刻みに震えていた。両手で摑んだ証書の端は、すでにくしゃくしゃになっていたが、どうしてもそれ以上手に力を入れることはできなくなっていた。先生はゆっくりと一語一語言葉を噛み締めるように、静かな口調でさらに語り出した。

「アンタの卒業証書だ、好きにすれば、いい。それで少しは心が鎮まったら、もう一度自分に問いかけてごらん。答えは、もうアンタの胸の中にあるはずだ」

ジュンは両腕を高く上げて、腕を振り下ろす勢いで一《ひと》思いに証書を破ろうとした。腕を振り下ろすとき、彼女は凄まじい悲鳴を上げた。だが——できなかった。崩れ落ちるようにその場に座り込み、証書を顔に押し当てて、号泣し始めたのだった。慟哭《どうこく》——ジュンの泣き叫ぶ声は、会場の隅々にまでこだました。先生は壇から降り、優しく彼女の体を抱き締めた。

「アンタが誰よりも強く卒業したくないって気持ちを持っていること、よーく分かった。嬉しい。先生は嬉しいよ。私だって同じ気持ちなんだ……アンタを卒業させたくない。ジュンと三年間過ごせたこと、私にとってその時間は宝物だ。ありがとう、ジュン、アンタは私のホントに大事な、大事な生徒だ……」

ジュンの慟哭は、まるで獣の咆哮《ほうこう》のような、さらに凄まじいものとなった。けれども、先生の胸に抱かれ、その温もりに包まれるうちに、少しずつ制御不能に陥っていた感情の昂《たかぶ》りが治まっていったのだろう。その泣き声はいつしかしゃくり上げる程度のものになった。それにつれて体はどんどん丸まり、小さくなっていった。まるで親鳥が羽を広げて雛《ひな》を守るように、先生はその小さく丸まった体を抱き締め続けた。会場を埋めた生徒や教員の目は、舞台上の情景に釘付けになり、寂《せき》として声はなかった。会場を支配する静寂《しじま》を強調するかのように、時折漏れるジュンの啜り泣きが響くばかりだった。

このとき、僕は体の震えを止められなかった。舞台上の情景に、到底言葉では説明し尽くせない厳粛な聖性を見出し、そこから湧き出した自らの思いにたちまちにして呪縛されてしまった。まだ先の話だが、いずれは自分も社会に出ていくことになる。そのときには、自分もあのマコちゃん先生のようになりたい……。その思いを実現させようとするならば、僕の場合、この疑問点だらけの学校に就職せねばならぬという矛盾を克服せねばならなくなるのだが、このときの僕はそんな矛盾にさえも考えが至らなかった。その思いは僕の胸の奥底にくさびのように深く打ち込まれることになった。人生の選択を迫られたとき、くさびはその役割を果たすことになる。もちろん、今の僕の考えはそこまで達していなかった。ただただいつかあの先生のようになりたい。そんな思いばかりに縛られたのだった。

時は止まっていた。その時が再び動き始めたのは、ジュンが頭を擡《もた》げ、手にしていた卒業証書に目をやったときだった。もう泣いてはいなかった。悪い夢でも見ていたかのように、その悪夢から醒めた直後といった風情で虚ろな表情を浮かべながら、その目はどこか悲しげであった。抱き締めていた先生は腕を緩め、悲しげな目をしているジュンを見詰めた。どうした？　と問うと、その皺くちゃになった卒業証書を見ながら、こう呟いたのだった。

「こんなんなっちゃった」

「アンタがそんな風《ふう》にしちゃったんでしょうが」

先生はさも呆れたというようにそう言うと、ジュンは下を向いて黙りこくってしまった。先生はからかい気味に追い討ちをかけた。

「皺くちゃな上に、墨書《ぼくしょ》した名前が涙で滲んで薄汚れてしまった卒業証書なんて、日本中探してもそんなにあるもんじゃない。稀少価値があるよ。それに皺々で涙で染みだらけになった卒業証書って、何だかアンタに似つかわしい気がする。額にでも入れて飾るといい、大事にしなさいよ」

二人の会話は、舞台の端の幾カ所かにセッティングされたガンマイクがすべて拾っていた。会場を包んでいた緊張感は一気に弛み、安堵感が広がるとともに、二人のやり取りのおかしさにあちらこちらでくすくす笑う声が起きた。不満げな表情に変わったジュンは、遠慮がちに嘆願した。

「もう騒ぎは起こさないから、約束をするから……もう一枚、書いてほしい……お願い」

これにはマコちゃん先生はもちろんのこと、会場全体がどっと笑いに包まれた。Ｅ組の列からは、彼女の友人達なのだろう、「先生、書いてあげてー」と声が飛んだ。先生は微笑みながら、うん、うん、とうなずいていた。ジュンは安心した様子で、皺々になった卒業証書を大事そうに胸に抱えて立ち上がった。席に戻ろう、と級長が声をかけた。級長は足許の覚束《おぼつか》ないジュンに寄り添うようにして、舞台の階段を降り自席へ戻っていった。ジュンは周囲の友人達から散々冷やかされていた。そのタイミングを見計らうようにして、アナウンスの生徒はユーモアを交じえながら冷静な口調で告げた。

「Ｅ組の皆さん、お疲れさまでした。着席してください。いろいろありましたが、自主卒業式を再開致します」

この絶妙なタイミングでの冷静沈着なアナウンスに、会場には笑いが起こり拍手が送られた。笑いが潮が引くよう静まった頃合で、Ｆ組の先頭に座っていたクラス代表、前会長のオショーが立ち上がり、クラスの生徒達に向けて元気良く声をかけた。

「さあ、いよいよ僕達の出番だ。有終の美を飾るぞ。Ｆ組、起立！」

ざっという揃った音を立て、Ｆ組全員が一斉に起立した。堂々と胸を張り、オショーはマコちゃん先生の前へ進み出た。証書の文面を読み終えると、先生は他のクラス代表に対するときとは明らかに違う声音《こわね》でこう言った。

「後は任せるわ。でも、アナタ一人には絶対にしないから。どんなことが起きても、私はアナタを守る――」

オショーは、分かっています、と言わんばかりに大きくうなずき、差し出された証書の束を受け取った。そして、その場でくるりと会場側に向き直り、両手を伸ばし、手にした証書の束を高々と差し上げた。それが合図だった。上下《かみしも》両方の隅でスタンバイしていた実行委員が、天井にまで延びた紐を引き下ろした。舞台の上、天井に差し渡された一番奥にあるバトンに結わえ付けられた紐が解《ほど》け、一枚の巨大な布が落下し、舞台の背景を一瞬にして覆い尽くした。と同時に、これもまた舞台の上下《かみしも》に設置された長い筒が、びっくりするような大きな破裂音を立て、演壇目がけて大量の紙テープと紙吹雪を発射したのだった。七色の紙テープが壇上のマコちゃん先生とその前で証書を高々と掲げたオショーの頭上に、美しい弧を描いて舞い下りた。そして、照明を浴びてキラキラと輝きながら、吹き上げられた紙吹雪が降り注いだ。

紙テープと紙吹雪が煌《きらめ》きながら乱舞する奥に吊り下がった幕には、気迫に満ちた墨文字が浮かび上がっていた。その堂々たる墨書を目にした途端、僕は思わず、「懐かしい」と呟いていた。「いつ観ても凄いな」とマスミも感に堪えないといった口振りで言った。そう、半年前、生徒会の立会演説の会場にも、同じ字体の巨大文字が躍っていた。選挙管理委員長、「書道の達人」リン子の揮《ふる》う大筆によって書き上げられたものであることは一目瞭然《いちもくりょうぜん》であった。自主卒業式は極秘裏に進められた企画だ。これほど大きな布を広げての作業を校内で行えるはずがない。あの時と同様、彼女の親が経営する工場の倉庫で、巨大な布を広げ、気合一閃《いっせん》全身を躍動させて、一気呵《いっきか》成《せい》に書き上げる彼女の姿が目に浮かんだ。眼前に広がる舞台の壁全面を覆う巨大な布幕には、こう墨書されていた。

「天高く翔べ／これが　わたしたちの／自主卒業式」

伸びやかに広がる冒頭の「天」が爽快で、まず目を惹き付ける。それを含む初めの二行に書き分けられた文字は、黒々とした墨書であったが、幕の大半を占める巨大文字「自主卒業式」の「自主」は他の文字に比べて一段と大きな朱筆であった。大筆にたっぷりと含ませた朱が、一文字目の「自」の一画目を大きく、太く滲ませていた。異形《いぎょう》とさえ見えるその滲みの大胆な広がりは、自主的であることへのこだわり、そこに込められた情熱の激烈さを感じさせた。丸みを帯びた、ふくよかな字体は、学校という塀の中に囲い込もうとしても、囲われることを拒否する溢れ出るような改革への強い思いを表出させている。さらにその強烈な思いを集団の力をもってして、形にしたときに生まれてくる創造力（想像力）の豊饒《ほうじょう》さが胸を打つ。

「主」の字は、「自」よりもやや控え目に書かれ、ともすれば暴走しがちな「自主」のバランスを保とうとする意図が感じられた。そう感じられてしまうほどに、「自」にはエネルギーが充填《じゅうてん》されていることの証なのだが。「自」を書き上げた後も、朱を継ぐことなく一息に書かれたことが、その字の掠《かす》れ具合から見て取れた。「自」の圧倒的な迫力とは異なる、ある種の繊細さを表現したその勢いのある掠れ加減が得も言われず美しい。

濃淡のない、べったりとした文字では決して表現できない動的な美が、筆の一本一本の毛が描き出す痕跡《こんせき》の集合によって見事に書き表されていた。

「自主」——その文字を見詰めているうちに、自らの存在を表舞台に晒《さら》すことなく、徹底的に黒子に徹して、この送別会を陰で支えた百名近い実行委員の涙ぐましい日々の奮闘を示す言葉であるようにこの時の僕には思えた。

誰かから命じられて実行委員になった者など一人もいない。多くの素人集団が、妥協を知らぬ鬼の演出ゴドーの浴びせる罵詈罵倒《ばりばとう》に耐え、悔し涙を幾度も流しながら、歯を食いしばって今日というこの日までやり抜いてきた。

「主」という字の掠れは、彼ら、彼女ら一人一人の揺れる心の軌跡。激しく湧き起こる喜怒哀楽に四六時中振り回されながらも、送別会の成功という実行委員全員に共通する夢の実現を目指してしゃにむに走り抜いてきた。掠れの美しさは、実行委員の時には心折れそうになりながらも、貫き通した純粋な思いの象徴。傷付きながらも同じ夢を思い描く仲間達に励まされ、支えられることで、最後は自らの力で立ち上がり続けたその健気《けなげ》な生きざまを表現したものだ。

朱色の美しくも躍動感溢れる字体で書かれた「自主」と比較すると、黒々と墨書された大文字の「卒業式」は、どこまでも重厚であった。ほぼ均一な大きさで書かれた三文字は美しくはあったが、その統制のとれた美に遊びはなく、息苦しささえ覚えた。「自主」の精神を骨抜きにし、国家権力の統制下に置こうとする現実の重々しさを表わしているのだろう。

しかし、その息の詰まるような重々しさを熟知した上で、改めて「自主卒業式」という大きな文字の並び全体を眺め直してみると、そこにはやはり現実の重々しさに押し潰されることなく跳ね返し、「天高く翔べ」を合言葉に飛翔せずにはいられない、明日を背負う若き「わたしたち」の掲げる理想の高さを表現しているように見えた。

書の流れを、滲みを、掠れを目で追ううちに、一つの想念が湧き上がってきた。そう、これまでに幾度も目にしてきたイメージ、竜だ。竜が動いている。天高く翔ぼうとして叶わず、苦悶に呻き声を上げながら、今、竜は蠢《うごめ》いている。その胴体のうねりは大地を引きずる物音を立て、僕の耳には響いていた。

以前、マスミは、「空を飛ばない竜は竜ではない。ただの図体のでかい蛇に過ぎない」と言った。ならば、空を飛ばない竜と、空を飛ぼうとして苦悶する竜は同じなのか？　両方とも、ただの大蛇に過ぎないのか？　今の僕には違うように思えた。空を飛ぼうと苦悶する竜も一匹の立派な竜なのではないか？

飛翔力のあるマスミには、どちらも蛇に見えるのかもしれないが、僕のような飛翔力の弱い者には、その意志を抱いた竜はやはり竜なのではないか、と思えるのだ。思いたいだけかもしれないが……。

でも、別の折にはマスミはこうも言っていた。「いろんな竜を見せてやるよ」と。三位一体の重い錘をぶら下げた竜がどんな飛び方を見せてくれるのか？　そう語ったときのマスミの目には、どのような竜の姿が幻視されていたのか？　今、目の前で苦悶する竜がマスミの目にはどのように映っているのか？

そのことを訊いてみようと隣にいるマスミの顔を見たのだが、彼の目は一点に注がれていた。舞台上にいるオショーだ。僕の視線を感じたせいなのかどうかは分からないが、マスミはこう呟いた。

「何を喋ってくれるだろうか？」

その目は異様なほどに輝いていた。

オショーは高く差し上げていた卒業証書の束を下ろすと、右手に持ちかえ、演壇を回り込むようにして、壇上にいるマコちゃん先生に一礼した。彼女も礼を返して壇を下りた。そこへ担当の実行委員が近寄り、自席へとエスコートしようとしたのだが、それを断った。これから話そうとしているオショーのそばに立ち続けることで、自分も学年主任としてその話に責任を負おうとの明確な意思表示であった。

オショーは姿勢を正し、マイクの前に立った。会場の生徒達は息を詰めて彼の言葉を待った。だが、沈黙は続いた。大きく一つ息をついてから、彼は壇上で照れ笑いを浮かべ、こう切り出した。

「いやー、まいったなァ。ジュンの爆発力っていうか、毒気《どくけ》に当てられて、頭の中が真っ白になっちゃいました。面目《めんぼく》ない……」

そう言って、ぺこりと頭を下げた。会場に笑いの渦が起きた。彼のやや後方に立っていたマコちゃん先生も苦笑いを浮かべている。気を取り直して、再び話し始めた。

「こんなに泣いて、笑って、大声で叫んで、三年生ばかりでなく全校の生徒が心を一つにして感動できた、全く新しいスタイルの送別会、そして画期的な自主卒業式を作り出した生徒会、後輩のみんな、裏方として献身的に支えてくれて数多くの実行委員に心から敬意を表し、感謝したい。本当にありがとう！」

謝辞を述べると、次々に三年生が立ち上がり、一、二年生の席に向けて盛大な拍手を送った。至る所から、「ありがとう！　凄かったよ！　感動した！」

と賞賛の声が後輩達に向けて飛んだ。それに応えるように、一、二年生も起立し、三年生に向けて大きな拍手を送った。「卒業おめでとうございます！」という声が押し寄せる波のように次々に飛んだ。ここでも指示をする者など、誰もいなかった。

人間の心の自然な摂理として、本物の感動を経験し、全員で共有できたとき、人間というのはまさしく内発的に理想的な反応をするものなのだろう。拍手と歓声が交錯する嵐の渦中にいて、僕は管理や強制とは対極にある、自主、自立の精神が具現化したときに生まれてくる凄まじい建設的なパワーを実感していた。マスミも僕の耳許に口を寄せ、鳥肌ものだな、と言うと、心底嬉しそうな笑顔を見せた。

会場が鎮まるのを待って、オショーは静かに語り始めた。

「マコちゃん先生の真似をするつもりではありませんが、抽象論は述べません。まずは具体的な事柄、プライベートな話をさせてもらいます。

僕の父親は、昨年の秋口、急に体調を崩し、病院で精密検査を受けたのですが、診断結果は癌、末期の肺癌でした。本人も薄々気付いていたのでしょう、担当医に詳しく教えてほしい、と頼みました。家族も父親の意思を最優先することで一致していました。本人と家族の要望を受けて、担当医は病状について詳しく説明してくれました。肺癌の末期で、かなり浸潤が進んでいる。リンパやその他の臓器への転移も十分に考えられる重篤な状態であること。外科手術を施しても、癌をすべて取り除くことは不可能で、治療法としては抗癌剤の投与と放射線治療を行うしかない。今後の転移の状況にもよるが、癌治療を行った上で、恐らく余命は半年といったところだろう、とのことでした。

告知を受けたときの父親の態度はよく覚えています。僧侶という職業柄、元々姿勢の良い人でしたが、告知されたときも、決して前屈《まえかが》みになるようなことはなく、淡々と説明を続ける医師の顔を真っすぐ見詰めながら、冷静に表情一つ変えることはありませんでした。

ただし、余命半年と告げられたとき、その瞬間だけ、心の統制をとり切れなくなったのか、半年ですか……と落胆の色を滲ませた口調で一言呟いたっきり、瞑目《めいもく》したのです。でも、それは僅かな時間でした。すぐにまた平静さを取り戻し、本当のことを教えていただいてありがとうございました、感謝します、と静かに頭を下げたのでした。

実は、父親が体調を崩すまで、進路を巡って父親とは口論が絶えなかったのです。父親はどうしても仏教系の大学に進学し、寺を継ぎ住職になってほしいの一点張りでした。全国の仏教系大学のパンフレットを取り寄せ、一度は目を通すよう、僕に強要したのです。僕は拒否しました。世間では「葬式仏教」と揶揄《やゆ》されるように、坊主の仕事と言えば葬式や法事ばかりです。寺の経営も昔ながらの檀家頼みで、それ故檀家の意向に背くようなことは考えられません。檀家の年寄りの後生《ごしょう》を願い、時間があればお経の一つも唱えてほしい。七回忌だ、十三回忌だと法事をしっかり営んでほしい。そんな狭くて閉鎖的な村社会に閉じ込められ、極楽往生を願う個人的な希望を叶えることばかりに追われて、坊主の日々は過ぎていくのです。そんな生活には到底耐えられそうもありません。

父親と僕との諍《いさか》いを聞きつけたのでしょう、幾度か檀家の爺さん、婆さんから両掌を握り締められ、『若《わか》、寺のこと、よろしくお願いします、後生ですから』と頭を下げられ、握られた手の甲が熱い涙で濡れたこともありました。僕だって血の通った人間です。人情というものがあります。心が揺れないはずがありません。でも、どうしても釈然としない思いが残りました。悩みました。そんな矢先だったのです。父親が癌の告知を受けたのは。

父親は緊急入院したのですが、その時を境にして僕に向かって進路の話をすることはなくなりました。疲れの目立つ母親に代わって付き添いに行ったとき、父親との間で会話が途切れ、今の父親にこの話をするのは酷かな、と躊躇《ちゅうちょ》を覚えたのですが、言葉が勝手に口をついて出てきてしまったのです。僕自身が考えている進路希望についてです。いったん話し出すと、次から次へと分かってほしいことが溢れ出てきてしまい、父親の体調のことを忘れて、一方的にずいぶん長い時間僕は喋り続けてしまったんです。

病気で倒れる前ならば、こんなことはあり得ませんでした。途中で話を打ち切り、席を立ってしまうか、この親不孝者めが！　寺があるからこそ高校にも通える、大学へも行ける。その恩を返そうともせず、自分のやりたいことだけやろうとする。そのためなら寺などどうなってもいいと思っているのか⁉　そんなものは学問でも何でもない。お前の顔など見たくもない、出てけ！　と顔を真っ赤にして怒鳴り出すのがオチでした。

ところが、病床にいる父親は違っていました。僕が語る大学生活の夢を黙って聴き続けたのです。怒りを押し殺している風でもない。だからといって、絶望している風《ふう》でもない。そう、あの告知を受けたときの平静な父親と同じ態度だったのです。

そのことに気付いたとき、それまで熱に浮かされたように語っていたことが色褪《あ》せてしまったように感じました。次々に飛び出してきた言葉からも勢いが失《う》せていくのをはっきりと自覚しました。話の途中で僕は黙り込んでしまいました。それに対して、父親は話の先を促すでもなく、自分の意見や感想を口にするでもなく、僕と同様、いつまでも黙り続けていました。

そして、しばらくしてからこう言ったのです。『お前の好きにすればいい。お前の人生だ。寺のことは心配しなくていい。なるようになる』――その口調は恬淡《てんたん》としたものでした。それっきり父親と僕はまた黙りこくってしまいました。

そのときでした、僕の中で異変が起きたのは。何かが胸の奥底で生まれ出ようとしているのを感じたのですが、すぐには言葉になりませんでした。

その夜、父親のベッドの脇に簡易ベッドを置いて横になりました。薄暗がりの中で父親は静かに横臥《おうが》していましたが、耳を澄ましても寝息は聞こえず、本当に眠っているのかどうかは分かりません。僕は目が冴《さ》えてしまい、一睡もできませんでした。胸《きょう》奥《おう》に芽吹いた何かの正体を見究めたくて、眠るどころではなかったのです。

病室の窓にかかったカーテンが白っぽく鈍い光を発し始めた頃、まだぼんやりとではありましたが、芽吹いたその正体の概要は分かってきました。本当にそれでいいのか⁉　改めて自問自答してみるのですが、いいとか、悪いとかの問題ではありません。良し悪《あ》しの基準では計れなくて、それで自分は心の奥底から納得できるのかどうかということなのです。今の父親ならば訊いてみたいとの誘惑にも駆られたのですが、まだ夜が明けたばかりのこんな時刻に、そうする勇気は出ませんでした。今しばらく胸奥で芽吹いたものが、果たして枯れずに育ってくれるのか、見守ることにしました。

それから一週間ほどが経ったでしょうか。意を決して僕は父親に告げました。そばには着替えを持参した母親もいました。父さん、大学では仏教の勉強をすることに決めた。寺も継ぎたいと思っているからよろしくお願いします、と。父親はベッドで横になっていました。返事はありません。でも、目を瞑ったその目尻から一筋の涙が流れていました。母親も前掛けで顔を覆い、泣いていました。

長々と個人的な話を聞かせてしまって申し訳なく思っています。けれども、この私的な体験があったからこそ、今、僕はこうして壇上に立ち、みんなに話をすることに迷いがなくなったのだと考えています。

みんなも知ってる通り、今、生徒会は行事改革と同時進行、連動させる形で、学校側に対して校則改正と卒業式改革に関する要望書を提出し、その回答を待っている段階です。間もなく回答は出てくるでしょう。ともかく、この半期の生徒会のエネルギーは凄まじい。これほどまでエネルギッシュに全校生徒の声を結集させ、それをパワーに変えて学校改革に立ち向かう生徒会が現れたのは久し振りのことです。

自治権を旗印に闘える大学生とは異なり、権利の制限を受けた高校生という枠の中に身を置きながら、そのルールを遵守《じゅんしゅ》した上で、長年不満を抱きながらも挑んではこなかった、僕達を閉じ込めている目には見えない柵を乗り越える、あるいは柵そのものを取り払う闘いに真正面から立ち向かっている。そんな生徒会に心からのエールを送るとともに、同じ空気を吸いながら同志として連帯できることを誇りに思っています。

死を覚悟した父の、言葉にしなくなった思い、言葉にしなくなったからこそ、言葉に隠されていたその思いの切実さに胸打たれ、自らの望んでいた進路を変更しました。強制では断じてありません。自らの判断に因《よ》るものです。けれども、激動する世界の動き、国内で噴き出している社会のさまざまな矛盾を看過する気にはなれません。大学で社会科学系の学問を修め、そうした政治・経済・社会の諸問題の解決に直接取り組んでいく道を望んでいたのですが、断念しました。

しかし、僧侶となり、父親の寺を継ぎ、檀家の願いを叶えることに尽力する日々を送ったとしても、目を世界に、そして国内の社会矛盾に向け続け、僧侶だからこそできる社会貢献の道はあるはずだと思っています。妥協と言えばそうなのでしょうが、父親の切実な思いが心に滲《し》み、その思いにも応えたい、と決意した自分にも道理はあると確信しています。

僧侶と社会貢献、この二つの道を同時に追求し、実行しようとするならば、困難が待ち構えていることは必然でしょうし、覚悟はしています。でも、今の生徒会活動を支えている後輩達の奮闘を間近で見ていると、元気になるし、勇気付けられるんです。後輩達は行く手に立ちはだかる壁を恐れず、逆に楽しみながら壁を次々と乗り越え、ここまで来てる。そんな苦難を祭りに変える生き方がお前にもできないはずがないじゃないか、と教えてくれてるように思うんです。

　今日の送別会、この自主卒業式を振り返ってみてください。生徒会は、現在の学校のあり方、既存のやり方を否定するだけの、ただの破壊者なんかじゃない。責任を自覚した立派な創造者です。この自主卒業式の舞台上には、日の丸はありません。ある物と言えば、校旗とその周りを取り囲む個性的で色とりどりな実に楽しげなクラス旗です。校長先生の式辞もありませんでした。代わりに、この三年間、僕達に寄り添い、今も僕のそばにいて僕のことを守ってくれていますが、学校のお母ちゃんとして誰よりも僕達のことを知り尽くしているマコちゃん先生の、先生にしかできない感動的な話が聴けました。ハプニングと言えばハプニング、でも、あれほどまでに感動的なハプニングは滅多に体験できるものではない、ジュンの爆発的な愛情表現はマコちゃん先生が見事に引き出したもの、なんて言うと先生に叱られそうだな……。先生の人間としての懐の深さが生み出した奇跡、まあ、表現なんてどうでもいいや。ともかく、先生ならではの、生徒の心奥くまで届く話があったからこその感動体験だったと思います。

　つまり、今期の生徒会のやってることは、否定のための否定じゃない、否定すべきは否定するけど、代わりにこんなやり方もあるんじゃないですか、と具体的な代案を理屈ではなく、実践で提起してるんです。これって凄くないですか⁉　生徒会の会長をやらせてもらったから、経験上なおさら感じるんだろうけど、僕はびっくり仰天《ぎょうてん》です。

　じゃあ、君が代は？　歌わなかった。歌だけは否定しっぱなしなのか？　いいえ。後輩達に世話になりっぱなしでは申し訳ない。一つぐらい、三年生自身の発案で、代わりになる歌を選ぼうじゃないですか」

この提案に三年生の席からばかりではなく、会場全体から一斉に拍手が起きた。「歌おう！」「異議なし！」という賛同の声も方々からかかった。

「みんな、覚えていますか？　文化祭の後夜祭で初めて取り組んだボンファイア、夜空に巻き上がる巨大な炎を見上げながら、仲間と肩を組み合って、自然に口をついて出てきた歌がありました。お経はそこそこ読めても、僕は音痴で、歌はまるで苦手なんですが、あのときばかりは違いました。歌詞としては単純なものです。僕でさえ覚えられたんだから。でも、その単純さがいい。君が代だって、戦争で国土が焼け野原になっても、そんな歌詞は含まれていないけどね、天皇の統治する世が岩に苔《こけ》が生えるぐらい、永遠に続きますように、としか言っていないのだから、それに相当するぐらいシンプルな歌詞がいい。この歌は、体育祭でも最後に全校生徒で一つの大きな輪を作り、やっぱり自然発生的に歌われた。覚えてるよね？　そう、その曲！

『空だって飛べる』。抽象性の高い、多義的な言葉の繰り返しで、そのメッセージを受け取った人間の内面に合わせて、いかようにでも意味付けられる美しい歌です。特に、今後の人生を自分の力で切り開いていかねばならない、僕ら三年生にとって心の奥深くまで滲《し》みてくる力を持った歌です。人生の分岐点に立たされ、最後は自分の意思で人生を転換させたものの、それでも、自分の人生を生きる上での信念を曲げるつもりはない、との苦渋の選択をした僕にはまさにそうでした。

そこで改めて提案したい。自主卒業式の場で、君が代に代わる歌としてこの曲をみんなで歌いたい。そうすることで、卒業式三原則から解放された『わたしたちの自主卒業式』を完成させたいと思います。みんな、いいかなー！」

会場全体から最前よりもさらに大きな拍手が湧き起こった。繰り返し高く指笛が鳴り響いた。舞台上手に設置されたピアノから曲のイントロが流れ出した。そして、「空だって飛べる」の大合唱が始まった。

ピアノ伴奏が止んだ。しかし、歌は続いた。アカペラの大合唱は、なぜか悲しげに聞こえた。そんな思いが歌い上げる生徒達みんなの胸のうちにも湧いたのだろうか？　その悲しみを吹き飛ばそうとするかのように、歌声はいっそう大きくなっていった。自由に大空を飛び回れる時がやってくるのを待ち続けているかのように。願い事が叶う日はやってくるのか？　ただただ願うばかりでなく、生徒の声を力に変えて学校側に要望書を提出するところまで運動を盛り上げてきたのだが、果たして望むような結果が出るのか出ないのか、今のところ誰にも分からない。それでも、願わずにはいられない。だから、今はあらん限りの声を振り絞って歌い続けるしかないのだろう。

そのときだった、思いも寄らぬアクシデントが発生したのは。

舞台の背景を飾る、自主卒業式、の大文字が生命を吹き込まれたように激しく踊り始めたのだった。幾人もの実行委員達が舞台上を駆け巡った。原因はすぐに分かった。舞台袖、上手《かみて》に続く扉が大きく開き、講堂のエントランスへと至るガラスドアも開けられていたために、外からの強風が一気に舞台上にまで吹き込んできたせいだった。巨大な垂れ幕がその強風を孕んだために、垂れ幕を固定するため幕の下の端に結わいつけられた、錘に繋がった紐が二本とも同時に切れてしまったのだ。

強風を孕んだ巨大な幕は捲《まく》れ上がり、傍若無人に暴れていた。幕は舞台の天井近くに渡されたバトンにしっかりと固定されていたから、まさかそれまでが外れるとは思えなかったが、幕が巨大であり、とっさの出来事であっただけに、舞台上はちょっとしたパニック状態になった。怪我をしないよう、壇上にいたオショー、その脇にいたマコちゃん先生、そして舞台下手の椅子に座っていた三年の担任団を舞台下に退避させるため、急きょ実行委員は誘導に動いた。

無人の舞台上で、嵐の日に漕ぎ出した帆船《はんせん》の帆《ほ》のように風を孕み、幕は暴れ狂っている。「天高く翔べ　これが　わたしたちの自主卒業式」の文字が、荒ぶる魂が宿ったかのように跳梁《ちょうりょう》していた。そのさまは荒々しく壮観で、その文字一つ一つに込められた魂魄《こんぱく》にふさわしい躍動であるように感じられて、思わず見惚《ほ》れていた。

慌てて扉が閉じられ、巨大な幕の乱舞は収まったのだが、会場でその一部始終を見ていた者には、それがたまたま起きたハプニングではなく、自主卒業式の最後に仕掛けられた企画の一つであったかのように錯覚させられた。僕もその一人だった。もちろんそんなことはないのだが、全校生徒の願いを込めた大合唱の真っ最中、会場のボルテージが最高潮に達したのを見計らったように突如として吹き込んだ強風、大合唱の言霊《ことだま》が呼び寄せたのだろうか？ そしてその思いの集合を具現化、視覚化したような巨大な幕の乱舞、自主卒業式の大文字の跳梁《ちょうりょう》に、単なる偶然の一致では片付けられない何かしらの意味、しいて言葉で説明するならば、シンクロニシティを感じ取った者は少なくなかった。

アナウンスの生徒が、送別会と自主卒業式が終了した旨を宣言すると、会場からの盛大な拍手を浴びながら、三年生はA組から順番に講堂から退場していった。担任が先頭に立つだとか、級長が先導するだとか、そんな形式をあえて廃することにした。担任も級長もクラスの一員として、クラスの生徒達の中に混じって退場するという形にした。半泣き、半笑いの担任がいた。幾人もの生徒達に取り囲まれて嬉しそうに談笑しながら退場する担任もいた。その中には、クラスに関係なく多くの生徒達に揉《も》みくちゃにされながら、いつも通り、「こらっ！ いい加減にしなさい！」と叱りながら退場するマコちゃん先生もいた。むろん、叱りながらもその表情には笑顔が、その頬には流した涙の筋が浮かんでいた。拍手を送る一、二年生からもしきりに声が飛んだ。先輩の名を大声で叫ぶ生徒。仲間達で作った紙吹雪を舞い上げながら、先輩達の名を次々に叫んでは大騒ぎを繰り返す生徒の一群。部活の後輩達なのだろう、先輩の名を次々に連呼し、「ありがとうございました！」と声を揃えて礼を言う姿もあった。送る者、送られる者、その一人一人の胸に去来する思いを自由に表現する、表現することが許された退場の場面であった。

その中に、列の最後尾から駆け寄り、マコちゃん先生と握手し、深々と頭を下げるオショーの姿があった。しばらく先生も足を止め、二人は固く手を握り合った。そして、先生は優しく彼の体を抱き締めた。耳許で何事かを囁いた。その口は、立派だったよ、と語っているように見えた。周囲からも拍手が起こった。オショーは再度一礼すると、先生の許を離れ、再び舞台下へと駆け戻ってきた。そこには、潤んだ目を真っ赤にしたタイジンが出迎えていた。二人は言葉を交わす前に、どちらからともなく固く抱き合った。もはや言葉など要らない。二人の間には、共に大きな試練を乗り越えた者同士だけに結ばれる固い絆があった。

「無理なお願いばかりして申し訳ありませんでした。お父さんのこと……話を聞かせてもらって初めて知りました。大変な時だというのに、ご無理ばっかり言って……どうお詫びしたらいいものか……本当にすみません……」

もう言葉にはならなかった。はらはらと涙を零しながら、タイジンはただひたすら頭を下げた。オショーは笑顔で顔の前で手を振り、何も言わずにその場を離れた。彼は可能な限り会場内を駆け回り、撤収作業に精を出している実行委員一人一人に感謝と労いの言葉をかけた。

そして、最後にゴドーの許へと辿り着いた。カンは相変わらず撤収作業の指示に追われて、会場の内外を駆けずり回り、どこにいるのか分からなかった。カンはカンらしく最後の最後まで舞台監督としての職責を全《まっと》うし続けていた。ゴドーは深々とオショーに頭を下げた。オショーはその肩を抱いた。

「素晴らしい送別会をありがとう」

「先輩の尽力がなければ無理でした、ありがとうございました」

それ以上の言葉はやはり必要ではなかった。そのとき、ゴドーのインカムにカンの声が飛び込んできた。借りた機材を搬送するための業者のトラックが到着したようだ。

「すみません、行かなきゃならないものですから」

とゴドーは詫びると、その場から走り去っていった。

マスミは僕を誘い、オショーの許へと向かった。彼は嬉しそうな笑顔で迎えてくれた。だが、すぐに

真顔に戻ると、

「これで願いが叶えば、奇跡なんだが……。まだまだ不自由な大地に縛り付けられ、天に向かって、いつか空だって飛べる、と願う日々が続くんだろうなァ……」

と、落ち着いた声で言った。マスミはオショーの目をじっと見返して、

「明日か、明後日かには学校側から回答が出る予定です。今しがた、顧問からそう連絡が入りました。伝えられたのは校長室で、その際に顧問は教頭からさんざん小言を言われたようです。校長も同席していたとのことです。送別会の説明は聞いていたが、併せて自主卒業式なるものをするとは、事前に何も聞かされてはいなかった。自主とは銘打っているものの、生徒会で勝手に卒業式と称する行事を行うというのは行き過ぎだ。顧問として役員の生徒達に自粛するよう事前指導すべきであったし、教頭である私には一言あってしかるべきだろう——云々《うんぬん》とずいぶん絞《しぼ》られた、と言ってました」

そう告げると、分かってたことですけどね、と付け足して薄く笑った。オショーも苦笑いを浮かべながら、こう言った。

「タイジンからこの話があったとき、真っ先に、マコちゃん先生に迷惑かけるな、と気になったんだが、同席してもらっていた先生は平然としていた。あの先生は大したもんだよ。筋金入りの肝《きも》っ玉《たま》かあちゃんだ。タイジンから改まった感じで、お願いしたいことがある、との話を聞いたときから、きっとピンッと来てたんだろうな。一通り話を聴き終えた後、タイジンに向かって、あなたのことは信頼してるから、私のほうからはとやかく注文はつけない。しっかりおやんなさい。あなたが私に期待していることもよく分かった。私にやれるだけのことはするよ、と言ったんだ。僕にも、三年生を代表しての別れの言葉、そばでじっくり聴かせてもらうからね、大丈夫、あなただったら最高のスピーチをしてくれる、と信じている。何があってもあなたのことは私が守るから。それに、卒業を間近に控えたこの時期に、学校側が卒業生相手に何かをしてくるとは思えない。卒業式が卒業式として、もちろん彼らの望む形でだ

けど、滞りなく終わってくれさえすればそれでいいと考えてるだけなんだから。同じ教師の端くれとして恥ずかしい限り。でも、現実的な話、今は大きく変わらないと思う。決して諦めろって言ってるわけじゃないからね。ちょっと時間が欲しいという意味で言ってるの。それと、ある程度は覚悟してる。せいぜいが生徒会や三年の学年団に、なぜやらせたんだって難癖《なんくせ》をつけてくるだろうけど、はい、はい、すみませんでした、以後気を付けます、と頭の一つも下げ、始末書でも書けば事は済む、と言って、からから笑ってた」

　マコちゃん先生のそんな豪胆で磊落《らいらく》な態度を思い出していたのだろう、オショーは思い出し笑いをした。

「ともかく、僕は幸せ者だよ。いい仲間に出会えた。いい先生にも出会えた。これ以上何も望むものなどあるまい」

　晴れ晴れとした表情で続けるオショーの話にマスミはうなずきながら聴き入っていたのだが、その話の切れ目で日頃のマスミからは聞いたことがない家族の話題について触れたのだった。彼の口振りに、僕は意外性を超えて奇異なものさえ感じ取っていた。

「お父さんとの関係について語られてましたよね。当初は何を語られるつもりなのだろうか、とその意図を計りかねていたんですが、次第にその狙い云々よりも話自体に惹き込まれていきました。もの言わぬからこそ、分かり得た父親の思い。胸にこたえるものがありました。

　親子関係に悩んでる高校生は、この世にごまんといると思うんですが、先輩のような見事な乗り越え方ができる人はそう多くはいないと思います。かく言う僕も、父との関係については悩んでいる高校生の一人なんです。激しくぶつかり合うということはないんですが、言葉にはならない暗闘という感じでどこかぎくしゃくしちゃってるんです。

　自室で一人でいたりすると、父親に対して優しい気持ちにもなれるんですが、いざ面と向かうと駄目ですね。本筋とは直接関係のない枝葉末節な部分で余計な感情ばかりが顔を出してしまい、本当に伝えたいことが何一つ言えなくなってしまう。落ち着いてから振り返ってみると、きっと父も同じようなもどかしい思いをしているんだろうな、と憶測してみるんですが、どうも上手くいきません。

血の繋がりがかえって邪魔をするというか、血が繋がっているんだからという過度な思い込みによって生まれる甘えが災いして、思いがつい過剰になってしまい、受け答え一つにしても刺々《とげとげ》しいものになってしまう。そんなことの繰り返し、悪循環のスパイラル状態です。だから、先輩とお父さんの関係が羨ましく感じたんです」

マスミは神妙な顔付きをしていた。親子関係で苦悩を抱えていたなんて、想像だにしていなかった。彼という人間を等身大で感じられた告白だった。オショーも真剣に話に耳を傾けていたのだが、マスミが口にした最後の感慨については手を振って否定した。

「羨ましいだなんてとんでもない。病気になる前の進路に関する父親の態度の理不尽さ、暴君振りときたらもう話にならない。最後は決まって、『親の言うことが聞けんのか！』の一点張りで、心底辟易《へきえき》としていた。その記憶が強烈に残っていて、正直なところ今でも尾を引いている。夢に出てくる父親は昔のままだから、いつでも僕は父親から逃げ回っているばかりなんだ。ホントにいやになる……でも、医者の告知通り、今じゃ父親と会話することもままならない状態で、いつお迎えが来てもおかしくない。卒業式までもってくれるかどうか、分からない。そんな状態だから、今の僕は父親に対して、逆に冷静でいられるのかもしれない。死別の悲しみを感じていることはもちろんなんだけど、それ以上に父親との距離を取り易くなっている。だからこそ、マスミが言った、父親に対して優しくなれる、という心理状態を作れていられるのかもしれないね」

そう言うと、オショーは、

「親子関係はとかくに厄介なものだ。でも、それもまた宿命だろう」

と言い添えた。それから、マスミの手を両手でがっちりと摑み、口調を改めてこう激励した。

「マスミ、君みたいな一年生に出会えたことが嬉しい。大袈裟《おおげさ》じゃなくて、君は生徒会の革命児だ。タイジンも言ってた。あいつは凄いよ、僕なんかじゃ太刀《たち》打ちできないって。生徒会長と言っても、僕は何もできなかったけど、マスミはタイジンとの二枚看板で生徒会活動をここまで前進させてきた。それは誰でも認めていることだ。いよいよ来年度は、マスミが名実共に生徒会の顔になるだろうから、よろしく頼むよ。

学校側からの回答書が出た段階で、闘いは次のラウンドに入ることになる。ハードスケジュールになるだろうから、くれぐれも体には気を付けてマラソンレースのつもりで無事完走してくれ。

『長距離走者の孤独』という小説があるだろ？　映画にもなってるが、それが味わえるのもまた、組織のトップに立つ会長の醍醐味《だいごみ》だ、と僕は思ってる。

決して孤独と連帯は矛盾しない。孤独で卓越した魂が核に存在するからこそ、連帯によって生まれる集団は烏合《うごう》の衆にならずに済む。君は、そんな核になる資格も能力も充分に具えている。楽しみにしてるよ」

そう言うと、もう一度力強くマスミの手を握り締めた。それから僕の手も握ると、マスミをしっかりサポートしてやってくれ、と言い残し、手を振ってその場を去っていった。

マスミはしばらく黙り込み、立ち尽くしていた。

そして僕のほうを振り向くと、唐突にこう訊いてきた。

「竜は見えたか？」

とっさに脳裏をよぎったのは、急な突風にあおられ、紐の切れた巨大な垂れ幕が暴れ狂った情景であった。

「竜は確かに飛ぼうとしたし、大地から飛翔したと思うんだけど、天高く翔ぶ竜の姿は黒雲に覆われてしまい、よく見えなかったという印象かな？」

と何とも煮え切らない苦しい返答になってしまった。送別会、自主卒業式という画期的な新行事は、文句なしに一匹の竜となって天高く翔んでいった。

しかし、いかんせん、竜が天高く持ち去ろうとした錘の存在が頭を離れない。あまりにも重い錘を天高く運び去るほどの飛翔力をこのときの竜は持ちあわせてはいなかった。仮に錘にばかりこだわっていたならば、ついに竜は飛翔できぬまま、力尽きてしまったのではなかろうか？　そんな疑念が頭を擡《もた》げていた。そう感じたままにマスミに告げた。

「なるほどね。……文学好きのヒデオらしい表現だな」

にこりともせず、マスミはそう言った。その目は舞台に向けられていた。舞台上はすでに撤収を終え、元通りに復元されていた。舞台の階段周辺の掃除をしているのか、ゴミ袋を手にした数人の実行委員が、舞台袖に残っているだけだった。祭りの後の寂しさは決して嫌いな情趣ではなかったが、今はその寂しさが痛切に僕の胸を打った。マスミは空虚な容れ物と化した舞台を見詰めたまま、こう呟いた。

「泡沫《うたかた》の夢のようだ。だけど、そもそも竜というのは想像上の存在だ。存在そのものが泡沫の夢なんだ。炎の中に、風の中に、一瞬姿を現しては、たちまちにして姿を消してしまう。

ならば、幾度でも夢見ればいい。夢は醒めるもの。だったら、次なる竜の夢を見る準備をするまでのことだ。いつか、錘を摑み取り、天高く翔べる竜の夢を見られる日が訪れる。その日まで、僕は「完走」してみせるさ」

孤独な魂、トップリーダーになることを宿命付けられたマスミという竜が、飛翔すべき自らの天空を見据えていた。そのとき、僕の胸から寂しさは跡形もなく掻き消えていた。

＊　＊

送別会の翌日、緊急の拡大執行委員会が召集された。学校側から回答書が出たのだ。顧問からその文面が読み上げられ、併せて回答書が手渡されたときに、教頭が口頭で行った補足について説明があった。拡大執行委員会メンバーの誰一人として過大な期待を寄せている者はいなかったが、あまりにも予想通りの回答内容であったことに、明らかな怒りや失望感を表わすメンバーもいた。

回答内容について簡略に説明するならば、校則改正に関しては、学生鞄、靴、靴下については色や形態の具体的な規定は削除され、「学生らしさ」とか、「華美なものは望ましくない」とかといった解釈によってはいかようにでも受け取れる精神論であったり、抽象的な説明ばかりの規定だけが校則として残った。

会議では、校則から規定それ自体を削除するよう求めるべきだ、との意見は出たが、結局はこの学校側からの回答の線で合意しようとの声が多数を占め、それが結論となった。一つでも二つでも、要望を実現させたという実績を作ったほうが、今後の活動にプラスに働くとの読みが働いたことは事実であった。

頭髪と学生服の自由化については時期尚早であり、現状維持とするが、生徒会からの要望を直接聞く場として、不定期ではあるが、意見交流会を開くことについては理解を示している旨が説明された。

ただし、今後も生徒会との話し合いを続けていくという内容については、あくまでも口約束に過ぎず、下手をすれば「食い逃げ」されてしまうおそれがある。それを防ぐために、何らかの正式な念書を求めるべきだ、との意見が出された。この意見には賛同者が多く、合意書に併せて出す新たな要望書を通して学校側に求めていくことを確認した。

問題は、やはり卒業式三原則撤廃の要望に対する回答であった。全くのゼロ回答、いや、むしろマイナス回答と呼ぶべき代物であった。あくまでも学校側としては、卒業式三原則なるものの存在自体を認めようとはしなかった。日の丸、君が代、校長式辞がなければ、卒業式として認めないなどという通達が文部省や県教委から出されたという事実はない。学校の判断として、過去の卒業式の歴史も考慮した上で、本校の卒業式にはそれらがふさわしいと結論を出している、との説明が記されていた。説明にすらなっていない、生徒会を小馬鹿にしたような回答だと言わざるを得ない。しかも、この問題については、意見交流会での議題に載せることすら否定的であった。

このゼロ回答、マイナス回答については断じて容認できるものではない。見直しすら拒否することの明確な説明を求めると同時に、その撤廃を改めて求める、との生徒会見解を新たな要望書として提出することを全員一致で確認した。

また、この回答書を手渡す際に、教頭は、自主卒業式の実施については、今後自粛してもらいたい。学校側への事前説明がないままに、今回強行されたことについて、生徒会顧問と該当学年の主任に、口頭で厳重注意をした旨を説明したという。この自主卒業式の自粛要請は不当であり、絶対容認できないこと。そして、担当教員への厳重注意についても抗議する旨を、生徒会として文書で示すことを全員一致で確認した。

この日の会議は二時間足らずで終わった。回答内容がほぼ予測していた通りであったため、それへの対応もすでにできていたせいであった。学校側へ提出する合意書、新たな要望書と意見書、そして全校に配布する生徒会ニュースの原稿作成は、タイジンとマスミとで分担することになり、その日は散会となった。送別会、自主卒業式との兼務で、疲労困憊《こんぱい》気味のタイジンを気遣って、マスミのリードでこの日の会議は早目に切り上げたのだった。タイジンには送別会と自主卒業式関連の記事を主にした生徒会ニュースの作成をマスミは頼んだ。

「無理しなくていいですよ。明日何が何でも発行しなきゃならないってわけでもないですから。ぼちぼちやってください。タイジンの見聞録、読み物風のノリがいいと思います。……内容をチェックしたりなんかしませんから」

と、最後は冗談めかして、マスミはタイジンに告げた。

「いやいや、マスミの厳しい目で容赦なく添削してくれ。気に入らなければ、ボツにしてもらっても構わない」

タイジンは大真面目な顔付きでそう答えてから、急ににかっと笑った。そして、

「じゃあな、お疲れ」

と言い残して、タイジンは帰って行った。元気そうに振る舞ってはいても、その背中には心身両面に亘る疲れがべっとりと貼り付いているのが分かった。

「合意書、要望書、意見書といったところで新奇な内容のものなんてない。すぐにできる。帰る前にいつもの所へ寄らないか？」

と、マスミは僕を誘ってきた。また、パフェか……と内心思ったのだが、実は僕も今日は無性に甘

い物を食べたい気分だった。マスミがパフェなら、僕は大皿に載ったサンデーを注文してみようかな。

「いいよ、マスミが行きたければ付き合うよ」

　本心を隠して、仕方なさそうに答えた。いつものことだが、マスミは僕の言うことなんか碌に聞いちゃいない。もう行く気満々だ。彼は甘い物を口に入れれば、頭は冴え渡り口は饒舌《じょうぜつ》になる。きっとすでに次に打つべき手を考えているに違いない。誰よりも早く、その一端なりとも聞かせてもらえるかもしれない、との期待が膨らんでいた。と同時に、今日で一つの区切りがついた、という感懐を強く持った。もちろん闘いに終わりのないことは知っている。だが、休む間もなく走り続けてきた闘いの日々に、句点というほどではない、小さな読点《とうてん》が打たれたようような気分を味わっていた。たとえささやかな読点といえども、それが打たれた以上、読点は読点として小さくブレスするべきだ。そうすることが、次の闘いにも繋がっていく有効な方法でもあるのだ。細やかな読点、小さなブレスに、パフェとサンデーはふさわしい。


資料のいっぱい詰まったスポーツバッグを肩に担いで、生徒会室を出ていったマスミに向かって、

「部屋の電気、切るぞー！」と叫んだ。すると、下足ロッカーのほうから、「サンキュー」と曇《くぐも》った声が返ってきた。

　消灯して、マスミの後を追い下足ロッカーへ向かう途中、薄暗い灯に照らされて、擦り切れて白っぽくなった膝頭《ひざがしら》が、ふと目に留まった。この半期、スピードスターのマスミを追いかけて、死にもの狂いで走り抜けてきた勲章《くんしょう》だ。黒のカラージーンズは替えを併せて二本持っていたが、もう一本もきっと同じような状態だろう。手持ちの金を頭に思い浮かべると、二本を一遍《いっぺん》には無理でも、一本だけなら何とかなりそうだ。サンデーに加えて、ブラックジーンズを一本買うのも、ちっちゃな読点、ブレスにはちょうどいいかもしれない……と、そのとき、僕は思った。

＊　＊

激動の一年が終わり、僕達は二年生になった。有

言実行、僕に語った通り、マスミは二年生の前後期を通して生徒会長を務めた。年間通して会長職を務めた例は、これまでに聞いたことはないという。前後期ともついに対立候補は現れず、信任投票となった。すでにカリスマ化していたマスミを相手に対立候補に名乗りを上げるような強者《つわもの》などいなかった。立候補届け期間の前から有志による「マスミを会長にする会」という後援会組織が作られ、学年の枠を越えて個人会員が多数集まった。後援会の代表はタイジンであった。長い二本の旗竿に横断幕が差し渡され、その幕には「マスミ革命二年目　今年が勝負の年！」という字が躍っていた。決して大袈裟な表現には思えなかった。副会長として活躍した半期の実績が、そう思わせたのだった。マスミならやってくれるに違いない、との期待感が校内には漲《みなぎ》っていた。横断幕を従えて、マスミは校内至る所に姿を現し、立会演説会を行った。遊説を兼ねたパレードまで組織された。選挙戦のカーニバル化、それが彼の狙いだった。校内の空気を一変させる強力な魔力を持った移動する軍団が出現したのだった。新たな選挙公約を語る一方で、一緒に執行部となり、「学校改革に立ち上がろう」と女子生徒をターゲットに熱烈なラブコールを送り続けた。その誘惑に多くの女子生徒の心は動いた。副会長候補に三名が名乗りを上げたのだが、その内の二名が女子生徒であった。書記、会計候補には、なんと！　それぞれに四名の立候補者が現れ、とりわけ会計候補は全員が女子生徒という前代未聞の状況になった。マスミの思惑は的中、選挙戦は華やかになるとともに、一気にヒートアップしていったのだった。

一方、僕はと言えば、カリスマ・マスミの企てた選挙戦のカーニバル化、女子候補者を前面に押し立てた選挙戦の活性化といった派手な戦術とは無縁に、地道に粘り強く生徒議会の中で議長をやらせてほしい、と個別に訴え続けた。

「生徒会活動をさらに前進させるためには、執行部と生徒議会が両輪となるべきで、執行部には絶対的なリーダーシップを持ったマスミが会長になることは確実であり、今こそ生徒議会の力量アップが問われている。マスミ執行部に匹敵するぐらいの力量を持った議会にまで成長させていくことが議長に課せられた最大の任務だ。それを僕にやらせてほしい。

議会のトップに立つ議長、そして副議長、各学年の代表という五名が、生徒会による大胆な学校改革を実現するため、執行部との両輪という位置付けにふさわしい役割を果たし、いわば二頭立ての馬車になって突っ走る。その五名が議会の執行部になるわけだが、そのバックには、各クラスで選ばれてくる二名の代議員、三学年合計三十六名の代議員集団がいる。その力を最大限に引き出し、結集できれば、生徒会執行部と充分に渡り合っていける。

クラスにしっかりと根を張り、クラスの総意を代表できる代議員集団を組織できれば、議会での充実した議論を通して、執行部からの提案、方針は真に全校生徒の声を反映した、これ以上にない説得力、正当性を持ったものになる。

学校改革に関する課題は多岐に亘り、時に学校側の管理体制とぶつかり合う場面になっても、臆することなく堂々と主張していける。そのあくなき積み重ねこそが、学校改革を実現していくための唯一無二の民主的手段なんだ――」

他学年、他クラスの代議員を前にして、組織論から民主主義論へと熱弁を揮《ふる》いながら、言葉の合い間に、いつから僕はこんな人間になったのだろう、とふと素《す》の自分に返るときがあった。

マスミと過ごした一年の日々が、僕をここまで変えた。もしも、マスミと出会っていなかったら……僕はどのような高校生活を送り、どのような人間になっていたのだろう？　まるで想像がつかなかった。

でも、これだけは断言できる。自分という人間が、ここまで変われたことに誇りを持っている。マスミという傑物に振り回され、闘いに明け暮れた日々に後悔はない、と。幸せな高校二年生なんだ、僕は、と思えると、また腹の底から力が湧いてくるのを覚えた。

「全力を尽くす。僕を議長にしてくれ！」と全学年の代議員一人一人に頭を下げて回った。新一年生の代議員に対しても、同様の働きかけをして回ったのだが、あまりの勢いにどう返事をして良いものやら分からず、その場で固まってしまう生徒もいた。よろしく頼むよ、と僕から握手を求められた後、仲の良い一年生同士でこそこそと相談している様子を目にしたこともあった。いきなり握手を求められて、そんな体験は初めてだったのだろう、顔を真っ赤にして、蚊の鳴くようなか細い声で、

「頑張ってください、先輩……」と言ったきり、友人の陰に隠れてしまう女子生徒もいた。僕にしてみれば、相手の反応など問題ではなかった。そう言うと語弊があるかもしれないが、どんな反応が返ってきても、反応があったというだけで充分なのであり、特段動揺するようなことはなくなっていた。人間、生き方にそれなりの芯ができると、結構強くなるものだよな、と我が事ながら不思議に思えたのだった。


　そして、僕はめでたく議長になった。信じられないことに満票であった。また、ここでもマスミによる女子生徒待望論の影響が出たのだろう。副議長には二年生の女子生徒がなった。三人の学年代表の内、一年生と三年生は女子生徒が選ばれた。女子生徒の躍進によって、生徒議会の雰囲気が大きく変わることは間違いない。また、生徒会全体においても女子色が強くなり、これまでにない活動が展開されるであろう、と予測できた。


　生徒会役員選挙が終わった直後に、会長になったマスミとこの件について語り合うことがあった。マスミは現実的であった。頭髪や制服の自由化を勝ち取る上で、女子生徒の声は決定的な意味を持つことになる、と言うのだ。それらの問題に対して男女の間に関心度という点で大きな開きがある。それは全校アンケートの結果やさまざまに取り組んだ討論会において出た発言内容に如実に表れていた。

「女子生徒の日常感覚から出発しながらも、それを好きか嫌いかといった、いわばファッションの次元で留まってしまうのではなく、どこまで高校生の権利、人権意識というレベルにまで引き上げていけるか。その成否がこの問題を突破するために不可欠な確固たる校内世論を築き上げる上での鍵になる。そのプロセスにおいて、やはり男子の言葉よりも女子の言葉によって語られていくことが大事なんだ」

　マスミはきっぱりとそう言い切った。

彼の狙いはよく分かった。奇跡的な自主卒業式を実現させたことで、卒業式三原則の撤廃を求める生徒会の主張は、一般の生徒にもずいぶんと浸透したように感じている。クラスでもそういう声を幾人もの生徒から聞いた。だが、それを受け入れようとしない学校側の壁の厚さは相変わらずであり、逆に自主卒業式の反響の大きさに警戒心はいっそう強まったように思われる。その壁を打破するために、校内世論のこれまでとはレベルの違う高まりが必要になっていることは明白だった。

その大変な取り組みに本格的に着手するためにも、生徒にとってはより身近な問題でありながらもこれまた学校側の抵抗が強い頭髪と制服の自由化という課題で、女子生徒の力を借りて突破するという新たな戦術で実現させる試みをしようとしているのだ。この問題の是非を巡っては、まだ生徒間での意見の一致には達しておらず、現状では即自由化に向けた運動をスタートさせることは不可能であった。そういう生徒側の状況を見据えた上での判断なのだろう。学校側も容認姿勢を見せている生徒会との意見交流会を活用して、自由化に向けた校内世論の一本化を計るという取り組みは有効ではあるのだが、それだけでは足りない。生徒の本音の部分から掘り起こし、意見交換を重ね、そこに一段階高い理念をぶつけることで化学反応を起こし、この問題の本質は高校生として最大限保証されるべき自由と権利の問題なんだ、という一致点を作り出さねばならない。そうした強固な高校生としての権利意識の延長線上に、卒業式三原則撤廃の問題はある――。

戦術として筋は通っている、と僕も思う。けれども、だ。そんな化学反応を現実に起こせるのか？　多数派を形成する化学反応なんて、中世の錬金術のように思えてにわかには信用しかねるのだ。マスミの言いたいことは分かってる。執行部や議会で選ばれた女子役員のオピニオンリーダーとしての出番はそこにあるんだ、と。僕は彼のような切れ者ではない。先を読む洞察力もなければ、これだ！　と閃く直観力もない。絵に描いたような凡人であって、だからなのだろうが、果たして役員になった女子生徒が、男子にはない女子ならではの能力があるからといって、錬金術師紛《まが》いの役割を本当に果たせるものなのか、僕には大いに疑問であった。案ずるより生むが易し。この一年間マスミと行動を共にしてきて、この格言が現実のものになった実例を幾度も目撃してきた。今度もそうなるのかもしれない。しかし、だ……どうしても心が晴れない。一年生のときとは違って、自分が議長になったという重圧を感じているせいもあるのだろう。もはや傍観者であることは許されない。何も考えず、マスミの後をくっついて回る、というお気楽な立場ではなくなった。彼の言葉に上手く反論ができず、かといって、心から賛成もできず、一人むっつりと考え込んでいると、人の心を見透したときによく浮かべるマスミのにやっとした笑いが、僕の顔を覗き込んできた。

「うん、生徒議会を束ねる議長殿の顔になってる。よしよし、いい子だ」

と、彼は嬉しそうに言った。思わず、むっとして、

「ああ、議長だよ！　お前が会長をやる限り、議長を続けていってやるよ！」

挑発的に言い返したつもりだったのだが、柳に風、蛙《かえる》の面《つら》に小便。

マスミは僕の言葉をさらりと受け流して、

「シュトゥルム・ウント・ドラング、激動の一年が始まるぞー！」

目の前に広がる虚空に向かって叫び、両手を真上に伸ばして大きな背伸びをしたのだった。

＊　＊

二年生になり、マスミは生徒会長、僕は生徒議会議長として活動を開始した。前年度後期の勢いをそのままに、生徒会主催行事のさらなる改革案、「活性化」案を次々に打ち出し、成功させることができた。行事改革を通して、学年の枠を越えた広範な生徒同士の繋がりは強まり、生徒会活動を支え、より前進させていくための人脈作り、組織化は着実に強化されていった。

学校改革に向けて、行事改革の取り組みと両輪を成す活動と位置付けた校則改正の取り組みにもいっそう力を入れた。前期だけでも、学校側との話し合いの場、意見交流会は二度開催され、継続課題にな

っていた頭髪と制服の自由化に向けた学校側と生徒会側の双方の言い分は活発に交された。その場にいずれも校長が出席し、直接生徒の意見を聴き、自らも率直に感想を述べていたことは大きな意味を持つものとなった。

この意見交流会に照準を合わせるようにして全校生徒アンケートを実施し、併せて全校生徒がオープンに参加し、自由に意見を述べてもらうための生徒集会にも取り組んだ。自由参加にもかかわらず、「瞬間最大風速」として優《ゆう》に三百名を超す規模の生徒達が集まった。これらの討論会やアンケート活動の実施前後には、膨大な量の生徒会ニュースが全校に配布され、さらには校則問題を中心に現状での問題点を整理し、より分かり易くするために、数多くのグラフ、図表、イラストを採り入れたパンフレットを生徒会として発行し、クラス討論を含む大小さまざまな討論会の場で積極的に活用していった。改訂版を二度発行する熱の入れようだった。

こうした精力的な一連の働きかけにもかかわらず、頭髪・制服問題を巡る生徒会と学校側の見解の乖離《かいり》は容易に埋まるものではなかったが、実際の各学年における指導方法には確実に影響を与えた。過去にはどの学年でも行われ、問題視された「問答無用」型の一斉取り締まりは、すっかり影を潜めた。クラス間の不平等をなくすという名目で行われきた学年全体でのチェックが皆無になったわけではないが、基本は担任レベルによる個別指導、カウンセリングを重視する話し合いによる指導へと明らかに変化していった。

けれども、やはり今年も最大の難関は、卒業式三原則撤廃を巡る問題であった。とは言え、昨年と比べて大きく変化したものがあった。生徒の意識であった。昨年、送別会と併せて実施した自主卒業式での圧倒的な感動を、今年の二年、三年が経験しているというのが最大の要因であった。

後期に取り組んだ全校生徒アンケート、全員参加の生徒総会、そして自由参加型の生徒集会の場でも、撤廃支持の意見が明らかに多数派を占めた。アンケートによって明確になった数値でも、昨年との相違は明瞭であった。実に七割を超す生徒が撤廃を支持していたのだ。

逆に、卒業式三原則をなくすべきではないという意見は一割にも満たなかった。このデータについては、後期にも実施された学校側との意見交流会でも不充分ながら話題にのぼった。これまで一貫してこの話題に触れることを拒否してきた学校側としては異例の対応であった。主には教頭が学校側を代表して意見を述べたのだが、この問題は生徒の意見によって左右されるものではない。あくまでも学校行事であり、学校側で総合的に判断して、卒業式に相応しい形式を決定すべきものだ、との相変わらずの見解に留まっていた。その場で、マスミは校長にも発言を求めたのだが、校長は苦しげな表情になり、言葉を選びながらも、結局は教頭が述べた見解と同様だ、との主旨の返答であった。マスミは校長の発言内容ではなく、校長が浮かべた苦しそうな表情に重要な意味を見出していた。引き続きマスミは追求しようとしたのだが、

「この場は、この問題については議論しないと言ってあるはずだ。それに、これ以上議論しても、生徒会との関係がぎくしゃくするばかりで学校全体として利益になるとは思えない。卒業生やその家族に気持ち良く卒業式に参加してもらえるよう、混乱を来《きた》すことなく粛々と式は進行していきたい、というのが最終的な判断だ」

と教頭は断言したのだった。

マスミは送別会と自主卒業式の準備に忙殺される中、タイジンと一日じっくりと時間をかけて、二人だけの密談を持った。単刀直入にマスミは訊いた。

「学校側が卒業式三原則を強行してきた場合、三年生は卒業式ボイコットに立ち上がれるのか?」

タイジンはその問いに特段驚いた風《ふう》はなかったが、しばらく沈黙を続けた。

「アンケート結果を見ると、三年生は三原則撤廃派が七十五パーセントいる。しかし、その要望を実現させるために、卒業式ボイコットという強行手段を用いてまで、学校側と事を起こすことに賛同するかとなると、残念ながら大いに疑問だという。誰が見ても学校側に明々白々な不正があり、それを正すためといった強い動機に基づく社会的正義がこちら側

にあるならば、また事態は違ってくるのだろうが、卒業式三原則の場合、そこまでとは言いがたい。心配なのは女子生徒の動向だな。その背後にいる親達が多分黙っていないだろう。そんな状況下で、今、卒業式ボイコットという戦術を明らかにしたら、学年団の教師や親を含めて分裂状態になるだろう。

そうなったら、我々の学年だけの問題に留まらず、次年度以後にどのような影響が及ぶか、じっくり考えてみなければならない。

……正直に言おう。僕はボイコットには反対だな。今年はもう一年、昨年を上回る自主卒業式を実現させ、三原則なき卒業式がいかに感動を呼ぶものか、二年続けて全校生徒と教師に身をもって伝えることが大事であり、戦略的にも賢明な気がする。マスミはどう思う？」

重い口を開いて語ったタイジンの口振りは、単にマスミに同意を求めようとするものではなかった。マスミにはタイジンが言外で言わんとしていることがすぐに分かった。私見を披歴《ひれき》しているのではなく、三年生の仲間達、いわば「同志」と呼ぶべき周囲に強い影響力を持つ者達の言い分を代弁していたのだった。マスミはその点を鋭く指摘し、確認していった。タイジンは包み隠さず実情について語った。全クラスの正副級長、生徒会執行部経験者、そして昨年の自主卒業式を裏方として支えた主だった実行委員メンバーと話をしていた。それは、まるで今日のマスミとの密談を想定していたかのような行動であった。

タイジンにも迷いはあった。このままでは卒業式は従来の形式で実施されてしまう。意見交流会での頑なな教頭発言。そして、結局は教頭発言を追認するだけの校長の態度については、生徒会ニュースを読んで知っていた。

状況打開のためにできることはないのか⁉　三年生有志主催の生徒集会の開催とそこでの三原則撤廃を求める宣言の採択。正副級長会議が発起人となり、三原則撤廃を求める署名運動の取り組み。三原則撤廃を求める声を直接届けるための校長室前での座り込み、さらにはハンガーストライキの実施等々、タイジンなりに考えた行動提起を彼の「同志」達に率直にぶつけてみた。その折に、級長会議の代表から、卒業式ボイコット案が出てきたのだった。双方に痛みが伴うこれぐらいの行動をしなければ、学校側の頑なな姿勢を変えることなど不可能だろう。でも、短期間で、しかも受験勉強の真っただ中、一分一秒でも時間が惜しい心理状態でここまでの統一行動を構築していけるかとなると、甚《はなは》だ心許《こころもと》ない……と、ボイコット案を口にした代表自身が、そのリスクについても言及し、やるべきではないとの個人的見解を示したというのだ。級長を務める女子生徒からは親の本心が語られ、学校と揉めてほしくない、娘を傷付けたくない、穏便に卒業し志望大学への進学を果たしてほしい、ただそれだけを願っているということ。だから、学校側と衝突するような事態になれば、親との板挟みから女子生徒の多くは運動から離れていくだろう、との情勢分析が語られたという。

二人の話し合いは深夜にまで及んだ。だが、納得できる結論は出せなかった。二人はリーダーとしてそれぞれが重い物を背負っているからこそ、そうならざるを得なかった。

タイジンは腕組みをしたまましばらくの間黙り込んだ。それから振り絞るようにして、マスミにこう言った。

「会長として判断してくれ。僕はそれに従う」

マスミは彼の充血した目を見詰め続け、片時として逸《そ》らすことはなかった。息を詰めていたのだろう、それが一瞬弛んだ後で、マスミは言葉を一語一語区切るようにして、こう告げた。

「卒業式ボイコットは回避します。ただし、それ以外にとれる抗議行動はお願いします。内容は三年生にお任せします」

と。もはや二人に交わすべき言葉はなかった。二人は最高の「同志」であり、互いの胸のうちは手に取るように分かっていた。言葉の代わりに溢れ出てきたものは涙だった。二人は静かに涙を流し続けたのだった。

マスミは質量ともに昨年を上回る送別会、そして自主卒業式を作り上げるために、不眠不休の活動を続けた。一緒に走り続け、最も近くでその姿を見続けていた僕の目にも、このときのマスミの活動振りはからは尋常ならざるものが映り込んでいた。一匹の鬼がいた。そんなマスミに負けず劣らず獅子奮迅《ししふんじん》の動きを見せたのがタイジンだった。鬼はもう一匹いたのだ。

マスミとの密談の翌日には三年生の正副級長全員を集めて、卒業式ボイコットの戦術を回避する代わりに、式当日まで短期間ではあるが、やれる限りの抗議行動をしようと呼びかけた。議論は白熱したが、最後はタイジンの鬼気迫る気迫に押し切られるような形で話し合いは収斂《しゅうれん》していった。その場で、三年生正副級長会議主催の緊急学年集会の開催が決定された。その集会には学年主任をはじめとして、三年生の正副担任にも参加が呼びかけられた。

会場になった階段教室は、立ち見も出る異様な雰囲気の中で実施された。ここでも、冒頭タイジンは基調演説の中で、ボイコット戦術はとらないという旨の報告をしたのだが、予想通りそれへの反論が数人の生徒から出た。

「弱腰だ、それじゃあ勝てない」

「妥協せずに三原則撤廃を本気で実現するつもりならば、学校側が強行しようとした場合、三年生は卒業式に出席しない、と態度を鮮明にしておく必要がある。そういう強い圧力をかけなければ、学校側が再考するはずがない」

と、強硬論を声高に強弁したのだった。だが、それへの賛同の拍手は疎《まば》らであった。ざわつきが小波《さざなみ》のように会場全体に広がるばかりだった。タイジンは忍耐強くすべての発言に耳を傾け続けた。すると、級長の一人から、やはりボイコットという刺戟の強いやり方についてはいけないと感じる生徒は大勢いる。現時点で三年生全員が纏まれる方針を探るべきだ、との意見が出されると、大きな拍手が起き、それを支持する意見が次々と出た。それまでは出なかった女子生徒からの発言も堰《せき》を切ったように相次いだ。頃合いを見て、タイジンから意見を求められた学年主任はこう言った。

「ボイコットを主張する生徒達の気持ちが分からないわけではない。でも、現状ではボイコットをしたからといって問題が解決するとは思えなくて、かえって学内に分裂が生じ、混乱がひどくなるばかりで賢明な策だとは考えられない。みんなを送り出す教師の一人として、また学年主任としてボイコット戦術には賛成できない」

　感情を抑えた冷静な物言いであった。強硬策を主張していた生徒達からも反論は出なかった。

　集会での議論を踏まえた上で、タイジンは纏めに入った。卒業式三原則をゴリ押ししようとする教頭発言には、何ら納得のいく合理的な説明はない。卒業式にふさわしくない、侵略戦争の忌《い》まわしい記憶に繋がる、国旗でも国歌でもない日の丸と君が代の強制、そしてそれを許容し実施しようとする、国家権力による教育統制の尖兵《せんぺい》の役割を果たす校長の式辞は断固として拒否する、との集会声明文が読み上げられ、会場を埋め尽くした大多数の三年生の盛大な拍手によって承認された。それは即刻要望書という形に纏められ、タイジンを先頭に全クラスの正副級長が揃って、校長室に出向き、間に入ろうとした教頭には目もくれず、要望書を読み上げた上で直接校長に手渡すという行動に出た。

　一、二年生の生徒は、その翌朝、登校した際に机上に置かれた三年生の発行したチラシを見て衝撃を受けた。ついに先輩達が立ち上がった！　――たちまちにしてその衝撃は全校を揺るがすことになった。校舎の最上階に並ぶ三年生のクラスの窓からは、垂れ幕が下りていた。卒業式三原則の強制反対！　国家権力による教育統制には断固反対！　生徒主体の卒業式を創造しよう！　等々、幾本の垂れ幕に書かれた卒業式改革を求める三年生の声が風に翻っていた。

　行動を起こした三年生の熱気にあおられるようにして、送別会、そして自主卒業式は異様な盛り上がりを見せた。生徒達が上げる悲鳴に近い大歓声が、会場となった講堂を揺るがしているような感覚に襲われた。とりわけ自主卒業式は卒業式改革を求める事実上の全校決起集会の場と化した。三年生全クラスの級長が一人一人その切実な思いをマイクにぶつけた。

　大トリを務めたタイジンは演壇に上がると、ポケットから鉢巻きを取り出し、額に巻いた。その鉢巻きには「創造」の文字が見えた。彼は吠えた。

「僕達三年生は卒業式を破壊するつもりなど毛頭《もうとう》ない。事実は全く逆だ。本来あるべき卒業式の心を踏みにじり、破壊しているのは三原則に固執する学校側であり、裏で糸を引く県教委、文部省、天皇を国家元首に仰ぐ戦前の非民主的な国家体制の復活を目論《もくろ》む為政者達だ。僕達は本来あるべき卒業式、不当な教育統制を強める権力側からの介入を排除した未来の主権者たる高校生本意の卒業式を取り戻す、創造しようと立ち上がった。再度強調しておこう。僕達は破壊者なんかじゃない！　創造者だ！」

その瞬間、全校生徒から嵐のように湧き起こった歓声、拍手、さらには床を踏み鳴らす靴音が一体となって、本当に会場である講堂を揺さぶったのだった。

僕は上手、舞台の真下にいて、その震動を全身で受け止めていた。隣にはマスミがいた。マスミが何かを囁いた。だが、会場全体を圧する大音声《だいおんじょう》に掻き消されてしまい聞こえない。えっ？　と、大声で訊き返すと、僕の耳許に口を寄せ、「革命前夜だ」と言った。思わず顔を見返すと、舞台上の明かりに照らし出されたその顔には、意外なことに表情がなかった。彼が口にした、革命前夜、という言葉とのギャップに戸惑った。それっきりマスミは口を鎖《とざ》し、壇上のタイジンを見詰めていた。一瞬だが、タイジンはマスミと目を合わせた……ような気がした。僕の目には、そのときのタイジンの顔が今しがた行った熱を帯びた演説とは裏腹に平静そのものであったように思えた。僕は、はっとした。二人の間に交された無言の会話が聞こえたような気がした。マスミからタイジンとの密談の様子は聴かされていた。そこからの文脈に沿って類推できることはただ一つだった。

今、二人の間で交されたのは、歓喜ではなく、悲哀である、ということだった。会場の熱狂とは別次元で、彼らには見えていた現実があったに違いない――。

卒業式当日、三原則撤廃を求めた生徒会と三年生の要望書に対して、学校側から返ってきたのは全くのゼロ回答であった。しかし、重苦しい空気の中、卒業式会場に入ってきた生徒達が目にしたものは、奇怪にして奇妙な光景だった。

従来の卒業式では、必ず演壇の背景に広げられ、掲げられていた日の丸がない⁉　けれども、なくなってしまったわけではなかった。舞台の下手に、日の丸はポールに結び付けられ、旗立てにやや傾けて差し込まれ、力なくうなだれていた。この変化は一体何を意味しているのか？　日の丸は卒業式の舞台上に厳然と存在しているのだから、従来の卒業式と何も変わっていない、と釈明することは可能だ。だが、見た目の印象として、それは舞台の背景、中心部分から引き剝がされ、片隅に追いやられてしまい、その存在感を喪失してしまったと言う他ない。県教委にも、また生徒会側にも顔が立つやり方をしたとするならば、これほどに姑息《こそく》なやり口はない。

そして、君が代については、事前に万全の手を打ってあった。一、二年生は議会で全クラスの代議員へ、三年生はタイジンから級長を通して全クラスへ指示が出て、全校生徒の意思は統一されていた。司会の教務部長から、全員起立、と促されても、生徒は誰一人立たなかった。教員席でも起立した教師、座ったままの教師、対応はまちまちであった。しかし、司会は強要するでもなく坦々と進行していった。下手《へた》に強要して混乱が生じるのを恐れたのだろう。君が代斉唱、と号令をかけても、会場に歌声は響かなかった。起立した教員、そして、保護者席で歌う者はいるにはいたのだが、歌声はか細く、伴奏ばかりが虚しく耳に付いた。さらに、校長式辞の段になって非常事態ぶりに会場はざわついた。校長が体調不良を理由に式を欠席してしまったのだ⁉　教頭が急きょ校長代理を務めることになり、校長が執筆したという体《てい》の式辞を演壇で代読するという実に締まらないものになった。しかも、その式辞の内容が昨年の焼き直しに過ぎないという噂が瞬く間に会場全体に広がってしまっていた。校長不在ということで、卒業証書の授与も教頭が代行することになった。ありがたみもなければ、感動もない。まるで流れ作業のような卒業証書の授与であった。

会場のあちこちで囁く声が聞こえてくる。ひどいね……貧相な卒業式……卒業生がかわいそうだ……。

生徒側の求めた卒業式三原則の撤廃は叶わなかったが、それを押し切って強行された卒業式の実態としては、崩壊したも同然であった。

　式が終了し、三年生が退場する際、出口近くにマスミ以下生徒会執行部、そして代議員達が勢揃いして送り出した。三年生一人一人に、「ありがとうございました」と声をかけ、拍手した。三年生も、「ご苦労さま、よくやったよ、三原則ぶっとばしたぜ！」と口々に声を張り上げ、拍手をし、出迎えた後輩達に手を差し伸べてくる三年生も数多くいた。卒業おめでとう、という常套句《じょうとうく》が聞かれなかったのは、不思議と言えば不思議であった。でも、それはそれほどまでに卒業することよりも、卒業式そのものに皆の意識が集中していたことの証であった。また、そのことはマスミが三年生から握手攻めに遭っていたことにも表れていた。さすがのマスミも疲れ切っていたことは誰の目から見ても明らかだった。目の下には隈ができ、頰はこけていた。今すぐにでも休みたいところだっただろうが、それでも最後の力を振り絞り、「ありがとうございました」と声を張り、次々に伸びてくる手を固く握り返していた。

　退場してくる列の最後尾にタイジンの姿が見えた。彼もまた共に闘い抜いた「同志」達の握手攻めに遭っていた。マスミと目が合った。二人とも、微笑とも苦笑ともとれる複雑な笑みを浮かべていた。タイジンが軽く拳を固め、肩の高さまで上げると、マスミも同様のしぐさをして互いの拳と拳とを合わせた。

「ボイコットするまでもなかったな」

「自滅でしたね。でも……僕達がやるべきことを最後までやり切ったからこそ生まれた成果であって、ただの自滅じゃありませんよ」

　力を込めてマスミが言うと、タイジンは大きく幾度もうなずき、初めて晴れやかに笑った。だが、その笑顔はすぐに消え、生真面目《きまじめ》な表情で呟いた。

「今年の卒業式は確かに負けなかった。ある程度は押し込めたと思うが、結局は向こうが自滅しただけの話で、来年はどうなるのか、残念ながら保証はない。卒業式三原則を撤廃できなかったという事実は残ったわけだ。……でも、現在の彼我《ひが》の力関係を客観的に考えれば、この結果は妥当だったんじゃないのか？　今の生徒会の力を考えたとき、もしも卒業式ボイコットの戦術を打ち出していたならば、やはり九分九厘《くぶくりん》生徒会は空中分解していたに違いない。それが悔しいけど、限界だったんだよ」

　タイジンは今度は寂しげに笑った。マスミは小さくうなずいた。そして、その顔に最後まで笑顔が浮かぶことはなかった。

＊　＊

　生徒会の限界――それはこのときタイジンに指摘されるまでもなく、以前からマスミの問題意識の一つとしてあったことだ。

　二年生の後期の活動が始まった頃のことだったと思う。生徒会室で執行部と生徒議会、代議員との連携強化について議論していたとき、マスミは現状の生徒会活動には限界がある、と言い出した。その限界を打ち破る方法の一つとして、県内にある高校生徒会が一つの連合体を結成し、県全体に及ぶレベルの問題にも対抗できるだけの力を持つことだ、と言うのだ。

　例えば、県教委や校長会といった県の権力組織が問題の発生源になっている場合、一つの学校の、しかも自治権すら獲得していない生徒会の力だけで立ち向かえるはずがない。一つの学校で、ある出来事をきっかけにして問題が顕在化、尖鋭化したとき、県内すべての高校生徒会が団結して統一行動をとったならば、多少なりとも悪化した状況を押し返せる。さらには問題を解決し、勝利に導く原動力になれるかもしれない。

「後期には、昨年と同様、卒業式三原則撤廃を目指す闘いに取り組んでいくことになる。こんなとき、もしも県下の全高校生徒会が共通する課題として一斉に三原則撤廃闘争に突入していったらどうなる？

　マスコミだって色めきだち、この問題について各種マスメディアで報道するに違いない。他の民主的団体との協力関係が築けるかもしれないし、それ以前に教職員組合との共闘も、情けない現状とはまるで違う状況を作り出す可能性だって高められるはずだ。

　もっと言えば、卒業式三原則の問題は県レベルではない。戦後の民主教育を破壊し、戦前回帰、復古的教育政策を推進しようとする反動的な国策の反映だ。そうであるならば、全国にあるすべての高校生徒会が結集する全国レベルでの連合体が必要不可欠になってくる。一種のパワーゲームと捉えてもいいだろう。力には力で対抗していく以外に方法はない。もちろん、そうした全国の高校生徒会が連携して作る連合体の基本原理は民主主義だ。民主的ルールに基づいた団体行動は当然認められるべきもので、守られるべき国民の権利なんだが、かつての安保闘争の一部に見られたような、あるいは昨今の爆弾を用いた連続爆破事件のような武装したセクトによる非民主的な暴力には断固反対せねばならない。暴力に走れば、間違いなく国民の支持は離れていく。どんなにご大層《たいそう》な革命理論を並べ立てようが、国民の支持がなければ、そんなものは児戯にも等しい革命ごっこに過ぎなくて、結局はセクト同士の近親憎悪にも似た潰し合い、殺し合いによって消滅していく運命にある。そんなことは歴史から学べば、誰でもすぐに分かることだ」

マスミは吐き捨てるようにそう言った。いつでもそうだ。セクトや暴力革命の話になると、なぜか興奮気味にマスミは語り、汚らわしい物にでも触れたように容赦なく切って棄てる。過去に何があったのだろう？　興味が湧くのだが、その口調の激しさに気圧《けお》されてしまい、どうしても訊けなかった。彼もまたその点については決して触れようとはしなかったからなおさらだった。マスミの話は続いた。

「組織はどのような逆境にあろうとも、人間の理性を信じて民主主義を貫き通してこそ強くなる。どのような局面でも徹底的に、愚直なまでに民主主義の原理に立ち、正義の闘いに挑んでいくならば、多少の紆余曲折《うよきょくせつ》はあろうとも、いつか勝利の日は訪れる。

県下のすべての高校生徒会の連合体を、仮に県生連とでも呼んでおこうか。そして、全国規模の高校生徒会連合のことは、全生連といったところかな。大学には学生自治会があり、利権を求めてセクトがまともな役員選挙もせずに僭称《せんしょう》しているような代物は論外だが、全国の真っ当な学生自治会が加盟している連合体組織として全学連というのがある。ヒデオも名前ぐらいは聞いたことがあるだろ？　県レベルでは県学連という組織がある。組織の雛形《ひながた》はちゃんとあるのだから、県生連でも全生連でも本気で作ろうと思えば造作はない。けれども、権力側からすれば厄介な存在になるのは目に見えているのだから、さまざまな妨害工作を仕掛けてくるだろう。だから、結成に持っていくまでは慎重に事を運ばねばならない。まずは先進的な活動を行っている高校生徒会が有志レベルで集まり、活動交流をしながら結成準備会を立ち上げるというのが無理のない進め方だろう。その準備会を核にして他の生徒会にも呼びかけ、輪を広げていく。加盟する生徒会が一定規模に達したら、組織改変を行い、結成準備会から県生連の正式結成へと持っていく。それが順当な運びだろうな」

　マスミの思い描いた生徒会連合構想の説明は延々と飽きることなく続いた。僕はただただその熱弁を拝聴するばかりだった。一言でも質問しようものなら、待ってましたとばかりに訊いていないことまで解説してくる始末だった。それでも、彼の話は愉快だった。構想自体はもちろんであり、そんな連合体を結成できれば、活動の領域もレベルも一気に跳ね上がるだろう。一つの夢は次なる夢を呼び、雪達磨《だるま》式に膨らんでいく。だが、それ以上に面白かったのは、そんな壮大な夢を思い描き、今すぐにでも実現させてしまいそうな勢いで語るその語り口であり、その構想の実現に懸ける思いの尋常ならざる熱っぽさだった。その熱はどこから生まれてくるのか？　大きなお世話なのだろうが、その尋常ではない熱の由来をマスミ自身は認識しているのだろうか？　ここでもやはり僕の関心の的は、マスミという人物、その背景も含めた人間像に向いてしまうのだった。そうした僕の心のうちを知ったならば、「相変わらずの文学青年だな、ヒデオは」と彼一流の人をちょっと小馬鹿にしたような皮肉めいた口振りで揶揄《やゆ》し、僕の関心事については何一つ語ろうとはしないだろう。

　しかし、そんな態度も含めて僕はこの自分と同《おな》い年《どし》の十七歳に驚嘆の眼差しを向けつつ、その人間探究に強い関心を抱かずにはいられなかったのだ。

「それで、初めの一歩は踏み出しているんだろ？　どの段階まで進んでいるんだ？」

僕はマスミに探りを入れた。すると、

「いや、まだだ、今後の課題だ」

と、僕が想定していたのとは全く違う返答をあっさりと返してきたのだった。

「おやっ、珍しいね。マスミが何か新しいアイデアについて語り始めたときは、決まってすでに始動していて、それ故に単なる思いつきを語っているんじゃなくて、現実に動き始めている分、妙にリアリティーのある話になるのが常だったんだがな……」

僕はチクリと一刺ししてやろうとの魂胆を胸に秘めてそう言ってやった。だが、柳に風で、今度もあっさりと受け流した。僕からの一刺しなど全く無頓着な態度で話し出した。

「県下では一番の進学校で、古くから自由の校風を誇る伝統校、暁《あかつき》高校の生徒会長に電話をしたんだが、擦れ違いで繋がらない。間が悪いとしか言いようがない。それともう一校。学校群でウチとペアになってる、ここも昔からの進学校で人気の高い明星《めいせい》高校の生徒会長にも連絡したんだが、こっちも摑まらない。手紙でも書くか、と思ったんだが、形に残るのはまずいな、と思い直してやめた。なぜだか分からないが、どうにもチグハグで前に進まないまま今に至っているという状況だ」

マスミはいかにも気に入らないといった顔付きでいったん口をとざした。でも、すぐに気を取り直して、

「いつになるか分からないけど、いつかは必ず実現させてみせるから」

と、僕に、というよりも自分に言い聞かせるように言い残して、マスミは足早に生徒会室を出ていってしまった。

生徒会室にただ一人残り、マスミの語った連合体構想について、二度、三度と走り書きしたメモを読み返し、自分なりに考えてみた。そもそも他校の生徒会との交流なんて経験したことがないからイメージが湧いてこない。各学校、生徒会の状況はバラバラだろう。入学してくる生徒の層もバラバラで、学校間格差をなくすとの県の思惑で導入された学校群

入試制度によって、県の思惑とは裏腹に、学校群ごとの新たな格差が生まれただけ、という皮肉な分析も耳にしていた。意図的にそう仕向けられていることは明らかなのだが、分断化が進むそんな状況下で、各校の生徒会の代表者が一堂に会して交流しようとしてもなかなかに難しく、一致点を見出すのは困難を窮めそうな気がする。僕の考え方の癖で仕方がないのだが、こんなネガティブな見通しを口にしようものなら、マスミから一喝されるに決まっている。
「だから連合体を作ることに意味があるんだろうが！」と。それで終わりだ。

無理矢理でいいから、と自分に言い聞かせ、ポジティブに考えてみよう。高校生の分断化状況が進行しているだけに、意識の高い生徒会を代表するような生徒が一堂に会した場合、もうそれだけで何か新鮮な発見があるかもしれない。イメージしづらいが、ネガティブに考えた場合の真逆のパターンだってあり得るだろう。ともかく初めの一歩を踏み出さなければ、夢は永遠に夢のままで終わり、ついには夢そのものが雲散霧消してしまう……と、考えてはみたものの、そこまでが僕の限界であった。おのおの複雑な事情を抱えた生徒会の代表を集めて、権力に対抗できる生徒会の連合体を結成しようぜ！　なんて気宇雄大ではあるが、正直海のものとも山のものとも知れない法螺話《ほらばなし》を現実に推し進めていこうとするなんて、課題山積の後期に体がいくつあっても足りやしない。マスミはまた大変な難題を自ら抱え込んだものだな、とそのときはその程度の認識でいたのだった。それが——。

＊　＊

卒業式を終えた翌週、マスミは二日続けて学校を欠席した。こんなことは珍しかった。登校しようとした矢先に急に眩暈《めまい》がして、その場に倒れ込んでしまった。熱もひどく上がっていた。タクシーに乗って近くの総合病院で受診すると、インフルエンザに感染した疑いが濃厚だという。振り返れば、卒業式まで彼はリーダーとして休みなしで全力疾走し続けてきた。心身ともに疲れ果て、当然のことながら免疫力も低下し、下火になりつつあったとはいえ、インフルエンザの流行期で感染してしまったんだろう。高熱が続き、一時意識不明の重篤な状態となり、入院を余儀なくされた。あいつは生徒会の鬼、鬼の霍乱《かくらん》さ。天が休めと命じたんだよ、とその容態を案じながらも、他の執行部の連中と軽口を叩いていた。

　入院した翌日の夜、その鬼から電話がかかってきた。

「大丈夫なのか?」

「入院してるんだから大丈夫なわけないだろう」

　ホントに可愛くない奴。でも、その通りだ。さらにマスミは、

「大丈夫だ。電話だから感染《うつ》らない。安心しろ」

　と追い討ちをかけてきた。もう二度と心配してやるものか！　との思いが込み上げてきたが、ぐっとこらえた。電話は、地獄からではなく、病院のロビーにある公衆電話からかけているという。意識が飛んだせいで、時差ボケみたいな不快な気分だとのことだ。そんな体でわざわざ電話してきたのだから、ただごとではない。

「長電話できる体じゃないんだから、早く用件を話せ」

「以前話した他校の生徒会役員との集まりが、今週の土曜日に決まったんだ。相手は暁高校と明星高校だ。仮に退院できたとしてもしばらくは人と会えない。そこで、僕の代理としてヒデオに出席してほしいんだ」

　まさに青天の霹靂《へきれき》とはこのことだ。突然の指名に我が耳を疑った。

「なんで、僕なんだ⁉」

「副会長は家の用事で東京へ出かけねばならず都合がつかない。平《ひら》の執行委員だけじゃ、さすがに恰好《かっこう》がつかないしね。そこで、白羽の矢を立てたのがお前だ、ということだ。

　指命ついでにもう一つ頼みがある。一人、一年生の執行部メンバーを連れていってほしい。書記のモモがいいと思うんだ。正義感が強くて、物事の見方が真っすぐだ。真っすぐ過ぎて、時に心配になることもあるが、それぐらいが今度の集まりにはぴったりだと思う。あの真っすぐさで、暁高校や明星高校の民主化という点での到達度の高さを肌で感じ取っ

て、刺戟を受けて帰ってきてくれれば、今後の活動にプラスになる。一皮剝けて、もっとパワフルな活動家になる可能性を秘めていると思うんだが、異論はあるかい？」

普段はちょっと眠そうな目をしていて、何気《なにげ》ない一瞬の表情が、中三トリオで売り出したアイドル歌手の山口百恵に似ているというので、入学してきた頃からモモと呼ばれるようになった女子生徒だ。詳しいことは知らないが、確か小学生の時に父親を交通事故で亡くし、母一人子一人の家庭で育った頑張り屋の生徒だった。この半期、生徒会で一緒に活動する中で得た印象は、口数は多くないが、相手の言うことを真正面から受け止めようとする感じの良い子で、自分の負うべき仕事は着実にこなしていく生真面目な生徒、というものだった。

「次世代の育成という点では、文句なしの人選だと思う」

「じゃあ、決まりだな。時間を空けておいてくれ。僕の代わりに生徒議会の総帥、議長様がお出ましになられるから覚悟しておけ、と相手に伝えなきゃならない。モモには僕のほうから連絡する。生徒会連合結成に向けた橋頭堡《きょうとうほ》を築けるかどうかは、ひとえに議長様の双肩《そうけん》にかかっているんだから、心して懸かってくれよ。

次世代のエース候補モモのベビーシッター役としてもよろしく頼んだぞ。じゃあな」

早口で捲《まく》し立てて、マスミは一方的に電話を切った。いや味ったらしくて、人の言うことになんか耳も貸さない暴君。相手がマスミでなければ、即刻絶交するところだ。

それはそれとして、電話口での調子は、マスミはいつものマスミであったために少しは胸を撫《な》で下ろすことができた。

ところが、これは後で知ったことだが、マスミは一通り電話をかけ終わった後、急に容態が悪化し、病院のロビーのソファーに横になったっきり、失神状態で発見されたとのことだった。インフルエンザ以外にも何かあるかもしれないと、念のため精密検査を受けることになった。こうしてマスミの欠席は長期化していった。

＊　＊

問題の土曜日。スポーツバッグに詰め込んだ私服に着替え、僕はモモを連れて集合場所である明星高校近くにある老舗の喫茶店「拳《こぶし》」へと急いだ。

「拳」は昔から明星高校生の溜まり場で、今でもそうだった。年輩の客であっても、明星高校の卒業生であることが多い。この店には暗黙のルールがあって、明星高校の教師が来店しても、軽く挨拶する程度で、学校での関係を店へは持ち込まない、基本的に互いに干渉しないというルールが守られている。昼日中《ひるひなか》、さすがに喫煙するような生徒はいないが、明らかに授業中の時刻なのに、店内に生徒がいて、ばったり教師と鉢合《はちあ》わせをしたとしても、頭ごなしに説教するようなことはなかった。良いとか悪いとかではない、それが昔からのこの喫茶「拳」の不文律であった。ある種の解放区、コミューンであったからこそ、いっそう明星高校生にとってこの店は居心地の良い場所になっていた。

店内の壁には古い木製の本棚が設えられていた。政治学、経済学などの社会科学系列の一般書や専門書がぎっしりと納まっていた。思想書、文学本も豊富に揃っていて、一時代を風靡《ふうび》したマルクス主義や実存主義の思想家や作家、特にサルトルやボーヴォワール、カミュやカフカ、さらにはドストエフスキーやソルジェニーツィンなどの著作集が図書館並みに数多く並んでいた。日本の作家でも政治色の強い野間宏、高橋和巳、中野重治、吉本隆明などの著作が所狭しと顔を覗かせていた。漫画も白土三平やつげ義春といった時代の風を感じさせる古書がすっかり日に灼けてセピア色に変色した背を客側に向けていた。どれもマスターの蔵書ではなく、明星高校生や卒業生が持ち込んだ本が溜まりに溜まって、こんな具合になったのだという。店内には、まだ六〇年、七〇年の安保闘争に明け暮れていた時代の空気、社会が変わるかもしれないと本気で考えていた数多《あまた》の青年達の息遣いが、それらの膨大な蔵書を通して感じられたのだった。

店内へ一歩足を踏み入れた途端、ジャズ音楽には全く疎《うと》い僕でもよく知っている曲が流れていた。僕の生まれた翌年、一九五八年に上映され、日本でも大ヒットしたフランス映画「死刑台のエレベーター」で使われていた曲、黒人トランペッター、マイルス・デイビスのスリリングで迫力ある奏法が印象的な名曲だ。背中を異様なほどに丸め、玉のような汗を迸《ほとばし》らせながらトランペットを吹く黒いサングラス姿のマイルス・デイビスは、ジャズには全く素人の僕でも一目見て、恰好いいな、と思えたものだった。

先代のマスターに代わって、今では二代目のマスターがカウンターの中で洗い物をしていた。ポマードで固めたオールバックの髪型、綺麗に切り揃えられた口髭《くちひげ》がどこか曲者《くせもの》感を醸し出している。

「あのー、今日六名で予約した者ですが……」

「もう二人来てるよ、奥の窓際のテーブル」

とぶっきらぼうな口調で指差してくれた。向こうでも気付いたようで、手を振って、こっちこっちと呼んでいた。

明星高校の会長と副会長、二人とも男子生徒であったが、副会長は一年生だという。こちらも自己紹介した。

「モモちゃんか、確かに似てるねぇ」

と会長が笑顔を浮かべながらそう言った。人懐《ひとなつ》っこそうな、どこかほっとするような笑顔だった。

間もなくして暁高校の二人も揃ってやってきた。会長は男子生徒、かなりの長身で痩せ型、前髪で額は隠れ、黒縁眼鏡の奥で光る切れ長の目が頭脳明晰であることを物語っている。もう一人は会長と同じく二年生の女子生徒で書記だという。丸顔でくりっとした瞳、微笑むとできる笑窪《えくぼ》が印象的な顔立ちだった。

今日の集まりの主旨、話の流れは、三校の会長の間で大体出来上がっている感じだった。万が一のことを考えて、あえてレジュメは用意していなかった。やはり話題の中心は僕の高校、中庄《なかのしょう》高校の昨年から今年にかけての生徒会活動の急激な盛り上がりについてだった。暁高校の会長がスポーツバッグの中から封筒を取り出した。中に入っていたのは写真の束、すべて中庄高校の生徒会行事の風景だった。これ、今日のためにマスミから送られてきたものなんだ、と言う。熱狂する生徒群像の姿が生き生きと切り取られたスナップショットばかりだ。写真の裏にはその行事の説明が、日付と共に簡略に記されていた。見馴れたマスミの文字だった。テーブル上に広げられた数十枚の写真からでも、その活動の勢い、熱気は充分に伝わってきた。写真の束を前にして思わず呻き声とも嘆息とも取れる声が漏れ出た。

「これは凄いわ！」

「信じられない……。見ろよ、この日付、連続してこれだけの企画を打ち続けるなんて神業《かみわざ》っていうか、もう狂気だよな⁉」

　信じられない光景を目《ま》の当たりにして、衝撃で言葉が続かない。誰もが目をきらきらさせて、しばらくその数多くの写真に釘付けになった。

　暁高校の書記をしている女子生徒が、一枚の写真を手に取り、

「これ、モモちゃんだよね？　泣いてるけど、笑ってる。綺麗な顔……」

　と、その写真をモモの前に差し出した。

「自主卒業式です。まだつい最近の出来事で、あのときに感じた熱や震えが今も体の中に残ってるみたいな気がします」

　モモは少し顔を赤らめながらそう言った。心なしかその声は震えているようでもあった。

　選挙、文化祭、体育祭、送別会、そして自主卒業式と連続的に断行し、ことごとく成功させていった行事改革。その全校生徒の熱を校則改正運動に結びつけ、さらには卒業式三原則撤廃という難課題でも相当なところまで学校側を追い込んでいる。マスミから電話で聴かされた「三位一体」の運動という着想とそれを総力戦で実現させていった実行力には全くもって脱帽だ、と口々に驚嘆と絶賛の声が寄せられた。

　暁高校の会長が言うには、民主化の到達点が高いと言うけれど、大事なのは変え幅の大きさだ。残念ながら、暁高校は高い到達点が日常化、いわば形骸化してしまい、無関心層が圧倒的多数を占めてしまっている。改革を叫んでも、ほとんど手応えのない状態になっている、と溜め息混じりに語るのだった。

明星高校にしても実情は似たり寄ったりで、高校で何かを実現すべく連帯して運動を作るという、高校という場が広場の役割を喪失してしまい、大学進学のための通過点、トンネルみたいな貧しい場に成り下がっている、と明星高校の会長も嘆くのだった。

僕はどうしようか、と迷った。暁高校や明星高校といった先進的な高校の生徒会長からまさかこんな愚痴を聞かされるとは予想していなかったからだ。中庄高校の生徒会自慢をするためにわざわざここへ来たわけじゃない。逆だ。確かに自惚《うぬぼ》れではなく、中庄高校の活動の勢いについては自信を持っている。でも、先進校の生徒会幹部の目で、客観的に見て、その活動の問題点を鋭く突いてもらい、それを克服するための方策を共に考えていきたい、と願っていたのだ。そこから生徒会連合結成の必要性が見えてきて、共有できるかもしれない……。それなのに、凄い、凄いの一点張りで、さらには輪をかけるようにして、ウチは駄目だという非生産的なネガティブ発言が飛び出してくる始末。何を考えてこの場に集まっているんだ、と腹が立ってきた。しかし、今、それを批判したところで、議論が先に進んでいくとは思われなかった。今日の集まりの最大の目的は生徒会連合結成に向けて、まずはこの三校が核となり、結成準備会を作る、せめてその足がかりだけでも作る、というところまで持っていくことだ。マスミからも電話で念押しされていた。さて、どうしたものだろう？　と考え倦《あぐ》ねていたときに、思いがけずモモが発言した。

「先輩方の仰《おっしゃ》っている発言の観点が間違っていると思います。一年生のくせに生意気だと思われるでしょうが、言いたいことを言わせていただきます。大学進学のことばかり考えてる、つまりは自分の利益になることにしか関心がない、と一般の生徒のことを批判されていましたが、それは表面上のことであって、心のうちに潜んでいる、本人さえもまだ気付いていないかもしれないもやもやとした思い、願いを粘り強く幅広く掘り起こし、言葉にして、皆で意見を交わしながら共有できる要望として鮮明にしていくという生徒会が本来、真っ先に行うべき活動をどこまで本気でやられているのか、話を伺《うかが》っていて大変疑問に思いました。

　有数の進学校に通う生徒だからといって、大学進学のための受験勉強一辺倒の高校生活に心から納得している生徒ばかりじゃない。このままじゃあ、ちっとも面白くない。こんな味気《あじけ》ない日々で高校生活が終わってしまうのはいやだ。周りは皆ライバルで頼るべきは自分のみ、本当にそれで正しいのか？　周囲をぐるっと壁に囲まれていて、どうにも息苦しい。自分一人の力で壁を壊すのは無理だけど、至る所に自分と同じように息苦しさを覚えている仲間がいる。ライバルかもしれないけど、息苦しさを覚えているということで言えば、皆仲間だ。そんな仲間達と力を合わせて立ち向かえば、打ち破れる壁があり、壁を破ればそこからは心地良い爽やかな風が吹いてくる。壁に囲まれている間は全然気付けなかったけど、壁の向こう側にはもっと広いフィールドが広がっていて、そこへ皆で飛び出していくことで、自分が自分らしく生きられる高校生活を実現させられる。この一年間の活動を通して私にはそう思えたんです。

　行事の間を縫うようにして幾度も取り組んだアンケートや自主討論会を経験して、表面上の一面性に反して、人の心のうちにはさまざまな思いが、現状を改革したいという願いが、その改革を通して自分自身が変われるんじゃないかという希望が、互いに絡み合いながら渦巻いていることを知りました。

　生徒会はそんな生徒一人一人の心の渦巻きを吸収し、その渦巻きを推進力に集団を形成し、集団の持つ力を最大限に発揮することで単独では打開できない問題を乗り越えていく。

　地道で気の長い、生身《なまみ》の生徒とぶつかり合う活動を積み重ねていく以外に、生徒会の存在意義なんて生まれようがない、と私は思っています。

　それでもまだまだ乗り越えていかねばならない壁があるんです。とてつもなく高くてぶ厚い壁があって、今、中庄高校は苦しんでいます。助けてほしいんです。暁高校や明星高校の伝統の力を過去の遺物のように眠らせないで、そこを出発点に今一度覚醒し、生徒会の原点に立ち返ることで先進校の潜在的な底力を見せてほしい、と心の底から望んでいます。

どのように助けてほしいのか、それはすでにマスミ会長のほうから先輩方に話があったと思います。私はまだまだ経験不足で、想像しようにもその困難性については思い描くことができません。どうかその困難性についても教えていただき、それを克服するための算段を一緒に考えてもらえませんか？　お願いします。どうか……どうか、助けてください……」

感情の昂《たかぶ》りから、モモの体は小刻みに震えていた。テーブルの下で両の拳は固く握り締められていた。普段は眠そうにしている目からは今にも涙が零れ落ちそうだった。僕は我を忘れてそんなモモを、今まで見たこともないモモの姿を見詰めていた。心底驚いた。この子が、こんなに多弁で雄弁だっただなんて知らなかった。しかも、どう切り出したら良いのか判断がつかず、迷いに迷っていた私の考えを、見事なくらいにズバリと代弁してくれていた。こんな一年生が育っていたことにも驚いていた。そして、本当に嬉しかった。今もまだ病床に臥《ふ》しているマスミにモモの発言を聴かせてやりたかった。

彼女の言葉は、場の空気を一変させた。僕が言ったのではなく、一年生の彼女が勇気を振り絞って発言したことに重みがあった。彼女の発した言葉に対峙できるほどの言葉を誰も持ってはいなかった。涙をこらえながら、彼女が最後に口にした「どうか、助けてください」という悲鳴にも似た訴えから逃れられる術はなかった。沈黙が続いたのだが、決していやな空気ではなかった。皆がモモの指摘を正面から受け止め、主体的にどのようにしたらこの難問を解けるのか、考え出していたからだ。

暁高校の女子生徒がその沈黙を破った。

「モモちゃん、ごめんね、苦しい思いをさせてしまって。貴女《あなた》の言ってくれた通りだと私も思う。ぬるま湯に浸かり過ぎて、頭までふやけちゃったのかもしれない。活動の停滞は執行部の姿勢に原因があったのに、その責任を一般の生徒の側になすりつけてた。典型的な大衆蔑視、運動の組織者としては最低だよね。

でも、貴女が言ってくれたことと、中庄高校の昨年から今年にかけての闘い方を考え併せると、勇気付けられるし、単純にその真似をするだけで今の低迷状態からは抜け出せそうな気がする。ウチの会長から今日の集まりに向けて中庄高校の生徒会活動についてはあれこれと聞かせてもらってる。真似できるところはいっぱいある。これまではやれるのにやらなかっただけのように思えて、今はすっごく後悔してる。

ただし、中庄高校のマスミ会長、こういう言い方すると語弊《ごへい》があるかもしれないけど、カリスマ性があり過ぎる。残念だけど、ウチにはそんなカリスマ的リーダーは見当たらない。だから、その点だけは真似しようにも無理ってことだけは断言できる。カリスマ不在だから、運動の進展具合でもたもたしちゃいそうだけど、モモちゃんがびしっと言ってくれたように、生徒会活動の原点に立ち返り、全校生徒の要望に徹底的にこだわるという運動の基本、いろはのいからやり直そうと考えてる。学校に戻ったら、早速緊急執行委員会の召集だね」

会長もこの言葉には大きくうなずいた。黒縁眼鏡にかかった前髪を掻き上げながら、こう話し出した。

「モモちゃんの言ってた高くてぶ厚い壁、具体的には県教委、校長会、さらにはその上位に位置する文部省、そして角栄から代わった三木首相率いる自民党政権のことだけど、これらの巨大権力に対抗するため、マスミ会長の提唱している生徒会連合という組織作りの件なんだが、僕の見るところ、そして知っているいくつかの生徒会事情を総合して私見を述べさせてもらうと、ハードルがあまりに高いと言わざるを得ない。

越えるべき相手である巨大権力側のハードルの高さは言うまでもないことだが、ある意味において越えるのがよりハードに思えるのが、こちら側の生徒会事情の多様さ、複雑さにあるということなんだ。これだけ言うと悲観論だと批判されそうなんだけど、そうではない。あくまでも冷静に現実論を述べているだけだと思ってほしい。

むろん一足飛《いっそくと》びに全県規模、全国規模の生徒会連合を発足させようとしているわけではないことは知っている。そこに向けた第一歩として結成準備会から作っていきたい、という提案だったと思うんだが、それもまた容易ではない。

　結成準備会を作ることにどんな問題があるんだ、と反論されそうだが、問題とは見通しのことだ。本当にその結成に向けて機は熟しているのか？

　この三校から始めて、一本釣りになるんだろうけど、さらに参加校を増やしていき、名実ともに生徒会連合と称することのできる規模まで持っていけるのか？　今の生徒会を巡る状況下でその達成が見込めるのか、ということを言いたいんだ。

　仲良し子良しの懇親会、サークル作りならば、それでも構わないだろうが、この課題ではここの一人一人がおのおのの生徒会を背負ってるんだという認識をしっかりと持った上で慎重に意思決定をすべきだと思う。執行部での合意だけではなく、議会で代議員が充分な論議をし、その上で全クラスでの討論にかける。民主主義のルールに基づく意思決定のプロセスを重視して参加への賛否を決するという重要な案件だと僕は考えている。……ん？　地震か？」

　と彼は不安げに腰を浮かしかけた。

　失礼、僕の貧乏揺すりだ。

　踵《かかと》を床に着けたら、貧乏揺すりはすぐに止まった。途中から話は全く耳に入ってこなくなった。いわゆる筋論《すじろん》大好き人間という輩《やから》だ。どんな物事にも筋道はある。その筋道を通すことだけにこだわるならば、物事は金輪際《こんりんざい》動かない。物事を変革しようとすれば、筋道を外れる場合だってままある。ということは、筋道ばかりにこだわっている限り、まず物事は変革されることはない。

　格言にも、石橋を叩いて渡る、というのがある。こういうタイプの人間は、往々《おうおう》にして石橋を叩いて、叩いて、叩き過ぎて、ついには叩き壊してしまい、結局渡れなくなるという愚行を犯すことがある。慎重派と呼ぶのは美辞麗句に過ぎるわけで、要するに現状肯定のバリバリの守旧派でしかない。暁高校の会長が繰り返し語る筋論＝「石橋論」に苛立っていた。口を開けば、たちまちにして罵詈雑言《ばりぞうごん》と化すのは明白だったものだから、それが貧乏揺すりという身体表現になったのだ。

　横を見たら、モモが俯いて必死になって笑いを噛み殺していた。彼女には分かったのだ、僕が何に苛《いら》ついているのかが。そんなモモの様子に多少苛立ちは治まり、落ち着きを取り戻すことができた。正面に視線を戻せば、さっきモモに声をかけてくれた書記の女子生徒が、険しい顔付きで会長に小声で何やら盛んに文句を言っているようだった。ひょっとすると、貧乏揺すりをしていたのは僕だけではなかったのかもしれない。何だか、日頃の暁高校生徒会の執行委員会ではよくある光景を垣間《かいま》見ているのではないか、との気分になった。この会長はいつでもこんな調子なんだ。

誰よりも正確に筋道が読めるのだから、頭が良いことは認める。しかし、その頭の良さに、活動家、組織者であるべき彼が負けてしまっている。変革者としてのリーダーシップを最大限発揮するには、時として筋道など二義的な事柄だと判断する瞬発力が必要だ。変革者が第一義に位置付けなければならないこと、それは誰をも魅了する夢を思い描き、皆と共有することであり、夢の共有を武器に夢を形にする中で、皆を勇気付け元気にさせることだ。その先に待っているものこそ、夢が一匹の竜となり、天翔ける姿を見せてくれる永遠という名の一瞬なのだ。筋道なんてその後からのこのこ付いてくる。伝統ある民主的先進校であるが故に、こういう官僚的体質の秀才が会長になっても事足りてしまうのか、それともそういう「石橋」人間が会長になるから、活動が停滞し、伝統ある民主的先進校という現状に胡坐《あぐら》をかく体《てい》たらくに陥ってしまうのか？　いずれにしても厄介な状況だ。

気付かれないように呼吸を整えてから、僕はこう切り出してみた。

「失礼ついでに訊いてみたいんだが、生徒会だの、役員だのといった重荷をいったん下ろして、一人の高校生として、生徒会連合という新たな地平を切り拓《ひら》く可能性のある組織作りに興味はあるのか？　各自の感想なり意見なりを訊かせてほしいんだけど。重荷を下ろせないと言われるかもしれないが、あくまでも仮定として、思考実験の一つとして、ともかく下ろした体《てい》で答えてほしいんだ。どうかな？」

暁高校の会長は無表情を装い、じっと腕組みをしたまま黙り込んでしまった。会長なのに生徒会という重荷を下ろせ、という仮定がそもそも筋道の通らぬ設定だから、答えようがないとの意思表示だろうか？　面倒臭いなぁ、もう。そこで、書記の女子生徒のほうへ無言の秋波を送ってみた。彼女は一つ咳《せき》払《ばら》いした後で、こう答えてくれた。

「直感的に、面白い、と思う。これまでそんな学校の枠を、超えた組織を作ろうなんて思ったことなかったから。全く新しい視点や発想で活動できるとしたら、新鮮な気分になれそう。学校は自由なんだけど、自由が日常化、いわゆる『ケ』になってしまっている。『ケ』を『ハレ』に変える。そのために沈滞した空気に風穴を開け、新鮮な風を呼び込みたい、という願望がある。実現できるかどうかなんて、私には見通しもなければ自信もない。でも、それはやってみなければ分からないとしか言いようがない」

その返答にモモが笑顔を見せると、彼女もまた笑顔で返してきた。

次に僕は明星高校の会長のほうへ顔を向けた。すると、例の人懐っこそうな笑顔を浮かべながら、こう語り出した。

「会長という裃《かみしも》を脱ぎ捨てて、一個人として生徒会連合結成についてどう思うか？　と問われるならば、確かに胸躍《おど》るものがある。今、彼女が言ってくれたように新鮮な風が吹き込んできそうな期待感が湧いてくる。それだけでも充分に価値ある提案だと思う。

だが、一つ質問したいことがある。前に電話でマスミ会長から、生徒会連合を結成する上で手本になる連合体組織がある。大学には各大学の学生自治会が加盟して長年活動している全日本学生自治会総連合、全学連があるのだから、それを真似すれば組織の形を整えるなんてわけないよ、と言われたんだが、ここに克服すべき難題があるように思えるんだ。

片や学生自治会にはその名の通り、自治権が認められている。だけど、片や僕ら高校生には、日本中探しても自治権を認めている高校なんて皆無だろう。すべてが高校生徒会止まりなのであって、高校自治会なんて聞いたことがない。どの高校でも生徒会係だの生徒会顧問団だのと称して、教師側の指導管理体制が組まれている。つまり、現状では生徒と教師の関係は対等ではなく、教師側の支配下で生徒会活動の権限、限界は決められているのが一般的なパターンだということだ。そんな生徒会の現状と、生徒会として加盟して活動する自立した生徒会の連合体組織とは矛盾しないのか？　という疑問なんだ。

この疑問をマスミ会長にぶつけてみたんだが、彼の返答はただ一言、力関係で決まる、以上、というものだった。そう言われて、思わず言葉を失ったね」

僕が黙ってしまったものだから、彼は言葉を継いだ。

「生徒会連合結成を目指すためには学内に留まってはいられず、学外へ打って出る活動が必要になってくる。活動のレベルを引き上げなければならなくなるわけだ。それと同じ理屈で、生徒会連合を目指す以上、生徒会はその権限を拡大するために、生徒会組織を抜本的に改革して、高校自治会に生まれ変わらなければならない。そして、それを学校側に認めさせる権利闘争を同時進行で取り組まなければならない。それだけの話だ。成否を決めるのは生徒会活動の盛り上がり次第、結局は学校側との力関係で決まる。僕の言いたいことはそういうことだ、と言うんだ」

いつの間にか、彼の人懐っこい笑顔は消え、気の毒なほどに困惑した表情に変わっていた。さっき脱いだばかりの会長という衿をもう身に着けちゃっていますよ、と言いたかったのだが、真剣に悩んでいる彼を茶化してしまうようで、その言葉は口に出さずに呑み込んだ。言葉を探しているのか、彼の目の焦点はしばらく定まらず、黙りこくってしまったのだが、思い定めたように僕にこう質問し直してきた。

「君も聞いているんだよね、生徒会を自治会に改組しようという考え方を？」

それ以上詳しくは聞いてはいなかったが、そういう組織変革も含めて生徒会連合構想は考えなければならなくなる、とは聞かされてはいた。正直に答えることにした。その手の話をマスミから聞かされたときも、大して驚きはしなかったし、疑問も覚えなかった。そのときの受け止め方の軽さ、大雑把さを忘れないよう気を付けながら、自分なりの考えを語っていった。

マスミの言う、相手との力関係で決まる、という言葉は聞かされていたのだが、僕にはそれで説明としては充分だった。何も思想闘争を挑もうとしているのではない。実践を積み重ねていくことで、その前進を阻《はば》む壁の正体が明らかになってくる。明らかになった壁をじっと見据えて、それをどう突破していったら良いかを考える中で、自ずと生まれてくるのが言葉遊びではない、本当の思想闘争というものだろう。初めに思想ありき、ではないのだ。活動の昂揚いかんで、結果的に生徒会の自治権を要求するのと同等の権利闘争を展開することになるのは珍しくない。そのたびに生徒会の性格上の限界について振り返っていては、運動の勢いを殺《そ》ぐことになる。運動の昂揚期には、押して押して押しまくるのみだ。だが、膠着《こうちゃく》状態になったとき、自然と自治権を持たぬが故の限界が意識に上《のぼ》ってくるときがある。だからといって、必ずしも組織改革の問題がその時点での最重点の緊急課題になるとは限らない。戦術の選択肢は他にもある。押しても駄目なら引いてみな、というが、それもまた立派な戦術だ。しかし、視野を広くして戦況を見直し、違う角度から攻めてみることを考える場合のほうが多いだろう。そこで突破口を見出し、運動が前進する中で、付随するようにして生徒会の組織としての権限が強化されることだってある。要は、運動あってこその組織だ、ということを言いたいのだ。

生徒会だ、自治会だと組織論にこだわり過ぎると、運動のダイナミズムが失われてしまう。組織論なんて頭に浮かんでこないぐらい運動が多岐に亘って展開されているときこそ、ダイナミズムを実感できる。マスミに引っ張り回され、活動に忙殺される中で、僕はそんな体験を幾度もしてきた。今日の集まり自体そうだ。合意したいのは生徒会連合の結成、三校での準備会創設であることは間違いないのだが、あえて言わせてもらおう、そんなものは目的ではなく手段に過ぎないのだ、と。

「中庄高校はこの一年半の間に生徒会活動を飛躍的に発展させてきた。そして、小成に安んずることなくさらなる前進を図ろうとしたとき、一つの大きな壁にぶつかった。運動がそんな段階にまで到達したこと、それを明確に自覚できるようになったことは僕の誇りだ。運動を前進させてこなかったら、そんなことを問題意識に上らせることなどなかっただろう。だから、その壁を突破する有効な手段として連合体結成の意味、必然性がはっきりと見えている。そこに至るプロセスでさまざまな矛盾が露呈してくるに違いない。でも、どれも瑣末《さまつ》な問題に過ぎない。

さらなる運動の前進を勝ち取っていく中で、それらの矛盾は自然に溶解するが如くに消え去っていくだろうとさえ思っている。だから……その……もっと気楽に考えてくれないかな？」

明星高校会長の表情がどう変化するか？　そればかり気にしながら、僕は言葉を切った。だが、僕の希望とは裏腹に彼の困惑顔はいっそう度を増した。そして、こんな言葉が彼の口から漏れた。

「生徒会から生徒自治会への改組も瑣末な矛盾だ、と言いたいのかい？」

そんなつもりで言ったのではなかったんだが……。後悔先に立たず、であった。彼の困惑顔を目にしながら、心は揺らいだのだが、結局は自らの考えに正直に言葉を噛み締めるようにしてこう答えるしかなかった。

「生徒会連合結成の先に生まれてくる新たな可能性の大きさに比べるならば、そうかもしれない……」

彼の目線は僕の胸の辺りに注がれていたものの、何も見てはいなかった。自らの思考に集中し、黙り込んでしまった。

その後も話し合いは続いた。行きがかり上、僕が司会進行の役割を買って出た。もうその時点で今日の集まりの目的については考えを改めていた。改めざるを得なかった。無理強いするのはやめよう、と。発言を控えるようになった両校の会長の代わりに、暁高校の書記、二年生の女子生徒と明星高校の副会長を務める一年生、そしてモモがその沈黙の重苦しさを打ち消そうとするかのように積極的に発言するようになった。せっかく開催にまで漕ぎ着けた三校の交流の場を台無しにしたくない、実りある討論の場にすることで、今後の活動の発展に繋げられるようなお土産《みやげ》を持ち帰りたい。そんな思いから活発に意見を言うことで噛み合った議論を作り上げようと努力してくれた。その健気な努力を目《ま》の当たりにして、これでいいのかもしれないと思えるようになっていった。

　改めて話の中身が各生徒会の活動交流になると、当然のことながら躍進目覚ましい中庄高校の話題に集中していった。モモが優れた語り部《かたべ》ぶりを発揮してくれた。一年生ながら目まぐるしい活動の中、冷静な目で人の動きをよく見ていた。行事屋に陥らぬよう、連続する行事を互いに絡めながら、運動の担《にな》い手の裾野《すその》を広げるため、どのように一般生徒の関心を高めていったか。人を組織するための地道にして大胆な取り組みの頂点で、本番を迎えるように努めた苦労話を、裏方でなければ知り得ないエピソードを、モモは実にリアルに生き生きと語ってくれた。表情豊かに手振り身振りを交えて、時折犯した失敗談をケラケラ笑いながら語ってくれたことで、その場は大いに盛り上がった。そのときばかりは、両校の会長も相好を崩して心底楽しげに彼女の弾むような話に聴き入っていた。話の流れの中で、生徒会連合の話題になっても深入りはせず、卒業式改革に向けた取り組みの進展に伴って、生徒会連合の結成が次の課題の一つとして浮上してきたいきさつについて、意見交換することが多くなった。この話題についてもモモは頑張った。不充分な説明であったが、かえってそのたどたどしさが説明する彼女の一所懸命さとあいまって、話の印象として新鮮な魅力を生む結果になった。まだ経験の浅い一年生執行委員の目には、この難課題がどのように映っていたかがよく分かる語り口であった。

　両会長は発言を控えるようになった代わりに、持参したメモ帳に素早くペンを走らせるようになった。やはり話題が生徒会連合に及ぶと、途端にその表情には緊張の色が走った。そんな彼らの様子から見て取れたものは、集まりの冒頭から終始一貫、巨大権力とぶつかり合うことが必須の生徒会連合結成への警戒感の強さ、そして連合体構想自体が孕《はら》むさまざまな困難さへの苦慮であった。

　そのとき、僕の脳裏をある想像がよぎった。事前に両校共この集まりに臨むに当たって、会長は教師側とこの話題について話し合ったのではないか、という疑念であった。民主化の進んだ学校の生徒会では、顧問や生徒会指導部と生徒会幹部の関係が密接である場合が多い。判断に悩む案件について、信頼を寄せている顧問と話し合い、アドバイスを貰っている可能性は高い。邪推かもしれないが、もしそうであるならば、今日の集まりでの両会長の頑なとも思える態度には合点《がてん》がいく。生徒会連合が結成されれば、自校の生徒会への教師側のコントロールが利かなくなるおそれが出てくる。それは避けたい。そこで、そのような学校の枠を超えた組織の結成には慎重になるように、と教師側が釘を刺したとしても不思議ではあるまい。果たして両会長の態度の裏側にどのような事情があるのか？　これはあくまでも僕の想像に過ぎない。それを確認する術はない。本人にストレートに問いただすわけにもいくまい。そんなことをしようものなら、下手をすれば関係が決定的に悪化してしまうかもしれない。ともかく、これが現実だ。県下の生徒会活動の現状を象徴的に物語っているのではないか？　そう僕には思えた。

　もしも、僕ではなく、この場をマスミが仕切っていたならば、こうはならなかったのだろうが、今さら、「たられば」を論じてみたところで仕方があるまい。これもまた現実だ。今日の集まりのありのままをマスミに伝えるしかない。僕の報告を聴きながら、眉を顰《ひそ》めるマスミの表情がありありと思い浮かんだ。憂鬱な気分にもなったのだが、それも仕方があるまい。仕方がない、仕方がないの連発で我ながら情けないのだが、それが僕の力量の限界なのだから、やっぱり……仕方がないのだろう。

　討論は三時間あまりに及び、この日は散会となった。生徒会連合、および結成準備会の件は、いったん各校持ち帰りとなり、おのおのの執行委員会で検討すること。そこで一定の結論、方向性が出た段階で、日程を決めて再度集まろうということになった。各校の生徒会活動の交流自体は有意義なものであり、今後も続けていきたいとの旨の発言が全員から出された。

　会場となった喫茶店から自宅へは地下鉄を使ったほうが便利だ、ということで、僕はモモを最寄りの地下鉄駅まで送っていった。

「喋り過ぎて、少し頭が痛い。でも、あんなに喋れるなんて自分でもびっくり」

とやや興奮気味にモモは語った。

「びっくりしたのはこっちだよ」

「ですよねぇー」

モモは明るく笑った。こんなによく笑うモモを初めて見たような気がした。駅の階段入口でモモと別れた。別れ際、

「先輩、本当に今日はお疲れ様でした。先輩にとっては残念な結果だったと思いますけど、きっといつか分かってもらえる日が来ると私は信じています。次もまた必ず誘ってくださいね。よろしくお願いします」

と、モモはそう言って手を振って階段を降りていった。

彼女の姿が見えなくなると、途端にどっとばかり疲れが襲ってきた。ひどい頭痛がした。こめかみ辺りの血管が激しく脈打っているように感じられた。

突然襲ってきた耐えがたい疲労感と頭痛は、押し寄せる禍々《まがまが》しい運命の予兆だったのだろうか？　このときはまだ今日の集まりが原因となり、僕ばかりではなくモモの身にも災厄が降りかかることになろうとは想像だにしていなかった。

＊　＊

翌週の月曜日、教室で友人達と昼食を取っていたときに、担任がやって来て廊下に呼び出された。授業後、教頭が聴きたいことがあるというから、校長室へ行くように、と伝えられた。まさか⁉　という不安はよぎったのだが、今時それはないだろう、とすぐに打ち消した。担任も教頭からはそれ以上のことを何も説明されていなさそうで、ただ不安げに僕の顔をじっと見ている。度の強い眼鏡をかけた理科担当の中年教師で、真面目さだけが取り柄《え》の、どちらかと言えば事なかれタイプの教師だった。この手の教師には何を言ってもしようがないのだが、それでも何か言ってやらないと、いつまでも僕のそばを離れそうもないので仕方なく、今は生徒会では何も動いていないんですけどね、と言った。すると、そうか、と答えただけで担任は去っていった。その後

ろ姿を一瞥《いちべつ》して、伝書鳩《でんしょばと》か、と軽蔑するような気持ちになった。

　授業が終わると、気は進まなかったが、校長室へ向かった。職員室の出入口の横に校長室へと直接繋がるドアがあり、そこをノックした。中から教頭の曇《くぐも》った声で、入りなさい、といつも通りの威圧的な指示があった。鰻《うなぎ》の寝床のような造りの校長室。手前には部長達が集まって開く運営会議で使用される長い机が置かれ、その横、壁際には数枚のプリントがマグネットで留められたホワイトボードがあった。部屋の最奥部には窓ガラスを背景にして、校長用の立派な仕事机が設《しつら》えられていた。卒業式のときに体調を崩して以来、校長は出勤していない。大きな総合病院に入院したまま治療を続けているとのことだが、詳細は分からない。その校長の机のすぐ前に、来客用のソファーが低いガラス製のテーブルを挟むような形で置かれていた。その片方のソファーに教頭は座っていた。ここに座りなさい、と向かい側のソファーを指差した。失礼します、と言って僕は指示されるがままに腰を下ろした。

「ちょっと確認したいことがあって来てもらったんだ。まずはこの写真を見てほしい」

　教頭はスーツの内ポケットから写真を五枚取り出してテーブルの上に並べた。土曜日に開いた暁高校、明星高校との集まりを撮ったスナップ写真であった。人の頭だろうか、大きな影が写り込んでいたり、テーブルの前を通り過ぎた人影がピンボケの状態で写真の四分の一ほどを覆っていたりと不自然なものばかりで、明らかに盗撮であった。その五枚の写真には出席者六名全員の顔がはっきりと写っていた。黙って一枚、自らの顔が写っている写真を手に取り、しばらく眺めた後、教頭に返した。

「ここに写っているのは君で、その隣に座っているのは生徒会書記の一年生だね？」

　陰湿な声音で教頭は訊いてきた。動かぬ証拠として差し出された写真に、僕が写っていることよりも、モモが写っていることに動揺を覚えた。

「君も一年間生徒議会の議長を務めて、生徒会との関わりは長いのだから、学校のルールについては知ってるね？」

何がルールだ⁉　戦前戦中の稀代の悪法、治安維持法を彷彿《ほうふつ》とさせるような高校生の人権を侵害する弾圧法で、おおっぴらには校則として生徒手帳には載せられないような代物じゃないか⁉　よくもまあ、ぬけぬけとそれを、学校のルール、だなんて白々しい言い方ができるもんだ、と内心むっとしていたのだが、怒りは胸のうちにしまい込み、小さく首を縦に振った。

「土曜日の夕方に学校に電話があってね、私がたまたま学校に残っていたものだから、電話には直接私が出た。いくつかの学校の生徒会役員達が集まって会議を開いているんだが、何度も中庄高校の名が出ていて、学校として把握しているのか？　という問い合わせだった。全学連という言葉が聞こえてきてね。内ゲバ殺人だの、連続爆破事件だのと物騒な御時世だから、何か良からぬことでも企んでいるんじゃないか、と心配になってしまった。しかも、話している内容が生徒会連合、結成準備会といった通常の生徒会のレベルを逸脱した、学校の枠組みをはみ出す組織の結成を目指すものだった、とも教えてくれたのだが、本当かね？」

教頭はやや声を落として、僕のほうへ顔を突き出し、下から睨《ね》め付けるような感じで訊いてきた。陰険さを絵に描いたようなしぐさだった。今時こんな安っぽいテレビドラマで見かける芝居がかった所作をする人間が実際にいるんだ、と驚き、かつ呆れた。

しらばっくれようか、とも思ったのだが、モモのことが頭をよぎった。彼女もまた、今、別室で事情聴取を受けているのだろう。聴取をしているのは生活指導部長といったところか？　いくらしっかりしているとはいえ、まだ一年生の女の子だ、気が動転してしまい、聴かれたことは何でも答えてしまうだろう。どんなに恐い思いをしていることか……。こんなことに巻き込んでしまったことを深く後悔した。

教頭は、学校に通報してきた何者か――もしかしたら、僕の眼前にいる教頭の皮を被《かぶ》った男の放ったスパイかもしれない――そいつからもっと詳しい情報を仕入れているに違いない。盗撮などという卑劣な真似をする奴だ、テーブルの下とかに盗聴器を仕掛けるぐらいのことはやりかねない。聴いてくる質問に対しては、基本的に認めるよりしようがあるまい。そう腹を決めると、伏せていた目を上げ、教頭の顔を正視した。

「その手の話も出たと思いますが、話題になっただけで、それ以上進展するようなことはありませんでした」

「話は出た、と他人事のように言ってるが、暁高校や明星高校に加わるよう勧めた首謀者は君なんだろう？」

教頭は半ば嘲《あざけ》るような物言いで、そう訊いてきた。

「盗撮なんて犯罪行為をする通報者がそう言ってきているんですか？　盗撮した写真の次に先生のポケットから出てくる物は盗聴テープですか？」

精一杯の皮肉と侮蔑の思いを込めて、僕はそう訊き返してやった。教頭は明らかに不愉快そうに顔を顰《しか》め、それまでとはまるで違う高飛車な口調で話し出した。

「君は今、自分の置かれている立場が分かっているのか！　学校の規則に違反した疑いで、事情聴取を受けている身なんだ、ということを少しは自覚したまえ。それに、君は生徒議会の議長でもある。君のやったことは、君一人の問題では済まないかもしれないんだぞ。生徒会の今後の活動にも影響を与えることにもなりかねない。そういうことをしっかりと認識した上で発言したまえ！」

こういう場合には、教師受けするように、教師の支配欲を満足させられるように殊勝な態度に徹したほうが得策であるに決まっている。そんなことは百も承知の上で、それでもなお僕は教頭の顔を睨み返さずにはいられなかった。教頭が建て前としては教育指導上の注意喚起、本音ではヤクザ紛《まが》いの恫喝《どうかつ》口調で告げた内容も言われなくたって分かっている。モモはもちろんのこと、他の執行部メンバーや議会で苦楽を共にしてきた仲間達の顔を思い浮かべていた。中でも、今も病気と闘っているマスミにはすまないことをした。僕を信頼して送り出してくれたというのに、こんな結果を招いてしまった。現場の責任は全部自分にある。許してくれ、と心の中で詫びていた。「三校禁」という弾圧法の存在について、マスミは口にしていた。組織防衛という観点からも、僕がもっと注意すべきだったのだ。

教頭という仮面をつけた薄っぺらなこの男を先頭に、公立高校という県や国といった権力の手先にもなる場で、その権力に千切《ちぎ》れんばかりに尻尾《しっぽ》を振る連中は、やろうと思えば、どんな汚ない手だって使ってくる奴らだということ。そんな現実の暗部を身をもって知ったのだった。今回の事の露見についてどのように考えても、たまたまその場に居合わせた人間が、話している内容が気になって学校に通報してきたとは思えない。今回の集まりとそこでの議題が事前に漏れていて、教頭のスパイが——興信所にでも依頼したのだろう——会合の前に乗り込み、隠し撮りのできるポイントを物色し、話し合いの内容についても、盗聴も含めて可能な限り正確に入手できるよう準備していたとしか考えられなかった。まんまと嵌《は》められたか……。

自主卒業式の想像以上の大成功によって学校側の面目は丸潰《まるつぶ》れ、そのショックで校長は長期療養に追い込まれた、というのが専《もっぱ》らの噂であった。そして止《とど》めになったのが、事実上三原則がぼろぼろになってしまった卒業式の崩壊。それへの報復の機会を教頭は虎視眈々《こしたんたん》と狙っていたのではなかろうか？「三校禁」違反がどの程度の処分になるのかは知らないが、覚悟だけはしておいたほうが良かろう。願わくば、僕個人への処分に留まってほしい。それにしても、モモのことが気になる……。

短い時間であったが、教頭と睨み合う恰好で沈黙が続いた。その後、教頭は苦虫《にがむし》を嚙み潰したような表情は変えぬまま、ついと僕から視線を逸《そ》らし、背後の棚に向かうと一冊のファイルを取り出し、ページを捲《めく》り出した。すぐにまたそのファイルを元の位置に戻し、再び僕の前に座った。雰囲気が変わっていた。その表情からは怒りも憎しみも、あるいは勝ち誇ったような昂揚感も、一切の感情が読み取れなかった。不気味な男だ、と薄ら寒ささえ覚えた。それから教頭は唐突に言い放った。

「事情聴取はこれで終わりだ。今日は寄り道せず、すぐに帰宅したまえ。家庭のほうへは私から電話連絡を入れる。明日一日は出校停止扱いになる。午前中、指定した時刻に保護者と一緒に、もう一度ここに来てもらい、処分内容を言い渡すことになる。言い渡しの後、授業は受けずにそのまま保護者と帰宅してもらう。私からは以上だ。帰ってよろしい」

　声に全く抑揚がない。淡々とした事務連絡だった。そのあまりの淡泊さ、唐突さに虚を突かれ、僕は立ち上がるタイミングを失った。身じろぎもせず、テーブルに広げた写真を揃え内ポケットにしまう教頭の所作を眺めながら、座ったままでいると、先に立ち上がった教頭が僕を見下ろして、帰っていいよ、と再度促してきた。

　校長室を出ると、廊下を挟んで斜向《はすむ》かいにある部屋へと歩を進めた。そこは生活指導部室だった。ドアを隔てて、室内の話し声に耳を欹《そばだ》ててみたのだが、何も聞こえてはこなかった。人の気配もしなかった。モモの事情聴取のほうが一足《ひとあし》早く終わっていたようだ。一年生の教室を覗いてみようか、とも思ったが、すぐに思い直した。彼女にかけるべき言葉が見付からない。今、会ってどうすべきか、皆目《かいもく》見当もつかなかった。それに、多分教室にはいないだろう。彼女もまた指導部長から言われたはずだ。今日はすぐに帰りなさい。家庭には明日の処分申し渡しをする時刻を伝える電話連絡を入れるから。明日一日は出校停止扱いになる、と。三月の夕暮れは早い。陽が沈みかけているのだろう、電灯の点されてない廊下は最前より薄暗くなったような気がする。その薄暗さは僕の心象風景でもあった。だが、きっとモモの場合は僕の比ではないだろう。その場から逃げるようにして、急ぎ足で自転車置き場へと向かった。

　明日学校へは母親と行くことになった。六時頃にかかってきた電話で、処分申し渡しの時刻は十時に決まった。電話の相手が教頭であること、そして学校呼び出し、出校停止、処分という使われる単語の刺戟性で母親はすっかり狼狽していた。両掌で包むようにして受話器を握り、ひたすら平身低頭、謝り続けていた。母親のそばで僕はその様子を見ていた。父親は電話が置いてある場所の見える仕事場にいて、英国製の高級な生地をよく切れる裁ち鋏《たばさみ》で次々に切り裂いていた。シャーッ、シャーッ、という鋏で布を裁断する音が僕の背中にも届いていた。

家業は自営で紳士服の仕立てをしていた。幼少の頃には住み込みで若い職人を数人雇っていたこともあったのだが、今では両親だけで細々と仕事を続けていた。どのような話の流れでそんなことを訊いたのか、覚えてはいないが、小学生だった僕は母親に、ウチにはいくら貯金があるの？　と尋ねたことがあった。すると、二百万円、と即答された。その額の多寡《たか》は当時の僕には分からなかった。今ではあの時、母親がどういうつもりでそんな具体的な数字を告げたのか、そっちのほうが謎であった。子供なりにウチの家計は大丈夫なのか？　年の離れた兄と姉がいて、僕も含めて三人の子供をこの先養っていけるのか？　それが心配だったのかもしれない。そんな出来事もあって、僕はその頃からすでに高校や大学に進学するならば、学費の安い国公立しかあり得ない。しかも、別途家賃やら食費やらの生活費のかからない自宅から通える学校に限る、と一人心に決めていた。

ふと振り返って父親を見ると、長い生地をひたすら真っすぐに裁つという単調な作業に打ち込んでいるように見えて、その神経は受話器を握り締めてただただ謝り続けている母親に向かっているように見えた。いつもの父親の仕事振りとはどこか違っているように思えたからだ。本来は子供好きで、小学生の頃までは忙しい家業の合い間を縫ってよく遊んでくれた。それが高校生徒会の活動にのめり込み、大人からすれば小生意気な理屈を捏《こ》ね回すようになって以来、父親との会話は途絶え、その関係は稀薄になっていった。今の政治や社会への批判を口にしても、不機嫌そうに聞き流すばかりではかばかしい反応が返ってくることはなかった。生まれてこのかた、父親から面と向かって怒鳴りつけられたことも、ましてや手を上げられたこともなかった。愛する家族を養うために朝から寝る直前まで仕事に明け暮れる生真面目で責任感の強い、心優しい父親。碌に言葉も交さなくなってしまったからこそ、なおいっそうそんな父親を苦しめていることが辛かった。

「はい……はい……分かりました。ご迷惑をおかけして申し訳ございませんでした。……はい、失礼致します」

電話に向かって幾度もお辞儀をして、母親は受話器を置いた。

その日の夕食は、まるでお通夜だった。そんな中でようやく口を開いたのが母親だった。

「暁高校も明星高校も勉強のできる子ばっかりが行く学校だろが。そんな子ん達と会って何がいかんの？」

教頭の説明における一番のポイントが理解できていないことがよく分かった。

「前もって集まりを開くことを学校に伝えてなかったから。でも、伝えたら許可されなかった……」

と、ぶっきらぼうに答えた。

「会ったのは生徒会の会長さん、副会長さんをやっている特に賢い子達だったんだろ？　そんな優等生の子ん達と会うのに、学校に言わないかんのか？　そんなことでわざわざ教頭先生が電話してきて、親まで学校で説教されないかんのか？」

と、母親は相変わらずどうにも腑《ふ》に落ちないという口振りだ。それ以上説明するのが面倒臭くなってきたものだから、そういうことみたいだ、とだけ答えておいた。母親の眉間《みけん》に寄った縦皺はますます深くなっていった。どうしてその程度のことでこの忙しいのに親子ともども学校に、しかも校長室などという厳《いか》めしい部屋に呼び出され、電話口での声の感じからして居丈高《いたけだか》なタイプの教頭先生から叱られなければならないのか、何度考えてもさっぱり理解できない様子だった。

いつもなら、食事の間には茶の間のテレビをつけるのが習慣になっていたのだが、その時のブラウン管は暗いままだった。その夜は我が家から家族の団《だん》欒《らん》が奪い取られていたことの証だった。黙りこくったままの父親は食事を掻き込むと、ご飯粒のくっついた茶碗にお茶を注ぎ入れ、箸《はし》で掻き混ぜ、一気に飲み干した。それからいつも通り煙草に火をつけ、畳に広げたスポーツ新聞に目を通し始めた。果たしてその時、新聞の活字が父親の目に入っていたのか？　奪い取られた家族の団欒、日常を取り戻すため、いつも繰り返している所作をなぞっているだけのように見える父親が、どこかもの悲しかった。母親もいつもの癖で使い終わった食器をさっさと片付け、お盆に載せると、お勝手の洗い場へと運んでいった。見馴れた風景がそこにもあった。

父親は地元の保守系大物政治家の後援会に入っていた。積極的に応援している風《ふう》はなかったが、町内でのいろいろな付き合い上、仕方なく入っていたのかもしれない。年に一度、その後援会が主催する親睦旅行にも参加していた。そこで後援会員全員に配られた鋳物《いもの》製の重い灰皿を手許に引き寄せ、長く伸びた煙草の灰を落とした。灰皿にはその政治家の名が大きく浮き彫りになっている。野太いよく通る声、独特の節回しで演説するさまを一度だけ生《なま》で目にしたことがあった。怒ったような顔付きで、白い手袋をした両掌を大袈裟に振りながら、さも国政の要諦《ようてい》を自分が握っていると言わんばかりの国士気取りの演説に気分が悪くなった。いかなる理由があるのかは知らないが、こんな脂《あぶら》ぎった権勢欲の塊のような保守系政治家の後援会に入るなんて気が知れない、と父親を蔑《さげす》むような感情を抱いていた。父親がまた煙草の灰を落とすと、それは政治家の名前の横を滑り落ち、畳の上に転がった。そのことに父親は気付かなかった。父親の意識はスポーツ新聞にも煙草にも向かってはいなかった。父親に対する申し訳なさと拭おうにも拭い切れない軽侮《けいぶ》の念とが同時に湧き起こり、決して入り混じることなく胸の中で渦巻いていた。

食事を終え、一間に父親と無言で二人っきりになるのが息苦しく、僕は二階の自室へ上がっていった。その夜の親子の会話はそれっきりだった。しばらくすると、仕事場から電動ミシンの音が響いてきた。その馴染みのある音にも、いつも通りの日常を取り戻そうとする両親の細やかな努力が感じられて、僕の気持ちはいっそう沈んでいった。

無性にマスミと話したかった。でも、まだ退院できてはいなかった。インフルエンザが引き金になり、肺炎を発症してしまい、今はその治療中だとの話が伝わってきていた。戦友は闘病中か……。しかし、あいつはこんな病気にでも罹《かか》らなければ、体を休ませようなどとは微塵《みじん》も考えない奴なんだから、今はゆっくりと治療に専念し、身も心もリフレッシュしてほしい。それと、モモにも連絡を取りたかったが、無理であることは承知していた。一言詫びたい。慰めの言葉を一言でもいいからかけてやりたい。ただそれだけが願いだったのだが、それはいずれも叶わぬ願いであることも分かっていた。僕の願いは叶わぬことだらけか……。勉強机に頬杖《ほおづえ》を突いて、ただ時をやり過ごすことしかできなかった。長い、長い夜だった。

＊　＊

翌朝、ほどんど眠れぬままにトイレに立つと、お勝手にいた母親と顔を合わせた。まだ夜が明けたばかりの時刻であった。ばつの悪さを覚えながらも、仕方なく、おはよう、と声をかけると、洗い場の水の弾ける音の中、米を研《と》ぐ手を休めることなく、寝れんかったたか？　と訊いてきた。自分こそ、と内心思ったが、そうは言わずに、こんな「記念日」にぐっすり眠れるほど神経太くないから、と自嘲気味に答えると、母親のいつもの憎まれ口で、お気の毒やら、ど罰《ばち》やら、と返してきた。日頃なら、また言ってるよ、と聞き流すだけなのだが、このときはその言葉の意味に引っかかった。こんなことで処分を受けるはめになり、お気の毒様、という母親の本音の一つが表れているように思えた。お気の毒様、の対象は、息子の僕であるとともに、親だから、という理由だけで、まさに青天の霹靂《へきれき》といった感じで「記念日」に付き合わされる自分自身にも向けられているのだろう。また、物事には必ず相矛盾する二面性がある。完全なる白もなければ、黒もない。ある方向から見れば白く見える物でも、反対側から見れば黒であることが普通なのだ。三校禁違反で処分されるのは、お気の毒、ではあるのだが、別の角度から考えれば、自立的な生徒会活動への弾圧法である三校禁がなくなっていない状況にもかかわらず、それへの警戒を怠り、会議を実施してしまった迂闊《うかつ》さを批判する立場からすると、身から出た錆《さび》、自業自得だ、との見方だって成り立つだろう。もちろん、三校禁という決まりの正邪についてはさておいての話なのだが。ど罰《ばち》、か……。自分の不明を恥じ入るばかりだった。

夜明け前に短時間うつらうつらした程度で、頭の中にかかっていた霧が、そんなことを考えているうちに、少し晴れた気がした。「朝ご飯はまだだで、二度寝しときゃあ、時間になったら起こしたるで」と言ってくれたのだが、もう眠れそうにはなかった。用を足し、母親が朝食の準備をするお勝手を通り抜け、二階へ上がる急な階段に足をかけたとき、仕事場のほうからドタン、ドタンと反物《たんもの》から生地を取り出す物音が聞こえてきた。父親もまた眠れなかったのだろう。他にやることもないから仕事でもするか。仕事でも何でもいいから、何かをやっていれば、余計な事を考えて気に病《や》むこともない――。多分そんなところだろう。

自室に戻り、昨夜眠れぬままにページを繰っていた小説はもう読む気にはなれず、机に突っ伏していたら、飛んでしまったはずの眠気がいつの間にか舞い戻ってきて、そのままの姿勢で眠ってしまった。ご飯！　という階下からの母親の大声で目が覚めた。眠ってしまっていたことに我ながら驚いた。だが、お陰で頭の中に漂っていた霧は完全に晴れていた。茶の間で両親といつもよりは早目の朝食を取っていると、母親が、「遅れるといかんでタクシー呼ぶつもりだったけど、もったいないで自転車で行くでよ」と言ってきた。教頭からの電話で昂《たかぶ》っていた母親の気持ちが、時間の経過する中で次第に冷静になってきたせいだろうか？　いつも通り自転車を漕《こ》いで登校したほうが、僕の気持ちも落ち着くような気がして、母親の心変わりにも特に異論はなかった。

仕事場で一人ミシンをかけている父親を置いて、僕と母親は自転車に跨《また》がり家を出た。母親を先に行かせることにした。母親の漕ぐスピードに合わせてペダルを踏めば良いと思ってそうしたのだが、母親が漕ぐ自転車のスピードはなかなかのものであった。母親はまだ五十歳になっていない。まだまだ足腰は丈夫なのだ。それに、申し渡しの時刻に遅れてはいけないという思いの強さが、母親の自転車の速度を上げさせていた。時折立ち漕ぎまでする母親の後ろ姿を目で追いながら、今回のような「記念日」や事件を重ねていくうちに、今はまだ元気な母親も確実に年老いていくのだと思うと、余計な事は一切口にせず、処分の申し渡しなんかさっさと終わらせて、一刻も早く巻き添えを食うはめになった母親を解放してやりたいという気になった。

　快調に自転車を飛ばしてきたせいで、学校には約束の時刻の二十分前に着いてしまった。駐輪場まで案内した後、生徒玄関を通って校長室へ向かおうとしていた途中で、僕の足は一歩も前へ進めなくなった。生徒玄関から出てきた少女、白いハンカチを顔に押し当てて激しく泣きじゃくっていた。その頭を優しく抱き締めながら少女に声をかけつつゆっくりと歩いてくるおばさん、面識はないがモモの母親であることに間違いない。恐らくは僕への処分申し渡し時刻の三十分前が、モモの番だったのだろう。僕の母親も何やら奇異な光景を目にしてしまったという感じで、じっと前方から歩いてくる少女と母親に視線を送っていた。モモのことを母親には話していない。だから、その少女が自分の息子と同じ件で、処分の申し渡しを受けた直後なのだということは知る由もなかった。擦れ違いざま、僕の母親は二人に軽く会釈をしたのだが、涙に暮れる少女と懸命に娘を支える母親の目に、その会釈が映ることはなかった。僕は喉元《のどもと》までモモの名を呼ぶ声が迫《せ》り上がっていたのだが、ついにそれが声になることはなかった。それでも、モモから目を離すことはできなかった。ごめんな……モモ。辛い思いをさせてしまって……守ってやれなくて……許してくれ、と心の中で詫び続けた。知ってる子か？　と母親は尋ねてきたが、曖昧に答えるに留めておいた。

　校長室のドアの横にパイプ椅子が二つ並べられていた。授業中であるせいで、廊下に人影はなくひっそりとしていた。僕と母親は申し合わせたように同時に腰を下ろした。その圧で椅子が後ろにずれ、壁に当たる音がした。すると、校長室の中で人が動く気配がして、程《ほど》なくしてドアが開き、教頭が顔を覗かせた。どうぞ、お入りください、と明らかに母親を意識した口調で、教頭は入室を促した。母親は入口で深々とお辞儀をした。こちらへお座りください、と昨日事情聴取を受けたソファーに座るよう言われた。腰を屈め、母親は座るなり、

「このたびはご迷惑をおかけして申し訳ありません。本当にお恥ずかしい限りです」

と、再びガラスの低いテーブルに額がくっつくのではないか、と思われるほどに頭を下げた。もうその声は涙声となり震えていた。ガーゼ状の薄地のハンカチを出し、目許を押さえていた。教頭はその様子をちらりと目の端で捉えただけで、表情一つ変えるでもなく、手にしたファイルから一枚の用紙を取り出した。僕は素早くその用紙に目を走らせた。さすがに小さな字で書かれた文面までは、天地が逆になっていることもあり、読み取ることはできなかった。しかし、用紙の上のほうに大き目の字で書かれてあった見出しははっきりと読めた。誓約書、とあった。そのとき、教頭の冷たい声がした。

「昨日、電話でお話しした通り、本校では生徒の課外活動に関するルールが定められております。それは校則ではなく、いわば内規であるとご理解ください。他校と課外活動を行う場合、事前に学校側に所定の用紙で届け出て、許可を貰うという決まりになっています。それは生徒会の活動に限ったことではなく、部活動を含めてすべての課外活動に該当するものです。それは生徒の活動に制限を加えようとの目的ではなくて、逆に生徒の活動を活発にし、その安全性や健全性を保証し、学校として責任を負えるよう配慮した制度だとお考えください。許可制については何かと誤解されている向きがあるようですので、まずはその点をしっかりと理解しておいていただきたい。ただし、生徒会の場合は、他の部活動とは性格を異《こと》にするものと考えております。生徒会は全校生徒を代表する唯一の組織であって、その活動の内容は全校生徒に関わるものとならざるを得ません。お分かりですね？」

母親は小さくうなずいた。それはただの条件反射に過ぎなかったであろう。教頭は何を分からせたいのか、まるで不明な問いかけだ。教頭は説明を続けた。

「それ故、生徒会活動の内容については、学校側として事前に正確に把握する必要があると考えております。それが責任ある態度だと確信しております。ましてや、歴史や伝統の異なる他校と交流を持ったり、何かを合意するために会合を開こうとする場合、自校ばかりではなく、他校の活動にまで影響を及ぼす結果になるやもしれない。その点を勘案《かんあん》すると、会合の実施については学校側として慎重にならざるを得ません。それを決まりを無視して、あろうことか、無届けで強行するというやり方は到底認めるわけにはいきません。そこで、生徒議会の議長という責任ある立場にもあるわけですので、学校の決まりに違反し、最悪の場合、本校の生徒会全体に不利益を招くことにもなりかねなかった事象を深く認識し、反省してもらいたいと思っております。その覚悟はできているね？」

と、今度ははっきりと教頭の目は僕の顔を捉え、その覚悟とやらの有無を確認してきた。言葉で返事はしなかった。直感的に憤怒《ふんぬ》による言葉の暴走を恐れたからだった。今、口を開けば、どれほどの悪罵を教頭に浴びせてしまうことになるか、自分でも分からなかった。噴き上げてくる怒りを捩《ね》じ伏せるようにして、母親と同様、小さくうなずくことで応えた。力なくうなだれ、鼻の辺りにハンカチを押し当て、内容空疎な教頭の言葉をひたすら耐えている母親が隣にいる。一刻も早く母親をこの空虚な厳格さと薄汚ない詭弁とが充満する牢獄から解き放ってやりたかったからだ。このときの僕はただそれだけを望んでいた。そのためには、どんな理不尽な言葉にも耐え忍び、これから告げられる処分内容についても抵抗せず、受け入れること。僕にできることはそれだけだった。

教頭からの問いかけに僕が、はい、と言葉で返さなかったことがお気に召さなかったのか、少しの間、言葉を切り、僕の顔を苦々しそうに睨み付けていた。教頭としてのプライドばかりが肥大化してしまった、何という単細胞な奴なんだろう、と心の中で毒突いていた。我慢してやってるんだから、とっと言えよ、この馬鹿野郎！　どんな処分だって受け入れてやると、こっちは腹を括ってるんだから、もったいぶらずにさっさと済ませろよ！　そんな黒々とした憤怒を気取《けど》られぬよう、視線を教頭の手許にずらし、処分の申し渡されるのを待った。

ところが、そんな覚悟とは裏腹に、教頭から下された処分は、今日一日出校停止。今日一日は外出禁止で外部とは連絡を取らないこと。自宅にいてしっかりと反省するように。今後二度とこのような過ちを犯さぬよう、家庭でもよく話し合いをすること、という拍子抜けするような軽い処分内容であった。しかし、よくよく考えるならば、これ以上に重い処分を科すことは、学校側にとっても不都合であったのだろう。なぜならば、僕の犯した「罪」というのが、いわゆる非行、愚行と総称される類《たぐい》のものであれば、学校側の科す処分がたとえ退学だの無期停学だのといった重いものでも、一定の理解は得られるだろう。だが、僕のはいわば「政治犯」と呼ぶべきものであった。それに対してあまりに過度な処分を下せば、どのような反応が起きるか⁉ 大きな反発が起きたならば、学校側にとって困った事態となる。ともかく三校禁というおおっぴらにはできない「不文律」の違反に対して、学校側として曖昧にせず、処分の軽重はともかくとして毅然《きぜん》たる態度で処分したという事実を残すことが大事だったのだ。

そうした学校側の態度に対して、僕の脳裏をよぎった言葉はただ一つ、狡猾《こうかつ》、であった。反吐《へど》が出そうだった。もしそばに母親がいなければ、僕は、居丈高なだけで中味のからっぽな上昇指向ばかり強いこの教頭の面《つら》に唾《つば》の一つも吐きかけていたかもしれない。その母親は、といえば、やはり下された処分内容の軽さに安堵し、緊張の糸が切れてしまったのか、魂の抜けたようなぼんやりとした表情を浮かべ、それまで溢れる涙を抑えるために鼻の下に押し当てていたハンカチを膝の上で所在なげに弄《もてあそ》んでいた。

しかし、処分には続きがあった。学校側の「狡猾さパート2」といった代物であった。

「それからですね」

一見ソフトな口調で切り出して、教頭はファイルの上に出していた例の誓約書を僕と母親の前に、ガラスのテーブルの上を滑らせるような手付きで差し出してきた。

「これをお読みいただき、納得してもらえるならば、署名、捺印《なついん》をしてご提出ください」

言葉遣いだけは丁寧だが、実体は四の五の言わさぬ強権的な命令であった。念のために、と教頭はその誓約書の文面を読み上げた。そこには記録として残るような三校禁違反といった具体的な「罪状」については一切触れられていなかった。問題はその後だった。再びこのような違反を繰り返した場合、退学を含む厳しい処分が下されても、それに従います、と書かれていた。教頭は意図的に、退学、という言葉に力を込めた。

そのときだった。体が震えるほどの激しい衝撃を受けた。文面や教頭の声にではない。隣にいた母親がひきつけを起こしたのではないか、と思えるような獣染《けものじ》みた悲鳴を上げたからだ。誓約書の文面を指先で差していた教頭が、その瞬間、びくっと動いたのを僕は目撃した。母親は顔全体をハンカチで覆い、体をくの字に曲げて号泣し始めた。そして、辺りを憚《はばか》らぬ大声で叫んだ。錯乱し、泣きわめく母親の姿を目にしたのは初めてのことだった。

「許してやってください、勘弁《かんべん》してやってください、もう二度としませんから、この子はそんな悪い子じゃない、退学だなんてあんまりだ、……どうか、どうか、……教頭先生のお力で、この子を救ってやってください、お願いします、お願いします、後生だから……」

後は声にならぬ激しい嗚咽《おえつ》が続いた。きっと扉一枚隔てただけの職員室にもその獣の咆哮《ほうこう》は伝わり、そこにいた教員達は皆、否応もなく聞き耳を立てていたことだろう。その爆発的な号泣にさしもの教頭もなす術はなかった。母親の耳には、今、息子が退学処分の瀬戸際に立たせられているものと聞こえたのだ。それ以外の持って回ったようなごちゃごちゃした理屈は母親の耳には届いていない。息子がこんなことで退学させられる、息子の将来は目茶苦茶になってしまう——それだけは絶対に食い止めなければならない！　その一心だったのだろう。

僕にもなす術はない。ただ丸まった母親の背中に掌を置いて、優しく撫でさすってやるだけだった。掌に伝わってくる母親の背筋は信じられないぐらいに硬直していた。女性の筋肉がこんなにも硬く強張《こわば》ってしまうことを、このとき初めて知った。

「落ち着いて、落ち着いて、大丈夫だから、大丈夫だから……」

僕の口から出る慰めの言葉はその程度のものでしかなかった。

「お母さん、誤解なさらないでくださいよ。今度のことで、今すぐに退学を迫っているのではありません。次にまた今回のようなことをしでかしたなら、そのときはもっと厳しい処分をせざるを得ないと申し上げているんですから……」

教頭自身は分かり易く説明しているつもりなのだろうし、そうすれば事は済むと思い込んでいるのだろう。だが、その言葉の意味を超えて伝わってくるもの、この誓約書という形に凝縮された学校側の姿勢の酷薄さ、といったものにまるで気が付いていない。信じがたいほどの鈍感さであった。早く、一刻も早く、この場から母親を連れ出したい。そんな使命感にも似た思いが、胸の中で爆発的に膨《ふく》らんでいった。母親の背中に置いた掌に伝わってくる筋肉の硬直が、時の経過の中で和らいできた感じがした。相変わらず突っ伏した姿勢のままの母親の顔を覗き込むと、涙はもう流していないように見えた。

母親は一区切り付けたかのように……というか、憑《つ》き物が落ちたかのように、ゆっくりと体を起こし、ポケットからボールペンと印鑑の入った小袋を取り出した。テーブルに置かれた誓約書を手許に引き寄せ、もう一度黙読した。それから署名した。幽かではあるが、手が震えていた。押印《おういん》する手も震えているようだった。思うように力が入らないのか、押された印の半分は掠れていた。再度朱肉に印鑑を押し付け、今度は両掌を添えて押印し直した。母親は俯いたまま、黙って誓約書を僕の前に移動させた。

いざ、自分の番になって躊躇した。署名、捺印をすれば、三校禁を是認することになり、その行為を通して生徒会の仲間達を、そして共に築き上げてきた生徒会の活動を裏切ることになるのではないか？ふと最近読んだばかりの小説、遠藤周作の『沈黙』を思い出していた。幕府の役人達による凄惨な拷問《ごうもん》の苦痛、恐怖に耐えかねて、心ならずも聖母マリア像の刻まれた踏み絵を踏むキリシタン――でも、僕もまた彼らのように転《ころ》びキリシタンにならなければ、この牢獄から息子の退学処分に脅《おび》える母親を救い出すことはできない。もしも、この場で自分の信念、心の赴《おもむ》くままに教頭と母親の眼前で誓約書を破り棄てたならば……。そんな空想をしたとき、腹の底から込み上げてきた得体《えたい》の知れない哄笑《こうしょう》の正体を僕はとっさには捉え切れなかった。その破壊的な笑いのどす黒い渦の中へ身を投ずることを固く自らに禁じ、しいて頭の中をからっぽにするよう努めながら、署名、捺印をした。

校長室を出て、駐輪場へと向かう道すがら母親とは一言も言葉を交さなかった。一時的であれ、母親は鬱積していた感情を爆発させたせいもあって、平穏というよりも腑《ふ》抜《ぬ》けたような表情を浮かべていた。突っ伏したために乱れてしまった髪型に頓着《とんちゃく》する素振りも見せなかった。僕の先を行く足取りはしっかりしていた。モモの場合とは逆のパターン、息子である僕が、泣きじゃくり足許も覚束《おぼつか》ない母親の体を抱き支えねばならなくなるかもしれない、と内心覚悟をしていたのだが、幸いなことに杞憂《きゆう》に終わった。母親への心配が消えた今、代わりに心の中で頭を擡《もた》げてきたのが、誓約書に署名、捺印をしてしまった自分の行為の是非についてであった。教頭の魔の手から母親を奪還するには致し方のない手段であったという弁明を除けば、やはり僕のしたことはマリア像を踏みつける行為、かけがえのない生徒会の仲間達への裏切り行為以外の何物でもないという認識が前面に出てきてしまい、気持ちをひどく落ち込ませていた。しかし、あの場面、あの状況で、誓約書への署名、捺印を拒否するという行為を選択する余地が果たして自分にあったのか？　と自問自答してみるならば、それはなかったように思えるのだ。ということは、裏切りは宿命付けられていた？　そう解釈することはあまりに残酷であり、辛過ぎた。僕の思考は出口を探し求めたのだが、どうしても見付からず堂々巡りをし始めていた。その徒労感がいっそう僕を疲弊《ひへい》させ、憂鬱の影を濃くさせていった。

自転車に跨りペダルを漕ぎ出した直後、母親は思いがけないことを口にした。

「帰り途《みち》、どうせまた近道になる競輪場の発券所の前を通るんだで、あそこの屋台でどて煮食ってかんか？」

このとき底なし沼に引きずり込まれるような最低の気分を味わっていた僕にとって、この母親の誘いは意外過ぎた。正直に言えば、食欲はゼロであった。

でも、それを母親が望むのであれば、無下《むげ》に断るのは気の毒だな、という気が強くした。より正確に言うならば、落ち込んだ表情の息子を見て、少しでも元気付けようと、自分はそれほど食べたいと思っているわけでもないどて煮を食べさせてやろう、と考えた母親の思いやりを無にするのは忍びない、との気持ちになったのだ。屋台のどて煮は美味いよな、と母親に向かってではなく、あくまでも独り言を呟くように装って返事をした。母親は確認する風《ふう》もなく、自転車を競輪場に向けて走らせていた。思い込みの強さは人一倍、他人の意向を聴き斟酌《しんしゃく》するなんてことは一切なく、どんどん自分一人で事を進めていってしまう、日頃の母親が見せる行動パターンだった。いつもなら腹の立つことが多い母親の行動パターンなのだが、このときばかりは何だかおかしくて、先行する母親の自転車の後を追いながら、口の中で、どて煮、どて煮、と唱えつつペダルを漕いでいた。

　その日一日、僕は自室に籠《こも》っていた。むろん、教頭命令に従ったわけではない。反省しろ、という命令も僕にとっては意味不明であり、笑止《しょうし》千万《せんばん》という他なかった。大事なことは別にあった。モモを深く傷付けてしまったこと。そして、心ならずも誓約書に署名、捺印した自分の行動の意味を総括し、明日からいつも通り登校することになる自分の身の処し方を決めなければならなかった。そのためには他者とではなく、自分自身との対話を納得いくまで続けるしかないとの判断からだった。両親と顔を合わせたのは、晩飯のときだけだった。会話はいつものことだが、ない。ただ黙々と食するのみだった。帰宅後に母親は父親に処分申し渡しの件について話をしたとは思うのだが、どちらからもその話を持ち出すようなことはなかった。おのおのの胸奥に今回の事はしまい込み、封印してしまうつもりだろうか？　来月には三年生になるんだから、受験準備に本腰を入れないといかんぞ！　といった類のありきたりな説教の一つでもありそうなものだが、これまでも勉強について両親からあれこれ言われたことはなかった。言う必要もなかっただろうし、今さら何かを言って素直に聞き入れるような息子ではない、と諦めてしまっているのかもしれない。ただし、その徹底した沈黙振りがこの日に限っては異様であり、逆に言葉にしないが故に、親としての鬱積した思いが相当の圧となって僕には伝わってきていた。沈黙による圧に抗するには、こちらも沈黙をもって応ずるしかなかった。

食後は束の間の休息時間だ。父親は煙草を燻《くゆ》らせながら新聞に目を通す。僕は時に観ることもなく、つけられたテレビの娯楽番組を眺めている。そして、母親はお勝手の流しで洗い物をする。八時前に一つの区切りとなる時刻が訪れて、僕は自室に籠り、両親は仕事を再開し、それは床に就くまで続く。仕事場のラジオからは中日ドラゴンズ戦絡みの野球放送が流れ続けている。決してFMの音質の良い洋楽が流れるようなことはなかった。風呂に入るのは、父親、僕、母親と順番が決まっていた。この日もまた判を押したようないつも通りの我が家の夜の風景であった。

僕はひたすら考え続けた。時の流れの外にいて、考えることだけを義務付けられたような孤独な夜であった。途中、階下から、風呂入りゃあ！　との母親の大声に促され、湯船に浸かったのだが、思考が途切れることはなかった。明日からどう具体的に動けば良いのか？――テーマはそれだけだった。そして、導き出された答えは一つだった。その答えの周辺をぐるぐる回りながら、ふと、今日、それまで連続して流れていた一纏まりの時間が終わりを告げたような、寂しさ、を覚えたのだった。そして、新たな時間が始まった。それもどこか寂しさの付きまとう時間だった。漠然としていたが、その寂しさに囚われたら最後、もはやそれから自由になることは不可能だった。校長室という牢獄から出て、安堵したのも束の間、今度は寂しさの牢獄に囚われてしまった。昨夜の寝不足が祟《たた》ったのか、早々にベッドに横たわった。幽かに響くミシンの音が子守唄だった。明日に希望は感じなかった。目醒めれば、新たな寂しい時間が待ち構えている。それでも残酷なぐらい体は正直だ。たちまちにして深い眠りに引きずり込まれていった。

＊　＊

翌朝から僕は独楽鼠《こまねずみ》のように動き回った。マスミのクラスへと駆け付けたのだが、今日もまだ欠席していた。彼に近い友人達を摑まえてはその近況を聞き回ったところ、退院は間近だとのことだった。症状も治まり、病室の面会謝絶の札は外されたという情報をくれた者もいた。次に向かったのは、モモの一年生クラスだった。教室内へ足を踏み入れた途端、その場の空気が一変したのを感じた。すでに噂は流れているのだろう。体調不良という理由でモモは欠席していた。泣きじゃくりながら、母親に抱き寄せられるようにして擦れ違ったモモの姿が蘇ってきた。ここでも彼女の友人達にその様子を聞いてみたのだが、昨日授業後にモモの家を訪ねた友人グループから話を聞くことができた。彼女に会う口実で、その日出た宿題、授業ノートの写し、そして励ましの手紙を持参したのだが、母親に手渡すだけで終わってしまった。玄関先に出てきた母親の目は涙で潤んでいたという。ありがとう、でも今はそっとしてあげてね。元気になったら学校へ行かせるから、そのときは仲良くしてあげてちょうだい、と母親は涙声で語った。それまで黙って話を聞いていた友人の一人が、突然まなじりを決して僕に詰め寄ってきた。モモはどんな処分を受けたんですか⁉　と。極力冷静に、しかし正直に答えた。ただし、モモも見せられたであろう盗撮写真については触れなかった。

話してくれた一年生に礼を述べた後、次に向かったのは僕と同じ二年生の副会長レイコの許だった。教室へ入るなり、その姿を捜すまでもなく彼女のほうから駆け寄ってきた。今日緊急で悪いんだけど、拡大執行委員会を召集してほしいんだが手配してもらえるか？　と訊くと、真剣な表情はそのままに、用意はできてる、と即答した。当事者であるヒデオを呼んで、直接何があったのか、どのような処分を受けたのか、正確なところを訊きたいと考えていたという。さすがは副会長、話が早い。分かった、すべてを話す、と約束して教室を出た。

授業後に開かれた緊急拡大執行委員会の場には、マスミとモモを除く全員の顔が揃っていた。二人の不在と緊急の召集にもかかわらず、残りの全員が緊張感を露《あらわ》にしてこの場にいるということが、今の生徒会が負ってしまった傷の深さを如実に物語っていた。自分が負った傷の痛みよりも、そのことのほうがよりいっそうの疼《うず》きとなって僕を苦しめた。会議冒頭での挨拶もそこそこに、早速本題へと入っていった。僕の心を占め始めた寂しさが、冷静で、かつ客観的な報告にさせたと思うのだが、その淡々とした事実の列挙によって、かえって会議出席者の心に火をつける結果になった。三校禁という前近代的で高校生の権利を侵害する規則への怒り、教育という場におよそふさわしくない卑劣な盗撮への怒り。そして、退学という処分をちらつかせ、到底納得できない三校禁の厳守を迫る学校側の強権的な姿勢への怒り。怒り、怒り、怒り、会議の場は怒りが充満し、激しく燃え上がった。生徒会ニュースで今回の処分の卑劣な実体を全校生徒に知らせ、全校規模での抗議集会の開催、学校側、特に教頭への抗議行動に立ち上がろう、との声が高まった。こうなる予想はついていた。それだけに、一通り意見が出尽くすのを待ってから、僕はそれらの提案の性急な実施を制した。このとき、僕の心の表層に寂しさが浮上し、その姿がくっきりと表れたのを自覚した。

「モモのことを考えてほしい。今、モモの精神状態がどのようなものなのか、直接会って話ができない以上、憶測するしかないのだが、深く傷付き、疲弊しているものと想像できる。学校へ出てくるだけでもやっとの状態なんじゃなかろうか？　そんな危うい精神的、肉体的状態のところへ、自分が当事者である問題で学内が騒然としていたならば、さらにダメージを与えることになり、果たして彼女はどうなってしまうのか？　それが心配なんだ。

その点に関連して、もう一つ気がかりなことがある。モモは父親を亡くしている。母親が女手一つで彼女を育ててきた。モモもそんな母親のことを深く愛している。それなのに、母親も同席した場で退学処分をちらつかせられた上に、誓約書まで取られたんだ。その衝撃は相当なものだっただろう。彼女もこの半期の活動でずいぶんと成長した。逞《たく》ましくなった。生徒会交流の場での発言からもそのことは充分に見て取れた。でも、まだ一年生の少女なんだ。敬愛する母親を悲しませたくない、との思いは強いだろう。この試練を彼女らしく真正面から乗り超えてほしいと切に望んでいるが、時間がかかるんじゃないか？　今すぐに問題の当事者として闘いの先頭に立てるほどに、身心共に彼女は回復していないし、今それを望むのはあまりに酷な話だ。

学校側の生徒の人権を踏みにじる強権的な姿勢も含めてこの三校禁の問題は、モモ個人の問題ではないことは分かっている。でも、同時に、彼女個人の問題、親子関係もそうなんだけど、これからの長い人生に関わる重大な問題であることもまた事実だ。その点も熟慮してほしい。可能な限り抗議行動の準備をしておくことは必要だが、実力行使に出るのは、モモが出校してから彼女の率直な思いを聴いた上で判断してくれないか？

それと、マスミもずいぶんと回復してきているとの情報が入っている。ここ数日で彼との連絡も取れるだろうから、今回の件について正確な情報を伝えて意見を聴くことも大事だ。そもそも事の発端となった生徒会連合構想を発案したのは彼だ。彼の尽力で生徒会交流の場を実現させるところまで漕ぎつけたんだから、今後のことも含めてその考えを聴かなければならない」

と僕は言った。

その後、三十分ほどやりとりが続いたが、結局僕からの提案が受け入れられた。副会長のレイコを中心に生徒会ニュースの準備、学校側への抗議行動計画など、今準備しておくべき活動指針を明確にし、任務分担をして会議は散会となった。

＊　＊

モモが登校してきたのは二日後のことだった。三日間欠席したことになるが、見るからに憔悴《しょうすい》していた。自ら話すことはなく、周囲からの問いかけに手短かに返答するのがやっとの状態であった。初日は午前中の授業だけ受け、早退することになっていた。昼休み、副会長のレイコと一年生の会計カスミがモモの許を訪れた。モモは帰り仕度をしていたのだが、二人の呼びかけに素直に応じた。短時間なら、という約束で生徒会室で話すことになった。僕は生徒会室で待っていた。

部屋に入ってくるなり、顔を見合わせる形になった。

「ごめん、守ってやれなくて、もっと注意していれば、こんなことにはならなかったのに……」

しかしモモはただ小さく首を横に振るだけだった。もうそれ以上彼女にかけるべき言葉は出てこなかった。レイコが体調のことを訊くと、まだあまり良くない、夜も充分には眠れない、食べ物の味がしなくて食事も喉を通らない、とぽつりぽつりと語った。時間がないため、早々に今回の件に話は移っていった。単刀直入にレイコが切り出した。

「今回の処分はモモの問題であるとともに、生徒会全体、生徒の人権問題でもある。生徒会として看過するわけにはいかず、学校側が処分を撤回するまで闘っていくつもりだけど、処分を受けた当事者であるモモはどう思う?」

モモは俯いたまま、黙ってレイコの話を聴いていた。そして、しばらくするとその山口百恵似の両目から大粒の涙が零れ落ちた。彼女は切れぎれに語り出した。

「三校禁なんて規則には納得いかないし、証拠をとるためとは言え、盗撮なんてやり方には怒りを覚えた。でも……」

と、モモは言葉を切ったまま固まって動かなくなった。それでも、必死に言葉を絞り出し、正直に胸のうちを吐露した。唇が震えていた。

「……怖いんです。教頭先生も怖いし、学校も怖いし、それ以上にお母さんを苦しめ、悲しませることが、何と言っても怖くて悲しくて堪らない。……昨日も夜遅くに目が覚めてしまった。お水を飲もうとキッチンに降りていったら、仏壇の前で手を合わせているお母さんを見てしまった。お父さん、どうかあの子を守ってやってください、お願いします、というお母さんの声が聞こえてしまった。お母さん、いつまでも仏壇に頭を下げていた。いつまでも……」

そこまで言うと、モモは両掌で顔を覆い、激しくしゃくり上げた。でも、なおモモは涙声で話を続けた。声は震えていた。

「生徒会が闘うというのは当然だと思うし、私がこんなふうじゃなかったら、先頭に立って闘うと思う。だけど……だけど……今は無理です。ごめんなさい、本当に、ごめんなさい……」

後は言葉にならなかった。その場に突っ伏《つぷ》し、体を震わせて嗚咽《おえつ》したのだった。レイコとカスミがモモに歩み寄り、抱き締めるようにして介抱した。その様子を僕は静かに見守っていた。こうなるだろうと予感していたことが、そのまま現実になった。モモは今闘っている。二つの相反《あいはん》する気持ちに分裂した自分自身と闘っている。母親をもうこれ以上は悲しませたくない。不当な処分を下した学校側を許せないし、闘わねばならない。その分裂を修復できない自分自身に苦悶している。

無理はない。個を殺して、公の義のために闘う、というのは一見正しいし、美しくさえあるのだが、どうしても殺せない個の存在、個の事情を抱え込んでしまうのも、人間の至極《しごく》当たり前な心情だろう。誰も狂おしいほどに懊悩《おうのう》する一人の人間であるモモを責められはしない。彼女に向けてかけられる言葉など持ち合わせてはいなかったが、彼女と同類の心情を今の僕は生きていることを自覚せざるを得なかった。

僕に対して今回のことについて何も語ろうとせず、相変わらずの日常を送るばかりの両親であったが、何も語らぬからといって、何も思っていないはずがない。無言であるが故にいっそうのこと、血の繋がった親ならではの息子への心配、情愛を僕は全身で感じ取っていた。だからと言って、モモに向かって、分かるよ、とは言えない。悲しみはそれを感じているその個人特有のものだ。分かるのは、悲しみにうち震えるその個人を鏡代わりにして、そこに映った自分という個人特有の悲しみだけだ。固有の悲しみを抱える他者に対して、分かるよ、という言葉を軽々に口にするのは不実であり、不遜だと思う。僕は沈黙に耐えて、慟哭《どうこく》の合い間を縫うようにして話し続けたモモの痛々しい姿をただ見守ることしかできなかった。

思いを交わし、行動を共にしようとする仲間達と一緒にいるにもかかわらず、今の僕は孤独だった。寂しさの極地に置き去りにされたような気分を味わっていた。

＊　＊

翌日、夕食を済ませた直後、電話してみるかと立ち上がったところへ電話がかかってきた。以心伝心、マスミからだった。声が少し掠れ気味だった。昨日退院したとのこと。すると、その日の夕方にレイコから電話がかかってきたという。彼女から今回の件についてはあらかた話を聴いたとのことだった。すまなかったな、とマスミが囁くような声で謝った。いや、注意が足りなかったんだ。謝るべきはこっちだ、と言うと、電話口で彼にしては珍しく口籠った。

「どうした?」

「電話では細かいことは言えないから、明日学校の帰りに僕が足繁く通っている喫茶店に来ないか、そこでゆっくり話そう」

「まだ登校できそうにはないのか?」

「今週中には行くつもりだが、まだ体力的にきつくて、もう一日か二日休むよ。

駅前にある雑居ビルで、地下に映画館がある。その映画館の脇の狭い地下街を奥へ奥へと進んでいくと喫茶店に突き当たる。そこがお目当ての店で、店名は『カール』という。店のオーナーが若い頃、労働組合の闘士だったらしくて、僕の父親とは古くから友人で、店をオープンする際に父親がそう命名したんだと聞いている。二人とも、いわゆるオールド・ボルシェビキと呼ばれる世代の一員で、オーナーは何かというと、カール・マルクス曰《いわ》く、と演説を始める癖《へき》があったらしい。その口癖から付けた、というんだが、真偽のほどは定かじゃない。フロアが広い分、テーブルが多くて、席を見付けづらいかもしれないから僕の名前で席は予約しておく。店員に告げれば案内してくれるから大丈夫だ。僕の席は半ば指定席みたいなもんで、奥まった目立たない場所にある。念のため、店の電話番号を教えておくから、道に迷ったらそこへかけろ。じゃあな」

いつも通りこっちの意向などお構いなく、一方的に電話は切れた。

なぜか予感していた。今日電話をすれば、マスミは必ず自宅にいる。待っていれば、マスミのほうからかかってくるような気がしていた。久しぶりに彼の声が聞けて、ずっと囚われていた寂しさから一瞬だが抜け出せたような気分を味わった。だが、やはりそれも一瞬でいつまでも続きはしなかった。理由は分からない。それでも、これまでとは何かが違っていた。その主たる原因がマスミの側にあるのか、それとも今回の件の当事者という立場に立たされた自分自身にあるのか――。

明日マスミと直接会えば、それも分かるような気がする。ふと、分かってしまうことが恐いような気分になったのだが、頭を振ってそんな疑念は振り払うことにした。ともかく久しぶりの感覚だった。人と会うことに楽しみを覚えたことが。

* *

翌日も拡大執行委員会があったのだが、昼休みにレイコに、実は今日マスミに会うことになったから、すまない、と詫びを入れ欠席させてもらうよう頼んだ。相手が会長なんだし、それも議長としての立派な任務だわ、と彼女は生真面目に答えた後、ニッコリと微笑んだ。ありがとう、と礼を言い、終業のチャイムが鳴るや否や、自転車に跨り、駅までずっと立ち漕ぎでぶっ飛ばした。その距離がもどかしかった。駅前の駐輪場に自転車を停め、地下街へと通じる階段を駆け足で下っていった。

映画館の場所は知っていた。平日なのに長蛇の列ができていた。大ヒットしたホラー映画「エクソシスト」がロングラン上映を続けていた。恐怖映画は苦手なのだが、これだけは観た。ショッキングなシーンが映し出されるたびにわーわーきゃーきゃーと恥も外聞もなく悲鳴が上がった。悲鳴の一つでも上げられれば、ストレス解消にもなるのだろうが、いかんせん、内向的なタイプで受けたショックをすべて溜め込んでしまい、映画を観終わった後、悪魔が取り憑《つ》いたのか、本当に具合が悪くなってしまった。テーマ音楽の「チューブラーベルズ」が耳にこびり付き、いつまでも頭の中で鳴っていた。

その映画館から先に進むのは初めてだった。マスミの指示通りに狭い地下街を奥へ奥へと進んでいった。幾度か通路はクランク状に折れ曲がり、まるで『不思議の国のアリス』の世界にでも迷い込んだような気分だった。そして、幾度目かの角を曲がったとき、通路は突然行き止まりになり、すぐ目の前に喫茶店のガラス製のドアが現れた。「カール」という店名が目に留まった。足を踏み入れると、店内は薄暗く、間接照明で席だけに灯りを点しているせいか、ただでさえ広いフロアが暗がりに沈んでいっそう広く感じられた。視界の及ぶ限り店内をぐるりと見回してみたのだが、それらしい人影は見当たらない。仕方なくレジにいた店員にマスミの名を告げると、薄い笑みを浮かべ、ご案内します、と静かな声が返ってきた。その店員は体に上下動がなく、滑るようにして薄暗い店内の奥まった場所へと進んでいった。秘密基地にでも潜入していくようだった。

店の最奥部、真っ黒な壁の奥から顔だけ覗かせ、片手を上げて合図を送っているマスミが見えた。周辺に灯りがなく、そこにだけ天井から吊されたスポット照明が当たっているために、マスミが発光しているかのようだった。案内してくれた店員に、ありがとう、とマスミは礼を言った。その口振りから彼がこの店の相当の常連であることが充分に伝わってきた。

「雰囲気のある店だろ？」

「あり過ぎてまだ馴れない」

「すぐに馴れる」

そう言うとマスミは手に取ったメニューに目を通し始めた。

「パフェだろ？」

と冗談めかして訊くと、いや、とだけ言ってもう一冊のメニューを僕のほうへ押し出した。

「ヒデオこそ、サンデーじゃないのか？」

にやつきながら訊いてくるものだから頼みたくても頼めなくなってしまった。長考の末、これ、とメニューの一角を指差した。

「プリンアラモード⁉」

マスミは大袈裟に驚いて、僕の顔を覗き込んできた。

「顔で食べるわけじゃない」

「僕はこれにしよう」

メニューを指差した先を見ると、クリームあんみつの写真が載っていた。

「重症のインフルエンザに罹ると嗜好まで変わるんだな」

「おまけに肺炎まで併発してしまい、二週間以上入院生活を余儀なくされたんだから、何かが変わったとしても不思議ではあるまい」

と、マスミは相変わらずメニューに目を落としながら言った。いつの間にか最前の店員がそばに立っていた。僕のほうでオーダーを告げると、軽く頭を下げ音もなく去っていった。

改めてテーブルの上に出ているマスミの上半身をまじまじと眺めたのだが、以前よりいっそう顔が細くなり、顎が尖って見えた。長袖シャツ一枚に下は白いTシャツ姿の彼の体は、明らかに肉が落ち、薄っぺらになってしまっていた。

メニューから顔を上げると、マスミは早速本題を切り出してきた。

「お前とモモが処分された件、あれは明らかに僕の判断ミスだった。会場にあの店を選んだのは軽率だった。明星高校の会長が顧問に相談したことが事の発端だ。その顧問が別の会合で口を滑らせてしまい、その情報が漏れ、ウチの教頭の耳にも入ったというわけだ。昨晩、レイコから連絡を受けた後で明星高校の会長に電話したんだ。ウチの高校では処分されたと伝えたら驚いていた。明星高校では一切お咎めなしだ。事前に集まりのことを誰かに話したか？と尋ねたら、顧問に喋ったとあっさり認めたよ。他校のことをとやかく言うつもりはないが、ウチ以上に平和惚《ぼ》けしていることは間違いない。ついでに暁高校の会長にも電話を入れたんだが、同じような反応だった。暁高校も処分者は出ていない。暁高校は明星高校以上に放任というか、放置だから、事前に相談するような教員はいない。だから、暁高校ルートで情報が漏れたというのはまず考えられない。

ともかく、ヒデオの推察通り、卒業式の一件で面目丸潰れの教頭にとって、入手したこの情報はまさに渡りに舟といったところだろう。ここで一発、ガツンとやってやろうとのスタンドプレーさ。校長は今もって静養中で学校には来ていない。今年度限りで退職という噂が実《まこと》しやかに流れている。処分については連絡ぐらいしているだろうが、そんな状態の校長が深く関わっているとは思われない。すべてが教頭単独の生徒会に対する報復措置だ。目的達成のためならば手段を選ばず。興信所を使って盗撮・盗聴までやらせるとは、蛇のように執念深い男だな、あの教頭は。その点についても、ちょっと見くびっていたかもしれんな」

マスミは呆れながらも自嘲気味に語った。

注文した品はすでにテーブルに届いていた。クリームあんみつを突っつきながら、甘いなぁ、とマスミが呟いたものだから、てっきりそのデザートのことかと思ったら、僕って人間は、と続けたものだから、思わず笑ってしまった。怪訝そうに僕を見るマスミに、それぐらいの隙がなかったら、人間として魅力がないよ、と言ってやったら、そうだなぁ、確かにヒデオには曰《いわ》く言いがたい魅力があるよ、と言い返してきた。食えない奴だ——。

「ここのオーナーもそうだが、父親の旧知の友人でエンドーさんという弁護士が港湾近くに法律事務所を構えている。仲間内では、エンさん、で通ってるけどね。父親が会社労組の書記長としてばりばりやってた頃に、幾度も労働争議が起きた際に世話になった人なんだ。不当解雇とか賃金未払いとか労災の認定とか、一貫して弱い立場にある労働者の権利や生活擁護のために闘い続けてきた正義派の硬骨漢、エンさんもいわばオールド・ボルシェビキの典型みたいな人だ。父親が元気だったら、昔からのよしみで頼んでもらうところなんだが、脳梗塞で倒れてしまった。幸いにして一命は取りとめたものの、後遺症で言語機能をやられてしまい、今は専《もっぱ》ら筆談で会話している状態なんだ。そこで、父親からエンさんの名刺を貰い、事務所に連絡したところ、今日の午前中なら時間がとれそうだということで、今朝押しかけていったんだ」

弁護士と会ってきた⁉　病み上がりだというのにその行動力はさすがと言うしかないのだが、僕にはまだ話がよく見えなかった。一体マスミはどこまで先を見通しているのだろうか？

マスミの話によると、季節は春だというのに、エンさんは真っ黒に陽焼けしていた。学生の頃、柔道をやっていたとのことで、太い首にドラム缶のような体軀《たいく》から逞しい手足が生えているという風貌で、ぬっと差し出された手を握ったところ、そのあまりのぶ厚さと力感に、思わず腰が引けてしまったという。

「マスミ君か、大きくなったなぁ。お父さん、その後どうだい？」

エンさんは鬼瓦《おにがわら》が笑ったような笑顔を浮かべて父親の近況を尋ねてきた。ありのままに現状を話すと、そうか……。でも、そこまで回復してきたのは立派だよ。まだまだ生きてやる、こんなことでくたばってたまるか！　という生きる気力が充実している証拠だ。お父さんのこと、大事にしてやれよ、と肩を叩かれ励まされた。

今回無理を言って直接会いに来た用件について、ポイントを押さえて手短かに説明すると、エンさんの顔は途端に曇った。

「うーん……それは難しいなぁ。仮に裁判に持ち込み、学校側と闘うというケースを想定した場合、原告が未成年者のとき、最低限保護者の同意が必要だ。勝利を得るまで頑張ります、と保護者が不退転の決意を固めていれば、裁判に持ち込むことは可能だが、処分を受けた片われの生徒、モモちゃんか？　モモちゃん本人もそうだが、それ以上に母親がもうこれ以上騒動を大きくしてくれるな、そっとしておいてほしい、と願っているわけだろ？　それでは裁判以前、闘いのスタートラインにすら立てないよ。それとも何かい？　その母子を闘いのスタートラインに立たせられる算段がマスミ君にはあるのかい？

それともう一人、処分を受けた生徒、友人のヒデオ君だったよな、そっちのほうの状況はどうなんだ？　聞いた話では、地元の保守系の大物代議士の後援会に父親は入っているそうじゃないか。そんな人が息子が不当な処分を受けたからといって、学校を相手どって裁判に打って出る、そのためにわしのような革新系の弁護士の世話になんかなろうとするか？　こっちも大いに疑問だな」

エンさんは考え込んでしまった。

「一足飛《いっそく》びにわしのような弁護士が首を突っ込むよりも、こっちには弁護士が付いているんだ、裁判だって辞さないぞ、と脅しに使ってもらっても一向に構わないが、まずは校内の世論喚起に努め、教頭に対する抗議行動、生徒会だから正式に大衆団交というのは難しかろうが、実質それに近い形での話し合いの場を設けて、相手側の対応の仕方、そこで出てくるさまざまな言質を引き出して、最悪裁判闘争になるのも已《や》むなし、といった校内の緊張感に充ちた空気作りが大切だと思うがな。そこで、だ。マスミ君、君の狙いは何だ？」

と、エンさんは訊いてきた。すると、マスミは躊躇なく、処分の全面撤回、三校禁なる高校生の政治活動を弾圧する不当な規則の撤廃、そして事実上独断で処分を強行した教頭の謝罪と引責辞任、そんなところですかね、と答えたという。エンさんはマスミの目をじっと見詰めた後、呵々大笑《かかたいしょう》、

「さすがあのお父さんの子だ、しっかりしてる。それに君の目、団交の最終盤に突入したときのお父さんの目に生き写しだ。何か問題が起きたら、わしが助け舟を出してやる。安心して君の思った通り闘ってみなさい」

そう言うと、エンさんは立ち上がった。

「悪いが、時間がない。今から東京まで行かなきゃならないんでね。これで失敬するよ。じゃ、奮闘を祈っている。お父さんにもよろしくと伝えておいてくれ」

そう言い残し、秘書が手配したタクシーにあたふたと乗り込んでいった。その人柄のせいだろう、革新系の人々はもちろんのこと、保守派の人々からも支持が篤く、次の総選挙では革新系の候補者として名乗りを上げるらしい。今は東京にある党本部の幹部との最終的な調整に入っている。選挙戦に入れば、新人候補者として厳しい闘いになることは火を見るよりも明らかなのだが、下馬評では僅差で勝利を手にするのではないかと言われているそうだ。

裁判……マスミはそんなことまで考えていたのか⁉　その真意を問いただしてみたかったのだが、それ以上に気になったのが、エンさんの危惧していた処分された者とその家庭の問題だった。モモはも

ちろんだが、それに負けず劣らず厄介なのが我が家だ。原告団の一員になってくれるようあの母親を説得できるのか？　気に入らなくて、一度かっとなるともう手がつけられない。いったん自分の思いに囚われてしまったら、もう最後だ。特に自分に近い肉親の言葉となれば、その傾向はいっそう顕著になる。目を吊り上げ、赤鬼のような形相《ぎょうそう》になり、怒鳴り出したら止まらない。あまりの口汚なさに我慢の限界を超え、つい売り言葉に買い言葉で母親の人格を傷付けるような言葉で言い返そうものなら、今度は口をへの字に曲げ、癇癪《かんしゃく》を起こした幼児のように泣きわめき始める。いずれにしても、冷静に論理的に話し合うなんて到底不可能な人なのだ。ある日、父親がぽろりと漏らしたことがあった。理由は知らないが、父親を口汚なく詰《なじ》り続けたという。父親は黙ってその悪口雑言に堪えた。しかし、我慢には限界がある。閾値《いきち》を超えた瞬間、日頃温厚な父親が一喝、うるさい！　と吠えた。そして、やりかけの仕事を放り出し、ぷいっと家を出てしまった。だが、仕事漬けの父親のこと、立ち回れる先は高《たか》が知れていた。懇意にしていた近くの喫茶店か、ごくたまにある休みの日に出かけていくパチンコ屋ぐらいのものだった。下戸《げこ》で酒はからきし駄目。あれで酒呑みだったらとっくの昔に依存症になっていたことだろう。偶然、家を出た父親と玄関で鉢合わせしたのだが、あんなのと一緒におると、殺されるわ！　と捨て台詞《ゼリフ》を残して振り向きもせず去っていった。そんな父親を見たのは初めてだったから正直驚いた。

そんな母親に、学校を相手どって裁判所の原告席に座ってもらう……絶対に無理だ！

だからといって、代わりに父親を相手にすれば話し合いになるか、と言えばやはり疑問だった。エンさんの指摘通りだ。細々と洋服仕立てという自営業で長年に亘って家族を養ってきた経歴が、父親の人生観、世界観を作り上げたことだろう。上の立場にある卸《おろし》からの注文次第で我が家の生計は大きく左右された。長い物には巻かれろ、寄らば大樹の陰、人生なんて理想通り、思い通りに歩めるものではない。どんな無理難題にも生活のためならば、ひたすら忍耐、忍耐。骨の髄まで染み込んだそんな処世術の持ち主だからこそ、時には、殺されるわ！　と感情を爆発させながら、母親にもひたすら忍耐で付き合い続けられるのだ。そうした父親に相談を持ちかけたとしても、

「裁判なんてとんでもない。権力に楯ついても碌なことはない。損するばっかりだ。それに処分といっても、一日出停になっただけだ。誓約書の内容は他校との集まりを学校に無届けでしない、というだけのことではないか？　もう三年生だ。受験勉強に忙しくて、生徒会どころじゃないだろう。だったら、不当でも何でもいいじゃないか。済んだことだ。残りの時間をおとなしく過ごして、大学へ行く準備をしろ――」

　言い方はともあれ、このレベルのことしか言わないし、言えないだろう。激情タイプではないから口論にはならないだろう。でも、息子に説得されたぐらいで法廷に立つ父親の姿など想像できなかった。

　マスミよ、一体どうする⁉　原告団として纏まる見込みもないのに、裁判もへったくれもない。どんな闘いを仕掛けようとしているんだ？　マスミ、お前は今何を考えている、教えてくれないか⁉

　マスミはあんみつの残りを一気に飲み干して、背もたれに体を預けた恰好でこう言った。

「お前が今、何について思い悩んでいるのか、僕には手に取るように分かる。前に家族のこと、ずいぶんと愚痴ってたよな。あの両親を法廷に引っ張り出すなんて、とても無理だ。裁判で学校側を敵に回して闘うなんて無茶な話だって、そう思ってるんだろ？　いやいや誤解しないでくれ。ヒデオのことを責めようなんて毛頭《もうとう》考えちゃいないから。それとモモのこともな。彼女を巻き込んでしまったことを今もひどく悔いているんだろう。昨日、生徒会室であの子と会ったとき、真っ先に謝ったそうじゃないか。電話でレイコが教えてくれた。ヒデオの顔、引き攣《っ》ってたって。

　だが、それは僕も同罪だ。いや、罪の重さで言えば、お前以上だ。ヒデオを処分の当事者にしてしまったのも僕なんだからね。本来、処分されるべきは僕だったんだ。お前の後悔、苦しみは、僕の後悔、苦しみでもある。傷付き、苦悩しているお前に、今、

僕は慰めの言葉をかけることはしない。冷酷で薄情な奴だと軽蔑されても構わない。今の僕にできることは、お前の後悔や苦悩を我が身に引き受けることだけだ。

このことは、僕の辿ってきた過去とも関係するから、ちょっと複雑な思いもあって、悪いが、今は……話せない。隠すつもりはない。いずれ話せる時が来るだろう。ヒデオにはぜひ聞いてほしいとさえ思っている。

裁判については、初めに裁判ありき、と考えているわけじゃない。闘いの流れ次第だ。それが必然となれば迷わず突っ込んでいく、選択肢の一つとして理解しておいてくれ。

実は、昨日電話でレイコに伝えておいたんだが、生徒会ニュースを発行するよう今日の拡大執行委員会で決定しておいてくれ、と頼んでおいた。事後報告で悪かったが、お前の提案をひっくり返すことになる。僕にだってお前の気遣いは理解できる。だから、紙面にはお前とモモの名前は一切出さない。それで了解してくれ。ニュースの発行に併せて、拡大執行委員会のメンバーで職員室に出向き、直接教頭に抗議することも指示した。陣頭指揮はレイコに執《と》ってもらう。教頭に手渡す抗議文の文面は、レイコに電話で伝えておいた。

さらに、今週末、土曜日の授業後に、二階にある職員室から見下ろせる場所、校庭脇の来客用駐車場のスペースを使って、緊急の抗議集会を開くことも拡大執行委員会で話し合っておくよう頼んでおいた。学年代表に動いてもらい、代議員の意思固めを行って、クラスで呼びかけ、集会への動員をかける。この二つの抗議活動へのお前とモモの参加については無理強《むりじ》いしない」

「出るよ、たとえ出るな、と言われてもな」

僕は間髪を入れず即答した。

「集会は言うに及ばず、教頭への抗議行動にも参加する。処分を言い渡され、誓約書に署名、捺印までさせられた当の本人が抗議にやってきたときの教頭の顔、反応のすべてを目に灼き付けておきたい。それをしておかないと、これから先、僕は前へ進めなくなる。……それで、モモへの説明や連絡はどうする？」

「レイコを中心に動いてもらうが、僕からも話をするつもりだ。恐らくモモは執行委員会には出てこれないだろう。一度抱いてしまった恐怖心は容易に消えるものではない。心では参加しなきゃ、と思っていても、体が言うことをきかない。でも、彼女には理解してもらわなければならない。生徒会として今回の不当な処分に対して何もしない、黙認するようなことだけは絶対にしてはならない、ということ。それは生徒会の自殺行為に他ならないからな。傷口に塩を擦り込むような、さらに彼女を苦しめることになるかもしれないが、僕はモモを信じたい。時間はかかっても、いつか彼女はこの試練を乗り超えられる。それぐらいの潜在的な力があの子にはある。そうでなければ、あの会議にモモを行かせるわけがない。

　言いわけにしか聞こえないだろうが、今回の件でモモを巻き込んでしまったのは僕のミスなんだが、同時にミスではなかったという気もしている。『若木は嵐に育つ』という言葉があるが、モモの人間的成長にとって、劇薬だったかもしれないが、決して無意味な体験ではなかった、と思ってるんだ。ずいぶん虫のいい考えだ、とお前は怒るかもしれないが、人間を見くびってはいけない、と常々考えている。弱い生き物だと人間を見くびってはいけない、モモを見くびってはいけない――」

　そう言ったっきり、マスミは黙りこくってしまった。

　それで、その先はどうなる⁉　マスミはどう読んでいるんだ⁉……と以前ならば、早く答えを知りたくて、マスミにせっついていただろうが、僕ももう子供ではなかった。戦略と戦術、一つ一つ実践していく中で初めて次なる闘いの地平が見えてくる。これまでマスミと共に歩んできて、僕は頭だけでなく全身でそのことを学んできていた。仮にその先に裁判が待ち受けているのならば、受けて立つしかあるまい。その段になれば、自ずと気持ちは固まってくる。今の段階で覚悟が決まるなんてことはあり得ない。いざ、その場になったら、怖くて震え出すかもしれないが……。考えたって分からないものは分からない。裁判に出るなんて絶対に了承するはずのない両親という壁をどうするのか？　全くもって解決の糸口さえ見付けられない。それでも、やるべき時が来たらやるしかないのだろう。先に対する展望を全く見付けられないまま、無理矢理、あれこれ考え悩み始めようとする自分の頭と心を捩《ね》じ伏せ、眼前に立ち現れる現実一つ一つと対峙していこう、と心に決めた。無茶苦茶と言えば、その通りだろう。無理矢理に、そう無茶苦茶に……もう笑うしかなかった。でも、こうして久しぶりにマスミと向き合っていると、心が凍《い》て付くようなあの寂しさの感情からは解放されていた。束の間の解放ではあったのだろうが……。

＊　＊

生徒会ニュースは学校中の至る所で話題になった。今時「三校禁」という民主主義の社会にあってはにわかには信じがたいような前近代的な規則の存在、その現場を押さえるためにとられた盗撮、盗聴という教育現場ではあるまじき卑劣で犯罪的な手段の行使。同席した他校の生徒達は処分されなかったにもかかわらず、本校の生徒だけが処分を受けたという不公平。そうしたいくつもの事実の理不尽さが、生徒の間ではおろか、教員の間でも議論となり、問題視する声が数多く上がった。

そんな騒然とした雰囲気の中、生徒会執行部のメンバーが教頭への抗議のために職員室に姿を現した。そのとき、多くの教員は緊張し、固唾《かたず》を呑んで彼らの行動を見守った。教頭は一人、憮然《ぶぜん》たる表情を張り付けたまま、執行部メンバーを校長室に招き入れた。副会長のレイコが抗議文を読み上げた。その間、職員室では生徒会顧問が、その抗議文を印刷したプリントを教員一人一人に配って歩き、不在の場合はその机上に置いた。顧問は校長室へ一礼して入った。そのとき初めて教頭は口を開いた。三校禁と言われている規則など存在しないこと。ましてや県教委や校長会からそのような規制を一律にかけられたことはない、と問題の大前提を否定した。今回の措置はあくまでも本校独自のものであり、他校とは一切関係がない。したがって、他校の処分の有無との比較で不公平だというのは全く的外れだ。処罰した理由は、生徒会活動を抑圧しようなどといった意図は全くなく、むしろその逆で、生徒の希望する課外活動を安全に、かつ健全に育成し、学校として責任をもって保証するためであり、あくまでも学校に無届けで実施したことを問題視したものだ、と反論した。

生徒に反省を促すため、未成年者であることを考慮し、また家庭の理解を得て協力していただくことが不可欠であると考え、保護者同伴の下で処分の言い渡しと再犯を防止するための手段として誓約書への署名、捺印を求めたものであって、処分の仕方には何の問題もない、と言い張った。

また、その事情聴取の席で本人確認のために見せた写真は、決して生徒会が一方的に言い立てているような興信所に依頼して撮影させたものではなく、会場となった喫茶店に偶然居合わせた方から寄せられたものであり、その方なりの判断に基づく行為であったとしか言いようはなく、教育に対する心配と情熱から止むに止まれずとられた行動であったと解釈することもできよう。また、盗聴されていたと生徒会から指摘を受けているが、そのような事実は確認していない。その方が耳にした話し合いの内容に基づいて纏められた情報の範囲内だ、と強弁した。

執行部の面々からの疑問、反論、追及に対しても、時に語気を荒らげながら、教頭は頑として自説を曲げようとはしなかった。

レイコから無理しないでと言われたが、僕は抗議行動に参加した。しばしば教頭と目が合うことはあっても、向こうから話しかけてくるようなことはなかった。また、処分の当事者がこの場にいることに、特に感情を害しているようには見受けられなかった。あえて挑発的な言葉を投げかけて、教頭から暴言や失言を引き出すという戦術はあるにはあったが、そうしたやり方を僕はしたくなかった。

抗議行動は三十分程度で終わった。言った、言わないという無益な揉め事を避けるため、後日、教頭の方から正式な見解を書面で出すことを約束して、執行部のメンバーは校長室を後にした。

生徒会室に戻り、この日の抗議行動について総括していたとき、僕は相当に神経が疲弊しているのを覚えた。皆の発言内容は一応耳には届いているのだが、頭の中でそれが意味を成さなかった。この場にいないマスミとモモのことばかり考えていた。マスミからはもう一日様子を見るとの連絡が入っていた。モモは登校していたが、抗議行動の時間帯にはすでに下校した後だった。後からクラスの友人から聞いたところによると、一日誰とも話をせず、自分の内面を凝視しているような感じがしたという。

レイコが突然僕の名を呼んだとき、はっと我に返った。

「今日はもういいから、帰ったほうがいい。家に帰ってゆっくり休んでちょうだい。顔が真っ青だよ」

僕は立たされ、背中を押されるようにして生徒会室から出されてしまった。帰り際、レイコは言った。

「抗議行動に参加してくれてありがとう。当事者がいるといないとじゃ大違い。教頭に相当なプレッシャーをかけられたと思う。立派だったよ。気を付けて帰るんだよ」

マスミという大黒柱不在の中で、副会長のレイコは一回りも二回りも大きくなった。もういっぱいいっぱい、限界だよ、と本人は冗談めかして嘆いていたが、どこか会長代行の仕事を楽しんでいるようにも見えた。レイコに直接は言えなかったが、内心、女は強いな、と心から感心していたのだった。

その後の記憶は飛んでいた。気が付けば、家にいたという感じだった。翌朝、早くに目が覚めた。春だというのに、全身がぐっしょりと濡れていた。夢の中味は覚えていなかったが、いやな夢であったことだけは確かだった。体が重くてだるい。でも、だからといって学校を休んでしまうと、そのままずるずると学校から足が遠のいてしまいそうで怖かった。登校時間になるまで、再びベッドに横になったのだが、いつしか頭の中は、全校生徒に呼びかけて開催される緊急抗議集会のことでいっぱいになっていた。

いっそ逃げ出してしまおうか？　そんなことができたら楽だろうな、と思うと、体の中をくすぐったいような奇妙な笑いが電流のように駆け抜けていった。もうそんな現実逃避のできる自分ではなくなっていた。そこへまた違った気分が紛れ込んできた。お前の苦しみは僕の苦しみだ、といったマスミの言葉がまるで隙間風《すきまかぜ》のように吹き込んできたのだ。決しておためごかしやその場しのぎの言葉ではなかった。あいつはそんな言葉を口にする人間ではない。その言葉の背景、マスミにはどんな過去があったのだろうか？　高校での二年間の付き合いの中で、そんなことに真剣に疑問を抱いたことなどなかった。僕の目に映るマスミはいつも今を、そして未来を見据えて全力で生きる最高のリーダーだった。だからこそ僕を魅了し続ける人間であり得た。スピードスターの彼に食らいついていくのが精一杯で、その過去に思いを馳《は》せるという悠長なことをやっている暇はなかった。

なぜ、今、こんなときに……。浮かんできた言葉はやはりあの言葉、寂しさ、だった。寂しさは他者との繋がりが稀薄になったとき、そう思わずにはいられなくなった時に忍び入ってくる感情なのだろうが、僕だけが一方的に感じるものではない。ふとそんな気が強くした。互いの心の奥底で共通して存在する感情が寂しさでなければ、マスミの漏らした言葉は全くもって上辺《うわべ》だけの陳腐《ちんぷ》なものに堕《だ》してしまう。だが、あのとき、彼の抱え込んだ寂しさの実感が言葉になっていた。だから、その言葉にひとかけらの反感もしらけも覚えなかったのだが、今頃になってやっと、寂しさ、をキーワードとして捉え直したことで、彼の歩んできた道に興味を覚えるきっかけを得たのかもしれない。だが、僕の思考はそこで行き止まりだった。

マスミは僕にいつか聞いてほしいことがある、と言った。その時を待とう。機は熟すもの。待つことには意味がある。そのことを初めて悟ったような気分だった。

＊
＊

「気を付けろ、いくぞ、いっせーの！」

かけ声とともに、六人の男子生徒達が重い朝礼台を持ち上げた。会場となる来客用の駐車場では、今、放送部の部員達が手分けして屋外用の音響設備の準備に取りかかっていた。近くの教室のコンセントに延長ケーブルを繋ぎ、電源の確保を行っている者。部室からアンプと屋外用のスピーカーを運び出し、ラインを接続している者。スタンドを立てて使用するメインマイクと会場内を移動して使う二本のサブマイクをセッティングして調整に余念のない者。時間のない中で本番に間に合わせようと懸命に皆が動き回っていた。その場所まで、重い朝礼台は運ばれていった。設置場所が決まると、早速朝礼台の上にマイクスタンドを立て、マイクテストが始まった。耳障りなハウリング音が響いた。すみませーん、という声。テスト、テスト、マイクテスト、という声が流れ、もうすぐ始まるんだ、という昂揚感と緊張感が高まっていった。

その間、各クラスでは代議員が声を張り上げ、緊急抗議集会への参加を訴えていた。会場整理係と会場用マイクを持って走る担当生徒との打ち合わせが終わり、それぞれの持ち場へと散っていった。

いよいよその時がやってきたのだ。職員室の窓が開けられ、次第に集まってくる生徒達の様子を眺めている教員の姿があちらこちらに見受けられた。スピーカーは職員室に向けられ、特にそのターゲットは校長室であった。

マスミは登校してきていた。朝礼台からやや斜め後方の位置で、生徒会室から持ち出した丸椅子に腰を下ろし、副会長のレイコと相談していた。まだ通院加療中の身であるマスミは充分に体力が回復しておらず、長時間立っていることが辛かった。代わりに彼の手足となって動いていたのがレイコだった。僕は少しマスミから距離をとり、議長として代議員から各クラスの動員状況、その反応の様子、特に気になった点などについて報告を受け、記録用紙にメモしていった。

集会の開始時刻は十二時ちょうど、間もなくその時刻になろうとしていた。空はどんよりと曇っていた。雨が降ってくる気配はなかったが、風はなく会場周辺の空気も重く淀んでいた。集会参加者の数が増えてきて、ざわめきが大きくなり、一つの大きな塊となった人間の発する熱気が、会場の空気の質を急激に変えていった。急きょ作成した横断幕や垂れ幕が職員室から見える位置に取り付けられていた。

三校禁の即時廃止を！　不当な処分を全面撤回せよ！　本校だけ処分、恥を知れ！　盗撮・盗聴の事実を認め、謝罪せよ！　処分を強行した教頭は謝罪し、即刻引責辞任せよ！　等々、ストレートな怒りが文字化されていた。

朝礼台にレイコが立った。マイクを通して彼女の声が響き渡った。

「ただ今より緊急抗議集会を開催します！」

会場になった駐車場を埋め尽くした生徒達から大きな拍手が起こった。職員室のどの窓からも教員達が鈴なり状態で顔を覗かせている。だが、校長室の窓だけは閉じられ、カーテンで閉め切られていた。近付いてきた顧問がマスミにそっと耳打ちした。教頭の車は停まったままで外出した形跡はない。教頭の席はカラッポ、間違いなく校長室にいる――。マスミは表情を変えず、小さな声で顧問に礼を言った。

「まずはこの集会の主催者である生徒会の会長から挨拶をしていただきます」

レイコから促され、マスミは朝礼台に立った。痩せた体をかろうじて支えているといったたたずまいだった。集まった生徒達から口々にマスミに向けて声が飛んだ。頑張れ！　無理するなよ！　マスミ、待ってたぞ、お帰り！　数多くの生徒達が彼の体調を気遣い、かつ彼の復活を待ち望んでいたことが分かる。

マスミは落ち着いた声音で、手短かに今回の処分へと至った経過について説明した。しかし、その調子は次第に熱を帯びていった。生徒達は静まり返り、一心に彼の言葉に耳を傾けた。そして、一息ついた後、マスミは昂然と頭を上げ、カーテンで閉め切られた校長室を睨み付けた。その怒りに満ちた視線に導かれるようにして、多くの生徒達が自分との対話を拒否するかのように閉じられた窓を鋭く凝視した。会場の空気が一点に凝縮されたとき、その痩せた体のどこから発せられるのか、といぶかられるほどの大音声《だいおんじょう》でマスミは吠えた。もはやマイクなど必要ではなかった。

「暁高校、明星高校の会長と連絡をとり、生徒会連合の結成という大目標を実現すべく、合同会議を開いた直接の責任者は僕だ。あの二人を処分するくらいなら、僕を処分しろ！

ただし、これだけははっきりと言っておく。あなたが誓約書を持ち出しても、絶対に僕は署名も捺印もしない。あなたの目の前で破り棄てる。断じて三校禁などという高校生の人権を踏みにじり、生徒会活動を弾圧しようとするルールを認めるわけにはいかない。僕は徹底的に闘う！」

会場は割れんばかりの拍手と歓声に包まれた。事前に執行部のほうで幾人かの生徒に発言を依頼していたのだが、それは全く要らぬ心配であった。発言を求めて次々と手が挙がる。進行役のレイコは大忙し、担当生徒もサブマイクを持って走り回った。群衆を掻き分け朝礼台に跳び乗り、学校側の前近代的で非民主的な姿勢、体質を厳しく糾弾する生徒が相次いだ。怒りが怒りを呼び、何か一言異議申し立てをしなければ気が済まないといった空気が会場いっぱいに充溢《じゅういつ》していた。

可能ならば発言を、と僕も頼まれていたのだが、マスミの言い放った痛烈な言葉に呪縛され、その場に立ち尽くしていた。絶対に誓約書に署名も捺印もしない、教頭の眼前で破り棄てるとまで言い切った。彼ならばきっとやるだろう。僕もそんな考えが一瞬頭をよぎりはしたが、結局は実行しなかった。できなかった。頭では迷うことなく不当だと断じながら、その不当さに屈したのだ。そのために自分のことを裏切り者だとさえ思い悩んだ。マスミは言下《げんか》に否定してくれた、お前は断じて裏切り者なんかではない、と。だが、マスミの教頭への発言は、改めて僕の良心を突き刺した。むろん、彼を恨みはしない。言葉の真意は分かっている。けれども、現に僕の心からは血が流れ出していた。

集会終了の予定時刻は近付きつつあった。会場係総出で参加者全員に集会決議文を印刷したプリントを配布し始めていた。朝礼台にレイコが立ち、決議文を配り終わるのを待っていた。最後に決議文を読み上げ、拍手で確認して集会は終了するという段取りだった。レイコが決議文を読み上げるため、マイクの高さを調整しようと手を伸ばしかけたとき、会場の空気が一変した。

会場の後方からざわめきが波紋のように広がり、その直後には緊張感が走り、沈黙が支配した。最初は何が起きたのか、よく分からなかった。しかし、すぐにその理由は知れた。

　参加者のすぐ脇を朝礼台に向かって真っすぐに歩いてくる人影があった。モモだった。その表情に悲愴感はなかった。何かを突き抜けてしまったすっきりとした顔。目を伏せるでもない、まなじりを決するでもない、ただ真っすぐに朝礼台を見据えてモモは歩いてきた。

「まだ発言、いいですか？」

　朝礼台の下から朝礼台のマイクの前にいたレイコに訊いた。レイコはモモと向き合うようにしゃがみ込み、

「もちろん大歓迎よ」

　と微笑んだ。モモは朝礼台の裏に回り込み、階段に足をかけようとしたとき、近付いてきたマスミと目が合った。

「全然手伝えなくて、すみませんでした」

　と、モモはぴょこんと頭を下げた。

「大丈夫、僕も同じだから」

　冗談めかしてマスミが答えると、照れ臭そうにモモは笑みを浮かべた。

「モモの胸の中に溜まりに溜まった思いを全部吐き出してこい。集まっている皆も期待している。好きなだけ喋ってこい」

「はいっ」

　小さな声で返事をすると、彼女は一段、一段と階段を上り、レイコと入れ替わるようにマイクの前に立った。固唾《かたず》を呑んで、その第一声を皆は待っていた。口を開いたとき、その声は小刻みに震えていた。処分された身として、処分した人間が聴き耳を立てているその場所で、数多くの生徒達を前にしてマイクを握ることの緊張感と強い決意とがそうさせたのだろう。だが、今もって彼女の心を蝕《むしば》み続けているた。恐怖心の表れでもあるのではないか、と僕には思えた。すると、僕の心の傷口はさらに大きく裂け、どくどくとより大量の血が流れ出したような痛み、疼《うず》きを覚えたのだった。

「抗議集会への参加、お疲れ様でした。そしてありがとうございました。執行部の一員でありながら、私は何のお手伝いもできませんでした。本当に情けない限りです。

正直に言います。毎日泣いてばかりいました。帰宅すると、泣き顔で瞼を腫らした私を見て、母は抱き締めてくれました。

『大丈夫、あなたは何も悪くない。悪いことをしたなんて、ちっとも思っていないんでしょ？　だったら、大丈夫。お母さんはあなたの味方、どんなに苦しく辛い目に遭ってもあなたのことを絶対に守ってあげる』

そう耳許で囁いてもう一度ぎゅっとしてくれました。でも、夜になり、私がベッドに入った後で、母は独り仏壇の前に座り、死んだ父親に語りかけていました。

『あの子の悲しみ、苦しみは深い。私を悲しませまい、苦しませまい、と心から願ってくれているから、いつまで経ってもあの子の悲しみや苦しみは癒やされないんです。私の力だけでは足りません。あなたの力を貸してください。お願いします。どうぞ、あの子を守ってやってください』

合掌しながらぽろぽろ、ぽろぽろと涙を零しています。幾度もそんな母の姿を見てしまいました。あんなにも母のことを苦しめている。私はどんなに悪い子なんだろう。でも、どうしたら良いのか分からない。そっとまたベッドに戻り、私は泣くしかありませんでした。泣いて、泣いて、泣き暮らしていました。

本当はこの集会に参加するつもりはありませんでした。あの日の辛い記憶が鮮明に蘇ってくるのが怖かったからです。でも、生徒玄関を出ようとしたとき、続々とたくさんの人達が、会場へ足を運んでいく様子が目に入りました。みんな急いで、時間がないよ！　会場係の指示に従ってください！　という大声が聞こえてきました。会場へ急ぐ人込みを縫うようにして執行部の仲間や代議員が手に手に集会用の備品を持ち、駆け抜けていきました。そのとき、駆け抜けていく後ろ姿に自分を見たような錯覚を覚えたんです。逃げることばかり考えていた私の心に泡立つものを感じました。集会に出る勇気はないけど、目立たない遠くから眺めていようという気持ちが湧いてきました。

マイクを通して流れてきた会長の言葉に……いい

え、あれはマイクなんかに頼らない会長の全身から迸《ほとばし》る肉声でした。その言葉に、私は自分の体が真っ二つに引き裂かれたような激しい衝撃を覚えたんです。僕を処分しろ！　僕は徹底的に闘う！　と、この朝礼台から教頭先生に向かって、まるで吠えているかのようでした。その後も次々と怒りを込めた発言が続きました。その怒りは泣いてばかりいる情けない自分にも向けられているように思いました。『いつまでうじうじしてるんだ!?　そんな風《ふう》だから、いつまで経ってもお母さんを悲しませ、苦しませているんじゃないのか？　いい加減お母さんを悲しみ、苦しみから解放してあげたらどうだ？』と、そんな声が聞こえたような気がしました。もう泣くのはやめよう、そう思ったら、不思議と悲しみが薄らいでいったんです。これならば行けるかもしれない。そんな思いが湧き上がってきた途端、私の足はここへ向かってたんです。母の祈りが通じたのかもしれません。心の中で響いた声は、そして私の背中を押してくれたのは、天国にいる父だったような気がしています。

母が言った、『悪いことをしたなんて、ちっとも思ってないんでしょ？』という言葉が胸の中に蘇ってきました。あの日、他校の生徒会役員の人達との交流は本当に楽しかった。皆が真剣に語り合い、意見の違いを乗り越えて一致点を見出そうと議論を闘わせました。私はもういっぱいいっぱいで、自分が何を喋っているのか分からなくなるぐらい、喋って、聴いて、考えて、感じて、また喋って、その繰り返しでした。濃密な時間はあっという間に流れていきました。今よりもっと充実した高校生活を築き上げたい、いろんな学校の生徒と手を繋ぎたい、そうすればもっともっと素晴らしい高校生活を作り上げられるんじゃないか、そんな一心で議論を続けていたのです。一年生でその場に加われたことがどんなに誇りだったか……。

それが一転、突然の事情聴取から処分申し渡しへ。自分の身に何が起きたのか、さっぱり分からない。ただ母を悲しませることが辛くて、そんなことをしてしまった自分を許せなくて、そのことの本当の意味なんか分からぬまま、差し出された誓約書に署名も捺印もしてしまった。大好きだった学校が怖くなった。教頭先生を、人間を信じられなくなった。でも、どうしていいか分からず、泣いてばかりいましたが、今やっと分かったんです。

会長のように何も恐れず、吠えることはできませんが、これだけは言わせてください。こんな馬鹿げたルールで、悲しみ、苦しむ生徒は私達で最後にしてください。学校を恐れ、先生を、人間を信じられなくなる生徒は私達で最後にしてください。母校を大好きと言える、先生を、人間を心から信じ、愛していると言える高校生でいさせてください。お願いします。本当に、本当にお願いします」

モモはそう言い終えると、カーテンが閉まったままの校長室に向かって、いつまでも頭を下げ続けた。その参加者の中には、両掌で顔を覆い俯く者がいた。その両肩は震えていた。人目を憚《はばか》らずに嗚咽《おえつ》を漏らす者もいた。そして、拍手が起こり、次第に波のようにその場に集まった者に広がって大きな拍手になっていった。モモはゆっくりと頭を上げた。泣いてはいなかった。必死にこらえていた。心の中ではとめどなく涙を流していたことだろう。願っても、願っても叶わぬ思い、にもかかわらず願わずにはいられない。そんな自分の無力さに、そしてどこまでも自分の思いには誠実でありたいと思う切なさに、彼女は見えない涙を流し続けていたに違いない。モモはもう一度頭を下げ、朝礼台から降りた。彼女を迎えたレイコの目は真っ赤だった。しかし、彼女もまた涙をこらえていた。立派だったよ、モモ、と囁いて、彼女の体を抱き締めた。まるで本物の母親のようにぎゅっと抱き締めていた。その姿に参加した多くの生徒から改めて大きな拍手が送られた。

再び朝礼台の前に立ったレイコが集会決議文を読み上げた。あちらこちらから、異議なし！　の声が飛び、盛大な拍手で決議文は承認された。こうして緊急抗議集会は幕を閉じた。マスミは丸椅子に座り、じっと動こうとしなかった。彼の目は一点を見詰め、一瞬の変化を見逃していなかった。モモの最後の訴えのとき、校長室のカーテンが幽かに揺れ、人影が動いたことを。

＊　＊

学年末テストに入り、一時休戦状態となった。テストも残すところあと一日になった日の帰り、生徒会室で今後のことを話し合っていたところへ顧問からある情報がもたらされた。運営会議で生活指導部長が教頭に噛み付いたというのだ。

「モモの事情聴取を行ったのが部長だったのだが、盗撮だと非難されても弁明しようのない写真を突き付けて認めさせるというやり方は、いやしくも教育の現場の指導法として問題がある。それと、事情聴取を終えた直後にいきなり処分が科されたのだが、処分の前に自覚と反省を促すための指導が抜け落ちている。集会でモモが発言していたが、なぜ罰せられるのか、わけの分からないまま処分を受けた。誓約書に署名、捺印をした理由が母親を悲しませたくなかったから、というのでは教育的な指導になっていない。また、処分について生活指導部長の私に一言の相談もなく、教頭の独断で行われたことは遺憾だ。これらの点について教頭の見解を求める、と問いただしたんだ。

自分に近い立場にいると思っていた部長から、運営会議という場でここまでずばりと斬り込まれるとは想像していなかったんだろう。教頭は言葉に窮した。しばらく思案した後、諦めたように指摘された点における自分の非を認めたというんだ。

これはあくまでも僕の憶測だが、教頭なりにあの抗議集会は相当にこたえたんだと思う。特にモモの訴えはさすがの教頭の胸にも響くものがあったんじゃないのかな。

テスト明け早々に生徒会の抗議文に対する教頭見解が文章で出ることになっているが、どうなるのかな？　楽しみになってきたな」

そう言い残して顧問は生徒会室から出ていった。

顧問は妙にはしゃいでいたが、マスミは我関せずという態度で、独り考え込んでいた。僕には分かった。マスミは今、落とし所を探っている。集会でのモモの発言から、文字通り徹底抗戦を叫び裁判闘争に持ち込むという選択肢は消えた、と彼は判断したことだろう。ならば、どこまで妥協して、代わりにどの点だけは死守するのか、それを明確にした上で妥結する以外に手はない。勝利ではないにしろ、敗北ではない終わり方を模索せねばならない。

　マスミは指先でくるくるとボールペンを回転させていた。それがぴたっと止まる。そしてボールペンは逆回転に変わる。彼はまるで意思とは無関係に回り続けているように見えるボールペンに視線を落としながら、ぽつりと呟いた。

「モモに会長をやらせたかったな。死にし子顔良かりき。愚痴だな……」

　珍しく湿っぽい口調だった。何か言い返したかったのだが、言葉にはならなかった。

　翌日、学年末テストの最終日に教頭から文書回答が届いた。それを受けて臨時の拡大執行委員会が召集された。予想通り、三校禁の撤廃、処分の撤回および謝罪、不当な処分を下した教頭の引責辞任といった要望の核心部分に対してはゼロ回答であった。ただし、三校禁という言葉を回避しながらも、他校の生徒会役員との会合を開いたことについては新たな言及があった。今回の処分はあくまでも学校側に無届けであったことを問題視したものであって、他校との交流については、学校として一律禁止するものではない、との一文があった。所定の申請用紙に、参加校とその規模、会合の性格、会合で議論される主たるテーマ等を明記した上で、事前に学校側へ提出すれば、よほどの問題性が認められない限り、基本的には許可すると明記されていた。曖昧さが残っているとは言え、素直に読み取れば、三校禁に一定のくさびを打ち込んだ、と言っても良いだろう。三校禁撤廃という名を捨て、事実上、三校禁ルールの安易な適用にストップをかけることができたという実《じつ》を取った、という発想に立つならば、これは大きな成果だと評価することはできるだろう。

　また、処分の前の指導が不充分であり、手続き上不備があったことを認める、との反省が述べられていた。これも三校禁違反、即処分、という強権的なやり方に歯止めをかけることができたという点で評価し得る成果であった。

　拡大執行委員会ではこの文書回答をどう評価するかで激論となった。マスミは言葉を差し挟まず、じっと皆の意見に耳を傾けていた。不充分で納得のいかない点は多々あるが、現状ではこれが精一杯であり、評価すべき点は評価して今回の件に区切りをつけようではないか、と僕なりの私見を述べた。反論も出るには出たが、互いの主張の相違点を擦り合わせていく過程で、全体として次第に文書回答の内容を評価する側の意見が優勢になっていった。しかし、その議論に勝利の歓喜や昂揚感はなかった。勝ちもなければ負けもない。三校禁という過去の亡霊を巡る闘いは、生徒会側と学校側との現時点における力関係を象徴的に物語る顚末《てんまつ》を示すものとなった。一通り意見は出尽くした。皆の視線がマスミに向けられるようなったタイミングを見計らって、彼はやおら立ち上がると、会議で出た意見のポイントを箇条書きしていった。そして、皆のほうへ向き直り、ここに列挙したポイントを押さえた生徒会声明文原案を文章化してくるから、次回の会議で検討してくれ。そこで最終確認したものを生徒会ニュースにして、終業式の日に全校配布する。

　一息置いてからマスミは再び語り出した。

「本来ならばここにいるはずのモモと、葛藤を乗り超え、最後まで議長の職責を全うしてくれたヒデオに感謝したいと思う。みんな、本当に苦しい闘いだったと思う。勝利の昂揚感はなく、どこかもやもやした気分を胸に抱いていると思うが、理想だけでは突き進めない、どんな課題も立ち向かうべき相手がいて、ぶつかり合いながら妥協点を探っていく、これが苦々しい現実の実相なんだ。

　でも、現実の重みに押し潰されてしまうほど、僕達はわけ知り顔の大人ではない。いつかもっと実力をつけて、より大きく幅広い連帯の力を作り上げることで現実を変革していこう。今日はテストが終わったばかりなのに集まってくれてありがとう。これで散会します」

　マスミはメモを手にして生徒会室を出ていくとき、僕にすぐ戻ってくるから待っててくれ、と言った。二人にはまだ解決しなければならないことがある。心の中にかかる寂しさという霧が薄気味悪く蠢《うごめ》き出していた。知らないほうがいい、知ったら最後だ……根拠などなかったが、そんな悪い予感めいたものが胸裏を駆け抜けていった。それでも、知るべき時があり、知らなければならないことはある。否応もなく、僕はそこへ吸い寄せられていった。

＊　＊

春休みに入ったある日のこと、例の喫茶店「カール」でマスミと落ち合うことになった。家を出るとき、母親が仕事場から叫んだ。使っていたアイロンが噴き出す蒸気音に混じってその声は響いてきた。

「傘持ってきゃあよ、今日は降るで。あんまり遅ならんようにしゃぁよ」

シューッ、シューッと蒸気の噴き出す大きな音が被さってくる。いつもの畳みかけてくるような母の声を背に、僕は自転車を駆った。空はどんよりと鉛色だった。自転車を駆る僕の顔に吹きつけてくる風は湿気が強く、雨の臭いがした。

ガラスの扉を開け、店内に入ると、前回訪れた際に案内をしてくれた店員と目が合った。まだ何も言ってないのに、彼はもう見えていますよ、同じ席です、と、うっすら笑みを浮かべて言った。薄暗い店内を進み、マスミの席に近付いても、彼は顔を上げようとせず、手許のノートに例のくるくる回転するボールペンで小さな文字を書き付けていた。ふいに顔を上げた。

「プリンアラモードか?」

と訊くものだから、反射的に、ああ、と返事をしてしまった。

「僕はホットケーキに、アイスコーヒーだ」

マスミが呟くと、いつの間にか来ていた例の店員が、静かにお辞儀をして、すっと暗がりに消えていった。まるで影のような存在だった。

彼の向かい側の席に着いた途端、

「終わったな」とマスミが言ってきた。最近の僕の業病《ごうびょう》と言ってもいい寂しさが込み上げてきた。

「ヒデオにはひどい終わり方をさせてしまった、心から謝るよ」

その詫びの言葉をきっかけにとっさに口を突いて出た。

「モモは……どうした?」

「自宅まで会いに行った。玄関先に姿を見せたお母さんに用件を告げたんだが、会わせてもらえなかった。お母さんが言うには、僕と会って話すと辛くなる、だから、今は会いたくない、ということだった。さらに付け加えて、モモには分かってたんだ、僕が彼女に何を求めているのか、を。ただの謝罪だけのために会いに来たのではないことを知っていた。今は彼女の心の中へ入っていけないことがはっきりと分かった。後は彼女自身の判断、決断に任せるしかない。そう思い、お母さんにお詫びをして帰ってきた」

そう語ったマスミの目は悲しげだった。

「さすがの歴戦の勇者、マスミにも思い通りにならないことがあるっていうことか」

決して茶化す気で言ったわけではなかったのだが、彼は突然、憮然たる表情になった。

「今の言葉は、僕に対する善意に基づく過大評価だと理解して受け取っておくよ」

彼の表情からは不愉快さが消え、沈鬱なものに変わっていた。さらに、

「今の言葉は、今日、ヒデオにだけは知っておいてもらいたいと思った僕の過去とも無関係ではないからね」と意味深な言い回しで付け足した。

マスミは運ばれてきたホットケーキに蜂蜜をたっぷりとかけ、一口頬張るとアイスコーヒーで流し込んだ。彼は言葉を探しているようだった。長い付き合いだ。こんな場面を幾度も経験していた。

「僕は物心がついた頃からある身近な対象に強烈な憧れを抱き、そのことが災いして、ずっと思い通りにはならない人生を送ってきた。憧れの強烈さ故に、その対象と一体になれないことに由来する寂しさ、怒り、憎悪に絶え間なくさいなまれてきたと言っても過言ではない。それがある日のこと、このまま永遠に回り続けていくものと思っていた憧れの支配する人生の歯車に決定的な齟齬《そご》が生まれた。その瞬間、僕の耳に悪魔の囁きが響いてきたんだ。人生を思い通りにするには今しかないぞ。このチャンスを逃したら、一生思い通りにならない人生に、寂しさ、怒り、憎悪を募らせ苦しみ続けることになる――と。この誘惑はあまりにも魅力的だった。その囁きに抗《あらが》うことはできなかった。僕は躊躇することなく

悪魔の囁きに従い、魂を売り渡してしまった。これで思い通りになる人生を手に入れられる。憧れの対象と一体になれる。僕はそう信じて疑わなかった。だが、結果は無惨だった。まんまと悪魔の奸計《かんけい》に嵌《は》まってしまった。してやったり！　悪魔の至上の歓びとは、人を不幸のどん底に突き落とすこと。悪魔は得意満面で、浮かれ騒いだことだろう。

僕は思い通りになる人生を手に入れることと憧れの対象と一体になることの代わりに、憧れの対象を一人失い、もう一人を失ったも同然の状態にしてしまった。人生を思い通りにするための大前提を一挙に失ってしまったんだ。寂しさは極限に達し、怒りや憎悪は後景に退いたものの、代わりに噴き出してきたのは凄まじい自己嫌悪だった。自己嫌悪は大津波となって僕を呑み込み、たちまちにして八つ裂きにした。八つ裂きになった僕の身心はばらばらに漂っていった。

自己嫌悪にしろ、寂しさにしろ、負のエネルギーは内向するばかりだったが、あることがきっかけになり、その負のエネルギーを正に転じ、今一度思い通りになる人生を我がものとするために、僕は全身全霊を懸けて闘うことに決めた。それを達成できれば、まだ完全に失われたわけではない憧れの対象との距離を少しは縮められるかもしれない。そんな淡い希望を抱いていた矢先に、ヒデオ、お前と出会ったんだ……」

ここまで一気に語り終えると、マスミは沈黙してしまった。

彼の話は抽象的で摑み所がなかった。ただただその深刻さが得体《えたい》の知れない黒い塊となって僕を襲い、押し潰されそうな恐怖感を味わった。マスミの意図は何なのだろう？　初めから具体的に、一方的に説明するのではなく、分からない点を、分からないことだらけだが、僕に質問させ、それに答えることで事柄そのものよりもそこにまつわる思いの重さを伝えたい、と願っているのではなかろうか？　分からないが僕は勝手にそう理解することにした。だが、問いを発するのが怖くもあった。一言の質問に対して、どれほどの質と量を伴った答えが返ってくるか？　それを全身で浴び続けたならば、果たして僕はどうなってしまうのか？　パンドラの匣《はこ》を開けるべきかどうか……。いや、もはや僕に選択の余地など与えられてはいなかった。彼の話の中で、悪魔の奸計に嵌まってしまった、という表現が使われていたが、今の僕の気持ちとしては、悪魔とはまさしくマスミのことだった。僕は彼の仕掛けた奸計にまんまと嵌まろうとしている。糞面白くもない天使と違って、危険極まりない悪魔という存在は蠱惑《こわく》的だ。マスミというハイグレードな悪魔と心中するのならば、悪くはない選択だ――。まさに悪魔の囁きが聞こえてきた瞬間だった。

「憧れの対象って誰なんだ？」

と訊いた。口の中が乾いていた。マスミはちらっと上目遣いで僕を見た。光の届かぬ漆黒《しっこく》の海底《うなぞこ》から覗き見られたような寒気《さむけ》がした。肚《はら》は決まったのかい？　と確認するような目付きだった。そして、

「父と兄だ」

と、独り言のように呟いた。やや間を置いてから、

「父は海外でも名の知れた大企業で、組合畑《ばた》をずっと歩き続けてきた人だ。六〇年安保闘争の闘士で、当時は多数の組合員と泊まり込みで連日のように国会周辺での集会、デモ行進で隊列の最前線に立ち、ハンドマイク片手に、安保粉砕、岸内閣退陣を叫んでいた。この大闘争を通して全国に仲間が増えた。父親の人柄もあって、皆が頼りになる兄貴分として父を慕っていた。闘争後も全国の仲間から贈られてくるお中元やお歳暮の品で我が家は溢れかえっていた。全国から届く暑中見舞いや年賀状がダンボール箱幾箱分となり、律儀な父はその返事に追われ、その季節になると夜遅くまで書斎の机に向かう父の背中が、今でも僕の目に灼き付いている。彼らとの付き合いはずっと続き、ひっきりなしに父を訪ねてやってくる来客で我が家はいつも賑わっていた。父は下戸《げこ》だったが、決まってその夜は宴会になった。母は急な来客の接待、宴会の準備でてんてこ舞いの日々を送っていた。それでも、母の口から愚痴を聞いた覚えはなかった。母もまたそんな父を心から尊敬していたのだろう。

そうした特殊な環境の中で僕は育った。幼な過ぎて、話の席で語られる内容は分からなかったが、来

客が持ち込んでくる困り事を父が聴き、その相談の一つ一つに真剣にのってやる。問題解決のために、父は全国に張り巡らせた多様な人脈の力を駆使して、親身になって尽力した。そのお陰で解決できた問題は数知れない。父の熱烈なシンパは確実に増えていった。中には社会党や共産党といった自民党政治と真《ま》っ向《こう》から対決する革新系の候補者として総選挙に父を担ぎ出そうと本気で動いた人達もいた。けれども、そんな誘いをすべて父は断った。

自分はいつも会社組織で歯車として使い棄てにされる弱い立場の労働者の仲間達の中にいたい。国政の革新には直接繋がらない小さな世界での足掻《あが》きに過ぎないかもしれないが、そこに根を張り、地道に仲間である労働者の利益、権利、地位向上のために闘い続けたい。そんな活動を継続することで、現状を変革、前進させる活動に貢献する捨て石になりたい。それが自分の使命なんだ、と父は繰り返し語っていた。生き方と矛盾しないその言葉、人が生きる上で不可欠な強固な信念は、その意味するところを充分に理解できたとは言えないながらも、幼かった僕の魂に深く滲《し》み込んでいったように思う。

気が付けば、人間観、人生観、世界観といった話に小学生の頃から僕はいっぱしに首を突っ込み、大人に向かって自らの意見として主張するようになっていた。すべてが父からの影響だった。だから、僕の思想の骨格を成すものは父からの受け売りであり、たとえ受け売りであったとしても、繰り返し語ることでいつしか自分自身の血の通った言葉、思想へと昇華していった。おっ、なかなかいいこと言うじゃないか、お前の主張は正しい！　と父に褒《ほ》められ、認められることがいわば答え合わせであり、それが高じて父に認められることが僕の人生の目的、生きがいになっていった。父に認められたい、その一心でがむしゃらに本を読み、父を慕って集まってくる大人達を片っ端から摑まえては議論を吹っかけ、凄いなぁ、お父さんそっくりだ！　と驚かれ喜ばれるという少年の日々を僕は送っていた。それなりに幸せだった。

だが、現実は僕の思い通りにはならなかった。僕には年の離れた兄がいた。兄は秀才だった。子供だった僕の目から見ても、とんでもない秀才だった。あるとき、居間で父と兄が論争している場面に出食わしたことがあった。議論は白熱していた。両者とも一歩も退こうとはしない。でも、どんなに熱い論戦を交わしても、二人は冷静だった。決して相手の人格を傷付けるような乱暴な言葉を口にすることはなかった。知性と理性の崇高さを目の当たりにした瞬間だった。いつの間にか僕はソファーで寝入ってしまっていた。はっと目を醒ましたとき、電灯が点った居間で二人はまだ論争中だった。僕が目を醒ましたことがきっかけで、延々続いていた論争はいったんお開きになった。

『お父さんはもう少し世界的な視野で物事を見る癖をつけたほうがいいですよ。自分の経験に頼り過ぎるところがある。天動説にはどんなに美しい体系性があろうとも、誤謬《ごびゅう》であることは証明されてますからね』

兄は父にソフトな感じで指摘した。

『そうだな、俺の思想上の弱点だろうな』

と、嬉しそうに父は兄からの批判に同意するような態度を示した。二人を見て、いつか自分もこんな風《ふう》になりたい、と心から思った。しかし、そのときの父の嬉しそうな反応に、不満を、妬《ねた》ましさを覚えてもいた。まだ子供なんだから仕方がない、と諦める自分がいる一方で、あんな風に父が僕に接してくれたことなど一度もない……という不平不満が心に渦巻いたことも確かだった。

兄は、父とはまた違った意味で、僕にとっては唯一無二の特別な存在、憧れだった。兄が東京の大学へ進学したのは、僕が小学校六年生のときだった。兄は国立大学を嫌っていた。所詮は国家権力の中枢を成す高級官僚を育成するための大学で、四年間の研究生活を送ることを潔しとしなかった。国大何するものぞ！　という気概をもって在野の精神で自由に研究活動に打ち込める私大を選んだのだ。中高と生徒会の会長として活躍し、父親の人脈の広さを活用して高名な大学教授と出会い、その薫陶《くんとう》を受けながら七〇年の安保闘争にも積極的に関わっていった。

ただし、党派を嫌い、個の自由を堅持するというスタンスを崩そうとせず、周囲の人間からは、いわゆるノンセクト・ラジカルの急先鋒と目されながら、精力的に動き回った。父譲りの気質で誰とでも仲良くなれた。右から左まで分け隔てなく付き合い、不思議な友情で結ばれた知人を数多く持っていた。兄のことを心良く思わない連中は、まるで鵺《ぬえ》のような得体の知れない奴だ、と批判した。しかし、兄は一向に意に介さなかった。アメリカの核の傘の下で平和惚《ぼ》けした極東の小さな島国で右だの左だのと言って諍《いさか》いを起こして何になる。米ソ冷戦下でその代理戦争として骨肉相食《あいは》む殺戮《さつりく》を繰り返す人間の本質を捉える上で、国際政治学の視点から俯瞰する方法が有効だ、と兄は考えていた。六〇年、七〇年の安保闘争が幅広く国民を惹き付けた理由の一つとして考えられるのが反米闘争であったという点だ。互いに不倶戴天《ふぐたいてん》の敵の如くに罵り合う右も左も、この反米闘争、民族主義の主張の前では大差ない。兄の思想の柔軟性はそうした発見からもたらされたものだろう。

　大国の意向に沿う形でしか動けない国連の限界を痛感し、本物の国際協調主義の具現化を目指して、研究を続ける傍ら、夢を共有できる仲間を求めて東奔西走した。僕には文字通り、知を力にして生きる兄の存在が眩しかった。

　連帯を求めて孤立を恐れず、そんな強靭《きょうじん》な精神力で我が道を往く兄の生き方が憧れだった。兄のように生きてみたい。兄のようになりたい。そうすれば、きっと父も兄を愛するように、僕のことを愛してくれるに違いない……。

　ところが、僕が中学に上がり、初めて生徒会の役員になった年に悲劇が起きたんだ」

　一気呵成《いっきかせい》にここまでを語ると、マスミは一息つくようにしてアイスコーヒーに手を伸ばした。家庭環境のあまりの違いに面食らい、僕は戸惑っていた。父親の愛情を手に入れるために兄をライバル視する？　僕にも年の離れた兄や姉がいたが、そうした経験は皆無だった。

　表情に翳《かげ》りが濃くなったマスミに先を語るよう求めるのは気の毒にも思えたのだが、聴かずにはいられなかった。

　悲劇というのは、さっきマスミが語った、人生の齟齬が生じた、というのに該当するのか？と訊くと、アイスコーヒーを半分ほど飲み干した彼は幽かにうなずいた。重い口調ながら再び話し出した。

「兄の大学は、一九六六年に授業料値上げ反対、学生会館の管理問題等の要求を掲げて学生達がストライキに突入した。

その後、全共闘の学生四百人が大学本部を占拠するという実力行使に出た。その年の入試は私服警官隊の護衛する下で実施されるという異常事態となった。そのような学内の混乱を招いた責任を取る形で、総長と全理事が辞任するという結果になった。

こうして大学紛争は第一次、第二次、第三次へと拡大の一途を辿ったんだ。そんな混乱した状況下で、革マル派と中核派が主導権を巡って激しい内ゲバ抗争を繰り広げていた。六九年には、革マル派数十人が講堂を占拠したため、大学側は退去を要求したのだが応じず、突入した警官隊に火炎瓶やコンクリートを投げつけるという暴力行為に及んだ。そのために十八人の学生が逮捕されるという事件が起きた。

僕には革マル派も中核派も革命ごっこに興じる同じ穴の狢《むじな》にしか思えないが、いわゆる近親憎悪という奴で、本質的には似た者同士であるが故に、その僅かな違いが互いに許せなくて、相手を完全に抹殺するまで内ゲバは継続され、激化の一途を辿るという愚かな展開を見せることになった、と想像している。

兄はこの両派による凄惨な内ゲバ抗争についてはを語ろうとしなかった。語るべき内容に、また語ること自体に意義を見出せなかったんだと思う。兄の幅広い交友関係の中には、革マル派に近い人物もいたようだし、それに敵対する中核派シンパの人物も含まれていたと聞いている。要するに、兄はセクトなんかには一切興味がなく、あくまでも人物本位でその個人と付き合っていたのだろう。だが、結果として兄のそんな交友関係における寛容性が悲劇を招くことになった。

兄は都内の国公立大、私大を問わず、国際政治に関心を寄せる学生や、彼の呼びかけに応じた教授や助手らと共に、大学内の教室を借り受け、研究集会を開いた。この日のテーマは全米で広がり始めた反戦デモの動向を受けて、ベトナム戦争の和平を巡る諸問題について考えるというものだった。その研究集会のメンバーの中に、中核派と関わりがあると目されていた学生がいた。それが学内で勢力を増していた革マル派の誤解を生む原因となった。

武装した革マル派の学生十数名が、集会を妨害するために襲撃をかけてきた。兄は仲間達と協力して、教室の入口に急きょバリケードを築き、彼らの侵入を阻止しようとしたのだが、力及ばず、バリケードは突破された。とっさのことで運良く難を逃れた学生もいたのだが、兄は崩れ落ちたバリケードの下敷きになってしまった。その上に突入してきた革マル派の連中に踏み潰されたんだ。怒号と悲鳴の飛び交う騒然とした中、緊急連絡を受けた救急隊が駆け付け、兄の体の上に幾重にも折り重なった長机やパイプ椅子を取り除き、意識を失った兄を救い出した。救急車に乗せられ、近隣の病院へと搬送された兄は心肺停止の状態だったという。長時間に及ぶ大手術を受けた。頭蓋骨の陥没骨折、脊髄《せきずい》損傷、そして全身打撲と致命的というしかない重篤な状態だった。それでも、奇跡的に一命だけは取り留めることができた。しかし、ついに意識は戻らなかった。脳へのダメージには深刻なものがあった。脈は弱々しく、かろうじて自発呼吸はあるものの生命維持のため人工呼吸器の装着は必要不可欠であった。

担当の警察官から一報を受け、両親と僕は取るものもとりあえず東京行きの新幹線に飛び乗った。病院に到着したとき、すでに夜の帳《とばり》はすっかり降りていた。兄はまだ手術中だった。手術中のランプが消えたのは深夜だった。医療チームのチーフから数多くのレントゲンやCT画像を見せられながら、兄の現在の容態について詳しい説明を受けた。父は終始険しい表情を崩さず、医師の説明のいくつかに率直な疑問を投げかけた。母はショックのあまり現実を受け止め切れない様子で、ハンカチを目に押し当てて泣き続けていた。そんな両親のそばで僕だけが全く別のことを考えていた。

数カ月前、帰宅していた兄と二人っきりで話したことがあった。虫の知らせではないのだが、死生観について語り合ったのだ。主に兄が喋り、僕は聴き役に回った。内ゲバによって角材で頭部を殴られ、植物人間になってしまった先輩の話だった。確かに一箇の生体として不充分ながら脳は活動し、心臓は動いているわけだから、そこには生命が宿っていると言えるだろう。しかし、元の体に回復する見込みは限りなくゼロだった。そのような状態で生命維持装置の力を借りながら生き永らえたとして、果たして人間として生きていると言えるのだろうか？　人間の尊厳とは、自他を区別し、これが自分なのだという意識があり、いかなる方法であっても構わないからその意識を他者に伝えられるということが前提になっているのではないか？　その個人から離れて、超然と独立して存在しているようなある種の価値観、観念の類が人間の尊厳なのではない。その個人が生きてきた固有の全人生を懸けて、こういうありようが自分という人間の尊厳なのだ、と真実実感できるものがそうなのであり、他者が別の価値観、観念に基づいて、それにあれやこれやと修正を加えられるものではない。

　そのとき、兄は次のように断言した。

『僕は良くも悪くも頭で生きている人間の一人だ。これからも自らの頭脳を頼りにして生きていくつもりだ。それなのに、過激派のゲバ棒による洗礼を受けて、他者に向かって自分の意思を表明できぬような体になったとしたら、僕は生きていながらにして死んだも同然の存在になったのだと考えている』

　医師の説明を聴きながら、一方で、僕はそのときの兄の言葉を繰り返し胸のうちで反芻《はんすう》していた」

　生命か、尊厳か……重い選択だな、とつい僕は口を差し挟んでしまった。マスミが先ほど述べた言葉を、自分の思いの高まりによって失念してしまっていた。当然のことながら、マスミからは冷酷な感じのする反論を受けるはめになった。

「重い選択だって⁉　全然。兄の言葉を思い出し、医師から兄の容態について説明を受けた刹那に迷うことなく僕は選択していたよ」

（僕が兄を殺したんだよ――）

「僕は父にそのことを話すタイミングを待ち続けた。たとい意思疎通の叶わぬ植物人間の状態でも、また、機械の力で延命しているのだとしても、生きていてくれさえすればそれでいい。一分でも一秒でも、一年でも十年でもそんな兄に付き添い、共に人生の時を刻めるのであれば、親としてはそれだけで幸せだ——。ベッドに横たわったままの兄のそばにいて、父がそうした雰囲気を全身で醸し出している間は、僕に発言のチャンスはない。どんなに呼びかけても、一切の反応を見せない兄に、堪えきれない疲労と絶望と疑念を覚えたように見えたとき、初めて僕の言葉は父に有効に働くことになる。その一瞬を見逃さぬよう、細心の注意を払いながら僕は待ち続けた。僕のそばにいたのは悪魔だけで、心変わりをせぬよう絶え間なく耳許で悪魔は囁き続けていた。兄の意思を尊重するという僕の考えには、愛情のかけらもなかった。あくまでも兄に死をもたらすのに有効な戦術の言葉としての意味しか持ち得ていなかった。そんな考え方、気分に染めあげるべく、僕のそばにいた悪魔は本当にお喋りな奴だった。

『兄貴が死ねば、親父はお前一人だけのものだ。夢のようじゃないか！　いや、それどころか、不平等であったとは言え、兄貴とお前に分散されていた愛情が、お前一人の占有物になるんだから、お前の取り分は兄貴が受けていた愛情よりももっと大きなものになる計算だ。素晴らしいじゃないか！　専《もっぱ》ら兄貴にかけられていた期待が、すべてお前にかけられることになる。でも、それを重荷に感じるような柔《やわ》な人間じゃないだろ？　お前はそういう奴だ。その肥大化した期待に応えるべく、お前は全力で自己研《けん》鑚《さん》に励むはずだ。兄貴の分まで、お前は親父の期待を背負って、知識人として、リーダーとして、人間としてさらに大きく成長していくだろう。本当に凄いじゃないか！　兄貴がこの世からいなくなること。それが唯一確実なお前の夢を叶えるための手段なんだよ。賢明なお前なら、それぐらいのことは分かるはずだ。それにだ、兄貴の死は兄貴自身が望んだことでもある。何と言っても、兄貴が自らの死に臨んで守りたかったのは人間として尊厳なのであって、生ける屍《しかばね》と化した惨めな生ではなかったのだからな。

ということは、お前の望むことと兄貴の望むこととは少しも矛盾しない。お前は敬愛する兄貴の最後の願いを実現させるため、最良の協力者になれるんだから、光栄なことだろうし、兄貴だって喜んでいるはずだ。回復する見込みはないのに、このまま先の見えない介護を延々とお前の大切な親父にさせていては、親父の命を縮めることにもなりかねないぞ。心労のあまり親父に死なれでもしたら、元も子もなくなってしまう。早急にこの心身共に苛酷な状況から親父を解放してやらねばならない。最愛の長男を喪った当座は親父も悲嘆に暮れるだろうが、それもいずれは時が解決してくれる。それに、お前という兄貴に代わる存在が身近にいるんだ。お前が兄貴並みに、いや、それ以上の活躍振りを見せるならば、いつまでも悲嘆に沈んではいないだろう。要はお前次第なんだ。でも、それこそがお前の望んだ親父との理想的な関係だったんだろ？　残されたただ一人の息子であるお前の奮闘ぶりが、父親の残りの人生を支える。つまりは、お前の生と親父の生が一体化した至福の親子関係が実現するんだ。もうやるしかない。このチャンスを逃したら、もう二度とはないと思え……』

　こんな調子で悪魔は延々と僕の耳許で囁き続けたんだ。まともな精神状態であったならば、うるさくてかなわないが、そのときは少しもそんな風《ふう》には感じなかった。甘い囁き、いつまでも聴いていたい心が蕩《とろ》けそうになる囁きだった。僕は悪魔の顔を見なかった。見なくても分かっていた。そいつはきっと僕とそっくりな顔をしている。

　空梅雨《からつゆ》で早々に夏がやって来ていた。季節外れの暑い日々が続いていた頃、その時はやって来た。学校が休みの日、いつものように兄の枕許には両親と僕が付き添っていた。いつの間にか、三人には定位置ができていた。季節は移り変わっているのに、もの言わぬ兄を中心に形作られるその定位置を繰り返し意識するたびに、この病室だけは時が止まっているように錯覚させられた。看護婦が定時にやってきて、モニターの数値を確認し、点滴の袋を交換した後、背中が痛くならないように体の向きを変えましょうね、と兄に優しく語りかけながら、窓側に顔が向くように体の位置を変えた。母が看護婦に礼を述べた後、窓枠に切り取られた夏空に浮かぶ入道雲に目をやりながら、大きな入道雲、夕立ちが来るかもしれないね、と幼児《おさなご》に話すように兄に言った。

父はパイプ椅子に座り、生気のない兄の顔を黙って見詰めていた。母が、ちょっと買い物に行ってきます、と言い残し、兄の額にかかった前髪を整え、病室を後にした。身じろぎ一つしない兄の横で、僕と父は二人きりになった。父は管に繋がれた兄の左腕に視線を添わせ、愛おしげにその掌をそっと握った。もちろん、兄が父の掌を握り返すことはない。一方的に父が握るばかりで、兄の掌は力なくその動きに従うだけだった。その動作に僕の心は幽かに揺れた。その直後だった。父の掌は兄の掌を離れ、力なく滑り落ちた。父は兄を見ていなかった。兄の存在を見失ったというべきかもしれない。うなだれ、自分の足許に視線を落としていた。

そのとき、僕ははっきりと父の失意、落胆、絶望を見た。言葉が滑り込む心の隙間を見付けた一瞬だった。悪魔が僕の背中を押した。言葉が勝手に溢れ出ていた。植物状態になったとき、兄はどうしてほしいと願っていたのか？　兄の口癖を真似ながら父に伝えたのだった。父は兄の顔を凝視していた。

『父さん、兄さんの希望を叶えてあげられるのは父さんしかいないんだ。兄さんは、今苦しんでる。希望を口に出せないだけに、苦しみは極限にまで達している。僕には兄さんの呻き声が聞こえる。最愛の兄さんを喪うことの塗炭《とたん》の苦しみ、断腸の思いはよく分かる。僕だって同じだからだ。でも、それ以上に兄さんを望まぬ生に呪縛し、苦しめ続けることに耐えられないんだ。早く兄さんを楽にしてやってほしい。魂を解き放ってほしい。兄さんはもう充分に苦しんだ。もういいんじゃないかな？　兄さんに兄さんの望む人間としての尊厳を取り戻させてやってください。お願いします』

僕は父に向かって深々と頭を下げた。

兄の体に幾本ものチューブで繋がった生命維持装置のたてる無機質な機械音だけが病室には響いていた。均質であるが故になおのこと、機械音の冷酷な非人間性が際立っている。だが、その音は実のところ、そのときの僕の心から漏れ出ていたものだった。頭を下げながらも、視界の隅で僕はこっそりと盗み見ていた。父親の視線が兄の寝顔を離れ、窓外に浮かぶ入道雲に移っていたことを。僅かの間に入道雲は近付いてきていた。入道雲は嵐を呼ぶ。それを僕は信じた。なすべきことはした。あとは父の決断に委ねるばかりだ。祈るような気持ちで、父が見ていた接近する入道雲の姿を思い浮かべていた。

そして、嵐はやって来た。祈りが通じたというよりも、悪魔との契約が履行《りこう》されただけのことだろうが、嵐は嵐と呼ぶには相応しくない静謐な代物であった。一学期の終業式、いきなり教室から呼び出されたとき、僕はすべてを悟った。新幹線のチケットは用意してあるから、タクシーで病院へ直行すること。父親からの伝言はそれだけだった。病院の玄関には母が待っていた。兄は集中治療室に移されていた。ベッドに横たわっていた兄の顔からは酸素マスクが外され、体に繋がっていたカテーテルの類はほどんどが取り去られていた。兄に近付き、その顔を覗き見た。気持ち良く昼寝でも楽しんでいるような安らかな表情を浮かべているように見えた。兄のそばで佇《たたず》んでいた医師が、父に、これでお揃いですね？と訊いた。その問いかけの意味するところを察した父は掠れた声で小さく返事をした。医師は、兄に繋がっていた心電図モニターの前で待機していた年嵩《としかさ》の看護婦にさりげなく視線を送った。看護婦は僅かに指先を動かし、機械のスイッチを切った。医師は兄に覆い被さるような姿勢で最後の確認をした後で、腕時計に目をやり、時刻と共に兄の臨終を告げた。父は声にはならぬ唇の動きだけで、ありがとうございました、と礼を言い、医師に頭を下げた。

僕の隣にいた母の体が揺れた。とっさに支えようと身構えたのだが、母は僕を擦り抜け、『マサト！』と兄の名を呼び、兄の亡き骸に泣きすがった。そうすることで抜け出た魂を呼び戻せるかのような激しさだった。

臨終を告げた医師の言葉に動ずることはなかった。ところが、亡骸にすがりつき、その名を呼ぶ母の後ろ姿を見守るうちに、僕の視界はぼやけ、涙が頬を伝っていくのが分かった。僕はなぜ泣いているのだろうか？　と自分自身をいぶかった。我が子を喪った母の深甚《しんじん》な哀しみへの同調、共鳴……貰い泣きか？　もしかしたら、それが契機となり、自ら演出したはずの兄の死を悲しんでしまっているのかもしれない。それじゃあ、笑えない道化師だ。でも、そんな資格はないのに、本当に兄の死を悲しんで落涙《らくるい》したのならば……僕は発狂するに違いない。仕方なく僕は涙が流れ落ちるのに身を任せた。父は慟哭《どうこく》する母の背に掌を当てて、目を真っ赤に泣き腫らしていた。三者三様の哀しみと涙がそこにはあった。

　兄の葬儀が終わり、厳しかった夏の暑さも和らいで、季節がすっかり秋めいた頃になっても我が家に平穏さは戻らなかった。兄の永遠の不在が、秋の深まりゆく気配と共に濃くなっていくばかりであった。それほどに兄の存在感は大きく、兄に寄せる両親の思いは深かったのだ。

　母が溜め息をつく頻度は格段に高まり、何をするということもなく、ただぼんやりとする姿を見かけることが多くなった。中学生になり、自覚できるほどに急に背の伸びた僕の後ろ姿を見て、母が兄の名で呼び留めることが数回重なった。そのたびに母ははっとした顔付きになり、ごめんね、と詫びながら寂しげな笑いを浮かべるのであった。僕は苦笑するしかなかった。

　父の仕事振りは相変わらずで、来客の多さも以前と変わらぬ程度に戻っていた。ただし、来客中であっても、さすがに兄が生きていた頃のような快活さ、多弁さは影を潜めるようになった。そして、いったん客が帰ってしまうと家の中はひっそりと静まりかえり、家族の間では会話らしい会話はなくなった。母がいないときを見計らって、一度だけ僕は父に訊いてみた。

『兄さんが僕に話したことを父さんに伝えた後、担当の医師に何か働きかけをしたの？　例えば、本人の意思を尊重して、延命のための延命措置はやめてほしいと頼んでみたとか……』

　だが、父はすぐには答えようとはしなかった。しばらく沈黙した後で、ぽつりと、マサトは自然死だった、と言った。また沈黙が続いた。急に衰弱し出して、病院のほうでも可能な限り手を尽くしてくれたが助からなかったとだけ説明した。父は本当のことを、僕が知りたい最も肝心なことを語っていないことは明らかだった。衰弱が始まる前に、そうなることが必然の何かがあったことは間違いないだろうし、それに父がどう関わったのか、一切語ろうとしなかった。その断固たる態度に、僕に対する気遣い、愛を感じるには感じたが、あくまでもそれは父自身の問題であって、僕には直接関係のない事柄だ、という明確な拒絶の態度を強く感じたのだった。マサトを死なせたのはお前ではない、父である私の判断なのだ、と。説明自体を拒否するその頑なさに僕はたじろぎ、それ以上追及するのは到底不可能だった。

　また、僕は忘れてはいなかった、悪魔の囁きを。要はお前次第だ、と言っていた。僕は勉強に、生徒会活動に、さらには政治、経済、社会の問題に精通すべく、取り憑かれたように読書にのめり込んでいった。すべては兄の永遠の不在による巨大な空白を埋めるための努力だった。兄はいなくなってしまったが、僕がいる。だから、父さん、僕のことをもっと愛してください、かつて兄にしていたように。兄に負けないよう懸命に努めている僕の存在を認め、百パーセントの力で僕を抱き締めてほしい。それが死に物狂いで学び活動した僕の最大モチベーションであった。

　けれども、僕の頑張りはことごとく兄の永遠の不在という巨大な穴に吸い込まれてしまった。どれほどに頑張ってみたところで、杳《よう》として僕の願いは実現しなかった。兄の偉大さを痛感させられ、そして、憎んだ。

　虚しく時は流れていった。季節は木枯らしが身に凍みる冬になり、組合の忘年会で多くの仲間達と飲食し、歓談を楽しんだ翌朝のこと、父は洗面所で昏《こん》倒《とう》した。脳梗塞だった。救急車で病院に搬送され、一命は取り留めたものの、言語機能と右半身に重い障害が残った。生真面目な父は医師に命じられるまま、懸命に辛いリハビリに取り組んだのだが、言語機能はもとより、一人で歩くことも立ち上がることさえも困難になってしまった。かろうじて車椅子に乗り降りすることはできるようになったが、父は車椅子での外出を好まなかった。退院後は自宅に籠りがちになり、退職したせいもあって、来客は著しく減った。たまに来客があっても会話がままならないため、頻繁に顔を見せていた常連客も次第に足が遠退いていった。

学校から帰ってきて、独り書斎に籠っている父に声をかけても、書斎は静まりかえったままだ。返事ができないというよりも、僕の帰宅に興味がないといった雰囲気だった。それでも気を取り直して、父に学校であったこと、勉強のこと、生徒会のこと、さらには今起きている政治、経済、社会問題について熱っぽく語りかけてみた。だが、まるで石の地蔵さんにでも話しているようなものだった。たまに、ううっと呻き声を漏らすか、一瞥《いちべつ》をくれるだけではかばかしい反応は返ってこなかった。父の眼中に僕はいない。そう思わざるを得なかった。父の願いはただ一つ、兄と再会すること。こんな思うに任せぬ桎梏《しっこく》でしかない肉体に縛られ、兄のいない世で無為に生きるだけの人生にうんざりしてしまっている。父はその胸のうちを一切語ってくれぬだけに、僕の想像は悪いほう、悪いほうへと転がっていった。

そのとき、やっと気付いたんだ。間抜けな話さ。兄が死ぬことで父の愛を独占できる。それが悪魔との契約だと思い込んでいた。だが、それは僕の勝手な思い込みで、悪魔は一言もそんなことを言ってはいなかった。悪魔たる者、人間とウィン・ウィンの契約など結ぶはずがない。そんな当たり前のことに気付かなかった自分の迂闊《うかつ》さに我ながら呆れてしまう。初めから悪魔は見抜いていた。最愛の息子をあのような形で失えば、父がどうなってしまうかを。兄に向けられていた父の愛が、あの状況で僕に向かうことなどあり得ない。僕に兄の死生観を語らせることで、父にとてつもない精神的なプレッシャーをかける。父は煩悶《はんもん》の末に、愛するが故に親である自己のエゴを棄てて、兄の願ったように事を進めていくだろう。しかし、それは取りも直さず父にとって絶対に失いたくない最愛の存在を失う究極の選択であった。そんな絶対矛盾に父の心身が耐えられるはずがない。誰にも真相を明かせぬまま、父は独り悩み続ける。来る日も来る日も激烈なストレスが四六時中父の心身をさいなんだ。その結果どうなるか、目に見えている。父は発病し、父の人生を支えてきた価値あるすべてのものを一挙に失った。兄の死を嚆矢《こうし》として、仕事も組合活動も、そしていつも自分を取り巻いてくれていたすべての友人、人脈を失ったのだ。父の心はすでにこの世の住人のそれではない。父の壊れかけた肉体はこの世に留まりながらも、その魂は兄の許へと旅立ってしまっている。父の眼中に僕がいないことなど当然だ。

残された僕は人生の目標であった兄の死とともに、事実上父をも失った。自業自得だ。悪魔はそうなることを前もって承知していた。事ここに至って、今さらそんな悪魔の奸計に気付いたところでもはや手遅れだ。

書斎を出るとき、僕は父の後ろ姿を見直した。目を開けてはいるが、何も見てはいない虚ろな眼差しで、窓の外の風景に向き合っていた父の少し傾き加減の後ろ姿は、すっかり白髪で覆われてしまっていることに胸を衝かれた。父の老い方は尋常ではない。一刻も早くこんな腐れた肉体を脱ぎ棄てて、身軽な魂一つで息子の許へ――。それを唯一の願いに、父は自らの肉体を猛烈な勢いで食い潰している。自宅でできるリハビリの一環であり、気分転換にもなる車椅子を使った外出さえもしようとしないのは、そのことの表れなのだ。

最愛の父の愛を独占する、そんな夢は夢のままに跡形もなく雲散霧消してしまったことを僕ははっきりと自覚したのだった。得意満面、してやったり！　頭の中に僕とそっくりな顔をした悪魔の、僕の声音とそっくりな高笑いが響いていた。惨めだった。僕はこれから先の長い人生を何を支えに生き続けていけば良いのか分からなくなり、すっかり途方に暮れてしまった」

話をしている間に、ホットケーキの残りは冷えてしまい、たっぷりかけた蜂蜜をすっかり吸い取って妙に黒ずんでしまった。眉を顰《しか》め、マスミは例の影の店員に合図を送った。

「残してごめん。悪いが下げてくれる？　あとアイスコーヒーを二つ持って来てくれるかな」

影はお盆に器を載せ、足音を立てずに消えていった。こんな気鬱になる話を聴いてもらってるんだ、今日は僕の奢りだ、とマスミは言った。

あまりの内容に僕の頭は混乱していた。共感でもない、反発でもない、でも、何かを言わずにはいられなかった。……いくつか訊いてもいいかな？　と切り出した。マスミは黙ってうなずいた。

「お兄さんの死生観をお父さんに伝えたことと、お兄さんの死を直結させて考えるのはどうなんだろう？マスミの類推に過ぎないんじゃないのか？　思慮深いマスミのお父さんが、話を聴いたからといって、果たして医師に相談を持ちかけ、お兄さんの死を早めるような短絡的な真似をするとは考えにくい。マスミに訊かれたから、お父さんは真相を隠したんじゃなくて、正直に事の成り行きを話したように思えるんだ。そう受け取れなかったのは、マスミの思い込みの強さが邪魔したせいなんじゃないのか？

それと、万が一、お父さんが医師に働きかけをしたとしても、お父さんはお兄さんの症状を踏まえた上で、自分で熟考に熟考を重ね、そして決断したんだ。マスミから伝えたのは一つの情報に過ぎなくて、それをどこまで参考にするかは、やはりお父さん自身の問題だったと解釈すべきだと思えるんだ。それを、僕が兄を殺した、と断言してしまうと結局のところ、お父さんの存在を無視することになる。

お父さんがこの問題に介在していることをきちんと押さえるならば、マスミがお兄さんの死を願ったことと、その死との間には直接的な関係はない、と考えるべきだと思う。

また、別の問題だけど、そもそものマスミの願い、お兄さんを殺してでも、お父さんの愛を独占したいという願いなんだが、決して特別でも異常でもない。表現が過激なだけであって、愛の形としてはノーマルなものだ。

愛の形は人それぞれで、強弱もあるが、愛とはつまるところ独占欲だ。崇高な人類愛や宗教上の愛は別にしてね。それを悪魔の囁きとやらに唆《そその》かされて、兄殺しへと一直線に結び付けて考えるものだから、とんでもない話になってしまうんだよ。

その辺りの物語上の絡繰《からくり》っていうのかな、マスミ自身、本当は理解できているはずだ。悪魔はマスミ自身、ないしは分身だ。一連の出来事が偶然の一致であったという可能性もやはり捨てられない。別物なんだよ。父親の愛への独占欲。兄の死生観。兄の死。そこに善も悪もない。それを結び付けて考えるには悪魔の力を借りねばならなかった。土台、無理があるんだよ。マスミ自身、そのことに気付いてるんだろ？」

そこへ影がアイスコーヒーを運んできた。ブラックで一口啜った。捲《まく》し立てたものだから、一度クールダウンさせたかった。マスミも啜った。その黒い液体に視線を落としながら、彼は口を開いた。

「ヒデオが僕の告白をどう捉えたがっているかがよく分かった。僕の心の傷を軽いものにしようと思案して自説を述べてくれたことに感謝するよ」

そう言ったきり、自分の内面を見詰め直すように再び黙りこくってしまった。僕はマスミの言った、どう捉えたがっているか、という言葉に引っかかっていた。愛というエゴのために兄を死に追いやった弟の物語。しかも、死んだ兄はその死に方を望んでいた。医療技術の進歩によって、かえって人の苦しみは増幅し、こうした悲劇を生む原因をも作り出している。人生観というが、人の生について論ずるだけでは人生観たり得ない。死生観というように死の側面を見詰めることを抜きにして生を考えている間は、結局のところ片肺飛行とでも称すべき不充分な価値観にならざるを得ない。マスミのお兄さんの死に対する考え方、人間の尊厳を守るために死を選択するという考え方について、軽々に是非を論ずることはできない。マスミの家族の場合、それが一つに定まったからこそ、彼の語った悲劇的な物語は成立した。だが、やはりそれは物語という性格が強くて、真実はすべて藪《やぶ》の中だ。物語を語る人の数だけ物語は成立し得る。どう捉えたいのか、というマスミの指摘通り、語る者、あるいは聴く者の主観によって、物語の本質はいかようにも変質してしまう。まるで蟻地獄に囚われた小虫のようにもがけばもがくほどに深みに嵌まっていく気分だった。

これぞ正解といった結論を出せそうにはなかった。所詮《しょせん》、どう捉えたがっているか、について僕は語ったに過ぎなかったのだろう。

……と、哀れ、蟻地獄の餌食になりかけた刹那、彼が最後のほうで語った、あることがきっかけになり、負のエネルギーが正に転じた、というフレーズを思い出した。自己嫌悪のどん底まで叩き落とされたマスミを救ったという「きっかけ」とは何だったのだろう？　との疑問が湧いた。悪魔に魂を売ったと嘆くマスミを救うことなど僕には不可能だと悟ったとき、今度は僕が救われる番が回ってきたのだ、という気になった。

独り相撲をとっていたようでいささか気恥ずかしさも覚えたが、恥も外聞もあるものか、とその「きっかけ」について訊こうと思った矢先、これが以心伝心というものだろうか、彼のほうから喋り出したのだ。その表情には幽かに微笑さえ浮かんでいた。

「時期的には中二の終わり頃まではどん底の精神状態だったな。勉強も生徒会もやるにはやったが、目標を失っていたものだから達成感も充実感もない。ただスケジュールをこなすだけの虚しい日々を送っていた。やめてしまおうとさえ思わなかった。事実上の思考停止だ。すべてが惰性で動いていた。昨日のように今日を生き、今日生きたように明日を生きる。目標がなければ、そんなものだ。干からびてしまったような、そんな時期だった。

そうした折に、一通の手紙が我が家に届いた。父宛てであったが、両親と僕に宛てて認《したた》められた内容だった。差し出し人は大学で兄と同期の学生であり、同じ国際政治学を学ぶとともに実践活動においても常に一緒に取り組んでいたいわば同志のような関係にあった、と書かれていた。あの日、武装した革マル派に襲撃された日には、兄と共に彼も教室にいて間一髪難を逃れたのだという。兄の非業《ひごう》の死を悼み、その遺志を受け継ぐべく、兄がリーダーとなって研究と実践活動を推し進めてきた国際平和の実現を目指す運動を、正式に国際平和研究会として新規に創設することになった。正式に会員になった学生は三十名を超え、賛助会員も含めれば百名を超える大所帯であった。幾人もの著名な大学教授がそこに名を連ねていた。

革マル派の許しがたい暴挙によって、志半ばにしてたおれたマサトの存在を後世に伝えるためにも、この研究会に課せられた使命は重大であると会員全員が深く認識している。マサトが精力的に取り組んできた活動は、この大学内に留まらず、主に都内の大学、私大、国公立大を問わず広範囲に及んでいた。ひとえに彼の高潔さと寛容を旨とする優れた人格のなせる業であり、共通する目標を持って研究に携わる者として大いに学ぶべきものがあって、ただただ敬服するばかりだ。彼の築き上げた基盤を元にいっそうの発展と研究の充実を目指して、この研究会はスタートした。

非道な暴力によって彼の肉体は失われたが、彼の精神は、魂は今も生きている。会員一人一人の胸の中に脈々と息衝《いきづ》いている。そのことをぜひともご両親と弟のマスミ君に伝えたくてペンを執《と》った次第である、と記されていた。

そして、追伸として僕宛てに次のように書かれていた。

『マスミ君はまだ中学生で、大学進学は先のことだが、もしもお兄さんが命を懸けて取り組んだ国際平和の実現を目指す学問と活動に興味があるならば、ぜひひとも我々の大学に進学してほしい。研究会の生みの親というべきマサトの弟が、いずれこの大学にやってくる！　そう夢想しただけで涙が零れそうになるぐらい嬉しい。もちろんそんな勝手な妄想を押し付けるつもりはないが、一度考えてみてくれないだろうか。かつてマサトが君のことについてこう語っていた。――弟は俺以上に優秀な奴だ。学問の力だけでなく、実践活動のリーダーになる素質も充分にある。もし、あいつがこの活動に加わる日が来たならば、新しい時代を切り開くことになるかもしれない。いや、あいつなら、きっとやれる、と。マサトには人を見る目があった。また、彼がここまで人を絶賛することは珍しかった。マスミ君、いつか我々の後輩達のリーダーとなって、国際舞台で縦横無尽に活躍してくれることを信じている。そのためにも、マサトが生み出してくれたこの研究会をより発展させていく決意でいる』

手紙には一枚の集合写真が同封されていた。三十名余の正会員が居並ぶ中、その中央に兄の遺影を抱いた、この手紙を書いてくれた会の代表である学生が写っていた。背景には、兄の死を悼む言葉とこの会の発足を宣言する文言の記された横断幕が掲げられていた。

両親も僕も幾度この手紙を読み返したことだろう。こんな嬉しい、勇気付けられる手紙は初めてだった。幾度となく読み返すうちに、その文章を暗記してしまうほどだった。母は読むたびに嗚咽を漏らした。仏壇にその手紙を供え、手を合わせることもしばしばだった。

手紙が届いた日、父はまだ言うことの聞く左手で母から手紙を受け取ると、読み進むうちに、うっうっと小さく呻き声を上げた。久し振りに見る光景だった。文章を食い入るように見詰める父の目には、かつてのような生気に満ちた光が宿っていた。ふと顔を上げ、母に呼びかけた。何を言っているのかは分からない。それでも、母は父の口許に顔を近付け、聴き取りがたい音声と併せて、主にその曖昧な唇の動きから父の意図を理解した。父の書斎机の上から画用紙とマジックペンを持ってきて、父の左手にマジックペンをしっかりと握らせた。部屋にあった手頃の大きさのボードにその画用紙がずれぬよう固定した。母はボートを父の前で支えた。思うように筆圧をかけられないために、父にはマジックペンが最も書き易かったようだ。大きな字でゆっくりと線が引かれていく。お世辞にも読み易い文字ではなかったが、すべてが平仮名で、こう記されていた。

まさと　いきてる　ますみ　いきろ

父は母のそばにいた僕の顔をじっと見詰めた。父の目の光はさらに強くなっていた。病気で倒れる前の目だった。その強い目の輝きに、見失いかけていた生きることの希望をはっきりと見て取った。父は、ううっ、ううっ、と幾度も呻き、うなずきながら僕のほうへ手を差し伸べた。反射的に僕はその手を握り返していた。予想だにしない強い力では父は僕の手を握り締めた。父が僕を見てくれている。しかも、生きることの希望を伝えるべく、父は残された力のありったけを振り絞り、僕の手を握り締めていてくれる。この瞬間、あれほどまでに求め続けながらも、ついに得られなかった理想として思い描いてきた父との関係が、過不足なく実現したのだった。こんな形で実現するなんて……。

一通の手紙は、兄の大学での活躍が、そしてその非業の死が介在して初めて生まれたものだった。その手紙によって僕の理想は、夢は叶えられた。手紙を通して改めて兄の存在の大きさを思い知らされたのだった。『まさと　いきてる』――まさしくその通りだった。

兄の魂がその死によって数多くの学生や教授達の胸に宿り、真の国際協調、国際平和の実現という遠大な理想に向けてより大きなうねりとなって動き出している、そのことへの感動。それまでまるで知らなかった兄の僕に対する思いも寄らぬほどの高い評価。将来、僕が兄の大学に進学することを切望してくれている人の存在。そして、手を差し伸べ、僕の手を握り締めてくれた父の力強さ、目の輝き、震える文字で書き記してくれた僕へのメッセージ『ますみ　いきろ』――それら全部が渾然《こんぜん》一体となって運命と称してもおかしくないほどの呪縛力で、今後の僕の生きるべき方向を差し示してくれているように感じられた。まだ中学生だった僕にそこに示された運命に抗《あらが》う力などあるはずもなかった。兄が築き上げた基礎を足場にさらに前進させるという羅針盤に従って、今日からの一日一日を全力で生きていくことが、僕という命の意味、使命なんだと心に深く刻み付けた。もはや自己嫌悪という終わりのない徒労、泥濘《でいねい》に足を取られている暇などなくなっていた。

時は瞬く間に過ぎ去り、高校受験を迎えた。学校群制度の導入によって希望校に割り振られなかった無念さがなかったと言えば嘘になる。だが、すでに伝統ある進学校として地位を確立してしまっている希望校よりも、変え幅の大きさを期待できる合格校に進むことに、より大きな人生目標へ近付いていく上での運命の力、自分を鍛え上げられるのではないかという期待を感じてもいた。

そんなときに、ヒデオ、お前と出会ったんだ。合格掲示板の前に佇んでいたお前はどこか所在なげだった。ああ、僕と同じ外《はず》れ組だな、とすぐに分かった。その立ち姿は悪く言えば隙《すき》だらけ、良く言えば真っ白なキャンバスみたいなもので何を描いても自由、という人間としての無垢《むく》さを感じた。その時はしいて声をかけなかった。これも第六感なんだが、すぐにまたこいつには会える。話しかけるチャンスはきっとやってくる、と思えて少しも疑わなかった。案の定、間もなくそのチャンスは訪れ、迷うことなく僕はお前に声をかけた。リトマス試験紙のつもりで、田中角栄の政治話をしてみたんだが、その折のヒデオの面食らったような表情は忘れられないよ。

こいつとは友人になれる、いや、それ以上、共通の目標に向かって共に歩み、闘っていける同志になれる、と何の根拠もなかったけど、そう思った。そして、達成感も挫折感も味わったけれど、ともかく思いを実現し、僕らは今、こうしてここにいるというわけさ」

マスミは語り終えると、アイスコーヒーに浮かんだ氷をひとかけら指先で摘み上げて口の中に放り込んだ。そして、椅子の背もたれに体を預け、大きく背伸びをした。僕は一口アイスコーヒーを啜った。うっ、苦い！　最前まではマスミの話に集中していたせいで、コーヒーの味など分からなかったのだろう。でも、今一通り話を聴き終えた、という神経の弛みから味覚が戻ってきたのかもしれない。

「なぜこんな話をしたんだ？」

「二年間共に闘ってきたよしみと、最後の最後に三校禁という罠で傷付けてしまったお詫びとして、ヒデオの知らない僕の過去について教えておいてやろう、と思ってな」

「やけに上から目線だな」

「冗談だよ、冗談。でも、戦友であり、同志であり続けてくれたヒデオには知っておいてほしいと思ったことは事実だ」

そう言い直したときのマスミの口調は真面目そのものだった。

「この高校に入学して以来、僕は生徒会活動を全力で走り切ったという自負だけはある。そのせいでお前をずいぶん振り回してしまったと思うけどな」

「ああ、確かにぶんぶん振り回されて目が回ることも多かったけど、思い返せば、楽しかった。楽しいだけじゃ到底言い表わせない。喜怒哀楽って言葉があるけど、その最高レベルのものを全部味わった気がする。

　マスミに付いていくだけで精一杯だった。だけど、そのお陰で自分という人間がずいぶん変われた気がする。大勢の前でアジ演説をして、多くの人間を一つの方向へと束ねていく体験なんて、お前と一緒にいなけりゃ絶対にしなかったし、第一そんなことができるような人間ではなかった。その一点だけでも、自分が自分にびっくりだ」

　そう僕は正直な感想を口にした。

「あと、マスミにだから話すけど、三校禁で処分を受けて以来、何て言うか、内面に変化が起こったというか、上手く表現できないんだけど、寂しさ、が募ってくることが多くなった。寂しさとしか形容しようのない感情なんだけど、今聴かされた話から、マスミの味わった底なしの寂しさに比べたら、笑っちゃうような代物だったんだな、と恥ずかしくなったよ」

　僕なりに思い切って告白してみたつもりなのだが、マスミの表情にさほどの変化はなかった。でも、こう返してきた。

「一人の力ではいかんともしがたい状況を変えるために、組織を強化し、運動を発展させなければならない。そのために大勢の人間に働きかけ、共感の輪を広げていく必要性が生まれてくる。運動に関わり続ける限り、いつも、人、人、人だ。そんなときに突然エアポケットに嵌まったように、納得できない処分を受け、しかも心ならずも処分を受け入れてしまった、他人ではない自分自身に向き合ってしまった。鏡に映った自分を見れば、そこに映っているのは自分一人だけだ。孤立した姿は寂しいもんだよ。その寂しさが、自分という人間の本質なのか、と思えると、ちょっと物憂い気分になったとしてもおかしくはない。

　でもな、鏡に映し出された自分だけが本来の自分なんだ、と思い込むのは間違っている。鏡を見るなんてことは忘れて、人、人、人、と走り回り、共感を求めてオルグをしまくり、運動の前進を権柄尽《けんぺいづ》くで阻害する者に対しては、全身で怒りをぶつける。その姿を自分で見ることはできない。

　でも、代わりに、大勢の人の間を駆けずり回り、壇上からアジ演説で声を枯らし、オルグをし、敵に向かって全身全霊を懸けて怒りの言葉をなげつける、そうした姿を大勢の人達が見て、自分という人間の本質を教えてくれることだって少なくはない。

　鏡に映った自分の姿の寂しさも自分、また、大勢の人達が目に留めた躍動する自分も自分なんだよ。本当の自分という言い方をよくするけど、そのとき、そのときに現れる自分以外に自分なんてものはない。そのとき、そのときの自分を受け入れようとせず、余所《よそ》に本当の自分を探そうとしたって、結局は徒労に終わるのがおちだ。

　しいて本当の自分という言い方をするならば、そのとき、そのときに現れたどの自分も本当なのであって、現れたいくつもの自分をトータルに把握し、一つの像を結ぼうとしても、畢竟《ひっきょう》無理があって、矛盾だらけの一貫性に欠く人間の万華鏡のような生きざまが見えてくるだけなんじゃないかな」

　マスミはきっぱりとした口振りで語った。

　彼の言葉を信じるならば、本当の自分とは何者なのだ？　という自問自答がナンセンスなのだという

ことになる。寂しい自分もまた、状況次第でさまざまな顔を見せてきた自分の中の一人なのであり、それへの好悪は別にして、それでいいという気になっていた。予想もつかぬ大きな出来事が我が身に起こり、僕の内面に変容が生まれない限り、寂しさを抱え込んで生きていくだけだ。

　そのことと関連するかどうか、よく分からないが、なぜ僕にそのような過去を語ろうとしたのか？　という問いに、マスミは、戦友であり同志であった僕には知っておいてほしいと思ったからだ、と答えた。父を利用して植物状態であった兄を死に追いやったと苦悩するマスミ。その動機は、父の愛を独占しようとのエゴのせいだったと激しい自責の念に駆られるマスミ。そして、その結果、事実上愛する両者を失うような最悪の結末に終わったと自らの愚行を後悔し、自己嫌悪にさいなまれるマスミ。

　そのどれもがそのときどきの鏡に映った醜悪な彼の姿だったのだろう。僕が寂しさを抱え込んだように、きっとマスミも醜悪な自分を生み出した過去を抱え込んで生きていくのだろう。

たとえ兄の親友からの手紙によって、いくばくかは精神的に救われたとしても、マスミという人間はそれで自分が犯した過去の行為をすべて帳消しにできるような能天気な男ではない。

兄は心の中で生きている。しかも、数多の人々の胸の中で今も息づき、崇高な夢を実現させるための努力の原動力になっているにせよ、それでもやはり彼は兄に対して自らのしたことを許しはしないだろう。生気を失ったマスミに生きろと励まし、彼の手を力強く握り締めた父に対しても、父の深い愛情を確認できた喜びは喜びとして、兄の死生観を伝えることで父にかけたであろう苛酷な心労。

それによって引き起こされたかもしれない父の発病、苦しい車椅子生活。それらの原因を作ってしまったと考えている自分をマスミは許そうとしないだろう。

兄に導かれ、父に後押しされるようにして生まれた将来への希望と、深刻な自責の念とを併せて胸に抱え込みながらマスミはこれからも生きていこうとしている。

それがマスミという存在の全貌ではないにせよ、本当のマスミの一面を、彼は勇気をもって僕に曝《さら》け出してくれた。僕にとってマスミは生徒会活動を通して幾匹ものさまざまな天翔ける竜を見させてくれた正真正銘のスーパーヒーローだ。そんな僕の彼に寄せた憧憬を、敏感なマスミは感じ取ったのではないだろうか？

仮にスーパーヒーローであるにせよ、それは鏡の前をよぎった一瞬の姿であり、その背後には鏡に映らなかったダークな過去、自己中心的で卑劣な少年の日の自分が隠れているんだよ、とマスミは彼のことを英雄視する僕にだけは明かしておきたかったのかもしれない。

矛盾だらけで見方によっては複雑怪奇にすら見える人間存在の実相を、この友は僕に開示してくれた。そんなふうに推察すると、僕はこの友人に心から感謝すべきだったのだろうが、このときはまだ言葉が激しく渦を巻くばかりで感謝の気持ちを伝える言葉にまでは行き着かなかった。黙り込んだ僕に、マスミもまた沈黙で応えたのだった。

この話題はそれっきり打ち切りとなり、その後は互いの大学への進学話についてあれこれと語り合った後に、マスミとは別れた。

地下街を抜け外へ出ると、雨は本降りになっていた。夕暮れの雨の中を傘を差し、僕は自転車を漕いだ。体に雨が当たっても、さほど気にはならなかった。雨に濡れながら自転車を走らせている自分が今の自分。語ることに抵抗もあったに違いない自分の過去をさらけ出してくれた友への感謝の気持ちを胸に、前を向いて自分の人生を自分なりに進んでいこうと考えていた。そうした今の自分もまた本当の自分なのだ。どれもこれも否定すべき自分なんていない。そう考えただけで、自分の抱え込んでいる寂しさがほんの少しだけ薄らいだような気がした。

雨脚がさらに強くなった。ペダルを漕ぐ足にいっそう力を込めた。

＊　＊　＊

傘を片手に自転車を漕ぎ、走り去っていく高校生の「僕」を、私は雨の中、いつまでも見送っていた。

交差点を渡り切った辺りで自転車が停まった。手にしていた傘を閉ざした。本降りの雨に、たちまちにして全身が濡れそぼっていくのがはっきりと見て取れた。空を見上げ、顔を歪めながらも、「僕」は再びペダルを力強く漕ぎ始めた。広い通りを隔てていても、そのときの「僕」の胸のうちは手に取るように分かった。濡れるなら、濡れるに任せよう。ずぶ濡れになって自転車を漕ぐ自分が、今の自分ならば、それでいいじゃないか、と。そのうちなる声にはならぬ声に私はうなずいた。

そのとき、掠れた口笛のような音が周囲に響いた。ビル風の立てる音だった。一瞬ではあったが、雨は横殴りになり、幾人もの人達が傘を盾代わりに構えてその場に立ち尽くすほどの強い風が吹き抜けた。どこから吹き飛ばされてきたのか、一群の白い花弁が風にあおられ中空を移動していく。満開を迎えていた早咲きの桜、街路樹としてどこかに植えられているのだろう、それがこの強い風と雨に抗し切れず、枝から離れて舞い飛んできたに違いない。その一群の花弁が、自転車を漕ぐ「僕」の上に舞い降りたように私には見えた。横殴りの雨に気を取られ、「僕」にはその花の舞に気付いていないようだった。

　小さな新たな門出を祝う幽き《かそけ》落花の宴《うたげ》、前へ前へと進もうとする若者の目にその祝福は留《と》まらない。それでいいのかもしれない。花の舞に目を奪われるのは、もっと老境に達してからでいい。そう、今の私のような。

「僕」の姿が見えなくなっても、しばらくの間、私はその場に佇んでいた。もう「僕」のそばに寄り添って、その一挙手一投足を見守るようなことはなくなった。終わりが近いんだな、直感した。

　雨脚はさらに強まった。傘を差して忙《せわ》しげに行き交う人々は、一様にその雨脚の強さに肩をすぼめている。地下街へと通じる階段の庇《ひさし》の下へと駆け込み、濡れた衣服をハンカチで拭いながら、恨めしげに、すっかり暗くなった空を見上げている人の姿も見受けられた。天から降り注ぐ大粒の雨に右往左往する人々、皆四十三年前の今を生きるこの世界の住人ばかりだ。

　私は周囲を見渡した。ほんの僅かな可能性を求めて。私のように降り注ぐ雨など気にする素振りもなく、傘を差してもいないのに全くもって濡れていない人影はないものか、と。だが、残念ながら見当たらなかった。いれば、近付いて言葉を交わしてみたかった。

　あなたも夢という現《うつつ》の世界を生きているのですか？　ただのノスタルジーなんでしょうか？

　素晴らしき哉《かな》、人生！　とでも感嘆の声を上げればよいのでしょうか？

　この夢と現のあわいを間近で見ることを通して、老境に入った私はさらに新たな発見をするよう求められているのでしょうか？

　私は誰もいない暗闇に向かって話しかけていた。しかし、いくら問いかけても、暗闇はいつまでたっても暗闇のままで、そこから答えが返ってくる気配は皆無だった。暗闇に向けて投げた私の問いは、ブーメランのように一回りして私の許へ戻ってきた。暗闇への問いはことごとく暗闇から私に向けて発せられた問いへと変貌を遂げていた。私が口を開きかけたときだった。自らのうちなる声に集中するあまり、見るともなく見ていた暗闇に異変が起きていた。

微細に震動し初めた暗闇が急激に膨脹し、周囲の光景を呑み込んでいった。傘を差し早足で通り過ぎる人が、一人また一人と姿を消していった。ヘッドライトを点して走り去る車がみるみる減っていった。皓々《こうこう》と灯りのついた窓、けばけばしいネオンサインの点滅が建ち並ぶビル群ごと闇に呑まれていった。瞬く間に街ぐるみ暗闇に包み込まれ、いつしか私は何もない空間の中、右も左も天も地もなく浮遊していた。雨音もしない。吸い込まれそうな無音に囲《い》繞《にょう》され、なす術もなく私はただ一人、虚無の空間に置き去りにされた。

すべてを呑み込み膨脹を続けていた暗闇はその貪《どん》婪《らん》な動きを止め、闇は薄れ、いつしかグレーの濃い霧の立ち籠める空間に姿を変えていた。

どれほどの時間、私は霧の中を漂っていたことだろう。位置感覚はとうに失われていた。目にする物はグレーの霧ばかりであり視覚は失われたも同然、時間の感覚もなくなっていた。

跋

淡雪

*

濃い霧の中を漂ううちに、身動きがとれないというレベルを超えて、全く体が動かないという状況に陥った。これも、金縛り、というのだろうか？　体の不如意《ふにょい》は頭に、意識にまで及んでいった。グレーの濃霧の充満した空間を固まった体が漂い、意識まででなくしていた。ところが、ある瞬間、無音《しじま》から滲み出るようにして漏れ聞こえてきた幽かな物音によって、徐々に意識が戻ってきた。まだ虚ろな状態ではあったが、どうやら布団に包《くる》まって横になっているようだ。夢？　夢を見ていたのか？　しかし、こんなにも長い期間に亘る本当に経験した出来事を、整然と夢に見ることなどあるのだろうか？

　布団から顔だけを出し、辺りを見回すと、確かにここが自室のベッドの上であることに間違いはなかった。両足のふくらはぎに張りと痛みがあり、全身が痺《しび》れたようだった。十代の若者達に付き合って、高校の二年間を一晩で一気に辿ったのだ。疲れないはずがない。手を突いて上半身を起こした。頭の芯が痺れている。目の焦点が合わない。鈍い痛みが首筋に走った。

　とてもではないが、すぐには起き上がれそうにはなかった。もうしばらくの間、ベッドの上でこのまじっとしていることにした。すると、芯の痺れた頭の中から声が聞こえてきた。夢の中で暗闇に放った言葉のブーメランが一回りして戻ってきたとき、自分自身への問いに変貌していることに気が付いた。

なぜこんな夢を見た？

　その問いに私が答えるのか？　と不審にも思ったのだが、それでも何かを応答しようと口を開いた途端に、突如として暗闇が膨張しだしたのだった。あのとき、私は何を喋ろうとしていたのか？　頭の声はそれを確認しようとしていた。私はあのときに思い付いたままの内容を言葉にしてみることにした。

　今の私はこのとき、四十四年前のマスミとの出会いを境に、この日の彼の告白を聴いたことから始まったのだ、と気が付いた。記憶の奥底に沈み込み、その後数十年もの間、思い出すこともなかったこの過去の出来事の一つ一つが、今の私へと結び付くリアルだ。その後の私の人生を、生き方を遡り、源流を求めるならば、このリアルへと辿り着くと断言できる。でも、それを確認する作業が、果たして現在の私にどんな化学反応を生み、明日の自分に何をもたらすというのか……まだどこか焦点がぼやけていて判然としないというのが本音だ。明日などというあってなきが如き時間を考える必要はなく、還暦を迎えた今の自分にともかくイエスと言えるならば、それで良い、ということなのだろうか？

心療内科で鬱病と診断されて七年。病名を告げられてもはかばかしい反応を見せなかった私に業《ごう》を煮やしたのか、「死ぬよ！　鬱病は死病だからね！」と医院長は声を荒らげた。驚きはしなかった。すでに体験済みだった。それに失敗したことが一つの契機となってこの病院の門を叩いたのだから。それ以来私は七年間の日々を薄らぼんやりとやり過ごしてきた。この七年間の薄らぼんやりが、致命的な虚無という底なし沼へと引きずり込まれるのを防いでくれたのかもしれない。虚無という沼の淵に佇んだ者が、深刻に自己を見詰め直していたならば、「鬱病は死病だからね」と叫んだ医院長の言を再び立証するような真似をしていたかもしれない。その意味において、私はこの七年間に及ぶ薄らぼんやりに感謝せねばならない。

だが、そんな私に転機が訪れた……そんな気がしている。虚無の沼を薄らぼんやりと浮き沈みしていた私に、人生をリセットするという意味もある還暦を機に、改めて自己を見詰め直すための材料が提供された。失われていた過去の記憶を蘇らせ、伴走させるという手法を用いて、その材料をどのように調理するか、自己の生にどのような光を当てるのかは、私に委ねられた仕事なのだろう。

たった今目覚めたばかりだ。全力で走り抜けた生徒会活動の日々のあれこれを鮮明に思い出すことは容易にできた。ところが、ある場面を思い起こし、そこに意味付けをした途端、すべてが色褪《あ》せていった。意味、言葉、それはそれ以上でも以下でもなかった。意味、言葉を超えるもの、それをありありと想起するのは至難の業だった。意味や言葉に見切りを付け、その場面に付随していた若き魂を揺るがすような激情と呼んでもいい喜怒哀楽に焦点を当てようとしても、セピアカラーの懐旧の情へと変質してしまい、たちまちにしてノスタルジーの渦の中へと吸い込まれていった。いい加減いやになり、半ば投げやりな気分で大雑把に、あれだけ熱気に満ちた充実した青春の日々を過ごせたのだ、いい人生だったじゃないか……などと人生観めいた言い草で括ってみたところで同じだった。

心が動かない。流れていかない。流れなければ腐敗し、いずれ堪えがたい腐臭を放つことになるだろう。最悪だ。決定的に何かが足りない。過去と現在を繋ぐ何か。しかも、四十年以上もの長い歳月を繋げられる何かがあろうとは思えなかった。絶望的な気分になり、素晴しき哉、人生……か、と何の感慨もなく呟いた後、ベッドの足許にある棚に置かれた鏡に映った自分の顔が目に入ってきた。そこには紛れもなく年相応に老け込んだ老残の相貌が映っていた。これでも、素晴らしき哉、人生、なのか⁉　自嘲的な苦い笑いが込み上げた。鏡の中の自分も律儀に顔を歪ませていた。

再び首筋に鈍い痛みが走り、軽い頭痛に襲われた。思わず頭を振った。

そのときだった。捲《めく》れ上がった掛け布団の上に置いた掌に、何か白い物がふわりと舞い落ちた。それが何であるのか、認識できるまでにやや時間がかかった。認識できたとき、私は混乱した。掌に舞い落ちた白い物、それは桜の花びらであった。まだ二月だ。桜の季節には早い。ましてや桜吹雪はさらに先のことだ。ならば、この花びらは……雨脚が強まる中、傘も差さずに自転車を漕ぐ若者の頭上に、ビル風に吹き上げられた一群の花びらが舞い降りていく光景が目に浮かんだ。そうとしか考えられなかった。でも、……まさか⁉　もう片方の手でそのひとひらの花弁を摘み上げようとした刹那、花弁は朝陽に当たった淡雪のように儚《はかな》く溶け、跡形もなく掻き消えた。寝惚けているのだろうか？

しかし、花びらの舞い落ちた掌には、幻とは対極にある確かな軽み、時の流れによって殺《そ》ぎ落とされ、最後の最後に残った存在の軽さがいつまでも消えることなく刻印されていた。

心は流れていた。何一つ不足はなかった。

一瞬にして過去と現在とが繋がった。

（了）

著者プロフィール
伊藤 秀雄（いとう ひでお）
1957年愛知県名古屋市生まれ。
愛知県立大学文学部国文科卒業。
聖霊中学校・高等学校で25年間教鞭を執る。
2013年鬱病を発症し退職。
愛知県在住。

1973-74　高校生　飛翔のリアル

2019年9月15日　初版第1刷発行

著　者　伊藤 秀雄
発行者　瓜谷 綱延
発行所　株式会社文芸社
〒160-0022 東京都新宿区新宿1－10－1
電話 03-5369-3060（代表）
03-5369-2299（販売）

印刷所　株式会社フクイン

ISBN978-4-286-20858-9　日本音楽著作権協会（出）許諾第1905961－901号